Beth O'Leary
TIME TO LOVE

Beth O'Leary

TIME TO LOVE

Tausche altes Leben gegen neue Liebe

Roman

Aus dem Englischen
von Pauline Kurbasik und Babette Schröder

DIANA

Von Beth O'Leary sind im Diana Verlag erschienen:
Love to Share – Liebe ist die halbe Miete
Time to Love – Tausche altes Leben gegen neue Liebe

Verlagsgruppe Random House FSC® N001967

3. Auflage
Deutsche Erstausgabe 07/2020
Copyright © 2020 by Beth O'Leary
Die Originalausgabe erschien 2020 unter dem Titel
The Switch bei Quercus, London
Copyright © der deutschsprachigen Ausgabe 2020
by Diana Verlag, München,
in der Verlagsgruppe Random House GmbH,
Neumarkter Straße 28, 81673 München
Übersetzung: Pauline Kurbasik (Leena), Babette Schröder (Eileen)
Redaktion: Lisa Scheiber
Umschlaggestaltung: Favoritbüro GbR, München
Umschlagmotiv: © Sarah Wilkins
Herstellung: Helga Schörnig
Satz: Leingärtner, Nabburg
Druck und Bindung: GGP Media GmbH, Pößneck
Alle Rechte vorbehalten
Printed in Germany
ISBN 978-3-453-36036-5

www.diana-verlag.de
Dieses Buch ist auch als E-Book lieferbar.

Für Helena und Jeannine,
meine mutigen, großartigen
und inspirierenden Großmütter.

1

Leena

Ich finde, wir sollten tauschen«, erkläre ich Bee und recke mich, damit ich über meinen Computerbildschirm hinweg mit ihr reden kann. »Ich habe Schiss. Du solltest den Anfang machen, ich mache das Ende, und bis ich dann dran bin, bin ich nicht mehr so …« Ich fuchtele mit den Händen, um meinen geistigen Zustand zu verdeutlichen.

»Nicht mehr so am Herumzappeln?«, fragt Bee und schaut mich mit schräg gelegtem Kopf an.

»Komm schon. Bitte.«

»Leena. Meine liebe Freundin. Mein helles Licht. Meine Lieblingsnervensäge. Du bist viel besser als ich darin, mit Präsentationen anzufangen, und wir werden nicht jetzt, zehn Minuten vor dem Update für unseren wichtigsten Kunden und Stakeholder, die Reihenfolge ändern, so wie wir sie auch nicht bei der letzten Präsentation für den Vorstand oder bei der davor oder der davor verändert haben, denn das wäre einfach verrückt. Und ganz ehrlich, ich habe keinen blassen Schimmer, was sich auf den Folien am Anfang befindet.«

Ich lasse mich auf den Stuhl sinken. »Okay. Gut.« Dann schieße ich wieder empor. »Nur, dass mein Gefühl dieses Mal *wirklich* …«

»Mmmm«, sagt Bee und blickt nicht von ihrem Monitor auf. »Absolut. Es war noch nie schlimmer. Zitterig, schwitzige

7

Handflächen, das volle Programm. Nur, dass du – sobald du angefangen hast – so charmant und brillant wie immer sein wirst und niemand etwas bemerken wird.«

»Aber was ist, wenn ich …«

»Das wirst du nicht.«

»Bee, ich glaube echt …«

»Ich weiß, dass du das tust.«

»Aber dieses Mal …«

»Nur noch acht Minuten, Leena. Versuch's mal mit diesem Atemkram.«

»Welcher Atemkram?«

Bee hält inne. »Du weißt schon. Atmen?«

»Ach so, also einfach atmen? Ich dachte, du meintest irgendwelche Meditationstechniken.«

Sie schnaubt verächtlich. Dann entsteht eine Pause. »Du bist schon Hunderte Male mit schlimmeren Dingen fertiggeworden, Leena«, sagt sie.

Ich zucke zusammen, presse die Kaffeetasse fest zwischen die Handflächen. Die Angst umklammert meinen Magen, ich kann sie dort spüren – wie einen Stein, einen Knoten, etwas, das man mit einem Messer herausschneiden könnte.

»Ich weiß«, sage ich. »Ich weiß, das bin ich.«

»Du musst bloß dein Mojo zurückbekommen«, erklärt mir Bee. »Und das geht nur, wenn du im Ring bleibst. Okay? Komm schon. Du bist Leena Cotton, jüngste Senior Consultant bei Selmount Consulting – diese Frau sollte man 2020 im Auge behalten. Und …« Sie spricht leiser. »Bald schon – eines Tages, Chefin deiner eigenen Firma. Oder nicht?«

Ja schon. Nur, dass ich mich nicht wie diese Leena Cotton *fühle*.

Bee beobachtet mich jetzt, eine besorgte Stirnfalte gräbt sich zwischen ihre nachgezogenen Augenbrauen. Ich schließe die Augen und versuche, die Angst mittels meines Willens zu verbannen, was kurz auch funktioniert. Ich fühle mich wie ein Abklatsch des Menschen, der ich vor eineinhalb Jahren war, dieser Mensch hätte ohne mit der Wimper zu zucken eine solche Präsentation gehalten.

»Bee, Leena, seid ihr bereit?«, ruft uns der Assistent des CEO zu, während er durch das Büro von Upgo geht.

Ich stehe auf, mir ist schwummrig, mir wird übel. Ich halte mich an der Tischkante fest. Scheiße. *Das* ist neu.

»Alles okay?«, flüstert Bee.

Ich schlucke und presse die Hände so fest auf den Schreibtisch, dass meine Handgelenke schmerzen. Einen Augenblick lang glaube ich, ich schaffe das nicht – ich kann es einfach nicht, verdammt, ich bin so *müde*, doch dann überkommt mich wieder Mut.

»Auf jeden Fall«, antworte ich. »Wir rocken das.«

Eine halbe Stunde ist nun vergangen. Das ist eigentlich kein besonders langer Zeitraum. Man kann in der Zeit keine ganze Folge *Buffy* schauen und keine große Ofenkartoffel garen. Aber man kann seine Karriere unwiderruflich zerstören.

Ich hatte große Angst davor, dass genau das passiert. Seit über einem Jahr murkse ich mich durch meine Arbeit, mache Flüchtigkeitsfehler und übersehe Dinge, was normalerweise gar nicht meine Art ist. Mir kommt es vor, als würde ich seit Carlas Tod die andere Hand benutzen und alles mit links und nicht mehr mit rechts machen. Aber ich habe mir so viel Mühe gegeben und mich durchgebissen und wirklich geglaubt, ich würde damit durchkommen.

Doch dem ist anscheinend nicht so.

Ich habe ernsthaft gedacht, ich würde in diesem Meeting sterben. Ich hatte an der Uni schon einmal eine Panikattacke, aber die war nicht so schlimm wie diese hier. Ich habe nie einen derartigen Kontrollverlust erlebt. Es war so, als hätte sich die Angst befreit: Sie war kein enger Knoten mehr, sie wucherte, und die Ranken umschlangen meine Handgelenke und Knöchel und wanden sich um meinen Hals. Mein Herz schlug so schnell – schneller und schneller –, bis es sich nicht mehr wie ein Körperteil von mir anfühlte, sondern wie ein unkontrolliert flatternder kleiner Vogel, der in meinem Brustkorb gefangen war.

Eine falsche Umsatzzahl hätte man mir noch vergeben können. Aber nachdem das passiert war, wurde mir übel, und ich verwechselte noch eine und dann noch eine, und dann atmete ich zu schnell, und in meinem Kopf war nur noch … Kein Nebel, eher ganz helles Licht. Zu hell, um noch etwas zu sehen.

Als Bee eingriff und sagte: »Lass mich mal«, meinte jemand anderes gleichzeitig: »Komm schon, das ist lächerlich.«

Und als der CEO von Upgo Finance sagte: »Ich glaube, wir haben genug gesehen, meinen Sie nicht«, war ich schon weg. Ich krümmte mich, schnappte nach Luft und war mir sicher, ich würde bald sterben.

»Es ist alles in Ordnung«, sagt Bee jetzt, ihre Hand drückt meine fest. Wir haben uns in einer Telefonkabine in den Büros von Upgo versteckt; Bee hat mich hierhergeführt, ich hyperventiliere immer noch und schwitze mein Shirt voll. »Ich bin hier. Es ist alles in Ordnung.«

Ich keuche, kann nicht ruhig atmen. »Selmount hat wegen mir den Upgo-Auftrag verloren, oder nicht?«, bringe ich hervor.

»Rebecca hat gerade einen Call mit dem CEO. Ich bin mir sicher, dass alles in Ordnung sein wird. Komm schon, atme einfach.«

»Leena?«, ruft jemand. »Leena, alles okay mit dir?«

Ich öffne die Augen nicht. Wenn ich einfach so verharre, war das vielleicht nicht die Stimme der Assistentin meiner Chefin.

»Leena? Ich bin's, Ceci, Rebeccas Assistentin.«

Muah. Wie war sie so schnell hierhergekommen? Zum Büro von Upgo braucht man von Selmount mit der U-Bahn mindestens zwanzig Minuten.

»Oh, Leena, was für ein Durcheinander!«, sagt Ceci. Sie kommt zu uns in die Kabine und rubbelt mir unangenehm an den Schultern herum. »Du armes Ding. So ist's gut, lass einfach alles raus.«

Ich weine eigentlich gar nicht. Ich atme langsam aus und schaue zu Ceci, die ein Couture-Kleid und ein besonders fröhliches Lächeln übergezogen hat, und erinnere mich zum hundertsten Mal daran, wie wichtig es ist, andere Frauen im Berufsleben zu unterstützen. Das glaube ich von ganzem Herzen. Nach dieser Prämisse lebe ich, und auf die Weise will ich es bis ganz nach oben bringen.

Aber auch Frauen sind nun mal nur Menschen. Und einige Menschen sind einfach schrecklich.

»Was können wir für dich tun, Ceci?«, fragt Bee durch zusammengepresste Zähne.

»Rebecca hat mich hierher geschickt, um nach dir zu sehen«, sagt sie. »Du weißt schon, wegen deines ...« Sie wackelt mit den Fingern. »Deines kleinen *Aussetzers.*« Ihr iPhone summt. »Oh! Sie hat gerade eine E-Mail geschrieben.« Bee und ich warten angespannt. Ceci liest die Mail unmenschlich langsam.

»Und?«, fragt Bee.

»Hmm?«, sagt Ceci.

»Rebecca. Was hat sie gesagt? Hat sie ... Haben wir den Auftrag wegen mir verloren?«, bringe ich heraus.

Ceci neigt den Kopf und hat den Blick immer noch auf ihr Telefon gerichtet. Wir warten. Ich spüre, wie wieder Panik in mir aufsteigt und mich zu verschlingen droht.

»Rebecca hat es geklärt – ist sie nicht unglaublich? Sie behalten Selmount bei diesem Projekt an Bord, sie waren alles in allem *äußerst* verständnisvoll«, sagt Ceci schließlich mit einem kleinen Lächeln. »Sie will dich jetzt sehen, also solltest du dich schnellstens in ihr Büro begeben, meinst du nicht?«

»Wo?«, bringe ich heraus. »Wo will sie sich mit mir treffen?«

»Hmm? Oh, in Zimmer 5c, in der Personalabteilung.«

Natürlich. Wo sonst würde sie mich feuern.

Rebecca und ich sitzen uns gegenüber. Judy aus der Personalabteilung sitzt neben ihr. Ich nehme es nicht als gutes Zeichen, dass Judy sich auf ihrer und nicht meiner Tischseite befindet.

Rebecca streicht sich das Haar aus dem Gesicht und blickt mich mit gequältem Mitleid an, was nur ein sehr schlechtes Zeichen sein kann. Sie ist tough, die Meisterin des Beendens von Meetings mitten im Meeting. Sie hat mir einmal gesagt, dass man die besten Ergebnisse nur erzielt, wenn man Unmögliches erwartet.

Wenn sie nett zu mir ist, heißt das im Grunde, dass sie aufgegeben hat.

»Leena«, setzt Rebecca an. »Alles okay mit dir?«

»Ja, natürlich. Mir geht es wirklich gut«, antworte ich. »Bitte, Rebecca, ich würde es gern erklären. Was in dem Meeting passiert ist, war …« Ich spreche nicht weiter, weil Rebecca abwehrend die Hand hebt und die Stirn runzelt.

»Schau mal, Leena, ich weiß, dass du diese Rolle sehr gut spielst und Gott weiß, dass ich dich dafür liebe.« Sie blickt kurz zu Judy. »Ich meine, Selmount weiß deine draufgängerische

Macherinnenart zu schätzen. Aber lass uns zum Punkt kommen: Du siehst verdammt furchtbar aus.«

Judy hustet tonlos.

»Wir fragen uns, ob du vielleicht ein wenig erschöpft bist«, sagt Rebecca gleich anschließend. »Wir haben uns deine Personalakte angeschaut – weißt du noch, wann du zum letzten Mal Urlaub genommen hast?«

»Ist das … eine Fangfrage?«

»Ja, ist es, Leena. Denn im vergangenen Jahr hast du *keinen* Urlaub genommen.«

Rebecca starrt Judy an. »Etwas, das eigentlich nicht möglich sein sollte.«

»Ich habe dir doch schon gesagt«, zischt Judy, »dass ich nicht weiß, wie sie durchs Raster fallen konnte!«

Ich weiß, wie ich durchs Raster gefallen bin. Die Personalabteilung versichert immer glaubhaft, darauf zu achten, dass jeder seinen Jahresurlaub nimmt, allerdings schicken sie einem dann bloß zweimal im Jahr eine E-Mail, in der sie aufführen, wie viele Urlaubstage man noch übrig hat, und schreiben etwas Ermutigendes über »Wellness« und »unseren holistischen Ansatz« und »mehr offline sein, um sein Potenzial zu erhöhen«.

»Wirklich, Rebecca, mir geht es gut. Es tut mir sehr leid, dass mein – dass ich heute früh das Meeting unterbrechen musste, aber wenn du mich kurz erklären lassen würdest …«

Weiteres Stirnrunzeln und noch mehr abwehrende Handbewegungen.

»Leena. Es tut mir leid. Ich weiß, dass die Zeit unglaublich schwer für dich war. Dieses Projekt ist total stressig, und ich habe schon eine Zeit lang das Gefühl, wir haben dich dort falsch eingesetzt. Ich weiß, dass ich das normalerweise nur so dahinsage, aber deine Gesundheit ist mir wirklich wichtig, verstehst du? Deswegen habe ich mit den Partnern gesprochen, und wir werden dich vom Upgo-Projekt abziehen.«

Plötzlich zittere ich, ein lächerliches, übertriebenes Beben, mein Körper erinnert mich daran, dass ich immer noch keine Kontrolle über ihn habe. Ich öffne den Mund, um etwas zu sagen, aber Rebecca ist schneller.

»Und wir haben außerdem entschieden, dass wir dich in den nächsten beiden Monaten in gar keinem Projekt mehr einsetzen«, spricht sie weiter. »Sieh es als Sabbatical. Ein zweimonatiger Urlaub. Du darfst erst wieder in die Selmount-Zentrale, wenn du ausgeruht und entspannt bist und nicht mehr wie jemand aussiehst, der ein Jahr in einem Kriegsgebiet verbracht hat. Okay?«

»Das ist unnötig«, sage ich. »Rebecca, bitte. Gib mir die Gelegenheit zu beweisen, dass ich …«

»Das ist verdammt noch mal ein Geschenk, Leena«, sagt Rebecca erschöpft. »Bezahlter Urlaub! Zwei Monate lang!«

»Ich will das nicht. Ich will arbeiten.«

»*Wirklich?* Denn dein Gesichtsausdruck sagt mir, dass du schlafen willst. Glaubst du, ich weiß nicht, dass du diese Woche jeden Tag bis zwei Uhr morgens gearbeitet hast?«

»Es tut mir leid. Ich weiß, dass ich weniger arbeiten sollte – aber es gab eben einige …«

»Ich kritisiere dich nicht dafür, wie du deine Arbeit strukturierst, ich frage mich, *wann zum Henker* du dich mal ausruhst, meine Liebe.«

Judy hustet daraufhin noch einige Male leise. Rebecca blickt sie irritiert an.

»Eine Woche«, sage ich verzweifelt. »Ich nehme mir eine Woche frei, und wenn ich zurückkomme, werde ich …«

»Zwei. Monate. Ich diskutiere nicht darüber, Leena. Du

brauchst das. Ich will dir nicht die Personalabteilung auf den Hals hetzen.« Beim letzten Satz nickt sie abschätzig in Judys Richtung. Judy zuckt zusammen, als hätte jemand vor ihr in die Hände geklatscht.

Ich bemerke, wie ich schneller atme. Ja, ich hatte ein paar Probleme, aber ich kann nicht zwei Monate freinehmen. Ich kann es einfach nicht. Bei Selmount ist ein guter Ruf alles, und wenn ich nach diesem Meeting dem Laden acht ganze Wochen lang den Rücken kehre, werde ich eine Lachnummer sein.

»In den acht Wochen ändert sich hier nichts«, erklärt mir Rebecca. »Okay? Wir sind immer noch hier, wenn du zurückkommst. Und du wirst immer noch Leena Cotton sein, die jüngste Senior, die am härtesten Arbeitende, der hellste Kopf von allen.« Rebecca blickt mich durchdringend an. »Jeder braucht mal eine Pause. Selbst du.«

Ich verlasse dieses Meeting, und mir ist schlecht. Ich dachte, sie wollten mich feuern und hatte mir Sätze über unfaire Kündigungen zurechtgelegt. Aber … Freizeit?

»Und?«, fragt Bee, die sich mir so überraschend in den Weg stellt, dass ich stolpernd anhalte. »Ich habe dir aufgelauert«, erklärt sie. »Was hat Rebecca gesagt?«

»Sie meinte, ich … müsse Urlaub nehmen.«

Bee schaut mich kurz an. »Lass uns gleich zum Mittagessen gehen.«

Während wir Touristen und Geschäftsleuten auf unserem Weg über die Commercial Street ausweichen, klingelt das Telefon in meiner Hand. Ich blicke auf das Display und taumele, renne fast in einen Mann, dem eine E-Zigarette wie eine Pfeife aus dem Mund hängt.

Bee blickt über meine Schulter auf den Bildschirm. »Du musst jetzt nicht drangehen. Du kannst es einfach klingeln lassen.«

Mein Finger schwebt über dem Symbol mit dem grünen Hörer. Ich rempele einen vorbeigehenden Mann im Anzug an; er meckert, während ich über den Bürgersteig stolpere und Bee mich stützen muss.

»Was würdest du mir raten, wenn ich jetzt in dieser Situation wäre?«, startet Bee einen Versuch.

Ich gehe ans Telefon. Bee seufzt und öffnet die Tür zu Watson's Café, wo wir immer hingehen, wenn sich eine der spärlich gesäten Gelegenheiten ergibt, das Büro von Selmount zu einem Essen zu verlassen.

»Hi, Mum«, sage ich.

»Leena, hi!«

Ich zucke zusammen. Sie macht auf lässig, als hätte sie vor dem Anruf die Begrüßung geprobt.

»Ich will mit dir über Hypnotherapie reden«, erklärt sie.

Ich setze mich Bee gegenüber. »Wie bitte?«

»Hypnotherapie«, wiederholt Mum, dieses Mal etwas weniger überzeugend. »Hast du davon gehört? In Leeds bietet es jemand an, und ich glaube, das wäre was für uns, Leena, und ich dachte, vielleicht könnten wir bei deinem nächsten Besuch zusammen hingehen?«

»Ich brauche keine Hypnotherapie, Mum.«

»Dabei geht es nicht darum, Menschen zu hypnotisieren wie Derren Brown oder so. Es ist vielmehr …«

»Ich brauche keine Hypnotherapie, Mum.« Ich klinge scharf, ich höre an der darauffolgenden Stille, dass sie verletzt ist. Ich schließe die Augen und zwinge mich erneut, langsamer zu atmen. »Du kannst es gerne ausprobieren, ich möchte lieber nicht.«

»Ich denke nur, dass es uns vielleicht guttun würde, etwas gemeinsam zu unternehmen, es muss ja nicht unbedingt etwas Therapeutisches sein, aber …«

Mir fällt auf, dass sie die Vorsilbe »Hypno-« dieses Mal weggelassen hat. Ich streiche mir die Haare glatt, spüre die gewohnte steife Klebrigkeit des Haarsprays unter meinen Fingern und vermeide es, Bee anzusehen.

»Ich denke, wir sollten vielleicht irgendwo miteinander sprechen, wo … wir keine verletzenden Sachen sagen können. Wo wir in einen ausschließlich positiven Dialog treten können.«

Mums neustes Selbsthilfebuch sickert durch ihre Worte. Ich erkenne es an der vorsichtigen Verwendung des Passivs, dem gemäßigten Ton, dem *positiven Dialog* und den *verletzenden Dingen*. Aber als ich ins Wanken gerate, als ich einfach sagen will, *ja, Mum, wenn es dir hilft und du dich besser fühlst*, denke ich daran, wie meine Mutter Carla bei ihrer Entscheidung unterstützt hat. Wie sie es zuließ, dass sich meine Schwester für ein Ende der Behandlung entschieden hat, um – ja, um aufzugeben.

Ich denke, nicht einmal Hypnotherapie nach Derren Brown könnte mir bei der Verarbeitung helfen.

»Ich denke darüber nach«, sage ich. »Tschüss, Mum.«

»Tschüss, Leena.«

Bee beobachtet mich über den Tisch hinweg und gibt mir kurz Zeit, mich zu sammeln. »Alles okay?«, fragt sie schließlich. Bee hat im letzten Jahr mit mir beim Upgo-Projekt gearbeitet – sie hat mich also seit Carlas Tod jeden Tag gesehen. Sie weiß so viel über die Beziehung zu meiner Mum wie mein Freund, wenn nicht sogar mehr – ich bekomme Ethan nur an Wochenenden und unter der Woche ab und zu mal abends zu Gesicht, wenn wir es beide pünktlich aus dem Büro schaffen, wohingegen Bee und ich etwa sechzehn Stunden am Tag zusammen sind.

Ich reibe mir fest über die Augen, danach habe ich Mascarakrümel an der Hand. Ich muss völlig daneben aussehen. »Du hattest recht. Ich hätte den Anruf nicht annehmen sollen. Ich bin damit völlig falsch umgegangen.«

»Für mich hörte es sich so an, als hättest du alles gut gemacht«, sagt Bee.

»Bitte, sprich mit mir über etwas anderes. Etwas, das nichts mit meiner Familie zu tun hat. Oder mit der Arbeit. Oder mit etwas anderem ähnlich Desaströsen. Erzähl mir von deinem Date gestern.«

»Wenn du nichts Desaströses hören willst, sollten wir uns nach einem anderen Thema umschauen«, sagt Bee und lehnt sich in ihrem Stuhl zurück.

»O nein, so schlimm?«, frage ich.

Ich blinzele, um die Tränen zurückzuhalten, aber Bee brettert einfach weiter und tut so, als würde sie nichts bemerken.

»Widerlich trifft es besser. Ich wusste, dass er nicht infrage kommt, als er mich auf die Wange geküsst hat und ich nur ein ranziges, schimmliges Männerhandtuch gerochen habe, das er wohl zum Gesichtabtrocknen genommen hatte.«

Das funktioniert – das ist widerlich genug, um mich wieder in die Gegenwart zu katapultieren. »Ihh…«, sage ich.

»Er hatte ganz viel Schlaf im Auge, wie Augenrotz.«

»Oh, Bee…« Ich versuche, den richtigen Ton zu finden, um ihr mitzuteilen, sie solle Menschen nicht so schnell abschreiben, aber scheinbar kann ich keine beschwingten Reden halten, und die Handtuchgeschichte *ist* ja auch widerlich.

»Ich bin kurz davor, aufzugeben und mich bis in alle Ewigkeit als alleinerziehende Mutter durchzuschlagen«, sagt Bee und versucht, die Aufmerksamkeit des Kellners zu erlangen. »Ich bin zu dem Entschluss gekommen, dass Dating viel schlimmer ist als Einsamkeit. Wenn man alleine ist, hat man zumindest keine Hoffnung, oder?«

»Keine Hoffnung?«

»Ja. Keine Hoffnung. Das ist toll. Wir wissen alle, wie es um uns steht – wir sind allein auf die Welt gekommen und werden sie auch allein verlassen, und so weiter … Beim Dating allerdings dreht sich alles *nur* um Hoffnung. Dating ist eigentlich eine lange, schmerzhafte Übung darin, zu entdecken, wie enttäuschend andere Menschen sind. Jedes Mal, wenn man denkt, man hätte einen guten, aufrichtigen Mann gefunden …« Sie wackelt mit den Fingern. »Dann kommen schon die Mutterkomplexe und die zerbrechlichen Egos und die seltsamen Käse-Fetische.«

Endlich schaut der Kellner in unsere Richtung. »Wie immer?«, ruft er durch das Café.

»Ja! Mit Extrasirup auf ihren Pancakes«, ruft Bee zurück und zeigt auf mich.

»Hast du was von *Käse-Fetisch* gesagt?«, frage ich.

»Nur so viel: Ich habe Bilder gesehen, die mir Brie wirklich verleidet haben.«

»Brie?«, frage ich entsetzt. »Aber mein Gott, Brie ist so lecker! Wie könnte einem jemand Brie vermiesen?«

Bee tätschelt meine Hand. »Ich denke mal, das wirst du nie herausfinden müssen, meine Liebe. Also, wenn ich dich aufheitern soll, könnten wir doch auch über dein so perfektes Liebesleben reden, óder? Ethan wird doch sicher bald *die* Frage stellen, oder?« Sie sieht meinen Gesichtsausdruck. »Nein? Willst du da auch nicht drüber reden?«

»Ich spüre gerade nur …« Ich winke nervös ab, meine Augen brennen wieder. »Wie der Horror über mich hereinbricht. O Gott. O Gott. O Gott.«

»Wegen welcher Lebenskrise wendest du dich an den lieben Gott, nur damit ich Bescheid weiß?«, fragt Bee.

»Wegen der Arbeit.« Ich drücke mir die Fingerknöchel so fest gegen die Augen, dass es wehtut. »Ich kann einfach nicht glauben, dass ich zwei ganze Monate nicht arbeiten soll. Es ist, als hätten sie mich ein bisschen gefeuert.«

»Also, ich würde es eher als einen zweimonatigen Urlaub bezeichnen.«

»Ja, aber …«

»Leena, ich liebe dich, und ich weiß, dass du gerade viel um die Ohren hast, aber versuche auch mal, das Gute darin zu sehen. Denn es wird sehr schwer, dich weiter lieb zu haben, wenn du dich die nächsten acht Wochen über den zweimonatigen bezahlten Urlaub beschwerst.«

»Oh, ich …«

»Du könntest nach Bali fliegen! Oder den Regenwald im Amazonas erkunden! Oder um die Welt segeln!« Sie runzelt die Stirn. »Weißt du, was ich für diese Art von Freiheit geben würde?«

Ich schlucke. »Ja. Du hast recht. Sorry, Bee.«

»Ist schon gut. Ich weiß, dass es um mehr geht als die Zeit, in der du nicht arbeitest. Denk doch mal kurz an diejenigen unter uns, die ihren Jahresurlaub in einem Dinosauriermuseum voller Neunjähriger verbringen, okay?«

Langsam atme ich ein und aus und versuche, das zu mir durchdringen zu lassen. »Danke«, sage ich, während der Kellner zu unserem Tisch kommt. »Das musste mir mal jemand sagen.«

Bee lächelt mich an, dann schaut sie auf ihren Teller. »Weißt du«, sagt sie beiläufig, »du könntest die Zeit nutzen, um weiter an unserem Businessplan zu arbeiten.«

Ich zucke zusammen. Bee und ich planen schon seit einigen Jahren unser eigenes Consultingunternehmen – wir waren fast schon so weit, als Carla krank wurde. Nun hat sich alles etwas … verzögert.

»Ja«, antworte ich so fröhlich wie möglich. »Absolut.«

Bee zieht eine Augenbraue hoch. Ich lasse die Schultern hängen.

»Es tut mir so leid, Bee. Ich will es, wirklich, aber im Augenblick fühlt es sich unmöglich an. Wie wollen wir uns mit einem Unternehmen selbstständig machen, wenn es mir schon schwerfällt, meinen Job bei Selmount zu behalten?«

Bee kaut auf einem Bissen Pfannkuchen und sieht nachdenklich aus. »Okay«, sagt sie. »Dein Selbstbewusstsein hat in letzter Zeit arg gelitten, das verstehe ich. Ich kann warten. Aber selbst wenn du in den nächsten Wochen nicht an dem Businessplan arbeitest, solltest du sie dazu nutzen, um an dir zu arbeiten. Meine Leena Cotton spricht nicht darüber, dass sie ›einen Job behält‹, als wäre das das Beste, was sie machen kann, und sie nimmt ganz sicher nicht das Wort ›unmöglich‹ in den Mund. Und ich will meine Leena Cotton zurück. Deswegen«, sie zeigt mit dem Messer auf mich, »hast du nun zwei Monate Zeit, sie mir zurückzubringen.«

»Und wie soll ich das anstellen?«

Bee zuckt die Schultern. »›Sich selbst finden‹ ist nicht so sehr meine Stärke. Ich gehe an das Thema nur theoretisch ran – du hingegen musst liefern.«

Das bringt mich zum Lachen. »Danke, Bee«, sage ich plötzlich und greife nach ihrer Hand. »Du bist so toll. Wirklich. Du bist phänomenal.«

»Mmm, nun. Erkläre das bitte den Single-Männern aus London, meine Liebe«, sagt sie, tätschelt mir die Hand und nimmt dann wieder ihre Gabel.

2

Eileen

Vier wundervolle lange Monate ist es nun her, dass mein Mann sich mit der Leiterin unseres Tanzkurses davongemacht hat, und bis zu diesem Moment habe ich ihn nicht ein einziges Mal vermisst.

Mit zusammengekniffenen Augen mustere ich das Glas mit der Spaghettisoße auf dem Sideboard. Mein Handgelenk lärmt vor Schmerz, nachdem ich eine Viertelstunde versucht habe, den Deckel aufzudrehen, aber ich gebe nicht auf. Manche Frauen leben ihr ganzes Leben lang allein und essen trotzdem Lebensmittel aus Gläsern.

Wütend mustere ich die Spaghettisoße und rede mir gut zu. Ich bin neunundsiebzig Jahre alt. Ich habe ein Kind geboren. Ich habe mich an eine Planierraupe gekettet, um einen Wald zu retten. Ich habe Betsy widersprochen, als es um die neuen Parkvorschriften auf der Lower Lane ging.

Ich kann dieses Glas mit Spaghettisoße öffnen.

Von der Fensterbank aus beobachtet Dec, wie ich in der Küchenschublade nach etwas suche, das die Aufgabe meiner zunehmend nutzlosen Finger übernehmen könnte.

»Du hältst mich für eine verrückte, alte Frau, stimmt's?«, sage ich zu der Katze.

Dec schlägt mit dem Schwanz. Es ist ein sardonisches Schlagen. *Alle Menschen sind verrückt*, sagt diese Bewegung. *Du solltest dir ein Beispiel an mir nehmen. Ich lasse meine Gläser öffnen.*

»Na, sei bloß froh, dass dein Essen für heute Abend in einer Tüte ist«, sage ich und schwinge einen Spaghettilöffel in seine Richtung. Eigentlich mag ich Katzen nicht besonders. Wir haben die beiden im letzten Jahr auf Wades Wunsch hin angeschafft. Nachdem er jedoch Miss Cha-Cha-Cha kennengelernt hatte und ihm Hamleigh auf einmal zu klein wurde, verlor er das Interesse an Ant und Dec und fand, Katzen wären etwas für alte Menschen. Du kannst sie behalten, sagte er mit großzügiger Geste. Sie passen besser zu deinem Lebensstil.

Arroganter Dreckskerl. Er ist älter als ich – wird im September einundachtzig. Und was meinen Lebensstil angeht … Nun ja. Wart's nur ab, Wade Cotton. Wart's nur ab.

»Hier wird sich einiges ändern, Declan«, erkläre ich der Katze und schließe die Finger um das Brotmesser hinten in der Schublade. Dec blinzelt träge und gibt sich unbeeindruckt, doch als ich mit beiden Händen das Messer hebe, um es in den Deckel des Glases zu rammen, macht er große Augen und verschwindet aus dem Fenster. Mit einem kleinen *Ha!* stoße ich das Messer in den Deckel. Ich brauche ein paar Versuche, wie ein Amateurmörder in einem Agatha-Christie-Stück, doch nun lässt sich der Deckel problemlos drehen. Triumphierend summe ich vor mich hin und fülle den Inhalt in einen Topf.

So. Sobald die Soße aufgewärmt ist und die Nudeln gar sind, setze ich mich mit meinem Abendessen an den Tisch und gehe die Liste durch.

Basil Wallingham
Pro:
– wohnt gleich die Straße runter – nicht weit zu gehen
– eigene Zähne
– hat noch genug Schwung, um Eichhörnchen vom Vogelfutter
  zu verscheuchen

Kontra:
– unglaublich langweilig
– trägt immer Tweed
– wäre gut möglich, dass er Faschist ist

Mr. Rogers
Pro:
– erst 67
– noch volles Haar (sehr beeindruckend)
– tanzt wie Pasha bei Let's Dance (noch beeindruckender)
– freundlich zu allen, auch zu Basil (was am beein-
  druckendsten ist)

Kontra:
– äußerst religiös. Sehr fromm. Wahrscheinlich langweilig im Bett?
– kommt nur einmal im Monat nach Hamleigh
– interessiert sich nur für Jesus

Dr. Piotr Nowak
Pro:
– Pole. Wie aufregend!
– Arzt. Praktisch, wenn man krank wird
– ein sehr interessanter Gesprächspartner und außerordentlich
  gut im Scrabble

Kontra:
– deutlich zu jung für mich (59)
– ziemlich sicher noch in seine Exfrau verliebt
– sieht ein bisschen aus wie Wade (nicht seine Schuld, aber beunruhigend)

Ich kaue langsam vor mich hin und nehme den Stift in die Hand. Ich habe diesen Gedanken den ganzen Tag verdrängt, aber … ich sollte wirklich alle ungebundenen Männer im richtigen Alter berücksichtigen. Schließlich habe ich auch Basil aufgeführt, oder?

Arnold Macintyre
Pro:
– wohnt nebenan
– das richtige Alter (72)

Kontra:
– widerlicher Kerl
– hat meinen Hasen vergiftet (bislang nicht bewiesen, zugegeben, aber ich weiß, dass er es war)
– hat meinen Baum beschnitten, der voller Vogelnester war
– verdirbt der Welt jede Freude
– verspeist vermutlich Katzen zum Frühstück
– stammt wahrscheinlich von Menschenfressern ab
– hasst mich fast so sehr wie ich ihn

Nach einem Moment streiche ich *stammt wahrscheinlich von Menschenfressern ab*, weil ich seine Eltern da nicht mit hineinziehen will – was weiß ich, sie könnten ganz reizend gewesen sein. Den Punkt mit den Katzen lasse ich jedoch stehen.

Fertig. Eine vollständige Liste. Ich lege den Kopf schief, doch aus diesem Winkel sieht sie genauso trostlos aus. Ich muss der Wahrheit ins Auge sehen: das Angebot in Hamleigh-in-Harksdale mit seinen einhundertachtundsechzig Einwohnern ist sehr mager. Wenn ich in meinem Alter noch einen Partner finden möchte, muss ich den Kreis erweitern. Zum Beispiel bis rüber nach Tauntingham. Tauntingham hat mindestens zweihundert Einwohner, und es ist nur dreißig Minuten mit dem Bus entfernt.

Das Telefon klingelt. Gerade noch rechtzeitig schaffe ich es ins Wohnzimmer.

»Hallo?«

»Grandma? Hier ist Leena.«

Ich strahle. »Warte, ich setze mich eben.«

Ich lasse mich in meinem Lieblingssessel nieder, dem grünen mit dem Rosenmuster. Dieser Anruf ist stets der beste Teil des Tages. Auch wenn es schrecklich traurig war, als wir nur von Carlas Tod gesprochen haben – oder über alles, nur das nicht, weil es zu schmerzhaft war –, selbst damals haben mich Leenas Anrufe aufgebaut.

»Wie geht's dir, Schätzchen?«, frage ich.

»Gut, und dir?«

Ich kneife die Augen zusammen. »Dir geht's nicht gut.«

»Ja, es ist mir nur so rausgerutscht, tut mir leid. Wie wenn jemand niest und man ›Gesundheit‹ sagt.« Ich höre sie schlucken. »Grandma, ich hatte – ich hatte im Büro eine Panikattacke. Man hat mir eine zweimonatige Auszeit verordnet.«

»Ach, Leena!« Ich presse die Hand aufs Herz. »Aber dass du ein bisschen freihast, ist nicht schlecht«, füge ich schnell hinzu. »Eine kleine Pause von allem wird dir guttun.«

»Die setzen mich auf die Ersatzbank. Ich war nicht in Form, Grandma.«

»Nun, das ist verständlich, wenn man überlegt …«

»Nein«, sagt sie, und ihre Stimme bricht, »ist es nicht. Gott, ich … ich habe es Carla versprochen. Ich habe gesagt, ich würde mich nicht davon aufhalten lassen, dass ich sie verliere, und sie hat immer gesagt … Sie hat immer gesagt, sie wäre so stolz, aber jetzt bin ich …«

Sie weint. Ich klammere mich in meine Strickjacke wie Ant oder Dec, wenn sie auf meinem Schoß sitzen mit ihren Krallen. Schon als Kind hat Leena fast nie geweint. Anders als Carla. Wenn Carla aufgebracht war, riss sie die Arme in die Luft, das personifizierte Unglück, wie eine Schauspielerin in einem dramatischen Theaterstück – es war schwer, nicht zu lachen. Doch Leena machte nur ein finsteres Gesicht, senkte den Kopf und sah unter ihren langen dunklen Wimpern vorwurfsvoll zu einem hoch.

»Ach was, Schätzchen. Carla hätte gewollt, dass du Urlaub nimmst«, erkläre ich.

»Ich weiß, ich sollte es als Urlaub betrachten, aber das kann ich nicht. Es ist einfach … Es macht mich fertig, dass ich es vermasselt habe.«

Ich nehme die Brille ab und reibe mir den Nasenrücken. »Du hast es nicht vermasselt, Schätzchen. Du bist gestresst, das ist alles. Warum kommst du nicht hoch und bleibst übers Wochenende? Bei einem Becher heißer Schokolade sieht alles gleich viel besser aus. Und wir können uns anständig unterhalten. Hier oben in Hamleigh kannst du mal eine kleine Pause von allem machen …«

Es folgt langes Schweigen.

»Du warst schrecklich lange nicht mehr hier«, sage ich vorsichtig.

»Ich weiß. Tut mir leid, Grandma.«

»Ach, schon in Ordnung. Du bist gekommen, als Wade mich verlassen hat. Dafür war ich dir sehr dankbar. Und ich bin froh, dass meine Enkelin mich so oft anruft.«

»Aber Telefonieren ist nicht dasselbe, das weiß ich. Und es hat nichts damit zu tun, dass ich ... Weißt du, ich würde dich wirklich gern besuchen.«

Kein Wort über ihre Mutter. Bevor Carla gestorben ist, ist Leena mindestens einmal im Monat gekommen, um Marian zu besuchen. Wann hat dieser schreckliche Kleinkrieg zwischen ihnen bloß ein Ende? Ich umschiffe das Thema stets sorgsam – ich will mich nicht einmischen, das geht mich nichts an. Aber ...

»Hat deine Mutter dich angerufen?«

Wieder langes Schweigen. »Ja.«

»Wegen der ...« Wofür hat sie sich am Ende entschieden? »Hypertherapie?«

»Hypnotherapie.«

»Ach ja.«

Leena sagt nichts. Sie ist eisern, unsere Leena. Wie wollen die beiden nur jemals wieder zueinanderfinden, wenn beide so verdammt stur sind?

»Okay. Ich halte mich da raus«, sage ich in die Stille.

»Tut mir leid, Grandma. Ich weiß, wie schwer das für dich ist.«

»Nein, nein, mach dir um mich keine Sorgen. Aber überleg doch mal, ob du übers Wochenende herkommst. Es ist schwer, dir aus dieser Entfernung zu helfen, Schätzchen.«

Ich höre sie schniefen. »Weißt du was, Grandma? Ich komme. Das hatte ich sowieso demnächst vor, und ... und ich würde dich schrecklich gern sehen.«

»Na also!« Ich strahle. »Das wird schön. Ich koche eins deiner

Lieblingsgerichte und erzähle dir den neuesten Klatsch. Roland ist auf Diät, weißt du? Und Betsy hat versucht, sich das Haar zu färben, aber das ist schiefgelaufen. Ich musste sie mit einem Geschirrhandtuch um den Kopf zum Friseur fahren.«

Leena schnaubt vor Lachen. »Danke, Grandma«, sagt sie nach einem Moment. »Du weißt immer, wie du mich aufmuntern kannst.«

»Das machen Eileens«, sage ich. »Sie kümmern sich umeinander.« Das hatte ich früher als Kind immer zu ihr gesagt – Leena heißt mit vollem Namen auch Eileen. Marian hat sie nach mir benannt, als wir Anfang der Neunziger alle dachten, ich würde an einer schweren Lungenentzündung sterben. Als klar war, dass ich doch noch nicht das Zeitliche segnen würde, wurde es mit den Namen etwas verwirrend, und so wurde Leena zu Leena.

»Hab dich lieb, Grandma«, sagt sie.

»Ich dich auch, Schätzchen.«

Nachdem sie aufgelegt hat, merke ich, dass ich ihr nicht von meinem neuen Projekt erzählt habe. Ich verziehe das Gesicht. Ich hatte mir fest vorgenommen, es ihr beim nächsten Anruf zu erzählen. Es ist mir nicht gerade peinlich, dass ich nach einem Partner suche. Aber junge Leute finden es in der Regel lustig, wenn alte Leute sich verlieben wollen. Sie meinen es nicht böse, sie denken nicht darüber nach, so wie man über Kinder lacht, die sich wie Erwachsene benehmen, oder über Ehemänner, die versuchen den Wocheneinkauf zu übernehmen.

Ich gehe zurück ins Esszimmer und sehe dort auf meine traurige kleine Liste von infrage kommenden Männern aus Hamleigh. Jetzt erscheint mir das alles ziemlich unbedeutend. Ich denke nur noch an Carla und versuche, mich abzulenken – mit Basils Tweedsakkos, Dr. Piotrs Exfrau – aber es hat keinen Zweck, also setze ich mich und gebe mich meinen Erinnerungen hin.

Ich sehe Carla als kleines Mädchen mit wildem Lockenkopf und aufgeschürften Knien vor mir, das die Hand ihrer Schwester umklammert. Ich sehe sie als junge Frau im verwaschenen Greenpeace-T-Shirt, zu dürr, aber grinsend und voller Energie. Und dann denke ich an die Carla, die in Marians Wohnzimmer gelegen hat. Abgemagert und verhärmt, die mit all ihrer Kraft gegen den Krebs ankämpfte.

So sollte ich sie nicht beschreiben, als hätte sie schwach gewirkt – sie war immer noch ganz Carla, immer noch voller Feuer. Selbst bei Leenas letztem Besuch, nur wenige Tage vor ihrem Tod, hat sie ihrer großen Schwester die Stirn geboten.

Sie lag in ihrem Krankenhausbett, das ein paar nette Leute vom Gesundheitsdienst eines Abends mit erstaunlicher Geschicklichkeit in Marians Wohnzimmer aufgebaut hatten. Sie waren schon wieder weg, ehe ich ihnen überhaupt eine Tasse Tee anbieten konnte. Marian und ich standen im Eingang. Leena saß neben dem Bett in einem Sessel, den wir einmal dort hingestellt und nicht wieder verrückt hatten. Das Zentrum des Wohnzimmers bildete nun nicht länger der Fernseher, sondern das Bett mit dem cremefarbenen Gitter auf beiden Seiten der Matratze. Mit einer grauen Fernbedienung konnte man die Höhe verstellen, wenn Carla aufrecht sitzen wollte. Immer war dieses Ding unauffindbar irgendwo unter der Decke vergraben.

»Du bist unglaublich«, sagte Leena mit tränenfeuchten Augen zu ihrer Schwester. »Ich finde, du bist ... du bist unglaublich, so tapfer und ...«

Schneller als ich es ihr in diesem Zustand zugetraut hatte, streckte Carla die Hand aus und boxte ihre Schwester gegen den Arm.

»Hör auf. Wenn ich nicht sterben würde, würdest du so etwas nie sagen«, behauptete sie. Auch wenn ihre Stimme schwach und trocken klang, konnte man die Belustigung heraushören. »Du bist jetzt viel netter zu mir. Das ist schräg. Es fehlt mir, dass du mir vorwirfst, ich würde mein Leben vergeuden.«

Leena schreckte zurück. »Ich habe nicht …«

»Schon okay, Leena, ich will dich doch nur ärgern.«

Leena bewegte sich unruhig im Sessel, und Carla verdrehte die Augen, als wollte sie sagen: Ach, Mensch. Damals hatte ich mich an den Anblick ihres Gesichts ohne Augenbrauen gewöhnt, doch ich weiß noch, wie fremd es zuerst gewirkt hat – in gewisser Weise fremder als der Verlust ihrer langen braunen Locken.

»Schon gut, schon gut. Ich bin jetzt ernst«, sagte sie.

Sie sah zu Marian und mir und nahm dann Leenas Hand, ihre Finger waren so blass gegen Leenas gebräunte Haut.

»In Ordnung? Ernstes Gesicht machen.« Carla schloss einen Moment die Augen. »Ich wollte dir etwas sagen, weißt du? Etwas Ernstes.« Dann öffnete sie die Augen und richtete den Blick auf Leena. »Weißt du noch, wie wir zelten waren? In dem Sommer, als du von der Uni zurück warst? Und wie du meintest, mit Unternehmensberatung könnte man die Welt verändern, und ich gelacht habe? Und wie wir uns dann über Kapitalismus gestritten haben?«

»Ja, ich erinnere mich«, sagte Leena.

»Ich hätte nicht lachen sollen.« Carla schluckte und verzog vor Schmerz das Gesicht – sie kniff leicht die Augen zusammen, ihre ausgetrockneten Lippen zitterten. »Ich hätte dir zuhören und dir sagen sollen, dass ich stolz auf dich bin. In gewisser Weise prägst du die Welt – du machst sie besser, und die Welt braucht Menschen wie dich. Ich will, dass du es all diesen spießigen alten Männern zeigst. Gründe deine eigene Firma. Hilf den Menschen. Und versprich mir, dass du dich nicht davon aufhalten lässt, dass du mich verlierst.«

Daraufhin schluchzte Leena mit hochgezogenen Schultern. Carla schüttelte den Kopf.

»Leena, hör auf, ja? Herrgott, das kommt dabei heraus, wenn man ernst ist! Muss ich dich erst wieder boxen?«

»Nein«, sagte Leena und lachte unter Tränen. »Nein, bitte nicht. Das hat echt wehgetan.«

»Also. Eins muss dir klar sein: Jedes Mal, wenn du dir eine Gelegenheit entgehen lässt, jedes Mal, wenn du dich fragst, ob du etwas wirklich schaffen kannst, jedes Mal, wenn du überlegst, irgendetwas aufzugeben … boxe ich dich aus dem Jenseits.«

Und das war Carla Cotton.

Sie war temperamentvoll, und sie war albern, und sie wusste, dass wir es ohne sie nicht schaffen konnten.

3

Leena

Ich wache um zweiundzwanzig Minuten nach sechs auf, zweiundzwanzig Minuten nach meinem gewöhnlichen Weckerklingeln, und schieße japsend in die Höhe. Ich glaube, die seltsame Ruhe beunruhigt mich, die Abwesenheit des penetrant-fröhlichen Handyweckerbimmelns. Ich brauche eine Weile, um mich daran zu erinnern, dass ich nicht zu spät dran bin – ich muss nicht aufstehen und ins Büro gehen. Tatsächlich *darf* ich gar nicht ins Büro.

Ich lasse mich wieder ins Kissen sinken, während das Grauen und die Scham erneut über mich hereinbrechen. Ich habe furchtbar schlecht geschlafen, habe in Endlosschleife das Meeting Revue passieren lassen und war dabei immer nur im Halbschlaf, und dann, als ich endlich eingeschlafen bin, habe ich an Carla gedacht und an eine der letzten Nächte, die ich in Mums Haus verbracht habe. Wie ich ins Bett gekrochen bin und Carla an mich gedrückt habe, ihr schwacher Körper schmiegte sich an meinen, als wäre sie ein Kind. Nach einer Weile hat sie mich mit dem Ellbogen weggestoßen. *Mach doch das Kissen nicht nass*, nörgelte sie, doch dann küsste sie mich auf die Wange und schickte mich in die Küche, damit ich uns einen Mitternachtskakao zubereite, und wir tuschelten kichernd noch eine Weile lang, als wären wir wieder kleine Mädchen.

Ich habe schon einige Monate nicht mehr von Carla geträumt. Nun, wo ich wach bin und mich an den Traum zurückerinnere, vermisse ich meine Schwester so sehr, dass ich ein *O Gott* herauswürge und mich an die Trauer erinnere, die mir in den ersten Monaten die Brust zusammenschnürte, und sie für einen herzzerreißenden Augenblick noch einmal spüre und mich frage, wie ich diese Zeit überhaupt überlebt habe.

Das ist schlimm. Ich muss mich bewegen. Ich gehe joggen. Danach werde ich mich besser fühlen. Ich schlüpfe in die Lululemon-Leggings, die mir Ethan zum Geburtstag geschenkt hat, und ein altes T-Shirt und stürze durch die Tür. Ich renne durch die Straßen von Shoreditch, bis dunkle Backsteine und Street-Art den umfunktionierten Lagerhallen von Clerkenwell weichen, an den geschlossenen Bars und Restaurants der Upper Street vorbei, der grünen Üppigkeit von Islington, bis mir der Schweiß aus allen Poren rinnt und ich nur noch an den nächsten Meter in Sichtweite denken kann. Den nächsten Schritt, den nächsten Schritt, den nächsten Schritt.

Als ich zurückkomme, ist Martha in der Küche und will ihren sehr schwangeren Körper in einen der lächerlichen Art-Déco-Frühstücksstühle zwängen, die sie gekauft hat. Ihr dunkelbraunes Haar ist zu Zöpfen gebunden; Martha sieht immer jung aus, aber mit den Zöpfchen sieht sie aus, als sollte sie dieses Kind von Gesetzes wegen noch nicht austragen.

Ich strecke ihr meinen Arm entgegen, damit sie sich hochziehen kann, aber sie winkt ab.

»Das ist sehr lieb«, sagt sie. »Aber du bist viel zu verschwitzt, um andere Menschen anzufassen, meine Liebe.«

Ich wische mir mit meinem T-Shirt übers Gesicht und lasse mir an der Spüle ein Glas Wasser einlaufen. »Wir brauchen vernünftige Stühle«, erkläre ich ihr über die Schulter hinweg.

»Nein, brauchen wir nicht! Diese hier sind *perfekt*«, erklärt mir .Martha und versucht rückwärts, ihren Hintern auf die Sitzfläche zu bugsieren.

Ich verdrehe die Augen. Martha ist eine gefragte Innenarchitektin. Bei der Arbeit hat sie es mit schillernden Persönlichkeiten zu tun, alles ist anstrengend und unvorhersehbar; ihre Kunden sind albtraumhaft wählerisch und rufen sie immer zu den unmöglichsten Zeiten an, um wegen Vorhangstoffen ausgedehnte Zusammenbrüche zu erleiden. Der Vorteil liegt aber darin, dass sie Rabatt auf Designermöbel bekommt und unsere Wohnung mit etlichen äußerst stylishen Sachen dekoriert hat, die entweder gar keinen Zweck erfüllen – wie die W-förmige Vase auf dem Fensterbrett und die gusseiserne Lampe, die fast gar kein Licht spendet, wenn man sie anknipst – oder mit voller Absicht nicht das tun, was sie tun sollen: Die Frühstücksstühle, auf denen man kaum sitzen kann, den Sofatisch mit der konvexen Oberfläche.

Dennoch scheint es sie glücklich zu machen, und ich bin so selten in der Wohnung, dass es mich nicht sonderlich stört. Ich hätte mich nie von Martha dazu überreden lassen sollen, mir diese Bude mit ihr zu teilen, aber als ich nach London kam, konnte ich einfach dem Gedanken nicht widerstehen, in einer alten Druckerei zu wohnen. Mittlerweile ist es einfach nur noch eine sehr teure Wohnung, in der ich ins Bett falle – und gar nicht bemerke, dass wir anscheinend ein Hipsterleben im Loft führen. Wenn Martha auszieht, sollte ich wirklich mit Fitz darüber reden, dass wir uns eine vernünftigere Wohnung suchen. Abgesehen von der seltsamen alten Nachbarin mit den Katzen scheint jeder andere im Haus einen Schnurrbart oder ein Start-up zu haben; ich weiß nicht, ob wir tatsächlich nach Shoreditch gehören. »Konntest du gestern Abend noch mit Yaz sprechen?«, frage ich und hole mir noch ein Glas Wasser.

Yaz ist Marthas Freundin, die gerade sechs Monate lang mit einer Theaterproduktion durch Amerika reist. Yaz' und Marthas Beziehung verursacht mir viel Stress. Alles scheint eine unglaublich komplizierte Planung zu erfordern. Sie befinden sich immer in verschiedenen Zeitzonen, schicken sich wichtige Dokumente über den Atlantik und treffen maßgebliche Entscheidungen bei WhatsApp-Anrufen mit schlechtem Empfang. Die derzeitige Situation passt genau zu ihnen: Yaz wird in acht Wochen zurückkommen, in ein Haus einziehen (das noch gekauft werden muss) und ihre schwangere Freundin zu sich holen, bevor das Baby einige Tage später kommen soll. Ich schwitze schon, wenn ich nur darüber nachdenke.

»Ja, Yaz geht es gut«, sagt Martha und streicht sich gemütlich über den Bauch. »Sie redet in Lichtgeschwindigkeit über Tschechow und Baseball. Wie sie eben ist.« Aus ihrem verliebten Lächeln wird ein herzhaftes Gähnen. »Sie wird aber dürr, weißt du. Sie braucht eine ordentliche Mahlzeit.«

Ich unterdrücke ein Lächeln. Martha ist vielleicht noch nicht Mutter, aber sie bemuttert jeden in ihrer Umgebung, schon solange ich denken kann. Sie liebt es, mit wohlwollender Übergriffigkeit Menschen zu füttern. Sie besteht außerdem darauf, Freunde aus dem Pilatesunterricht zum Essen mit nach Hause zu bringen, weil sie hofft, bei ihnen wäre jemand für Fitz dabei, unseren Mitbewohner.

Wo ich gerade an Fitz denke … Ich schaue auf meiner Fitbit nach der Zeit. Er hat gerade den vierten neuen Job dieses Jahr angetreten, da sollte er wirklich nicht zu spät kommen.

»Ist Fitz schon wach?«, frage ich.

Wie gerufen kommt er ins Zimmer und stellt seinen Kragen

hoch, um eine Krawatte umzubinden. Sein Bart sieht wie immer so akkurat aus, als hätte er die Umrisse mit einem Lineal gezogen – ich wohne seit drei Jahren mit ihm zusammen und verstehe immer noch nicht, wie er das macht. Fitz sieht völlig zu Unrecht immer aus, als hätte er alles unter Kontrolle. Sein Leben ist immer ein völliges Wirrwarr, aber seine Socken sind stets perfekt gebügelt. (Zu seiner Verteidigung muss ich sagen, dass man sie auch *immer* sieht – er trägt seine Hosen einige Zentimeter zu kurz – und sie interessanter sind als die Socken normaler Menschen. Auf einem Paar ist SpongeBob Schwammkopf zu sehen, ein anderes Paar erinnert an ein Gemälde von van Gogh, und sein Lieblingspaar sind seine »politischen Strümpfe«, bei denen auf Knöchelhöhe »Brexit ist Bullshit« steht.)

»Ich bin wach. Die Frage lautet eher, warum *du* wach bist, Urlauberin?«, will Fitz wissen und bindet seine schmale Krawatte fest.

»Oh, Leena«, sagt Martha. »Es tut mir leid, ich habe total vergessen, dass du heute früh nicht zur Arbeit gehst.« Sie reißt die Augen mitleidsvoll auf. »Wie geht es dir dabei?«

»Schlecht«, gebe ich zu. »Und dann bin ich auch noch böse auf mich, weil ich mich schlecht fühle, denn wer würde sich schlecht fühlen, wenn er zwei Monate bezahlten Urlaub hätte? Aber ich durchlebe den Augenblick in dem Meeting wieder und wieder. Dann will ich mich nur in Embryonalhaltung zusammenrollen.«

»Die Embryonalhaltung ist nicht so statisch, wie viele denken«, sagt Martha, verzieht das Gesicht und reibt über eine Seite ihres Bauches. »Aber ja, das ist total natürlich, Süße. Du brauchst eine Pause – das sagt dir dein Körper. Und du musst dir vergeben. Du hast nur einen kleinen Fehler gemacht.«

»Leena hat aber noch nie zuvor einen Fehler gemacht«, sagt Fitz und geht zum Smoothie-Maker. »Sie braucht Zeit, um sich daran zu gewöhnen.«

Ich blicke finster drein. »Ich habe Fehler gemacht.«

»Oh, bitte, Little Miss Perfect. Dann nennen Sie einen«, sagt Fitz und blinzelt mir über die Schulter hinweg zu.

Martha bemerkt meinen irritierten Gesichtsausdruck und will meinen Arm drücken, dann erinnert sie sich daran, wie verschwitzt ich bin, und tätschelt mir sanft die Schulter.

»Hast du am Wochenende etwas vor?«, fragt sie mich.

»Ich fahre nach Hamleigh«, antworte ich und schaue auf mein Telefon. Ich warte auf eine Nachricht von Ethan – er musste gestern lange arbeiten, aber ich hoffe, dass er heute Abend Zeit hat. Ich brauche eine Umarmung von ihm, eine dieser tollen langen, wo ich mein Gesicht an seinen Hals drücke und er mich ganz umschlingt.

»Echt?«, fragt Fitz und verzieht das Gesicht. »Du fährst in den Norden, um deine Mutter zu besuchen – *so etwas* willst du mit deiner freien Zeit machen?«

»Fitz!«, rügt ihn Martha. »Ich halte das für eine tolle Idee, Leena. Nach einem Besuch bei deiner Granny wird es dir so viel besser gehen, und du musst keine Zeit mit deiner Mutter verbringen, wenn du dazu nicht bereit bist. Kommt Ethan mit dir mit?«

»Wahrscheinlich nicht – er hat gerade dieses Projekt in Swindon. Die Deadline ist nächsten Donnerstag – er wohnt quasi im Büro.«

Daraufhin lässt Fitz den Smoothie-Maker aufheulen. Er muss nichts sagen: Ich weiß, dass er denkt, Ethan und ich würden einander nicht genügend Priorität im Leben einräumen. Es stimmt, dass wir uns nicht so häufig sehen, wie wir gern würden – wir sind vielleicht im selben Unternehmen angestellt, aber wir sind immer in unterschiedlichen Projekten tätig und arbeiten für gewöhnlich in verschiedenen gottverdammten Industrieparks. Aber genau das macht Ethan auch so großartig für mich. Er versteht, wie wichtig Arbeit ist. Als Carla gestorben ist und ich so große Probleme hatte, mich über Wasser zu halten, war es Ethan, der dafür sorgte, dass ich mich weiterhin auf meine Arbeit fokussiere, mich daran erinnerte, was ich daran liebte, und mich dazu drängte, weiterzuschwimmen, damit ich nicht unterging.

Nur, dass ich nun keine Arbeit mehr habe, die mich weitermachen lässt, zumindest nicht in den nächsten acht Wochen. Zwei Furcht einflößende leere Monate habe ich vor mir. Wenn ich an die ganzen Stunden der Ruhe und Stille und die viele Zeit zum Nachdenken denke, verliere ich den Boden unter den Füßen. Ich brauche ein Ziel, ein Projekt, *irgendwas*. Wenn ich mich nicht bewege, werden die Wellen über meinem Kopf zusammenschlagen, und allein bei dem Gedanken bekomme ich Panik.

Ich schaue auf mein Telefon. Ethan ist mehr als anderthalb Stunden zu spät – er wurde wahrscheinlich von einem Kollegen aufgehalten. Ich habe den ganzen Nachmittag lang die Wohnung geputzt und war rechtzeitig zu seiner Ankunft fertig, doch nun habe ich auch noch Möbel vorgerückt und Stuhlbeine abgesaugt, die Art exzessives Putzen betrieben, die einem eine eigene Sendung bei Channel Four einbringt.

Als ich schließlich seinen Schlüssel in der Tür höre, krieche ich unter dem Sofa hervor und ziehe mein riesiges Sweatshirt glatt. Vorne drauf ist Buffy, ein großes Bild von ihrem besten Leg-dich-nicht-mit-mir-an-Gesicht. (Die meisten meiner Kleidungsstücke, bei denen es sich nicht um Hosenanzüge handelt, sind riesige Nerd-Pullis.)

Ethan atmet dramatisch aus, als er ins Zimmer kommt, sich auf den Absätzen umdreht und alles betrachtet. Es sieht tatsächlich gut aus. Wir sorgen immer dafür, dass alles ordentlich ist, nun aber funkelt die ganze Wohnung.

»Ich hätte wissen müssen, dass du es nicht einmal einen Tag lang ohne eine Art fieberhaften Aktionismus aushältst«, sagt Ethan und küsst mich. Er riecht nach schwerem Parfum mit einer Zitrusnote, und seine Nase ist kalt vom Märzregen. »Hier sieht es toll aus. Magst du bei mir gleich weitermachen?«

Ich haue ihm auf den Arm, und er lacht, wirft sich das dunkle Haar mit der für ihn typischen Kopfbewegung aus der Stirn. Er beugt sich nach unten und küsst mich erneut, und ich spüre ein wenig Neid, als ich bemerke, wie aufgedreht er von der Arbeit ist. Ich vermisse dieses Gefühl.

»Es tut mir leid, dass ich zu spät bin«, sagt er und geht in die Küche. »Li hat mich beiseitegenommen, um über die Zahlen im Forschungs- und Entwicklungsbereich für den Webster-Bericht zu sprechen, und du weißt ja, wie er ist, er versteht Anspielungen ums Verrecken nicht. Wie hältst du dich über Wasser, mein Engel?«, ruft er mir zu.

Mein Magen zieht sich zusammen. *Wie hältst du dich über Wasser, mein Engel?* Das hat Ethan jeden Abend am Telefon zu mir gesagt, als es Carla sehr schlecht ging; er hatte es vor meiner Tür gesagt, als er genau dann auftauchte, als ich ihn brauchte, mit einer Flasche Wein und einer Umarmung; er sagte es, als ich bei Carlas Beerdigung strauchelte und seine Hand so fest gedrückt hielt, dass es bestimmt schmerzte. Ich hätte das alles ohne ihn nicht überstanden. Ich weiß nicht, wie man jemandem ausreichend danken kann, der einen durch die dunkelsten Zeiten des Lebens geführt hat.

»Mir geht es … okay«, sage ich.

Ethan kommt wieder herein, die Strümpfe an seinen Füßen beißen sich ein wenig mit seinem Business-Anzug. »Ich glaube, das wird dir guttun«, sagt er. »Die Auszeit.«

»Wirklich?«, frage ich und lasse mich aufs Sofa plumpsen. Er setzt sich neben mich und zieht meine Beine über seine.

»Absolut. Und du kannst dennoch am Ball bleiben – du bist bei meinen Projekten immer willkommen, das weißt du, und ich kann bei Rebecca erwähnen, wie sehr du mir hilfst, damit sie weiß, dass du während deiner Abwesenheit nichts von deiner Wettbewerbsfähigkeit verlierst.«

Ich setze mich etwas aufrechter hin. »Wirklich?«

»Natürlich.« Er küsst mich. »Du weißt, dass ich hinter dir stehe.«

Ich setze mich anders hin, damit ich ihn vernünftig anschauen kann: seinen ausdrucksstarken Mund, das seidige schwarze Haar, die wenigen Sommersprossen über seinen hohen Wangenknochen. Er ist so schön, und er ist hier, genau jetzt, wenn ich ihn am meisten brauche. Ich kann mich mehr als glücklich schätzen, dass ich diesen Mann gefunden habe.

Er lehnt sich zur Seite, um sich seine Laptop-Tasche zu schnappen, die er über die Armlehne des Sofas geworfen hatte. »Willst du dir mit mir zusammen die Präsentationsfolien anschauen? Für die Webster-Review?«

Ich zögere, aber er öffnet schon den Laptop, legt ihn mir auf die Beine, deswegen lehne ich mich zurück und höre zu, während er anfängt zu reden, und mir wird klar, dass er recht hat – das hilft. Wenn ich hier sitze, mit Ethan, und seine sanfte, leise Stimme höre, mit der er über Erträge und Prognosen spricht, fühle ich mich fast wieder wie die Alte.

4

Eileen

Freitagnachmittag muss ich mich ziemlich beeilen – Dec hat mir die Eingeweide einer Maus auf die Fußmatte gelegt. Aus Katzensicht war das sicher nett gemeint, aber es ist ziemlich mühselig, das Zeug von den Sohlen meiner Lieblingsschuhe zu entfernen.

Gerade noch rechtzeitig schaffe ich es zum Treffen der Nachbarschaftswache im Gemeindezentrum. Die Einwohner von Hamleigh-in-Harksdale machen sich große Sorgen wegen möglicher Straftaten. In den letzten fünf Jahren hat es allerdings nur ein einziges Vorkommnis in dieser Richtung gegeben – den Diebstahl von Basils Rasenmäher. Wie sich später herausstellte, hatte Betsy ihn sich geliehen, die schwört, Basil vorher gefragt zu haben. Wem man auch glaubt, dies ist wohl kaum eine epidemieartige Ausbreitung illegaler Aktivitäten, und ein zweistündiges Treffen jede Woche scheint ziemlich sicher etwas übertrieben.

Zum Glück habe ich jetzt die Leitung der Nachbarschaftswache übernommen, mit Betsy als meiner Stellvertreterin (es wurde beschlossen, dass Betsy angesichts ihrer oben erwähnten kriminellen Vergangenheit nicht den Vorsitz übernehmen kann). Wir haben die Treffen deutlich interessanter gestaltet. Da wir genau genommen keine Nachbarschaftswache sind, sondern Menschen, die gern ihre Nachbarn überwachen, müssen wir uns nicht an irgendwelche Regeln oder Vorschriften halten. Darum haben wir aufgehört, so zu tun, als würden wir über kriminelle Vorkommnisse reden, sondern konzentrieren uns auf Klatsch und Tratsch aus dem Dorf und auf den Ärger mit konkurrierenden Nachbardörfern. Als Nächstes haben wir viele Gratiskekse eingeführt, Kissen für die Stühle besorgt und ein Schild mit der Aufschrift »Nur für Mitglieder« gemalt. Dies hängen wir während unserer Treffen an die Tür des Gemeindesaals. In der Folge sind alle Nichtmitglieder eifersüchtig, und jeder, der »zum Club gehört«, bildet sich etwas darauf ein.

Betsy ruft die Anwesenden zur Ordnung, indem sie mit ihrem Hammer auf den Tisch des Gemeindesaals schlägt. (Gott weiß, wo Betsy diesen Hammer herhat, aber sie nutzt jede Gelegenheit, ihn zum Einsatz zu bringen. Neulich, als Basil beim Bingo besonders streitlustig war, hat er das Ding auf die Stirn bekommen. Daraufhin war er still. Dr. Piotr nahm Betsy allerdings später zur Seite und erklärte ihr, dass Kopfverletzungen zu vermeiden seien, nachdem Basil erst vor Kurzem einen Schlaganfall erlitten hat.)

»Wie lautet der erste Programmpunkt?«, ruft Betsy.

Ich reiche ihr die Tagesordnung.

Treffen der Nachbarschaftswache am 20. März

1) *Begrüßung*
2) *Tee für alle, Kekse*
3) *Dr. Piotr: Parken vor der Hausarztpraxis*
4) *Roland: Boykottieren wir weiterhin Julie's? Grund zur Neubewertung der Lage: kein Laden für Bacon-Sandwiches im Umkreis von zehn Meilen*
5) *Betsy: Klärung, ob Culottes tatsächlich wieder »in« sind*

6) Kekse, Tee

7) Eileen: Oldies Filmabend – Antrag, keine Filme mit Jack Nicholson mehr zu zeigen. Kann ihn nicht mehr ertragen, es muss noch andere ältere Schauspieler geben

8) Basil: der neueste Stand beim Krieg gegen die Eichhörnchen

9) Irgendwelche Rechtsverstöße?

10) Kekse, Tee

11) Diverses

Basil kocht Tee, was bedeutet, dass er grauenhaft schwach ist und in der Hälfte der Becher noch die Teebeutel schwimmen, weil Basil aufgrund seiner Kurzsichtigkeit nicht sieht, welche er noch nicht herausgefischt hat. Betsy hat allerdings eine sehr gute Auswahl an Keksen mitgebracht. Ich kaue auf einem Ingwerkeks, während Dr. Piotr ernst über diejenigen unter uns spricht, die »mit ihrem Elektromobil zwei Parkplätze blockieren« (er meint Roland) und über »die Folgen für andere Patienten« (er meint Basil, der sich stets darüber beklagt).

Ich denke an die Liste auf meinem Esstisch und versuche vergeblich, mir vorzustellen, wie ich Sex mit Dr. Piotr habe, woraufhin mir ein Stück Ingwerkeks in die falsche Röhre rutscht. Kurz bricht bei der Nachbarschaftswache Panik aus, und alle schlagen mir auf den Rücken. Betsy bereitet sich gerade darauf vor, den Heimlich-Griff anzuwenden, als ich meine Stimme wiederfinde und ihr erkläre, dass es schon geht. Und dass, sollte ich einmal zu ersticken drohen, es mir lieber wäre, wenn Dr. Piotr den Griff anwenden würde. Dabei tausche ich über Betsys Kopf hinweg einen amüsierten Blick mit ihm. In mir keimt Hoffnung auf, dass der Blick vielleicht sogar ein leichtes Flirten war, wobei ich etwas aus der Übung bin und nicht weiß, woran man das erkennt.

Betsy ist über meine Bemerkung verschnupft, was nicht anders zu erwarten war, wird jedoch von der Diskussion darüber abgelenkt, ob Culottes wieder in Mode sind. Das Thema kam auf, weil Kathleen Betsy letzte Woche erzählt hat, Culottes wären der letzte Schrei, woraufhin Betsy sechs über den Shopping-Kanal bestellt hat. (Kathleen senkt mit ihren fünfunddreißig Jahren den Altersdurchschnitt der Nachbarschaftswache beträchtlich. Mit drei Kindern unter sechs Jahren ist sie so scharf darauf, aus dem Haus zu kommen, dass sie sich bei jeder bestehenden Initiative im Dorf engagiert.) Betsy hat Zweifel wegen ihrer Neuanschaffung und benötigt eine Umfrage. Das ist ihre Lieblingsmethode, um sicherzustellen, dass niemand über sie redet – wenn etwas demokratisch entschieden wurde, sind alle schuld.

Die Nachbarschaftswache entscheidet, dass Culottes tatsächlich wieder modern sind, wobei ich glaube, dass Basil sie für irgendein französisches Gemüse hält, und seine Stimme war ausschlaggebend.

Nach der zweiten Keksrunde bringe ich meine Argumente gegen Jack-Nicholson-Filme vor, werde jedoch überstimmt: Penelope ist ein überraschend leidenschaftlicher Fan. Als Nächstes schwafelt Basil eine Weile über Eichhörnchen, was immer eine gute Gelegenheit ist, einen Moment die Augen zu schließen, wenn einem danach ist. Dann ist es Zeit für weitere Kekse und den wichtigsten Punkt auf der Tagesordnung: »irgendwelche Rechtsverstöße«. Auch bekannt als »neuer Klatsch«.

»Eileen, Betsy sagt, du hast dein Auto verkauft?«, fragt Penelope und blinzelt mich von gegenüber eulenhaft an. Penelope hat die Statur eines kleinen Vogels. Sie wirkt derart zart, dass ich immer Angst habe, sie könnte zerbrechen, aber eigentlich ist sie ganz schön zäh. Neulich habe ich beobachtet, wie sie mit einer Wasserpistole auf eine Katze schoss, die es auf ihr Blaumeisen-Nest abgesehen hatte – sie hat ihr direkt ins Auge gespritzt.

»Ich glaube, es ist klug, dass du das Fahren aufgegeben hast, Eileen«, sagt Betsy.

»Ich fahre noch«, widerspreche ich und straffe meinen Rücken. »Ich teile mir das Auto nur mit Marian.«

»Ach, du fährst noch?«, fragt Betsy. »Meine Güte. Das ist aber mutig nach dem Unfall auf der Sniddle Road!«

Betsy ist eine gute Seele und eine sehr liebe Freundin, aber sie kann hervorragend ziemlich unfreundliche Dinge in einem Ton sagen, der keine Widerrede duldet. Was meinen »Unfall« auf der Sniddle Road angeht, so ist er kaum der Rede wert. Ich gebe zu, es war nicht gerade mein bester Einparkversuch, aber wer ahnt denn auch, dass ein Geländewagen so leicht zerbeult? Das Ding sah aus wie ein verdammter Panzer.

»Dann hast du wohl dein neuestes Projekt aufgegeben?«, fragt Basil und streicht sich die Kekskrümel aus dem Schnurrbart. »Hast du in dem Auto nicht streunende Hunde befördert?«

»Ich habe die netten Leute in der Hundeauffangstation in Daredale unterstützt«, erkläre ich mit Würde. »Aber die haben jetzt einen eigenen Transporter.«

»Dir fällt ganz sicher bald was Neues ein!«, sagt Basil lachend.

Ich kneife die Augen zusammen.

»Hast du die Suche nach einem Sponsor für die Feier am 1. Mai schon aufgegeben?«, fährt er fort. »Ist kein großes Unternehmen bereit, seinen Namen für ein kleines Dorffest herzugeben?«

Ich beiße die Zähne zusammen. Zufällig habe ich tatsächlich

Schwierigkeiten, einen Sponsor für die Maifeierlichkeiten zu finden. Ich hatte gehofft, jemand würde die Kosten der Veranstaltung übernehmen, sodass wir die Einnahmen an die Stiftung für Krebskranke spenden könnten, die so viel für Carla getan hat. Aber heutzutage ist es schon schwierig, in den großen Firmen in Leeds überhaupt jemanden ans Telefon zu bekommen, und die Geschäfte im Ort, bei denen ich es versucht habe, schnallen alle den Gürtel enger und haben kein Geld übrig.

»Komisch!«, gluckst Basil.

»Ich werde mich nicht dafür entschuldigen, dass ich auf dieser Welt etwas bewegen will, Basil«, erwidere ich eisig.

»Schon gut, schon gut«, sagt Basil. »Und es ist sehr tapfer von dir, dass du allen Widrigkeiten zum Trotz weitermachst.«

Zum Glück wechseln wir das Thema. Penelope wendet sich an Dr. Piotr und spricht Rolands jüngste Erkrankung an, daraufhin nutze ich die Gelegenheit, ein paar Worte mit Betsy zu wechseln.

»Hast du noch mal mit deiner Tochter gesprochen, Liebes?«, frage ich sie leise. »Wegen des Besuchs?«

Betsy schürzt die Lippen. »Hab's versucht«, sagt sie. »Kein Glück.«

Das Problem ist Betsys Mann. Ihre Tochter will sich nicht mehr mit ihm in einem Raum aufhalten. Ich verstehe das – Cliff ist ein widerlicher Kerl, und ich weiß nicht, wie Betsy es all die Jahre mit ihm ausgehalten hat. Sogar Wade konnte den Typen nicht leiden. Aber Betsy von ihrer Familie zu trennen würde sicher alles nur noch schlimmer machen. Da mische ich mich nicht ein. Ich drücke nur ihre Hand.

»Sie wird kommen, wenn sie so weit ist«, sage ich.

»Nun ja, besser, sie lässt sich nicht mehr allzu viel Zeit«, sagt Betsy. »Ich bin achtzig!«

Darüber muss ich schmunzeln. Betsy ist fünfundachtzig. Sogar wenn sie eigentlich betonen will, wie alt sie ist, schummelt sie bei ihrem Alter.

»… Busse nach Knargill fahren nur noch einmal am Tag«, sagt Basil zu Roland auf meiner anderen Seite. »Ich kann mir nicht helfen, aber ich glaube, das ist Teil des Problems.«

Basil beklagt sich am liebsten über Folgendes, und zwar in dieser Reihenfolge: Eichhörnchen, Verkehrsverbindungen, das Wetter und den Zustand des Landes. Man sollte ihn auf keines dieser Themen ansprechen, insbesondere nicht auf das letzte, denn Basil noch zu mögen, nachdem man ihn einmal über Immigration hat reden hören, ist nicht leicht.

»Und da war sie«, sagt Basil. »Mit dem Kopf in der Kartoffellauchsuppe! Vermutlich ein schauriger Anblick. Die arme junge Frau, die sie gefunden hat, wollte ihr nur neue Iso-Fenster anbieten. Die Tür war nicht verschlossen, und da war sie – seit einer Woche tot, und niemand hat es gemerkt!«

»Wovon redest du, Basil?«, frage ich. »Erzählst du wieder Horrorgeschichten?«

»Eine Frau drüben in Knargill«, sagt Basil und nippt selbstgefällig an seinem Tee. »Ist in ihrer Suppenschüssel ertrunken.«

»Das ist ja schrecklich!«, sagt Betsy.

»War schon alles voller Fliegen und Maden, als sie sie gefunden haben?«, erkundigt sich Penelope interessiert.

»Penelope!«, rufen alle im Chor, um sich dann sofort wieder Basil zuzuwenden und die Antwort zu hören.

»Wahrscheinlich«, sagt er und nickt weise. »Sehr wahrscheinlich. Die arme Frau war erst neunundsiebzig. Ihr Mann ist letztes Jahr gestorben. Hatte keine Menschenseele, die sich um sie gekümmert hat. Die Nachbarn sagen, sie hätte seit Monaten mit niemandem außer mit den Vögeln gesprochen.«

Plötzlich fühle ich mich seltsam, ein bisschen schwindelig vielleicht, und als ich nach einem weiteren Ingwerkeks greife, merke ich, dass meine Hand mehr als sonst zittert.

Vermutlich weil die arme Frau genauso alt war wie ich. Aber das ist auch schon alles, was wir gemeinsam haben, ermahne ich mich streng. Ich hätte mir nie Kartoffellauchsuppe gemacht, damit geht es schon mal los – viel zu langweilig. Ich schlucke. Der gestrige Vorfall mit dem Glas hat mich auf unschöne Art daran erinnert, wie schnell es gehen kann, dass man nicht mehr zurechtkommt. Umso schneller, wenn man allein lebt. »Wir sollten mehr für solche Menschen tun«, werfe ich ein. »Mit den Streichungen bei den Busfahrplänen und den Finanzierungsschwierigkeiten der Seniorentransporte haben sie es schwer, irgendwohin zu kommen.«

Alle sehen mich ziemlich überrascht an. Wenn die Nachbarschaftswache über Einwohner von Knargill spricht, folgt darauf meist ein schadenfrohes Gackern von Betsy, die daraufhin erklärt: »Geschieht ihnen ganz recht, wer wohnt denn auch in Knargill.«

»Nun ja, vielleicht«, sagt Penelope leicht gereizt in die Stille.

»Setzen wir es auf die nächste Tagesordnung«, sage ich und mache mir eine Notiz.

Es folgt eine etwas verlegene Pause.

»Wisst ihr, dass sie drüben in Firs Blandon eine Konkurrenzveranstaltung zu unserer Maifeier planen?«, sagt Basil und sieht mich durchtrieben an, als würde er meine Loyalität auf die Probe stellen.

»Nein!«, sage ich und schnalze mit der Zunge. Basil sollte wissen, dass ich mich niemals auf die Seite von Firs Blandon stellen würde. Vor ein oder zwei Jahrzehnten, als Hamleigh nach einem schweren Sturm drei Tage lang ohne Strom war, haben alle anderen Orte mit Spenden geholfen und jenen, die keine Heizung hatten, Gästezimmer angeboten. Nur in Firs Blandon machte keine Seele auch nur einen Finger krumm. »Also«, sage ich streng, »eine Maifeier in Firs Blandon wird nie so gut wie unsere.«

»Natürlich nicht!«, erklärt Betsy, und alle entspannen sich, denn jetzt bewegen wir uns wieder auf sicherem Grund. »Möchte noch jemand Kekse?«

Der Rest des Treffens verläuft wie üblich, aber mein unangenehmes, seltsames Gefühl lässt mich den ganzen Tag nicht mehr los. Gut, dass Leena morgen kommt. Ich bin ziemlich erschöpft, und es ist so viel einfacher, unabhängig zu sein, wenn noch jemand bei einem ist.

5

Leena

Hamleigh-in-Harksdale ist genauso niedlich, wie es sich anhört. Das Dorf schmiegt sich zwischen zwei Berge im Süden der Yorkshire Dales; ich kann schon die Dächer und die schiefen Schornsteine zwischen den gelbbraunen Felsen erkennen, als der Bus über die Talstraße rattert.

Ich bin nicht in Hamleigh aufgewachsen – Mum ist erst dorthin gezogen, als Carla krank wurde. Ich habe zwei Versionen dieses Dorfes vor Augen: Die Hälfte meiner Erinnerungen ist angenehm sepiafarben gehalten, und an ihr haftet Kindheitsnostalgie, und die andere Hälfte ist dunkel und schmerzhaft, voller Verlust. Der Magen zieht sich mir zusammen, während ich versuche, mich daran zu erinnern, wie ich mich als Kind hier gefühlt habe, die Freude, um diese Kurve zu fahren und Hamleighs Dächer vor uns zu sehen.

Selbst als wir Teenager waren und uns ständig an die Gurgel gingen, ließen Carla und ich während der Besuche bei Grandma und Grandpa die Waffen ruhen. Wir meckerten über die Partys, die wir verpassen würden, während Mum uns aus Leeds hierherfuhr, aber sobald wir Hamleigh erreichten, erinnerten wir uns daran, wer wir hier waren, und verbotener Cider und Küsse mit Jungs aus der Sechsten wirkten ein wenig absurd, als wäre all dies Teil eines anderen Lebens. Wir waren den ganzen Tag lang draußen, haben Brombeeren in alten Tupperdosen gesammelt und uns nicht um die Schrammen auf unseren frisch rasierten Beinen gekümmert, bis wir wieder daheim waren und sie im Schulrock zur Schau stellten, den wir an der Hüfte hochgerafft hatten.

Ich betrachte durch das schmierige Busfenster, wie die Farben der Dales vorbeiziehen: Rotbraun, Grün und das sandige Grau der Trockenmauern. Schafe blicken uns verschlafen nach. Es nieselt ein wenig, ich kann fast schon riechen, wie der Regen die Erde duften lässt, sauber, als wäre sie gerade aufgewacht. Die Luft ist hier frischer.

Nicht im Bus natürlich. Hier riecht es abgestanden, nach Schlaf und einem Chicken-Tikka-Sandwich. Aber sobald ich hinausgehe, weiß ich, dass der erste Atemzug wunderbar sein wird.

Hamleigh selbst besteht nur aus drei Straßen: Der Lower Lane, der Middling Lane und der Peewit Street, die man eigentlich Upper Lane hätte nennen sollen, aber so ist das verschrobene Dorfleben eben. Bei den Häusern handelt es sich zum größten Teil um gedrungene Häuschen aus Kalkstein mit bunten Schieferdächern, aber in der entferntesten Ecke der Middling Lane gibt es ein Neubaugebiet: Es sticht hervor wie eine Herpesblase, mit den grell-orangen Backsteinen und schwarz umrandeten Fenstern. Grandma hasst es. Immer wenn ich ihr sage, dass Großbritannien dringend neuen bezahlbaren Wohnraum braucht, sagt sie: »Nur weil so Kröten wie du dazu bereit sind, so viel für einen Schuhkarton in London zu zahlen«, was ich als wirtschaftliches Argument durchaus gelten lasse. Ich wünschte mir nur, ich wäre auch eine der Kröten, die das tatsächlich täte und die nicht Zehntausende Pfund für ein Hipsterloft zahlt.

Ich begebe mich von der Bushaltestelle direkt zu Grandmas

Haus. Ich bemerke, dass ich wegschaue, während ich an der Straßeneinmündung vorbeilaufe, wo meine Mum wohnt, als würde man an einem Verkehrsunfall auf der Autobahn vorbeifahren, ihn aber aus den Augenwinkeln doch betrachten.

Das Haus meiner Großmutter ist das schönste im ganzen Dorf: Clearwater Cottage, No 5, Middling Lane. Ein altes Schieferdach, an der Vorderwand rankt sich eine Glyzinie entlang, die Tür ist rubinrot … Es ist ein Märchenhaus. Dieser Knoten voller Angst zwischen meinen Rippen löst sich, als ich den Gartenweg entlanggehe.

Ich nehme den Türklopfer in die Hand.

»Leena?«, ertönt Grandmas Stimme.

Ich runzele die Stirn. Ich schaue nach rechts, dann nach links, dann nach oben.

»Grandma!«, kreische ich.

Meine Grandma steht auf halber Höhe in dem Apfelbaum links von der Haustür. Sie ist fast auf der gleichen Höhe wie das obere Fenster, hat jeden Fuß auf einen Ast gestellt, trägt kakifarbene Hosen und ein braunes Oberteil, womit sie sich gut in dem Grün tarnen kann. Wenn sie nicht dieses leuchtend weiße Haar hätte, hätte ich sie nicht entdeckt.

»Was zum Teufel machst du in dem Baum?«

»Ich beschneide ihn!«, ruft Grandma. Sie winkt mir mit einem langen, scharfen Gerät zu. Ich zucke zusammen. Das beruhigt mich nicht sonderlich.

»Du bist sehr … weit oben!«, sage ich und versuche, taktvoll zu sein. Ich will nicht sagen, dass sie zu alt dafür ist, aber ich kann nur an diese eine Folge von *24 Stunden in der Notaufnahme* denken, wo eine ältere Dame von einem Stuhl gefallen ist und sich sechs Knochen gebrochen hat. Dieser Baum ist viel höher als ein Stuhl.

Grandma lässt sich runterrutschen. Wirklich. Sie *rutscht*.

»Langsam! Meinetwegen musst du dich nicht beeilen!«, rufe ich und bohre mir die Fingernägel in die Handfläche.

»Da!« Das letzte Stück springt sie und wischt sich die Hände an der Strumpfhose ab. »Wenn du willst, dass etwas ordentlich gemacht wird, musst du es selbst machen«, erklärt sie mir. »Ich habe monatelang auf den Baumpfleger gewartet.«

Ich betrachte sie. Eigentlich sieht sie gut aus, ein wenig müde – ihre Wangen haben etwas Farbe, und ihre braunen Augen strahlen hinter ihren grün gerahmten Brillengläsern. Ich lehne mich zu ihr, um ihr ein Blatt aus dem Haar zu ziehen und dann ihren typischen welligen Bob wieder zu glätten. Sie nimmt meine Hand und drückt sie.

»Hallo, Liebes«, sagt sie und lächelt. »Heiße Schokolade?«

Grandma macht richtige heiße Schokolade: auf dem Herd mit Sahne und echter Schokolade. Die reine Dekadenz in einer Tasse. Carla hat einmal gesagt, dass man – wenn man mehr als eine Tasse trinkt – an diesem Tag nichts mehr essen kann, und es gibt nichts Besseres, finde ich. Ich mache mich nützlich, indem ich das Geschirr aus dem Abtropfgestell wegräume, während Grandma die Schokolade rührt. Ich war schon monatelang nicht mehr hier – das letzte Mal, als Grandpa Wade Ende letzten Jahres abgehauen ist –, aber alles sieht noch genau gleich aus. Das orangefarbene Holz der Fußleisten und der Küchenschränke, die ausgeblichenen gemusterten Teppiche, die schiefen gerahmten Familienbilder an der Wand.

Man sieht gar nicht, dass Grandpa Wade weg ist – oder dass er überhaupt hier war. Ich glaube nicht, dass er etwas außer seiner Kleidung mitgenommen hat. Clearwater Cottage hat sich immer schon wie Grandmas Haus angefühlt und nicht wie seins. Grandpa hat immer nur in einem Sessel in einer Wohn-zimmerecke gesessen, sich Wortbeiträge im Radio angehört und niemanden beachtet. Es war ein riesiger Schock, als er mit dieser Lehrerin für Gesellschaftstanz durchgebrannt ist – nicht weil ich dachte, er würde Grandma lieben, sondern einfach, weil ich es ihm nie zugetraut hätte, mit jemandem abzuhauen. Er ist die Sorte Mensch, die sich gerne beschwert, aber nie et-was unternimmt. Ich kann nur vermuten, dass die Tanzlehre-rin in Sachen Verführung die meiste Beinarbeit geleistet hat.

»Ich bin so froh, dass du hier bist, Liebes«, sagt Grandma und blickt mich über die Schulter hinweg an, während sie die heiße Schokolade in einem speziellen Topf rührt.

»Es tut mir leid. Ich hätte früher zurückkommen sollen.« Ich fummele an den Kühlschrankmagneten herum.

»Ich bin nicht böse, weil du in London wohnst«, sagt Grandma. »In deinem Alter hätte ich dasselbe gemacht, wenn ich gekonnt hätte.«

Ich blicke zu ihr auf. Grandma spricht nicht oft über die Vergangenheit – sie sagt immer, sie schaue lieber nach vorn als zurück. Aber ich weiß, dass sie Aussichten auf einen Job in London hatte, bevor sie mit Anfang zwanzig Grandpa getrof-fen hat. Dann haben sie geheiratet, sind hierhergezogen, und das war's dann. Das hat sie immer gesagt: *Das war's dann.*

Obwohl mir jetzt gerade klar wird: Das hätte es nicht gewe-sen sein *müssen.*

»Du könntest immer noch nach London«, erkläre ich ihr. »Du könntest sogar dort hinziehen, wenn du wolltest, wo Grandpa nun nicht mehr hier ist, um dich zurückzuhalten.«

Grandma schenkt uns heiße Schokolade ein. »Ach, sei doch nicht albern«, sagt sie. »Ich kann nicht einfach nach London abhauen, nicht, wenn deine Mutter mich braucht.«

Ich zucke zusammen. »Sie wird damit klarkommen, Grandma. Sie ist nicht so zerbrechlich, wie du denkst.«

Grandma schaut mich mit einem Blick an, der zu sagen scheint: *Und das weißt du woher so genau?*

Ich drehe mich weg und sehe, dass Grandmas Notizbuch offen auf dem Tisch liegt. Dieses Büchlein nimmt sie überall hin mit, und es ist für sie wie für mich das Smartphone, sie ist immer entsetzt, wenn sie es nicht in ihrer Tasche findet, selbst wenn sie nur kurz Milch einkaufen geht

»Was steht denn heute auf der To-do-Liste?«, frage ich und runzele dann die Stirn. »*Eigene Zähne?*«, schnaufe ich. »*Ist wahrscheinlich langweilig im Bett?*‹ Was ist das?«

Grandma schlägt das Notizbuch zu. »Nichts!«

»Wirst du gerade rot?« Ich glaube, ich habe meine Groß-mutter noch nie erröten sehen.

Sie greift sich an die Wange. »Sei nicht albern«, sagt sie. »Wir haben in den 1960er-Jahren aufgehört zu erröten.«

Ich lache und greife nach der Hand auf ihrer Wange. »Nein, definitiv ein rosiger Farbton«, informiere ich sie. »Willst du mir sagen, was los ist? Ist das ein neues Projekt? Normalerweise suchst du dir doch keine derart seltsamen Sachen aus.«

Sie presst die Lippen aufeinander, ihr pfirsichfarbener Lip-penstift setzt sich in den Falten ab.

»O Gott, sorry, Grandma.« Ich begleite sie zu einem Stuhl am Tisch. »Ist das etwas Wichtiges, und ich benehme mich hier gerade wie ein Idiot?«

»Nein, nein«, sagt Grandma sehr wenig überzeugend.

Ich will ihr das Notizbuch aus der Hand nehmen, und sie lässt es kurz darauf widerwillig los.

Ich überfliege die Liste, die sie gemacht hat. Es ist nun ziem-lich offensichtlich, worum es sich handelt. Das Herz wird mir weich, als ich es lese, weil diese Liste nicht nur niedlich ist, sondern auch so sehr zu Grandma passt und auch ein wenig traurig ist.

Grandmas Schultern sind angespannt; sie betrachtet mich argwöhnisch, und ich könnte mir selbst eine scheuern, weil ich so unsensibel war.

»Nun«, sage ich, »das reicht doch noch nicht.« Ich schaue wieder auf die Liste.

»Basil ist der mit dem Bart und dem ›Britain First‹-Aufkleber auf der Stoßstange, oder?«

»Ja«, sagt Grandma und sieht immer noch argwöhnisch aus.

»Magst du ihn?«

»Also, ich …« Grandma spricht nicht weiter. »Eigentlich nicht«, gibt sie zu. »Er ist mir ein wenig zu fanatisch.«

Ich nehme einen Stift und streiche Basil von der Liste.

»Moment!«, sagt Grandma. »Vielleicht könnte ich mich daran gewöhnen, ihn zu mögen …«

Ihre Stimmlage lässt mich zusammenzucken. Sie hört sich so abgekämpft an. Als würde es für sie nichts Besseres geben als Basil. Das passt nicht zu ihr – Eileen Cotton würde sich niemals mit einem Mann wie Basil abgeben. Nun, sie hat sich auch mit Grandpa Wade abgegeben, aber ich hatte immer den Eindruck, sie hatte gemerkt, dass das ein Fehler war, und war nur aus einer sturen Art von Loyalität bei ihm geblieben – ihre Beziehung war mehr eine Partnerschaft, auf die sie sich geeinigt hatten, als eine Ehe. Als er sie verlassen hatte, empfand sie das nicht als Betrug, sondern eher als eine enorme Unhöflichkeit.

»Die Regel Nummer eins beim Dating«, erkläre ich Grandma in dem Ton, den ich auch bei Bee verwende, wenn sie schwach wird und darüber nachdenkt, sich noch einmal mit einem der schrecklichen Dates von vor einer Woche zu treffen. »Man kann einen Mann nicht ändern. Auch nicht, wenn er noch die eigenen Zähne hat. Als Nächstes: Mr. Rogers. Ist das nicht der Vater des Vikars?«

»Er ist ein liebenswerter Mann«, sagt Grandma ziemlich hoffnungsvoll. Ich freue mich, als ich sehe, dass sie sich ein wenig entspannt hat.

Ich überfliege ihre Pro- und Kontraliste. Ich muss noch einmal halblaut auflachen und kurz nach Luft schnappen, als ich ihre Kommentare über Mr. Rogers lese – dann sehe ich ihren Gesichtsausdruck und schüttele mich. »Gut. Also du suchst ganz eindeutig nach jemandem, der mehr ... Körperlichkeit als Mr. Rogers anzubieten hat.«

»O Gott, das ist ein sehr spezielles Thema für eine Unterhaltung mit meiner Enkelin«, sagt Grandma.

»Und einmal im Monat ist nicht annähernd oft genug. Es wird ewig dauern, ihn kennenzulernen, wenn du ihn nur alle vier Wochen siehst.« Ich streiche Mr. Rogers von der Liste. »Der Nächste: Oh, ich erinnere mich an Dr. Piotr! Aber da sind wir schon bei Dating-Regel Nummer zwei – lass die Finger von einem Mann, der emotional nicht verfügbar ist. Wenn Dr. Piotr immer noch seine Exfrau liebt, ist das quasi eine Garantie für ein gebrochenes Herz.«

Grandma reibt sich das Kinn. »Also, ein Mann kann ...«

Ich halte einen Finger mahnend in die Höhe. »Ich hoffe wirklich, dass du nicht sagst ›sich ändern‹.«

»Ähm«, sagt Grandma und schaut zu, wie ich Dr. Piotr von der Liste streiche.

»Und schließlich ...«, lese ich weiter. »Oh, Grandma, nein, nein, nein. Arnold von nebenan? Der Stiefvater von Jackson Greenwood?«

»Inzwischen Ex-Stiefvater«, erklärt mir Grandma mit dem teuflischen kleinen Zucken ihrer Augenbraue, das immer dann auftritt, wenn sie im Klatschmodus ist.

»Der mürrischste Mann der Welt?«, spreche ich unbeirrt weiter, um beim Thema zu bleiben. »Du hast etwas so viel Besseres verdient.«

»Ich musste fair sein und jeden aufschreiben«, erklärt Grandma, während ich Arnolds Namen durchstreiche. »Er ist der einzige ledige Mann in Hamleigh über siebzig.«

Wir starren beide auf die Liste mit den weggestrichenen Namen. »Nun«, sage ich, »es ist doch immer gut, mit einem unbeschriebenen Blatt zu beginnen.«

Grandma sackt wieder in sich zusammen, deswegen nehme ich ihre Hände.

»Grandma, ich bin so froh, dass du nach jemand Neuem suchst«, sage ich. »Deine Ehe mit Grandpa war schrecklich, und du verdienst einen liebevollen Mann. Ich werde alles in meiner Macht Stehende tun, um dir zu helfen.«

»Das ist ganz reizend von dir, aber du kannst nicht viel ausrichten. Die Wahrheit lautet, dass ich keine geeigneten Männer kenne«, sagt Grandma, zieht sich ihr Taschentuch aus dem Ärmel und putzt sich die Nase. »Ich dachte, ich könnte vielleicht nach Tauntingham fahren und mich dort auf die Suche machen ...«

Ich sehe Grandma vor mir, wie sie mit gezücktem Notizbuch durch die verschlafenen Straßen von Tauntingham streift und auf ihrer Jagd nach ältlichen Gentlemen Notizen macht.

»Ich weiß nicht, ob das so effektiv ist«, sage ich vorsichtig. »Hast du schon einmal über Internet-Dating nachgedacht?«

Sie verzieht das Gesicht. »Ich habe davon doch gar keine Ahnung.«

Ich stehe auf. Ich habe mich seit Ewigkeiten nicht besser gefühlt. »Ich hole meinen Laptop«, sage ich und bin schon aus der Tür.

Eine knappe halbe Stunde recherchiere ich, bevor ich Grandmas Dating-Profil erstelle. Für ein erfolgreiches Profil braucht man scheinbar Ehrlichkeit, Bestimmtheit, Humor und (mehr noch als alles zuvor genannte) ein gutes Profilbild. Aber als ich alles hochgeladen habe, wird mir klar, dass wir ein Problem haben.

Es gibt keinen einzigen Menschen in ihrem Alter, der unter einer Autostunde entfernt wohnt. Es ist nicht nur so, dass Grandma keinen passenden Mann in der Gegend kennt – es gibt gar keinen. Bee beklagt den Mangel an tollen Männern in London, aber sie weiß nicht, wie viel Glück sie hat. Wenn man in einer Stadt mit acht Millionen Einwohnern lebt, muss *irgendwer* davon Single sein.

Ich drehe mich langsam in meinem Stuhl um, um meine Großmutter zu betrachten.

Wenn ich an Grandma denke, ist sie für mich immer eine Naturgewalt, die sich die Welt gefügig macht. Ich kann mir nicht vorstellen, dass es dort draußen eine jugendlichere Lady gibt. Ihre unbändige Energie ist niemals versiegt, auch nicht, als sie schon auf die achtzig zuging – sie ist wirklich außergewöhnlich für ihr Alter.

Aber wie diese Grandma sieht sie gerade nicht aus.

Sie hat ein schlimmes Jahr hinter sich. Der Tod einer ihrer beiden Enkelinnen, sie musste meine Mum bei dem Verlust einer ihrer Töchter begleiten, dann ist Grandpa Wade noch abgehauen … Plötzlich wird mir klar, dass meine Grandma für mich unbesiegbar war, aber das ist total lächerlich – niemand würde unbeschadet aus alldem herauskommen, was sie durchgemacht hat. Wie sie hier sitzt und darüber nachdenkt, den fanatischen Basil zu daten. In Clearwater Cottage liegt einiges im Argen.

Was ich wüsste, wenn ich von Zeit zu Zeit herkäme.

Ich schnappe mir wieder meinen Laptop. Jedes Mal, wenn ich mich daran erinnere, dass ich am Montag nicht zur Arbeit gehen kann, fühle ich mich erbärmlich, nutzlos und ängstlich. Ich brauche etwas zu *tun*, muss *helfen*, muss mich von all dem ablenken, das ich vergeigt habe.

Ich verändere den Suchbereich auf der Dating-Seite und plötzlich – Hallöchen, vierhundert Männer im Alter zwischen siebzig und fünfundachtzig, die nach Liebe suchen.

»Ich habe eine Idee«, erkläre ich ihr. »Hör mir einfach mal zu, okay? In London gibt es *Hunderte* geeignete Männer.«

Grandma dreht ihre leere Kakaotasse in den Händen hin und her. »Ich habe dir doch schon gesagt, Leena – deine Mum braucht mich im Augenblick hier. Ich kann nicht nach London fahren.«

»Mum wird es schon aushalten.«

»Bist du dir da so sicher?«, fragt Grandma.

»Du brauchst eine Pause, Grandma. Du verdienst eine Pause. Komm schon, erzähl mal. Warum wolltest du nach London, als du jünger warst.«

»Ich wollte die Welt verändern«, sagt Grandma und lächelt ein wenig. »Ich glaube, ich dachte, London wäre der Ort, wo die … großen Sachen passieren. Und ich wollte ein Abenteuer erleben. Ich wollte …« Sie macht eine ausladende Armbewegung. »Ich wollte mit einem völlig Fremden ein Taxi anhalten und mich von ihm mit nach Hause nehmen lassen. Ich wollte mit windzerzaustem Haar über die London Bridge gehen. Ich glaube, ich wollte jemand Wichtiges sein.«

»Grandma! Du *bist* wichtig. Hamleigh würde ohne dich auseinanderfallen. Wie oft hast du schon den Dorfladen gerettet? Fünf Mal?«

Sie lächelt. »Ich sage ja nicht, dass ich nie etwas Nützliches gemacht habe. Ich habe deine Mutter zur Welt gebracht, und sie hat Carla und dich bekommen, das reicht mir.«

Ich drücke ihre Hand. »Was war das für ein Job? Den du für Grandpa abgelehnt hast?«

Grandma blickt auf den Tisch. »Das wäre eine Stelle bei einer Wohltätigkeitsorganisation gewesen. Sie hat Begegnungszentren für Jugendliche in benachteiligten Gegenden aufgebaut. Wahrscheinlich hätte ich Briefe getippt und Kaffee geholt. Aber es hätte sich wie ein Anfang angefühlt. Ich hatte mir auch schon eine Wohnung gesucht, nicht weit entfernt von dort, wo du jetzt wohnst, obwohl es dort damals noch ganz anders aussah.«

»Du wärst nach Shoreditch gezogen«, sage ich fasziniert. »Das ist so …« Ich kann mir nicht vorstellen, wie meine Großmutter gewesen wäre, wenn sie diesen Job angenommen hätte. Es ist so seltsam, darüber nachzudenken.

»Schwer zu glauben?«, fragt sie ironisch.

»Nein! Das ist total *großartig*, Grandma. Du musst kommen und bei mir wohnen. Wir können in Shoreditch Abenteuer erleben, genau wie du es gewollt hast.«

»Ich lasse deine Mutter nicht im Stich, nicht jetzt«, sagt Grandma entschlossen. »Und ich habe hier auch viel zu viel zu tun, um einfach abzuhauen. Das war's dann, Leena.«

Und wieder sagt sie *Das war's dann*. Ich fühle mich lebhafter, so wie ich mich immer bei der Arbeit gefühlt habe; ich habe diesen Rausch schon ewig nicht mehr gespürt. Ich weiß, dass es das Richtige ist für Grandma – es ist genau das, was sie braucht.

Plötzlich denke ich daran, was Bee gesagt hat, dass ich mich finden, wieder zu mir finden muss. Ich habe mich in London versteckt und in der Arbeit vergraben. Ich bin meiner Mutter aus dem Weg gegangen. Ich bin allem aus dem Weg gegangen. Aber ich habe noch zwei Monate, um das alles zu regeln. Und wenn man bedenkt, dass ich das Haus, in dem Carla gestorben ist, nicht einmal *ansehen* kann ...

Es fühlt sich so an, als sollte ich damit beginnen.

»Grandma ... Wie wäre es denn mit einem Tausch?«, frage ich. »Soll ich hierherkommen und mich um deine Projekte kümmern, und du ziehst in meine Wohnung in London?«

Grandma blickt zu mir hoch. »Ein Tausch?«

»Wir tauschen Wohnungen. Du gehst nach London! Versuchst dein Glück beim Dating in der Stadt, erlebst deine Abenteuer ... erinnerst dich daran, wer du vor Grandpa Wade warst. Und ich komm hierher. Schalte hier auf dem Land ein wenig ab, versuche es zumindest, und probiere, alles zu verarbeiten, was passiert ist, und ich kümmere mich um deine ganzen Projekte, und ... helfe Mum, wenn sie es braucht. Ich tue alles für sie, was du sonst machst, also, erledige Besorgungen und so.« Plötzlich fühle ich mich ein wenig schwindelig. Ist das eine gute Idee? Das ist ziemlich extrem. Sogar für mich.

Grandma sieht plötzlich nachdenklich aus. »Würdest du hier wohnen? Und dich um Marian kümmern, wenn sie dich braucht?«

Ich kann sehen, was sie gerade denkt. Sie sagt nie viel, aber ich weiß, dass sie unbedingt will, dass ich nun nach Carlas Tod wieder mit Mum rede. Allerdings glaube ich, dass Mum viel besser damit zurechtkommt, als Grandma denkt – sie muss ganz sicher nicht von vorn bis hinten betüddelt werden –, aber wenn Grandma glaubt, sie müsse alles für Mum tun, dann ...

»Ja, sicher, klar.« Ich drehe den Laptop in ihre Richtung. »Schau mal, Grandma. Vierhundert Männer, die in London auf dich warten.«

Grandma zieht die Brille wieder auf. »Mein Gott«, sagt sie und blickt auf die Bilder auf dem Laptop. Sie nimmt die Brille wieder von der Nase und schaut auf den Tisch. »Aber ich habe hier noch andere Verpflichtungen. Es gibt die Nachbarschaftswache, es gibt Ant und Dec, ich muss den Van zum Bingo fahren … Das könnte ich nicht alles von dir verlangen.«

Ich unterdrücke ein Lächeln bei Grandmas vielen Verpflichtungen. »Du bittest mich nicht darum. Ich biete es dir an«, erkläre ich ihr.

Eine lange Stille folgt.

»Das wirkt ein wenig verrückt«, sagt Grandma schließlich.

»Ich weiß. Ist es auch, ein bisschen. Aber ich glaube, es ist auch genial«, grinse ich. »Ich akzeptiere kein Nein als Antwort, und du weißt, dass ich das ganz genau so meine.«

Grandma sieht amüsiert aus. »Ja, das weiß ich.« Sie atmet langsam aus. »Verdammt. Glaubst du, ich komme mit London zurecht?«

»Ach, komm schon. Die Frage ist doch, ob London mit *dir* zurechtkommt.«

6

Eileen

Am nächsten Tag ist Leena nach London gefahren, hat ihre Sachen gepackt und ist direkt zurück nach Hamleigh gekommen. Sie kann nicht länger als eine Stunde dort gewesen sein. Ich habe mich unwillkürlich gefragt, ob sie Angst hatte, wieder zur Vernunft zu kommen und es sich anders zu überlegen, wenn sie länger geblieben wäre.

Denn dieser Tausch ist natürlich eine verrückte Idee. Völlig irre.

Aber auch großartig, und es ist die Art von Idee, die ich früher gehabt hätte. Bevor ich mich so sehr an meinen Lieblingsplatz bei den Treffen der Nachbarschaftswache gewöhnt habe, an meinen grünen Lehnsessel im Wohnzimmer und das tröstliche Gefühl, tagein, tagaus dieselben Menschen zu sehen. Bevor Wade mir alle verrückten, großartigen Ideen ausgetrieben hat.

Je mehr Leena vom Schlendern durch den Hyde Park spricht und von ihren Lieblingscafés in Shoreditch, desto aufgeregter werde ich. Und zu wissen, dass Leena hier ist, in Hamleigh, bei ihrer Mutter – nun, dafür, dass die beiden endlich etwas Zeit miteinander haben, würde ich deutlich weiter als nur bis nach London fahren.

Ich streiche eine neue Seite in meinem Notizbuch glatt und lehne mich im Sessel zurück. Ich muss dafür sorgen, dass Leena in der Zeit, die sie hier ist, genug zu tun hat – das ist der

Schlüssel. Ihre Chefin mag denken, sie sollte vorübergehend einen Gang zurückschalten, aber das letzte Mal, das Leena irgendetwas langsam gemacht hat, war 1995 (sie hat nur sehr langsam Radfahren gelernt), und wenn sie nichts zu tun hat, droht sie zugrunde zu gehen. Darum hinterlasse ich ihr eine Liste mit ein paar von meinen Projekten – sie kann sich in meiner Abwesenheit um sie kümmern.

Projekte

1) *Mittwochs um 7 Uhr morgens Jackson Greenwoods Hund ausführen.*

2) *Ostermontag, 17 Uhr, den Van zum Bingo fahren. Weitere Einzelheiten auf Seite 2.*

3) *Freitags um 17 Uhr zu den Treffen der Nachbarschaftswache gehen. (Notizen machen, andernfalls weiß eine Woche später keiner mehr, was wir besprochen haben. Zusätzlich Kekse mitbringen, wenn Basil dran ist, er bringt immer abgelaufene kaputte Kekspackungen aus dem Ein-Pfund-Shop mit, und die sind nicht gut zum Eintunken.)*

4) *Hilfsplan Maifeierlichkeiten. (Ich bin Vorsitzende des Komitees, aber sprich am besten Betsy an, damit sie dir hilft. Sie kümmert sich gern um solche Dinge.)*

5) *Frühjahrsputz im Garten. (Bitte fang mit dem Schuppen an. Er befindet sich irgendwo unter dem Efeu.)*

So. Da hat sie genug zu tun.

Ich sehe auf die Esszimmeruhr: Es ist sechs Uhr morgens, und heute fahre ich nach London. Es ist sinnlos, sich lange den Kopf darüber zu zerbrechen, sagt Leena. Am besten, man macht es einfach.

Trotz der Freude spüre ich meine angespannten Nerven. Im letzten Jahr habe ich viel Schreckliches erlebt, aber das aufregende Gefühl, nicht zu wissen, was kommt, hatte ich sehr lange nicht mehr.

Ich schlucke, die Hände in meinem Schoß zittern. Ich hoffe, Marian versteht, dass es für sie beide gut ist, wenn sie ein bisschen Zeit für sich allein haben. Und wenn sie wieder in eine ihrer Krisen gerät, wird sich Leena um sie kümmern. Darauf muss ich vertrauen.

»Hast du alles gepackt?«, fragt Leena, die im Pyjama im Türrahmen erscheint.

Als sie am Samstag ankam, sah sie erschöpft aus: Ihre Haut, die sonst einen warmen Goldton hat, war blass und fettig, und sie hatte abgenommen. Heute sind die dunklen Schatten unter ihren Augen schon schwächer, und sie trägt das Haar ausnahmsweise offen, was sie entspannter wirken lässt. Sie hat so eine schöne lange, kastanienbraune Mähne, aber sie schmiert immer etwas hinein und kämmt sie streng zurück. Die Krause, über die Leena sich beklagt, sieht im Licht wie ein Heiligenschein aus und umrahmt ihr kleines Gesicht mit der Stupsnase und den dunklen, ernsten Augen – das einzig Gute, das sie von ihrem Vater geerbt hat.

Ich weiß, ich bin nicht neutral, aber ich finde, sie ist atemberaubend schön.

»Ja, alles gepackt«, sage ich, und meine Stimme bebt ein bisschen.

Leena kommt durchs Esszimmer zu mir, setzt sich auf die Lehne und legt einen Arm um mich. »Ist das meine To-do-Liste?«, fragt sie und wirkt amüsiert, als sie sie überfliegt. »Grandma, sind das ... wie viele Seiten sind das?«

»Das sind nur einige Zusatzinformationen«, erkläre ich.

»Ist das eine beschriftete Skizze der Fernbedienung vom Fernseher?«

»Ja. Die ist kompliziert.«

»Und … Grandma, sind das all deine Passwörter? Ist das deine Pin-Nummer?«

»Falls du meine Notfallbankkarte brauchst. Sie liegt in der Kommode. Das kann ich noch dazuschreiben, wenn du willst.«

»Nein, nein, das sind mehr als genug vertrauliche Infos«, antwortet Leena, zieht das Handy aus der Pyjamatasche und schaut auf das Display. »Danke, Grandma.«

»Eins noch«, sage ich. »Das brauche ich.«

»Wie bitte?«, fragt sie, und ihr Blick folgt meinem Zeigefinger. »Mein Telefon? Das willst du dir leihen?«

»Ich möchte es für die zwei Monate haben. Du kannst meins haben. Und deinen schicken kleinen tragbaren Computer nehme ich auch mit. Du kannst meinen benutzen. Dieser Tausch ist nicht nur zu meinem Vorteil, weißt du? Du musst dein Londoner Leben hinter dir lassen, und das heißt, du musst diese verrückten Geräte loswerden, an denen du ständig klebst.«

Sie sieht mich mit großen Augen an. »Ich soll dir zwei Monate lang meinen Laptop und mein Smartphone geben? Aber … ich könnte nicht …«

»Das kannst du nicht? Ohne die Dinger kommst du nicht zurecht?«

»Doch«, sagt sie schnell. »Ich verstehe nur nicht … Ich bin ja für eine Auszeit, aber ich will doch nicht zu allen den Kontakt abbrechen, Grandma.«

»Mit wem willst du unbedingt sprechen? Denen kannst du doch einfach eine Nachricht schicken, dass du zwei Monate lang eine andere Telefonnummer hast. Los, wir können das jetzt durchgehen und die Leute auswählen, denen du Bescheid sagen willst.«

»Aber ... was ist mit ... E-Mail? Arbeit ...«

Ich ziehe die Augenbrauen hoch. Sie atmet langsam aus und bläst die Backen auf.

»Es ist ein Telefon, Leena, kein Körperteil«, sage ich. »Los. Gib es mir.«

Ich ziehe daran, woraufhin sie es noch stärker umklammert, dann, vielleicht weil sie merkt, wie albern sie sich verhält, lässt sie los. Mit Argusaugen beobachtet sie, wie ich mein Handy aus der Kommodenschublade hole und es einschalte.

»Das«, sagt sie, »sieht aus wie aus der Steinzeit.«

»Man kann damit telefonieren und Textnachrichten verschicken«, sage ich. »Mehr brauchst du nicht.«

Während das Telefon zum Leben erwacht, sehe ich wieder auf die Uhr. In nur drei Stunden geht mein Zug. Was soll ich anziehen? Ich wünschte, ich hätte mich ernster mit der Frage befasst, ob Culottes wieder »in« sind. Betsy hat mir eine geliehen, die ich nicht schlecht finde, aber ich will nicht aussehen, als würde ich der Mode Jahrzehnte hinterherhinken.

»Klopft da jemand?«, fragt Leena überrascht.

Einen Moment sitzen wir schweigend da, die zwei Handys zwischen uns auf dem Tisch. Irgendwoher ist unablässig ein Klopfen zu hören, aber es kommt nicht von der Haustür.

Ich schnaube. »Das wird Arnold sein. Er klopft immer ans Küchenfenster.«

Leena zieht die Nase kraus. »Warum?«

»Das weiß ich nicht«, sage ich gereizt und stehe auf. »In der Hecke zwischen unseren Gärten gibt es ein Tor, und deshalb scheint er zu meinen, er könnte rüberkommen, wann immer es ihm passt.«

»Was für ein Idiot«, sagt Leena leichthin auf dem Weg in die Küche.

»Schh!«

»Ach, ist Arnold nicht schwerhörig?«

»Nein, das ist Roland, Penelopes Mann.«

»Ah. Okay. In dem Fall: Was für ein Idiot«, flüstert Leena hörbar, woraufhin ich kichern muss.

Als wir in die Küche kommen, ragt Arnolds Gesicht sehr groß vor dem Fenster auf. Die Scheibe ist von seinem Atem beschlagen, trotzdem kann ich seine markante Nase sehen, das strähnige, fusselige Haar und die Brille, deren Gläser dick wie Flaschenböden sind. Ich mustere ihn aus schmalen Augen.

»Ja, Arnold?«, sage ich und weigere mich entschieden, das Fenster zu öffnen. Was Arnold angeht, ist jede Unterhaltung ein Kampf. Man muss bei allem seinen Standpunkt verteidigen, selbst bei wirklich unbedeutenden Dingen, die einem eigentlich egal sind.

»Diese Katzen!«, schreit er.

»Ich kann dich wunderbar verstehen, wenn du normal sprichst, danke«, sage ich so eisig wie möglich. »Du weißt doch, dass das Haus keine Doppelverglasung hat.« Damit nervt er mich auch ständig.

»Deine Katzen haben alle meine Stiefmütterchen gefressen!«

»Das ist doch lächerlich«, erkläre ich. »Katzen fressen keine Stiefmütterchen.«

»Deine schon!«, sagt Arnold wütend. »Würdest du wohl das Fenster öffnen oder mich hereinbitten, damit wir uns anständig und wie zivilisierte Erwachsene unterhalten können?«

»Natürlich«, sage ich mit höflichem Lächeln. »Komm zur Haustür und klopfe, dann sehen wir, ob ich da bin. Wie zivilisierte Erwachsene.«

Aus dem Augenwinkel sehe ich, dass Leena mich mit offenem Mund anstarrt.

»Ich weiß doch, dass du da bist«, sagt Arnold und zieht finster die Brauen zusammen, ein Zeichen, dass ich ihm richtig auf die Nerven gehe. »Lass mich durch die Seitentür rein, ja?«

Ich lächele noch immer freundlich. »Die ist verschlossen.«

»Ich habe dich gerade heute Morgen rein- und rausgehen sehen, als du den Müll hinausgebracht hast!«

Ich ziehe die Augenbrauen hoch. »Überwachst du mich jetzt, Arnold?«

Er tobt. »Nein«, zischt er, »natürlich nicht. Ich … es ist nur rutschig draußen, wenn es geregnet hat. Du solltest wirklich ein Geländer neben der Tür anbringen.«

Meine Nackenhaare richten sich auf. Geländer sind etwas für alte Damen, die nicht mehr sicher auf den Beinen stehen. Wenn ich das Stadium erreicht habe, hoffe ich mich dankbar dem Grauen von Treppenliften und Gehhilfen hinzugeben. Doch derzeit schaffe ich noch zwanzig Bahnen im Schwimmbad von Daredale und jogge zum Bus, wenn ich spät dran bin, daher gefällt mir die Andeutung, ich wäre so tatterig, dass ich ein Geländer bräuchte, gar nicht.

Was natürlich genau der Grund ist, aus dem Arnold es vorgeschlagen hat. Der alte Stinkstiefel.

»Nun ja«, sagt Leena fröhlich, »bis hierher war das ein konstruktives Gespräch, aber wir haben heute Morgen noch viel zu tun. Darum sollten wir vielleicht zum Punkt kommen. Hat jemand gesehen, wie die Katzen die Stiefmütterchen gefressen haben, Arnold?«

Arnold erwägt zu lügen. Er ist ein entsetzlicher Lügner – er schafft es nicht zu flunkern, ohne vorher eine lange Pause zu machen.

»Nein«, gibt er schließlich zu. »Aber ich weiß, dass sie es waren. Sie sind ständig dort und fressen meine Blumen, wenn sie gerade blühen.«

Leena nickt weise. »Nun ja, Arnold, sobald es einen Beweis dafür gibt, sprechen wir weiter. Ich passe die nächsten zwei Monate auf Eileens Haus auf, solange bin ich wohl dafür zuständig.«

Arnold blinzelt ein paarmal. Ich versuche, nicht zu lächeln. Leena spricht mit ihrer Geschäftsstimme und klingt wunderbar einschüchternd.

»Okay?«, fragt Leena.

»Pass auf diese Katzen auf«, sagt Arnold zum Abschied, dann verschwindet er durch das Tor zwischen unseren Gärten.

»Du musst das Tor durch einen hohen Zaun ersetzen«, sagt Leena und verdreht mit Blick auf Arnolds Rücken die Augen. »Du warst zum Schreien, Grandma – ich habe dich noch nie so zickig erlebt.«

Ich öffne den Mund, um zu protestieren, muss jedoch stattdessen lächeln.

»Du wirst in London wunderbar zurechtkommen«, sagt Leena und drückt mich. »Nun. Wollen wir das perfekte Outfit für deinen Auftakt als Londoner Lady heraussuchen, was meinst du?«

Ich stehe im Flur im Haus meiner Tochter und drücke sie zu fest an mich. Über ihre Schulter hinweg kann ich das Wohnzimmer sehen. Carlas Bett ist fort, aber die Stühle stehen immer noch kreisförmig um den Platz, wo es gestanden hat. Das Zimmer sieht nicht mehr aus wie vorher.

»Ich komme wunderbar zurecht, mach dir keine Sorgen«, erklärt Marian mir fest, als wir uns voneinander lösen. »Das ist eine tolle Idee. Du hast dir eine Auszeit verdient, Mum.«

Doch wieder steigen ihr Tränen in die Augen. Wie lange ist es her, dass ich diese braunen Augen ungetrübt gesehen habe? Jetzt liegen dunkle Schatten unter ihnen, wie kleine blaue Flecken. Sie war immer so schön, meine Marian – die Jungs jagten sie die Straße hinunter, die Mädchen ahmten ihre Frisur nach, die Eltern sahen Wade und mich an und fragten sich, wo wir sie herhatten. Ihre Haut hat denselben Goldton wie Leenas, und ihr gewelltes Haar ist honigfarben gesträhnt. Doch in ihrem Gesicht gibt es neue Falten, die sich von den Mundwinkeln nach unten ziehen, und durch die engen Yoga-Leggings, die sie trägt, kann ich sehen, wie dünn sie geworden ist. Ich will sie nicht für zwei Monate verlassen. Warum überlege ich das überhaupt?

»Nein, denk nicht mal dran«, sagt Marian und hebt drohend den Finger. »Ich komme klar. Ich komme klar. Und Leena ist ja da!« Sie schenkt mir ein müdes Lächeln, und ich sehe einen Hauch der alten Marian, gewitzt und impulsiv. »Ehrlich gesagt, das habe ich selbst dir nicht zugetraut, Mum. Dass du es schaffst, Leena zu überreden, für zwei Monate herzukommen. Weniger als eine Meile von ihrer schrecklichen Mutter entfernt.«

»Sie hält dich nicht für eine schreckliche Mutter. Und es war ihre Idee!«

»Ach was?«

»Doch, war es!«, beharre ich. »Aber ich glaube, es wird euch beiden guttun.«

Marian lächelt, etwas schwächer diesmal. »Das ist wunderbar, Mum. Ich bin mir sicher, wenn du zurückkommst, haben sie und ich uns wieder eingekriegt, und alles wird besser.«

Marian – immer optimistisch, selbst in tiefster Trauer. Ich drücke ihre Arme und küsse sie auf die Wange. Ich tue das Richtige. Die Familie Cotton steckt fest. Wenn wir irgendetwas erreichen wollen, müssen wir die Dinge ein bisschen in Bewegung bringen.

Zu meiner Überraschung wartet ein Großteil der Nachbarschaftswache auf dem Bahnsteig, als wir in Daredale am Bahnhof eintreffen – Dr. Piotr hat sie im Minivan der Schule hergefahren, Gott segne ihn. Es ist eine lange Fahrt von Hamleigh, und ich bin gerührt. Als mir Betsy mit tränennassen Augen ihre Festnetznummer in die Hand drückt – »für den Fall, dass du sie nirgendwo aufgeschrieben hast« –, frage ich mich, warum um alles in der Welt ich Hamleigh-in-Harksdale überhaupt verlasse. Dann mustere ich Dr. Piotr und Basil mit der Union-Jack-Nadel am Aufschlag seines Tweedsakkos und schließlich Leena, dünn und verhärmt und allein. Und meine Entschiedenheit kehrt zurück. Es ist das Richtige für meine Familie. Und außerdem werde ich dieses Jahr achtzig. Wenn ich ein Abenteuer erleben will, dann jetzt.

Leena hilft mir in den Zug, hievt mein Gepäck auf die Ablage und lässt sich von diversen Mitreisenden versprechen, dass sie mir in London beim Herabholen helfen werden. Wir umarmen uns zum Abschied, und sie schlüpft gerade noch rechtzeitig aus dem Zug.

Vom Fenster aus winke ich meinen Freunden, beobachte, wie Yorkshire langsam davongleitet, und als wir zwischen den Feldern hindurch auf London zusausen, steigt ein kribbelndes

Gefühl in mir auf – eine belebende neue Art der Hoffnung, wie bei einem Windhund, den man gerade aus der Startbox gelassen hat.

7

Leena

Die Doppelhaushälfte meiner Mutter befindet sich auf der Lower Lane, sie hat eine taubengraue Tür und einen Türklopfer aus Messing. Ich warte kurz auf der Türschwelle, dann fische ich den Schlüssel heraus, den Grandma mir gegeben hat – ich habe meinen in London gelassen. Ganz eindeutig eine Freud'sche Fehlleistung.

Es fühlt sich seltsam an, die Tür von Mums Haus aufzuschließen, aber es fühlt sich noch seltsamer an, an der Tür zu klopfen. Vor eineinhalb Jahren wäre ich noch ohne mit der Wimper zu zucken hineinmarschiert.

Ich stehe auf der Türschwelle und versuche, normal zu atmen. Der Flur ist auf schreckliche Weise so wie früher: der leichte Geruch nach Reinigungsmitteln, der alte hölzerne Beistelltisch, der Plüschteppich, bei dem man das Gefühl hat, man würde über ein Sofa gehen. Mum hatte schon immer etwas für Häuser übrig – sie ist Immobilienmaklerin –, nun aber fällt mir auf, dass dieser Ort hier ein wenig altmodisch wirkt: Sie hat einige Dinge von den Vormietern nie verändert, und das warme Cremegelb an den Wänden ist nichts im Vergleich zu der bunten Tapete in dem Haus, wo ich aufgewachsen bin. Dieses Haus wurde wegen seiner Zweckmäßigkeit ausgewählt – es wurde für Carla gekauft und nicht für Mum.

Es ist schlimm, wieder hier zu sein. Mein Magen zieht sich

zusammen, als würde ich einen Exfreund bei einer Party sehen und zwei Leben auf schreckliche Weise in der Gegenwart aufeinandertreffen.

Und dann am Ende des Flurs: die Tür zum Wohnzimmer. Ich schlucke. Ich kann dort nicht hinschauen. Stattdessen fokussiere ich das riesige eingerahmte Bild von Carla auf dem Tisch unterhalb der Treppe. Mum hat es nach Carlas Tod dorthin gestellt, und ich hasse es – es fühlt sich an, als würde man zu einer Totenwache kommen. Carla sieht ganz und gar nicht wie sie selbst aus: Sie hat sich für ihre Abschlussfeier aufgebrezelt, sich das Haar zurückgekämmt, und zwei geglättete Strähnen fallen ihr ins Gesicht wie bei Keira Knightley in *Tatsächlich ... Liebe*. Sie hatte ihr Nasenpiercing herausgenommen, und das Foto wurde aufgenommen, bevor sie sich die Augenbraue hat piercen lassen; sie sieht seltsam ohne die Dinger aus. Sie sagte immer, ihr Gesicht würde ohne ein paar Stecker hier und dort eigenartig aussehen. *Wie du, wenn du ohne fünf Schichten Haarspray das Haus verlassen würdest*, sagte sie mit neckender Stimme und zog mich an meinem Pferdeschwanz.

Mum erscheint ganz oben auf der Treppe. Sie trägt einen weiten Pullover und Jeans, und als sie herunterkommt, sehe ich, dass sie leicht hektisch aussieht, als wäre sie gerade dabei, ein mehrgängiges Menü zuzubereiten oder aus dem Haus zu eilen, um jemand Wichtigen zu treffen.

»Leena, hi«, sagt sie und hält kurz unten auf der Treppe an. Sie ist so viel dünner als früher, besteht nur aus Ellbogen und Knien. Ich schlucke und schaue weg.

»Hey, Mum.«

Ich bleibe auf der Fußmatte stehen. Sie kommt vorsichtig auf mich zu, als könnte ich davonlaufen. Ich sehe zwei Versionen meiner Mutter auf einmal, wie Lagen durchscheinenden Papiers. Es gibt die eine, die fast zerbricht, hektisch, fragil; die Frau, die meiner Schwester beim Sterben geholfen hat und nicht zugehört hat, als ich meinte, wir hätten eine Wahl, Optionen, Medikamentenstudien und Privatbehandlungen. Und die andere, die Mutter, die mich aufgezogen hat, ein Wirbelwind mit einer Mähne mit honigfarbenen Strähnen und großen Ideen. Impulsiv und klug und nicht zu stoppen und immer, immer auf meiner Seite.

Es beunruhigt mich, wie böse mich allein ihr Anblick macht. Ich hasse dieses Gefühl, wie es sich in meinem Magen ausbreitet wie Tinte im Wasser, und nun wird mir klar, was für eine dumme Idee es war, mich dazu zu zwingen, für acht ganze Wochen zurückzukommen. Ich will keine Wut mehr spüren – ich will ihr vergeben –, doch dann sehe ich sie und erinnere mich, und die Gefühle kommen einfach hoch.

Fitz hatte recht: Das ist das Letzte, was ich nach der Panikattacke letzte Woche brauche.

»Ich weiß nicht, wie wir das schaffen wollen, um ehrlich zu sein«, sagt Mum. Sie verzieht ihren Mund zu einem entschuldigenden Lächeln. »Aber ich bin sehr froh, dass du hier bist. Das ist ein Anfang.«

»Stimmt. Ich wollte nur vorbeikommen und sagen … du weißt schon, wie Grandma schon meinte, ich helfe dir bei allem, wobei du Hilfe brauchst. Bei Besorgungen und so.«

Mum schaut mich daraufhin ein wenig seltsam an. »Meinte Grandma, ich würde Hilfe bei Einkäufen brauchen?«

Eigentlich hat Grandma nie explizit gesagt, wobei sie Mum genau hilft, obwohl sie immer so darüber spricht, als wäre das alles sehr wichtig.

»Sag mir einfach, wobei du Hilfe brauchst«, sage ich und

winde mich unbehaglich hin und her. Dieser feste Angstknoten befindet sich wieder zwischen meinen Rippen.

Mum neigt den Kopf. »Willst du nicht hereinkommen?«

Ich weiß es noch nicht. Ich dachte, ich würde es schaffen, aber ich weiß nicht, ob ich es kann. Ich sehne mich nach einer Ablenkung, etwas, das ich sagen kann, und mein Blick fällt auf Mums Lieblingsbild an der Wand, ein indonesischer Tempel mit einem geschmeidigen Yogi im Vordergrund, der die Baum-Asana macht. Sie hat den Rahmen ausgetauscht, glaube ich – interessant, dass sie das verändert hat – und sonst nichts. Sie hat früher auf das Bild gezeigt, wenn sie einen schlechten Tag bei der Arbeit hatte oder wenn Carla und ich sie um den Verstand brachten und sie sagte: *Gut, Mädels, ich gehe für zehn Atemzüge dorthin.* Sie schloss die Augen und stellte es sich vor, und wenn sie sie wieder öffnete, sagte sie, *ich bin wieder da. Alles ist besser.*

Ich blicke auf die Tischoberfläche. Sie ist völlig bedeckt von – kleinen Steinchen? Kristallen?

»Was sollen denn die ganzen Steine da?«, frage ich.

Mum ist sogleich abgelenkt. »Ach, meine Kristalle. Die sind wunderbar. Ich habe sie im Internet gekauft. Dieser hier ist ein Schneeflockenobsidian – er hilft bei Kummer und reinigt einen – und der dort, das ist ein Aquamarin, für Mut und …«

»Mum, du …« Ich spreche nicht weiter. Ich sollte ihr nicht sagen, dass das ein Haufen Unfug ist, aber mein Gott, es ist frustrierend zuzuschauen, wie sie diese ganzen Phasen durchmacht. Anfangs ist sie immer so, ganz aufgekratzt und sicher, dass sich alles ändern wird. Dann, wenn der Obsidian – wie überraschend – nicht den Schmerz über den Verlust der eigenen Tochter hinwegzaubert, ist sie wieder ganz am Boden. Grandma glaubt nicht, dass Mum das sonderlich schadet, wenn man ihr wieder und wieder Hoffnung macht. Für die Verarbeitung von Trauer gibt es kein Geheimrezept. Man kann immer nur weitermachen, auch wenn es verdammt schmerzt.

»Ich habe dir den hier gekauft«, sagt sie und nimmt einen Stein aus dem Haufen. »Einen Mondstein. Der verstärkt die Intuition und bringt verborgene Emotionen an die Oberfläche. Er steht für Neuanfänge.«

»Ich weiß nicht, ob ich gerade will, dass meine Emotionen an die Oberfläche kommen.« Es sollte sich wie ein Witz anhören, kommt aber nicht richtig rüber.

»Es fühlt sich so an, als würden sie dich zerbrechen, wenn du sie zulässt«, sagt Mum. »Aber so wird es nicht sein. Meine Krisen haben mir geholfen, jede auf ihre Art. Das glaube ich von ganzem Herzen.«

Ich blicke sie verwirrt an. »Welche Krisen?«

Mum runzelt ganz leicht die Stirn und blickt mich flüchtig an. »Sorry«, sagt sie und macht einen Schritt auf mich zu. »Ich hatte gedacht, deine Großmutter hätte dir etwas erzählt. Egal. Nimm den Mondstein, Leena, ja?«

»Ich will keinen Mondstein. Was für Krisen?«

»Hier«, sagt sie und streckt mir den Mondstein noch energischer entgegen. »Nimm ihn.«

»Ich will ihn nicht. Was soll ich überhaupt damit?«

»Leg ihn dir ins Bett.«

»Ich nehme ihn nicht.«

»Jetzt nimm ihn doch. Sei doch nicht so verstockt!«

Sie schiebt ihn mir in die Hände, aber ich ziehe sie zurück; er fällt mit einem leisen, wenig beeindruckenden Plumps zu Boden. Wir stehen eine Weile lang da und starren auf den lächerlich kleinen Stein zwischen unseren Füßen.

Mum räuspert sich, dann bückt sie sich, um ihn wieder

aufzuheben. »Lass uns noch einmal von vorn anfangen«, sagt sie nun sanfter. »Komm rein. Ich mache uns einen Tee.«

Sie zeigt in Richtung Wohnzimmer, und ich sträube mich.

»Nein, ich sollte los. Grandma hat mir eine ziemlich lange To-do-Liste hinterlassen, und ich … sollte mich darum kümmern.«

Es folgt eine lange Stille.

»Na dann. Bekomme ich denn wenigstens eine Umarmung zum Abschied?«, fragt Mum schließlich.

Ich zögere kurz, dann öffne ich die Arme. Sie fühlt sich zerbrechlich an, ihre Schulterblätter sind zu spitz. Die Umarmung verursacht ein seltsames Gefühl – es ist keine wirkliche Umarmung. Es sind umeinander geschlungene Gliedmaßen, eine Formalität.

Als ich draußen bin, merke ich, dass ich schnell atme, als hätte ich drinnen den Atem angehalten. Ich gehe rasch zu Grandmas Haus zurück, werde noch schneller, dann renne ich an ihrer Tür vorbei und weiter an der Schnellstraße entlang. Zumindest spüre ich, wie dieser tiefschwarze Zorn verschwindet, und auch das elende Gefühl und das Mitleid lassen nach.

Erst als ich wieder ins Haus gehe, bemerke ich, dass meine Mutter mir den Mondstein in die Jackentasche gesteckt hat. Das muss man ihr lassen: Wenn sie sich etwas in den Kopf gesetzt hat – wenn sie etwas für richtig hält –, gibt sie nicht auf. Das habe ich von ihr. Ich glaube, das ist Teil des Problems.

Wenn ich mich so fühle, arbeite ich normalerweise. Am liebsten wäre mir jetzt etwas mit Daten: Zahlen sind einfach besser als Wörter, um den Kopf frei zu bekommen. Sie sind exakt, wie ein dünner Bleistift im Vergleich zu Kohle.

Weil ich sonst nichts zu tun habe, befasse ich mich mit Grandmas Liste. Ich versuche mich im Gärtnern.

Bislang hat mir das nie viel Spaß gemacht.

Es ist ein Fass ohne Boden. Ich habe zwei Säcke mit Efeu gefüllt, und dann habe ich gesehen, dass der Schuppen auch auf der anderen Seite komplett bewachsen ist und auch die Bäume. Und dass das Zeug seine fiesen dunkelgrünen Ranken auch unter dem Schuppen ausstreckt und dass es tatsächlich mehr Efeu als Schuppen gibt – wenn ich ihn entferne, was wird noch übrig bleiben?

Ich reibe mir die Schulter und schaue auf die Berge, die sich hinter der alten Steinwand am anderen Ende des Gartens erheben; die Wolken sind verdächtig grau. Was für eine wunderbare Entschuldigung, um mit dieser Sisyphos-Aufgabe aufzuhören.

Schnell gehe ich wieder ins Haus. Es ist seltsam, ohne Grandma in Clearwater Cottage zu sein, Tee in ihren gemusterten Porzellantassen zuzubereiten und mich so zu benehmen, als würde ich hier wohnen. Aber Ethan wird am Wochenende vorbeikommen, damit ich nicht zu einsam werde. Ich glaube wirklich, dass dieser Ausflug nach dem harten Jahr genau das Richtige für uns ist, wir können uns vor dem Kamin aneinanderkuscheln, über Banalitäten plaudern und Selmount einfach nie erwähnen …

Bah, Selmount. Verbotenes Wort. Alle Gedanken an Selmount müssen an der Tür von Clearwater Cottage abgegeben werden; sie dürfen nicht über die Schwelle. Wie Vampire. Und wie Arnold, wenn man Grandmas Notizen glauben kann.

Es klopft – dieses Mal definitiv an der Haustür und nicht am Küchenfenster. Ich blicke an mir hinab. Mein liebster Buffy-Pulli ist voller Erde und Resten von … was immer das auch sein mag, toten Blättern oder so. Ich bin wirklich nicht für Besuch angezogen. Ich überlege, ob ich so tun soll, als wäre ich nicht daheim, aber wir sind hier in Hamleigh – wer immer das auch sein mag, hat vielleicht mit Arnold telefoniert, und er hat bestätigt, dass ich eben noch im Garten war. Ich schüttele mir den schlimmsten Dreck aus dem Haar und gehe zur Tür.

Draußen steht eine ältere Lady, die wie eine Außerirdische aus einer Episode von *Doctor Who* aussieht. Einfach viel zu sehr nach einer alten Lady. Dauergewelltes grau-weißes Haar, ein adrettes Tuch, eine Brille an einer Kette und eine Handtasche, die sie mit beiden Händen an sich drückt. Ich kann mich dunkel daran erinnern, dass sie zu den alten Leuten gehört, die Grandma zum Bahnhof in Daredale gebracht haben – und ich bin mir sicher, dass ich sie als Kind bei Grandma und Grandpa gesehen habe. Betsy hieß sie doch, oder?

»Hallo, Liebes«, sagt sie. »Wie kommst du ohne Eileen zurecht?«

Ich blinzele. »Nun, ähm«, sage ich, »sie ist erst einen Tag weg … deswegen geht es mir gut. Vielen Dank.«

»Kommst du mit ihren ganzen Projekten zurande?«

»Ja, ja, ich glaube, ich habe alles erledigt. Wenn Grandma das schafft, bin ich mir sicher, dass ich es auch schaffe.«

Betsy sieht mich sehr ernsthaft an. »Niemand kann das so gut wie Eileen.«

»Nein, natürlich nicht. Ich meine nur … Oh!«

Irgendwie ist Betsy unbemerkt an mir vorbei durch den Flur geschlüpft und geht nun in Richtung Wohnzimmer. Verwirrt schaue ich ihr kurz nach, dann erinnere ich mich an meine Manieren.

»Darf ich Ihnen einen Tee anbieten?«, frage ich und schließe die Tür hinter uns.

»Schwarz, zwei Würfel Zucker! Und, Leena, hier in Hamleigh duzen wir uns«, sagt Betsy und setzt sich in einen Sessel.

Kopfschüttelnd gehe ich in die Küche. Wenn ich mir vorstelle, jemand würde sich einfach so selbst in meine Wohnung in London einladen. Ich würde wahrscheinlich die Polizei rufen.

Als Betsy und ich uns mit unseren Tees hingesetzt haben, legt sich Stille über uns. Sie blickt mich erwartungsvoll an, aber ich habe keine Ahnung, worüber ich sprechen soll. Mit Grandma kann man ganz einfach reden, sie ist eben Grandma, aber ich weiß nicht genau, worüber man sonst mit älteren Leuten plaudert. Der einzige andere alte Mensch, den ich kenne, ist Grandpa Wade, und der ist ein Arsch, deswegen habe ich ihn eigentlich hauptsächlich ignoriert.

Ich versuche mir vorzustellen, hierbei würde es sich um ein Meeting mit einem neuen Kunden handeln, und grabe in meinem Gehirn nach den Small-Talk-Skills, die ich normalerweise immer für Notzeiten parat habe, doch Betsy kommt mir zuvor.

»Wie geht es *dir* denn, Leena, meine Liebe?«, fragt sie und trinkt einen Schluck Tee.

»Oh, sehr gut, danke«, entgegne ich.

»Nein, ich will es wirklich wissen«, insistiert sie und schaut mich eindringlich mit ihren wasserblauen Augen an, ganz ernst und intensiv.

Ich rutsche auf meinem Platz hin und her. »Mir geht es gut. Wirklich.«

»Es ist … mein Gott, schon über ein Jahr her, dass du Carla verloren hast, oder?«

Ich hasse diesen Ausdruck, *Carla verloren*. Als hätten wir nicht genug auf sie geachtet und sie sei uns entwischt. Wir haben keine guten Begriffe, um über den Tod zu reden – alles wirkt viel zu unbedeutend.

»Ja. Ein Jahr und zwei Monate.«

»Sie war so ein liebes Mädchen.«

Ich starre in meinen Tee. Ich bezweifele, dass Betsy meine Schwester tatsächlich mochte – Carla war zu kühn und frech für die Art junger Frau, die Betsy gutheißen würde. Ich beiße die Zähne aufeinander und bin überrascht, dass ich diese Wärme um die Augen spüre, die mir zeigt, dass ich gleich weinen werde.

»Und deine Mutter ... Für sie war es sehr schwer, oder nicht?«

Wie ist diese Unterhaltung so schnell dermaßen persönlich geworden? Ich trinke noch ein wenig Tee – er ist zu heiß und verbrennt mir die Zunge.

»Jeder geht anders mit Trauer um.« Diesen Satz finde ich in solchen Unterhaltungen äußerst nützlich. Normalerweise bringt er mein Gegenüber zum Verstummen.

»Aber sie ist eher ... zusammengebrochen, oder? *Verarbeitet* sie es? Darum geht es mir.«

Ich starre Betsy an. Das ist eher übergriffig als persönlich.

»Können wir nichts für sie tun?«, bietet Betsy an und stellt ihren Tee ab. »Würdest du unsere Hilfe zulassen?«

»Was könntest du schon ausrichten?« Ich spucke die Worte aus, betone das *du*, das ich gar nicht aussprechen wollte und sehe, wie Betsy beleidigt zurückweicht. »Ich meine ... Ich weiß nicht ...«

»Ich verstehe das schon«, sagt Betsy steif. »Ich bin unnütz, natürlich.«

»Nein, ich meine ...«

Ich spreche nicht weiter, und ihr Telefon klingelt schrill in der Stille. Betsy braucht Ewigkeiten, um dranzugehen, und fummelt an der Lederhülle herum.

»Hallo?«

Eine blecherne Stimme erklingt, undeutlich, aber definitiv sehr laut.

»Im Kühlschrank sind noch Schinken und Käse, falls du dir ein Brot machen willst«, sagt Betsy.

Noch mehr blechernes Rattern.

»Also, ich habe die Mayonnaise auf eine Seite gestellt und … Ja, ich bin mir sicher, dass du – in Ordnung, Cliff, Liebster, ich komme nach Hause. Ja. Auf jeden Fall. Ich eile.«

Ich zucke zusammen. Er hat sie gerade nach Hause bestellt, damit sie ihm ein Sandwich macht? Das fühlt sich so lächerlich an – wenn Ethan das machen würde, würde ich … wahrscheinlich lachen, weil es so absurd wäre, dass ich wüsste, er würde Witze machen. Vermutlich ist das in Betsys Generation anders – vor fünfzig Jahren war es wohl nicht seltsam, dass eine Frau sämtliche Mahlzeiten für ihren Mann zubereitete.

Betsy schiebt das Telefon wieder in ihre Handtasche, dann versucht sie rasch aufzustehen und schafft es nicht. Hilflos plumpst sie wieder auf den Stuhl, wie eine dieser Puppen mit einem Gewicht im Hintern.

»Bleib doch noch«, sage ich und weiß, dass ich die falschen Dinge gesagt habe. »Ich bin mir sicher, dein Mann kann warten, wenn du einen …«

»Mein Mann kann *nicht* warten«, zischt Betsy. »Ich muss los.«

Ich will ihr aus dem Stuhl helfen.

»Nein, nein. Das geht schon«, sagt sie. Als sie steht, starrt sie mich wieder sehr ernst an. »Ich hoffe, du verstehst, was du hier in Hamleigh leisten musst, Leena.«

Ich kann einfach nicht anders – meine Lippe zuckt. Betsy runzelt die Stirn.

»Ich bin mir sicher, für jemanden wie dich sieht das alles

sehr einfach aus, aber Eileen macht hier sehr viel, und du musst da mithalten. Du übernimmst ihre Aufgabe im Planungskomitee für das Maifest, vermute ich?«

»Ja, natürlich«, sage ich und schaffe es dieses Mal, ernst auszusehen.

»Gut dann. Ich werde dir rechtzeitig deine Aufgabenliste zukommen lassen. Tschüss, Leena«, sagt sie, und dann schreitet sie zur Tür und legt dabei einen richtigen Abgang hin.

8

Eileen

Ehrlich gesagt ist es ein Wunder, dass ich noch da bin. Seit meiner Ankunft in London bin ich fünfmal knapp dem Tod entkommen.

1) *Ich bin fast von einem, wie ich inzwischen gelernt habe, »Bier-Bike« überfahren worden: einem merkwürdigen Gefährt, das von einem Haufen brüllender, Bier trinkender junger Männer radelnd vorwärtsbewegt wird. Ich musste buchstäblich über die Straße hechten, um ihnen zu entkommen, und mache mir etwas Sorgen, wie sich meine Knie morgen anfühlen werden, aber zumindest sind sie noch dran.*

2) *Ich habe auf der linken Seite der Rolltreppe gestanden (was man nicht tut, wie ich gelernt habe.)*

3) *Ich habe »Chinapfanne« von Fitz gegessen (entsetzlicher Koch. Grauenhaft. Ich werde versuchen, ihm das ein oder andere beizubringen, solange ich hier bin.)*

4) *Ich bin an der U-Bahn-Station Monument umgestiegen (Auf dem Plan steht, es sei dieselbe Station wie Bank, aber davon bin ich nicht überzeugt. Der Weg von einem Zug zum anderen schien Ewigkeiten zu dauern. Nach meiner Begegnung mit dem Bier-Bike hatte ich ohnehin schon wackelige Beine und musste mich neben einen Ukulele spielenden Straßenmusikanten setzen. Er war sehr verständnisvoll und bot mir seinen Verstärker als Sitzgelegenheit an.)*

5) Ich bin der Katze von nebenan begegnet, einer wilden Tigerkatze,
der ein halbes Ohr fehlt. Sie ist mir fauchend auf der Treppe ent-
gegengestürzt, dabei gegen das Geländer geprallt und benommen
liegen geblieben. Mein Mitleid hält sich in Grenzen.

Ich gebe es nur äußerst ungern zu, aber ich bin erschöpft und
ziemlich aufgewühlt. London ist so schnell, und alle sind so
schlecht gelaunt. In der U-Bahn hat mich ein Mann beschimpft, weil ich zu lange zum Einsteigen gebraucht habe. Als
ich in der Oxford Street stehen geblieben bin, um die Karte herauszuholen, rannte eine Dame in mich hinein und hat sich
noch nicht einmal entschuldigt. Zurück bei Leena bin ich im
Hausflur den Nachbarn von unten begegnet, einem jungen
Paar, das sicher irgendwas mit Kunst macht und mit Schimpf-
wörtern bedruckte Socken und Sandalen trägt. Als ich versucht habe, ein Gespräch zu beginnen, sah ich, wie die Frau
sich zu ihrem Mann drehte und mit den Augen rollte.

Ich passe hier überhaupt nicht her. Den ganzen Tag habe
ich nur drei andere Leute gesehen, die über siebzig zu sein
schienen, und einer von ihnen entpuppte sich als Straßen-
künstler in Einstein-Verkleidung.

Ich muss gestehen, mir ist der Gedanke gekommen, dass es
einfacher wäre, wenn ich nicht allein wäre – wenn zum Beispiel Wade bei mir wäre –, doch Wade wäre nie in die Oxford
Street gegangen. Ich vermisse ihn nicht, aber manchmal fehlt
mir ein Mann an meiner Seite. Jemand, bei dem ich mich
einhaken kann, wenn ich aus dem Bus steige, oder der meinen
Regenschirm hält, während ich meinen Tee bezahle.

Doch ich muss zuversichtlich bleiben. Mein Abenteuer hat
gerade erst begonnen, und es war klar, dass es anfangs nicht
leicht sein würde. Ich muss mich einfach beschäftigen. Morgen

Abend kommt Leenas Freundin Bee, um mir beim »Online Dating« zu helfen. Leena sagt, Bee ist eine Spezialistin auf dem Gebiet. Wer weiß, vielleicht habe ich am Donnerstag schon eine Verabredung.

Die Milch in Leenas Kühlschrank ist geronnen. Mit einem Seufzer gieße ich sie ins Spülbecken und hole meine Handtasche für einen weiteren Ausflug. Diesmal werde ich nicht von unfreundlichen Nachbarn in Socken und Sandalen abgelenkt und sehe mich am Fuß der Treppe genauer um. Zwischen Treppe und Haustür befindet sich eine geräumige Fläche, auf der in einem merkwürdigen Winkel drei Sofas aufgestellt sind – auf einem sind verdächtige dunkle Flecken, auf den anderen beiden verdächtige helle. Der Teppich ist abgenutzt, aber es gibt zwei hübsche große Fenster, durch die Sonnenlicht hereinfällt. Der Bereich war vermutlich als Gemeinschaftsraum gedacht – wie schade, dass niemand etwas damit anfängt.

Als ich vom Einkaufen zurückkomme, springt die wilde Katze von dem Sofa mit den dunklen Flecken herunter und tappt herüber, um ihren Kopf an meinen Beinen zu reiben. Sie geht nicht ganz gerade. Hoffentlich hat sie sich bei dem Vorfall mit dem Treppengeländer keine Kopfverletzung zugezogen. Heute Morgen habe ich gesehen, wie die Katzenbesitzerin das Gebäude mit einem Trolley verließ – eine gebeugte alte Frau, die allmählich kahl wird. Unsicher beobachte ich, wie die Katze auf die Treppe zuwankt. Wenn es Ant oder Dec wäre, würde ich gern darüber informiert werden. Hier mögen andere Sitten gelten, aber ein guter Nachbar ist ein guter Nachbar, egal wo.

Ich gehe die Treppe hinauf, klopfe an die Tür der Katzenbesitzerin und stelle meine Einkaufstasche zwischen den Füßen ab.

»Ja?«, ertönt eine Stimme.

»Hallo!«, sage ich. »Ich bin die Großmutter von Leena.«

»Wer?«

»Die Großmutter von Leena.«

»Von wem?«

»Von Leena. Von Ihrer Nachbarin«, antworte ich geduldig. Vielleicht ist die alte Dame nicht mehr ganz bei Verstand. So ist es bei Penelope – furchtbar traurig. Allerdings scheint sie vergessen zu haben, dass sie Roland nicht ausstehen kann, was wiederum ein Vorteil ist. Die beiden erleben so etwas wie ihren zweiten Frühling.

»Welche ist das?«, fragt die Frau. Ihre Stimme klingt so heiser, als hätte sie einen Frosch im Hals. »Die Lesbe, die elegant Gekleidete oder die andere?«

Ich blinzele. Martha ist eindeutig die Lesbe – sie hat mir alles über ihre Freundin erzählt, nachdem ich ins Fettnäpfchen getreten bin und mich nach dem Vater des Babys erkundigt habe. Und so sehr ich meine Enkelin liebe – wenn sie nicht gerade in einem Kostüm steckt, scheint sie immer etwas mit einem aufgebügelten Bild von einem Fernsehstar zu tragen. Nicht unbedingt elegant. Was bedeutet …

»Die andere?«, wage ich mich vor.

»Die Frau mit den unscheinbar zurückgebundenen Haaren? Klein, erledigt alles im Laufschritt, macht immer ein ernstes Gesicht?«

»Leena hat schönes Haar«, sage ich scharf, dann beiße ich mir auf die Zunge. »Aber … ja. Das ist sie.«

»Ah. Gut. Danke, aber kein Interesse«, sagt die Frau, und ich höre, wie sie sich schlurfend von der Tür entfernt.

»An was?«, frage ich verwirrt.

»Egal, was Sie wollen«, sagt die Frau.

Ich stutze. »Ich will nichts.« Allmählich verstehe ich, warum Arnold so wütend wird, wenn ich ihn nicht ins Haus lasse. Das ist keine angenehme Art, ein Gespräch zu führen. »Ich wollte mit Ihnen über Ihre Katze sprechen.«

»Oh.« Sie klingt argwöhnischer als je zuvor, aber ich höre, dass sie wieder zurückschlurft, dann öffnet sie die Tür einen winzigen Spalt. Zwei große braune Augen blinzeln mich an.

»Ich fürchte, sie hatte einen Zusammenstoß mit dem Geländer«, sage ich entschuldigend. »Das heißt, sie ist dagegen gerannt.«

Die Augen werden schmal.

»Sie haben sie getreten, stimmt's?«, fragt die Frau.

»Wie bitte? Nein! Ich würde nie eine Katze treten«, sage ich entsetzt. »Ich habe selbst zwei, müssen Sie wissen. Zwei schwarze Katzen, sie heißen Ant und Dec.«

Sie reißt die Augen auf und öffnet die Tür ein kleines Stückchen weiter. »Ich liebe schwarze Katzen«, sagt die Frau.

Ich lächele. »Na, dann bin ich mir sicher, dass wir uns gut verstehen werden«, antworte ich und strecke meine Hand durch den Türspalt, um ihre zu schütteln. »Ich bin Eileen.«

Sie lässt sich derart viel Zeit, meine ausgestreckte Hand zu nehmen, dass ich sie fast sinken lasse, doch dann endlich schließt sie ihre Finger um meine. »Letitia«, stellt sie sich vor. »Möchten Sie … ich nehme an …« Sie räuspert sich. »Sie möchten wohl nicht hereinkommen? Sie wollten mir nur wegen der Katze Bescheid sagen«, fügt sie eilig hinzu.

»Ach, doch, gern«, sage ich und trete ein.

Letitias Wohnung sieht genauso merkwürdig aus wie Letitia, aber ganz anders als erwartet. Sie selbst wirkt irgendwie … etwas verwahrlost, aber ihre Wohnung ist das genaue Gegenteil.

Sie quillt über vor Antiquitäten und Raritäten. Alte Münzen sind in spiralförmigen Mustern auf Eichentischen arrangiert, an einer Wäscheleine hängen Federn in glitzerndem Gold und Pfauenblau, zarte Porzellantassen stehen sorgfältig in Schränken mit zierlichen Beinen und schmiedeeisernen Griffen. Es ist sehr außergewöhnlich. Eine Mischung aus Antiquitätengeschäft, einem sehr vollen Museum – und vielleicht einem Kinderzimmer.

Ich trinke nun schon die dritte Tasse Tee und strahle Letitia über die Sammlung aus Töpfen und Vasen hinweg an, die den Großteil des Esstischs einnehmen. So gut habe ich mich heute den ganzen Tag noch nicht gefühlt. Was für eine faszinierende Frau wohnt da gleich nebenan! Ein Wunder, dass Leena sie noch nie erwähnt hat – wobei die zwei sich offenbar nicht sehr oft begegnet sind. Das kann ich kaum glauben, da ihre Leben nur durch eine dünne Wand voneinander getrennt sind, aber es sieht so aus, als würde Letitia mit keinem der Nachbarn sprechen. Oder vielmehr spricht keiner der Nachbarn mit Letitia.

»Niemand?«, frage ich. »Kein Einziger hat sich vorgestellt, als er hier eingezogen ist?«

Letitia schüttelt den Kopf, und ihre langen Ohrringe, die an den Ohrläppchen ziehen, klimpern. Sie verleihen ihr etwas Geheimnisvolles. »Niemand spricht mit mir«, sagt sie ohne Groll. »Ich glaube, Sie sind die Erste, mit der ich ein Wort wechsele, seit …« Sie hält inne. »Letztem Freitag, seit meine Iceland-Lieferung gebracht wurde.«

»Ach, meine Liebe. Was ist mit dem Gemeinschaftsbereich unten? Haben Sie versucht, sich dort hinzusetzen? Dann grüßen die Leute, wenn sie vorbeikommen.«

»Das habe ich einmal versucht«, berichtet Letitia. »Aber es

hat sich jemand beschwert. Es hieß, das sei schlecht für das Image des Gebäudes. Darum sitze ich jetzt hier oben, wo ich niemanden störe.«

»Das ist ja schrecklich! Sind Sie nicht einsam?«, frage ich und entschuldige mich sofort. »Es tut mir leid, das geht mich nichts an.«

»Ich bin einsam«, gesteht Letitia nach einem Moment. »Aber ich habe Solstice. Die Katze. Die übrigens immer ein bisschen seltsam läuft«, fügt sie hinzu. Wir hatten angefangen, über ihre Katze zu reden, waren dann jedoch auf andere Themen gekommen, und jetzt sind drei Stunden vergangen.

»Nun. Es tut mir sehr leid, dass unsere Leena nicht vorbeigekommen ist.«

Letitia zuckt mit den Schultern. Ich bemerke die Flecken auf ihrem Tunika-Kleid und verziehe kurz das Gesicht.

»Soweit ich es mitbekomme, ist sie kaum da, und wenn, ist sie mit ihrem Mann zusammen. Der mit dem glänzenden Haar. Ich mag ihn nicht. Ich glaube, er ist …« Letitia winkt ab, woraufhin sich ein Traumfänger über ihrem Kopf dreht, was wiederum ein violett-silberfarbenes Windspiel zum Klingen bringt. »Ich glaube, er ist ein Waschlappen.«

Ooh, Letitia gefällt mir.

Sie blickt in meine Tasse. Wir trinken losen Blatttee. Auf dem Boden meiner Tasse sammeln sich schwarze Teeblätter. »Soll ich aus ihnen lesen?«, fragt sie.

»Sie können aus Teeblättern lesen?«

»Ich war Wahrsagerin«, erklärt Letitia. »Früher habe ich am Trafalgar Square gesessen und aus der Hand gelesen.«

Womöglich ist Letitia die interessanteste Frau, der ich je begegnet bin. Dass sie hier tagein, tagaus allein sitzt, ohne dass eine Menschenseele mit ihr spricht! Wie viele faszinierende

Menschen sind noch in diesen kleinen Wohnungen überall in der Stadt versteckt?

»Wie aufregend! Bitte lesen Sie«, sage ich und schiebe ihr meine Teetasse zu.

Sie schiebt sie wieder zurück zu mir. »Heben Sie sie mit der linken Hand hoch und lassen Sie sie mindestens dreimal kreisen«, sagt sie.

Ich tue, was sie sagt, und beobachte, wie die Blätter sich in dem letzten Schluck Tee auf dem Boden der Tasse bewegen. »So?«

»Ja, genau.« Sie nimmt mir die Tasse ab und kippt die übrige Flüssigkeit vorsichtig auf die Untertasse, sodass nur die Blätter in der Tasse zurückbleiben. Dann dreht sie sie sehr langsam vor und zurück und atmet tief durch. Sie ist ganz versunken, und ich merke, dass ich die Luft anhalte. Ich bin mir nicht sicher, ob ich daran glaube, dass jemand aus einer Teetasse die Zukunft herauslesen kann, doch was weiß ich schon? Kurz überlege ich, was Wade sagen würde – er würde sich äußerst abwertend darüber äußern –, schiebe den Gedanken jedoch rasch beiseite. Wen interessiert, was dieser alte Fiesling denken würde.

»Hmm«, macht Letitia.

»Ja?«, frage ich hoffnungsvoll.

Letitia presst die Lippen zusammen, hmmt wieder und sieht dann mit entschuldigendem Blick zu mir hoch.

»Sehen Sie … nichts?«, frage ich und versuche, in die Tasse zu spähen.

»O doch«, sagt Letitia und reibt sich das Kinn. »Es ist ziemlich … eindeutig.«

Sie schiebt mir die Tasse zu und dreht sie so, dass der Henkel in meine Richtung zeigt.

Ich schaue auf die Teeblätter. Letitias Schultern beben vor Lachen, dann sehe ich, was sie sieht. Als ich ebenfalls zu lachen beginne, kreischt sie vor Vergnügen und hat Tränen in den Augen, mit jedem Glucksen hebt und senkt sich die fleckige Tunika.

Die Teeblätter sehen aus wie … Genitalien. Männliche Genitalien. Es könnte nicht eindeutiger sein, wenn ich versucht hätte, sie absichtlich so zu arrangieren.

»Und was bedeutet das?«, frage ich, als ich endlich wieder zu Atem komme.

»Ich glaube, es bedeutet, dass Ihnen Gutes bevorsteht«, sagt Letitia und wischt sich die Augen. »Das, oder es sagt mir, dass das Spiel mit den Teeblättern in Wirklichkeit ziemlicher Scheiß ist.«

Bei ihrer Wortwahl schlage ich mir die Hand vor den Mund, dann schütte ich mich erneut aus vor Lachen. So gut habe ich mich schon … nun, ich weiß nicht, wie lange nicht mehr gefühlt.

»Kommen Sie wieder vorbei?«, fragt Letitia.

Ich fasse über den Tisch hinweg ihre Hand und weiche dabei den Vasen zwischen uns aus. »So oft, wie Sie mich empfangen.« Ich deute mit dem Kopf auf die Teetasse. »Sie werden vermutlich hautnah miterleben wollen, was aus dieser kleinen Prophezeiung wird, stimmt's?«

»Daran ist nichts klein«, bemerkt Letitia und bringt uns beide erneut aus der Fassung.

9

Leena

Es ist zwanzig nach sechs, und ich bin wach. Das scheint mein neues Muster zu sein. Ich wanke zur Toilette, und dann versuche ich, mich noch einmal hinzulegen, aber ich habe die Schlafzimmertür angelehnt gelassen, und Ant die Katze hat ungefähr zwanzig Sekunden gebraucht, um sich hineinzuschleichen und auf mein Gesicht zu legen.

Knurrend schiebe ich ihn weg und stehe auf. Oh, das war Dec und nicht Ant. Dass sie ihren nicht voneinander zu unterscheidenden Katzen die Namen Ant und Dec gegeben hat, ist genau die Art von spitzbübischem Humor, der meiner Großmutter gefällt, obwohl ich denke, dass sie unschuldig tun wird, wenn sie gefragt wird und darauf bestehen wird, dass es die Idee von Grandpa Wade war.

Nachdem ich unten Ant/Dec gefüttert habe – der auf dem Weg die Treppe hinunter durchgängig miaut und zwischen seinen klagenden Lauten kaum Luft geholt hat –, blinzele ich verschlafen auf die verschiedenen Teesorten hinter dem Wasserkocher, die sich alle in sorgfältig beschrifteten Keksdosen befinden. Gott, ich vermisse Fitz' Kaffeemaschine. Es gibt ein spezielles Verlangen, das weder Tee noch Instantkaffee befriedigen kann.

Heute ist Mittwoch, also werde ich mit Jackson Greenwoods Hund spazieren gehen; ich war gestern Abend lange wach und habe Hundeleckerchen aus allem gebacken, was ich noch in Grandmas Kühlschrank finden konnte. Ich habe mich noch ein wenig über Hundespaziergänge informiert, und anscheinend sind Hundekuchen dabei ganz wichtig. Als mir klar wurde, dass die Geschäfte – oder besser, das Geschäft, Singular – geschlossen ist, musste ich mir etwas einfallen lassen. Nun habe ich einige matschige Würfel aus Hackfleisch, Eiern und zermatschten Haferflocken, die in einem Brotbeutel auf dem Sideboard liegen. Sie sehen widerlich aus.

Während der Teekessel heiß wird, starre ich auf die Leckerchen und frage mich kurz, was zum Teufel ich gerade mit meinem Leben anstelle, und dann – weil diese Gedanken kaum zu etwas Sinnvollem führen und es inzwischen ein wenig zu spät ist, um diesen Plan zu ändern – bereite ich mir eine Tasse Tee zu.

Ich gehe damit in den Flur und sehe einen Brief auf der Fußmatte, auf dem in großen, wackeligen Buchstaben *Leena Cotton* steht. Im Inneren befindet sich eine handgeschriebene Liste mit der Überschrift:

Planungskomitee zum Maifeiertag, Vertretung durch Leena Cotton, während Eileen Cotton, die langjährige Vizevorsitzende, beurlaubt ist.

Beurlaubt! Ich verschlucke mich fast an meinem Tee.

1) Glitter
2) Laternen
3) Bäume zurückschneiden – Termin
4) Fressbuden
5) Sponsor finden

6) *Girlanden*
7) *Dixie-Klos*
8) *Schilder*
9) *Parkplätze*
10) *Paradekostüme*

Mein Interesse ist nun offiziell geweckt. Dies hört sich nach einem lustigen Projekt an – ich habe noch nie zuvor eine Veranstaltung organisiert, und wenn ich mir diese Liste so anschaue, hat sich Grandma wohl in erster Linie um die Logistik gekümmert: Parkplätze, Schilder, Imbissstände. Und … Glitter. Was immer *das* auch bedeuten mag. Ich muss Betsy fragen.

Ich spüre ein Kribbeln in meinem Bauch, diese prickelnde Aufregung, die ich immer gefühlt habe, wenn ich es bei der Arbeit mit einem neuen Projekt zu tun hatte, und ich denke plötzlich an meinen schönen, farblich perfekt abgestimmten Businessplan für *B&L Boutique Consulting*. Die Dateien sind in der Dropbox; ich könnte sie später auf Grandmas Rechner laden. Die Aufregung wird noch größer, und ich stürze meinen Tee mit einem Schluck hinunter und blicke wieder auf die Liste.

Sponsor finden ist durchgestrichen. Ich erinnere mich daran, dass Grandma erwähnte, sie hoffe auf einen Geldgeber für das Maifest, damit die Erlöse an die Stiftung gehen könnten, die uns so sehr unterstützt hat, als Carla krank war. Hatte sie aufgegeben? Ich runzele die Stirn, schnappe mir einen Stift vom Tisch im Flur und male auf Betsys Liste ein Sternchen an diesen Punkt.

Noch eine Tasse Tee, dann gehe ich. Ich bin sehr neugierig auf ein Wiedersehen mit Jackson Greenwood. Wenn ich meine Großeltern als Kind besucht habe, habe ich ihn ziemlich häufig gesehen, weil er bei Arnold gewohnt hat – Jackson war ein stiller, mürrischer Junge, der immer gemeinsam mit dem alten Hund im Garten umherstreunte. Er war die Sorte Kind, die alle »schwierig« fanden, aber in Wahrheit hatte er nie etwas verbrochen. Er war einfach nur eigen.

Anscheinend ist Jackson inzwischen Lehrer hier an der Grundschule. Das geht mir einfach nicht in den Kopf: Für mich müssen Grundschullehrer immer lächeln und ganz vergnügt sein und Dinge sagen wie »ein wirklich guter Versuch«, wohingegen Jackson hauptsächlich finster dreingeschaut hat.

Heutzutage wohnt er in einem der neu errichteten Häuser am Rand von Hamleigh; als ich näher komme, wundere ich mich, wie seltsam zweidimensional sie vor dem schemenhaften Hintergrund der Dales aussehen, wie ein computergeneriertes Bild davon, wie eine Wohnsiedlung aussehen könnte, wenn sie fertig ist. Die Gärten wirken im Licht der Laterne grau und einförmig, alle mit gestutztem Rasen und Kies, aber Jacksons Vorgarten steht eher im Zeichen belebter Vegetation. Er hat daraus ein Gemüsebeet gemacht. Gott allein weiß, was seine Nachbarn davon halten – ihre Gärten passen viel besser zum Rest der Siedlung, mit Terrakotta-Töpfen mit Rosmarin und winzigen, braven Weinreben, die sich an Holzgittern an ihren Türen emporranken.

Als ich an die Tür klopfe, wird laut und fröhlich gekläfft, was aber sehr rasch wieder aufhört. Ich verziehe das Gesicht. Ich glaube, da wurde gerade mit jemand geschimpft.

Als Jackson die Tür öffnet, habe ich nicht genug Zeit, ihn zu betrachten, weil ein großes Bündel aus schwarzem Fell, an dem noch eine Leine baumelt, mir mitten in den Bauch springt und mich umwirft.

»Uff!« Ich habe mir das Steißbein geprellt, und mein Handgelenk hat die Hauptlast des Falls abgefangen, aber mein größtes Problem ist im Augenblick, dass der Hund mir mit großer Begeisterung das Gesicht ableckt. »Hallo, du … würdest du vielleicht – Verdammt …«

Er sitzt auf mir und hat meine Halskette im Maul. Oh, und nun zerrt er daran, grandios …

»Scheiße, Mist, tut mir leid.« Eine große Hand greift nach unten und zieht den Hund am Halsband weg. »Hank. Sitz!«

Hank krabbelt von mir herunter und setzt sich. Leider nimmt er meine Kette mit; sie hängt in seinem Hundemaul, der Anhänger baumelt hin und her. Ich stehe auf und folge Hanks anhimmelndem Blick zu seinem Besitzer.

Jackson zu sehen ist seltsam. Er ist definitiv noch der Junge, den ich kannte, aber es wirkt, als wäre er eng zusammengekrumpelt gewesen und jemand hätte ihn geglättet – der angespannte Kiefer sieht lockerer aus, die hängenden Schultern wirken befreit, und er hat sich zu einem breitschultrigen Riesen mit Schlafzimmerblick und einem unordentlichen braunen Haarschopf entwickelt. Auf seinem T-Shirt prangt etwas, das sehr nach einem Kaffeefleck aussieht, und er hat ein sehr großes Loch links am Knie seiner Jeans. Auf dem Arm, der nun Hanks Leine festhält, befindet sich ein weißer Streifen, wo einmal seine Uhr war – seine Unterarme sind ein wenig sonnenverbrannt, was man im englischen Frühling erst einmal schaffen muss.

Wenn ich ihn interpretieren müsste, würde ich sagen, sein Gesichtsausdruck liegt irgendwo zwischen Erstaunen und Verlegenheit, aber er hat eins dieser nicht lesbaren Gesichter, was entweder bedeutet, man ist tiefgründig und mysteriös oder hat nicht viel zu sagen, deswegen weiß ich es nicht so genau.

»Du bist nicht Eileen Cotton«, sagt er. Sein Yorkshire-Akzent ist stärker ausgeprägt als in seiner Jugend – oder vielleicht war ich auch einfach zu lange weg.

»Doch, eigentlich schon. Ich bin Leena. Erinnerst du dich noch an mich?«

Er blinzelt. Nach einigen Momenten reißt er die Augen auf. »Leena Cotton?«

»Genau!«

»Ups.« Nach einigen sehr langen Sekunden richtet Jackson seinen Blick in die Ferne und räuspert sich. »Ähm«, sagt er. »Du hast dich … verändert. Also, du siehst anders aus.«

»Du auch. Du bist viel …« Ich erröte. Wohin soll dieser Satz führen? Das Erste, woran ich denke, ist *männlicher*, was ich aber nicht laut aussprechen werde. »Ich habe gehört, dass du inzwischen Grundschullehrer bist?«, sage ich rasch.

»Genau, das stimmt.« Er kratzt sich den Kopf. Sein Haar steht nun ab.

»Ja dann«, sage ich und schaue zu Hank, der meine Kette fallen gelassen hat und nun den – ohne abspreizbaren Daumen wahrscheinlich ziemlich frustrierenden – Versuch unternimmt, sie wieder aufzuheben. »Das ist dann wohl der Hund!«

Ich spreche zu laut. Warum mache ich das die ganze Zeit?

»Genau«, sagt Jackson und räuspert sich erneut. »Das ist Hank.«

Ich warte. »Großartig«, sage ich schließlich. »Ja gut, soll ich dann mit ihm spazieren gehen?«

Jackson hält inne, eine Hand hat er immer noch am Kopf. »Häh?«

»Mit dem Hund. Soll ich mit ihm spazieren gehen?«

Jackson blickt zu Hank. Hank schaut ihn an, wedelt und

schiebt meine Kette dabei nun mit seiner Rute auf der Türschwelle hin und her.

»Wo ist Eileen?«, fragt Jackson nach einer langen, verwirrten Pause.

»Oh, hat sie dir das nicht erzählt? Sie ist für zwei Monate nach London gezogen. Ich passe auf ihr Haus auf und übernehme ihre ganzen Projekte – all die kleinen Sachen, die sie hier im Dorf macht, weißt du.«

»Da trittst du aber in große Fußstapfen«, sagt Jackson und kratzt sich den Nacken. Es ist eine Bewegung, mit der ein anderer Mann vielleicht mit seinem Bizeps angeben würde, aber bei ihm wirkt es gänzlich zufällig. Auf irgendeine chaotische Weise ist Jackson tatsächlich sexy, das unterstreichen seine sehr blauen Augen und diese klassische Rugby-Spieler-Nase, die schief ist, weil sie einmal gebrochen war.

»Ich bin mir sicher, dass ich das schaffe!«, sage ich.

»Bist du schon einmal mit einem Hund spazieren gegangen?«

»Nein, aber mach dir keine Sorgen, ich bin sehr gut vorbereitet.« Ich muss ihm ja nicht sagen, dass ich eine umfangreiche Recherche zu den Themen Hundespaziergänge, dem Labrador im Allgemeinen und dem genauen Weg betrieben habe, den ich laut Grandma nehmen sollte.

»Er ist erst acht Monate alt«, sagt Jackson und fährt sich wieder durch das Haar. »Er ist immer noch ganz schön anstrengend. Ich bitte Eileen eigentlich immer nur, mittwochs mit ihm zu gehen, weil sie so gut mit ihm zurechtkommt und ich dadurch früh in die Schule und einige Stunden vorbereiten kann, bevor die Kinder kommen …«

Ich greife nach meiner Kette; Hank quietscht kurz und versucht direkt, meine Hand mit seinem Maul zu fangen. Ich kann mir ein Aufheulen nicht verkneifen, ziehe die Hand zurück und fluche. Das ist genau das, was man nicht tun soll, das wusste ich.

»Hank! Das ist unhöflich. Sitz.«

Hank setzt sich, er sieht aus, als würde er sich schämen, und hat den Kopf gesenkt. Ich bin nicht davon überzeugt, dass er seine Tat aufrichtig bereut. Diese Hundeaugen beobachten nach wie vor meine Kette.

Ich räuspere mich. »Also ich bringe ihn dann in einer Stunde zurück?«

»Danke. Wenn du das wirklich machen willst. Ich werde in der Schule sein. Hier«, sagt Jackson und reicht mir einen Schlüssel. »Lass ihn einfach im Wintergarten und schließ hinter dir ab.«

Ich starre auf den Schlüssel in meiner Hand. Ich weiß, dass wir uns nicht völlig fremd sind, aber ich habe mich auch schon seit zehn Jahren nicht mehr mit Jackson unterhalten und bin ein wenig überrascht, dass er mir dauerhaften Zugang zu seinem Haus gewähren will. Ich habe aber nicht viel Zeit, darüber nachzudenken, weil Hank denkt, der Schlüssel könnte ein Leckerchen sein, und an mir hochspringt, um das genauer zu erforschen.

Jackson zieht Hank wieder nach unten. »Kleiner Bettler. Ich hatte noch nie einen Hund, der so schwer erziehbar ist«, sagt er reumütig und schüttelt den Kopf, krault Hank dabei aber hinter den Ohren.

O Gott. Satan in Hundegestalt.

»Bist du dir sicher, dass du mit ihm zurechtkommst?«, fragt Jackson, weil er vielleicht meinen Gesichtsausdruck gesehen hat. Er sieht aus, als würde er daran zweifeln.

Nachdem diese Töle mich fast gebissen hätte, habe ich etwas

weniger Lust, mit ihr spazieren zu gehen, aber wenn Jackson denkt, ich würde es nicht schaffen, muss ich es machen, da führt kein Weg dran vorbei.

»Wir kommen schon klar, oder, Hank?«

Hank springt wie ein Verrückter an mir hoch. Ich kreische auf und verliere das Gleichgewicht.

Ich glaube so langsam, Google hat mich doch nicht *vollständig* auf das Ganze vorbereitet.

»Dann mal los!«, sage ich so zuversichtlich, wie ich es hinbekomme. »Tschüss!«

»Bis bald!«, ruft Jackson, und wir schießen aus der Tür. »Wenn du Probleme hast, kannst du …«

Ich glaube, Jackson redet immer noch, aber ich höre nichts mehr, weil Hank *unbedingt* loswill. Mein Gott, ich muss diesen Spaziergang wirklich nicht aus eigenem Antrieb erledigen. Hank zieht mich hinter sich her – oh, verdammt, er ist auf der Straße, er ist auf der – gut, dann wieder zurück auf den Bürger… – was frisst er da? Woher hat er das?

Der Weg durch das Dorf zum Feld, das sind die längsten zehn Minuten meines Lebens. Wir gehen auch an so ziemlich jedem Einwohner von Hamleigh-in-Harksdale vorbei, es wirkt so, als hätten alle genau diesen Augenblick gewählt, um das Haus zu verlassen und mich dabei zu beobachten, wie ich von einem sehr aufgeregten Labrador den Bürgersteig entlanggeschleift werde.

Ein alter Mann versucht, mich während des gesamten Wegs auf der Middling Lane mit seinem Elektromobil zu überholen. Er wird fast vollständig von einem großen, wasserdichten Umhang verdeckt, der den Regen fernhalten soll; durch das Plastik ruft er mir zu: »Du musst Hank bei Fuß laufen lassen!«

»Ja!«, rufe ich. »Danke!«

»Das macht Eileen immer!«, ruft der alte Mann nun neben mir.

»Gut zu wissen!«, sage ich fröhlich, während mir Hank die Schulter auskugeln will. »Fuß, Hank«, versuche ich mit meiner Stimme für Babys oder Hunde. Hank schaut sich nicht einmal zu mir um.

»Ich bin Roland!«, ruft der Mann auf dem Elektromobil. »Du musst Leena sein.«

»Ja, das stimmt. Fuß, Hank! Fuß!«

Hank bleibt abrupt stehen, er hat etwas Interessantes erschnüffelt, und ich falle direkt über ihn und rutsche auf der nassen Straße aus. Als ich am Boden liege, leckt er mir übers Gesicht. In der Zwischenzeit ergreift Roland die Gelegenheit, mich triumphierend zu überholen, was ich ungemein nervig finde, denn obwohl ich diesem Rennen nicht zugestimmt habe, habe ich ganz eindeutig gerade verloren.

Als wir schließlich das Dorf durchquert haben und nicht mehr mit Argusaugen beobachtet werden, bringe ich Hank zum Stehen und lehne mich an einen Baum. Verdammt, das ist eher ein Gewaltmarsch als ein Spaziergang. Wie zum *Teufel* hat meine Großmutter diesen Köter im Griff gehabt?

Ich blicke mich auf dem Feld um – ich erinnere mich an diesen Ort. Er sieht in der grauen Witterung anders aus, aber Carla und ich haben als Kinder hier gepicknickt; sie war mal auf einen Baum geklettert und nicht mehr hinuntergekommen und hatte dann herzzerreißend geweint – auch noch, als sie schon wieder unten war, nachdem ich ihr Schritt für Schritt erklärt hatte, wo sie hintreten musste.

Mit einem Ruck katapultiert mich Hank wieder in die Gegenwart zurück. Er zieht dermaßen verzweifelt an der Leine, dass seine Vorderbeine nicht mehr den Boden berühren. Ich bin mir ziemlich sicher, dass ich im Internet gelesen habe, man müsse Ziehen unterbinden – ich sollte ihn wieder zu mir locken, nicht wahr?

Ich fische die selbst gebackenen Leckerchen aus der Tasche und rufe ihn; er rast zu mir und verschlingt sein Futter, dann zerrt er wieder an der Leine. Das geschieht noch drei Mal. Die selbst gemachten Leckerchen sind in der Sandwichtüte zermatscht; ich spüre Hackfleisch-Ei-Matsch unter den Fingernägeln.

Das war wohl nichts, aber ich wage noch einen Versuch und umrunde das Feld im Stechschritt. Von Zeit zu Zeit rufe ich optimistisch »Fuß« oder ziehe Hank wieder zu mir, aber zum größten Teil werde ich von dem Hund spazieren geführt, wenn wir ehrlich sind.

Lustig, dass Jackson meinte, ich würde in große Fußstapfen treten, weil ich tatsächlich gerade Grandmas Gummistiefel trage – ich habe kein eigenes Paar, und wir haben dieselbe Schuhgröße. Sie scheuern an der Ferse, seitdem ich Clearwater Cottage verlassen habe, und nun habe ich auch noch einen riesigen Stein im Schuh. Erfolglos versuche ich, Hank zum Stehen zu bringen, dann bücke ich mich, um den nervigen Schuh auszuziehen.

Ich umklammere die Leine ganz fest. *Natürlich* tue ich das. Man würde bei einem Hund wie Hank die Leine niemals ganz loslassen. Außer … wenn man vielleicht auf einem Bein herumhüpft, ein Gummistiefel umgefallen ist und man versucht, nicht mit dem Strumpf in den Matsch zu treten, dann fällt sie einem vielleicht aus der Hand.

Hank rast wie von der Tarantel gestochen davon. Er hat ordentlich Geschwindigkeit, seine Hinter- und Vorderbeine kreuzen sich fast in der Mitte, er rennt wie ein Berserker aufs Feld.

»Fuck! Fuck!« Ich laufe gleich los, aber ich habe nur einen Gummistiefel an, und damit ist rennen ein wenig kompliziert – als würde man allein einen Dreibeinlauf absolvieren –, und nach nur wenigen Schritten stolpere ich und falle wieder hin. Hank rast vor mir weg. Ich rappele mich auf, bin panisch und außer Atem, o Gott, o Gott, ich sehe ihn nicht mehr – er ist … – er ist … – wo *ist* er?

Ich haste zurück zum Gummistiefel, ziehe ihn mir an und renne. Ich bin noch nie zuvor schneller gelaufen. Nach einigen Minuten, in denen ich ziellos hin und her gerannt bin, meldet sich mein Impuls für Krisenmanagement, und mir wird klar, dass ich besser ein zumindest *annähernd* strukturiertes Muster ablaufen sollte, deswegen sprinte ich im Zickzack über die Felder und schnappe nach Luft. Irgendwann fange ich an zu weinen, was schnelles Rennen nicht unbedingt einfacher macht, und schließlich, als fast eine Stunde vergangen ist, breche ich unter einem Baum zusammen und schluchze.

Mir ist Jacksons Hund abgehauen. Den Platz meiner Großmutter einzunehmen sollte einfach und erholsam sein und etwas, *wobei ich nicht versagen kann*. Aber das hier ist furchtbar. Gott weiß, was Hank da draußen alles passieren könnte. Er könnte auf eine Hauptstraße rennen. Und vielleicht könnte er gefressen werden? Frisst irgendein Tier in den Yorkshire Dales junge Hunde? O Gott, warum weine ich nur so doll?

Nach einigen Augenblicken stehe ich wieder auf, weil sitzen noch schlimmer ist als rennen. Ich brülle seinen Namen wieder und wieder, aber es ist so windig, dass ich mich selbst kaum hören kann. Noch vor einer Woche stand ich in einem Sitzungsraum und lieferte einen Sechzehn-Punkte-Plan, der im Rahmen einer Unternehmensberatung für eine sichere Beteiligung der Stakeholder sorgen würde. Nun weine ich auf einem Feld und brülle das Wort *Hank* wieder und wieder in den Wind, habe wund geriebene Füße, und mein Haar – das inzwischen garantiert wie ein Vogelnest aussieht – peitscht mir ins Gesicht. Ich muss mir eingestehen, dass ich außerordentlich schlecht mit dieser Situation klarkomme. Normalerweise kann ich doch gut mit Notfällen umgehen, oder nicht? Ich bin mir ziemlich sicher, dass Rebecca das bei meiner letzten Bewertung gesagt hat.

Ich halte mich an diesem Gedanken fest. Ich atme so gleichmäßig, wie es geht. Es gibt keinen anderen Ausweg: Ich muss zurück nach Hamleigh. Ich habe Jacksons Nummer nicht (*großer* Fehler – was habe ich mir dabei gedacht?), und er muss wissen, was passiert ist.

Mir ist schlecht. Er wird mich hassen. Ganz sicher. Ich hasse mich ja selbst. Gott, der arme Hund, dort draußen auf dem Feld – er weiß wahrscheinlich nichts mit sich anzufangen, wo er mich nun verloren hat. Ich schluchze wirklich doll – ich kann kaum atmen. Ich muss mich zusammenreißen. Komm schon. Komm schon, was ist nur mit mir *los*?

Ich fand den Hinweg zum Feld quer durch Hamleigh ja schon schlimm, aber der Rückweg ist noch hundert Mal schlimmer. Ich fühle mich aus Fenstern und Eingängen beobachtet. Auf der anderen Straßenseite zeigt ein Kind auf mich und ruft: »Da ist Oscar aus der Mülltonne, Mam!« Roland fährt wieder auf seinem Elektromobil an mir vorbei und muss zwei Mal hinschauen.

»Wo ist Hank?«, ruft er.

»Ich habe ihn verloren«, würge ich heraus.

Er japst nach Luft. »Gütiger Gott!«

Ich beiße die Zähne aufeinander und gehe weiter.

»Wir müssen einen Suchtrupp losschicken!«, sagt Roland.

»Wir müssen sofort eine Dorfversammlung einberufen, ich spreche mit Betsy.«

O Gott, nicht mit Betsy.

»Ich muss mit Jackson reden«, sage ich und wische mir das Gesicht mit dem Ärmel ab. »Bitte. Ich will erst mit ihm sprechen, bevor du mit Betsy redest.«

Aber Roland ist gerade sehr behäbig damit beschäftigt, in drei Zügen zu wenden, und scheint mich nicht zu hören.

»Lass mich erst mit Jackson sprechen!«, rufe ich.

»Keine Sorge, Leena, wir finden Hank!«, brüllt Roland über seine Schulter und surrt von dannen.

Ich fluche und trotte weiter. Ich versuche, mir zurechtzulegen, was genau ich zu Jackson sagen soll, aber mir wird klar: Man kann jemandem nicht schonend beibringen, dass man seinen Hund verloren hat, und je häufiger ich über die Unterhaltung nachdenke, desto schlechter wird mir. Als ich bei ihm an der Haustür ankomme, befinde ich mich genau in dem nervösen Zustand, den ich vor einer großen Präsentation habe, was – wenn man meinen derzeitigen Zustand in Betracht zieht – bedeutet, dass ich eine Panikattacke haben werde.

Ich klingele an der Tür, und erst dann fällt mir der Schlüssel in meiner Tasche ein. O Gott, Jackson ist bestimmt schon bei der Arbeit. Ob ich zur Dorfschule gehen muss, um ihm zu sagen, dass ich seinen Hund verloren habe? Das ist kein Geständnis, das ich gern vor einer ganzen Klasse Kinder machen möchte.

Zu meiner Überraschung öffnet mir Jackson.

Ich habe ein Déjà-vu. Pfoten, umgeschmissen werden, Hund leckt Gesicht, der Besitzer taucht hinter uns auf …

»*Hank!*«, kreische ich, vergrabe mein Gesicht in seinem Fell und drücke ihn so fest ich kann, weil er sich wie ein buckelndes Pferd aufführt. »Hank! O mein Gott, ich dachte …«

Ich bemerke, wie Jackson mich anblickt. Ich schaue auf.

Er sieht sehr groß aus. Er sah schon vorher groß aus, aber nun ist er *wirklich riesig*. Er sieht nicht wie ein freundlicher Riese aus, eher wie ein Mann, der eine Schlägerei in einer Bar mit einem leisen, wohlüberlegten Wort beenden kann.

»Es tut mir so leid, Jackson«, sage ich, während Hank auf mir herumklettert und neue Schmutzschichten auf meine dreckigen Jeans aufträgt. »Bitte glaub mir. Ich habe ihn nicht mit Absicht losgelassen, er ist abgehauen. Es tut mir leid. Ich dachte, ich wäre vorbereitet, aber … es tut mir so leid. Bist du nun zu spät dran?«

»Ich bin nach Hause gegangen, als der Vikar mich angerufen hat, weil er Hank auf der Peewit Street gesehen hat. Der Direktor kümmert sich gerade um meine Klasse.«

Ich vergrabe das Gesicht in Hanks Fell.

»Alles in Ordnung mit dir?«, fragt Jackson.

»Mit *mir*?«, frage ich erstickt.

»Du wirkst, als wärst du … ähm …«

»Total am Arsch?«

Jackson reißt ein klein wenig die Augen auf. »Das wollte ich nicht sagen.«

Ich schaue auf; sein Gesichtsausdruck ist weicher, und er lehnt sich gegen den Türrahmen.

»Mir geht es gut«, sage ich und wische mir die Wangen ab. »Aber es tut mir wirklich furchtbar leid – ich hätte besser aufpassen müssen.«

»Es ist doch nichts passiert«, sagt Jackson. »Bist du sicher, dass mit dir alles in Ordnung ist?«

Hank untersucht nun meine Gummistiefel sehr sorgfältig, schnüffelt wie verrückt und schlägt mich von Zeit zu Zeit mit seiner Rute.

»Du musst nicht nett sein«, sage ich und weiche dem Schwanz aus. »Du kannst böse auf mich sein. Ich verdiene es.«

Jackson sieht verwirrt aus. »Ich war sauer, aber … du hast dich doch entschuldigt, oder nicht?«

»Ja, aber …«

Jackson beobachtet mich, während ich mich aufrichte und vergeblich versuche, mir den Schmutz von den Jeans zu klopfen.

»Ich vergebe dir, wenn du das willst«, sagt er. »Hank ist sowieso ein kleines Mistvieh. Ich hätte ihn nicht auf dich loslassen sollen.«

»Ich mache es wieder gut«, sage ich, um mich zusammenzureißen.

»Das brauchst du nicht.«

»Nein«, sage ich bestimmt. »Ich möchte es aber. Sag mir, was ich tun soll, und ich tue es. Soll ich die Klassenzimmer in der Schule putzen? Oder brauchst du Hilfe bei der Verwaltung? Dabei bin ich wirklich gut.«

»Suchst du nach einer Art … Strafaufgabe?«, fragt er und legt amüsiert den Kopf schief.

»Ich habe es wirklich vermasselt«, sage ich nun frustriert. »Ich versuche nur, es wiedergutzumachen.«

»Es *ist* wieder gut.« Jackson hält inne. »Aber wenn du wirklich irgendwo mit anpacken willst: Ich muss die Klassenzimmer für die neuen Erstklässler streichen. Dabei könnte ich Hilfe gebrauchen.«

»Klar doch«, sage ich. »Sag mir nur wann, und ich werde da sein.«

»Okay. Ich sage dir Bescheid.« Er hockt sich neben Hank und krault ihm die Ohren, dann blickt er zu mir auf. »Es ist alles okay, Leena. Alles gut. Er ist wieder hier, und ihm geht es gut, siehst du?«

Mit Hank ist vielleicht alles in Ordnung, aber mit *mir* womöglich nicht. Was war mit mir los da draußen auf dem Feld, dass ich so geweint und geschrien habe und ziellos herumgerannt bin? Bee hat recht: Die Dinge sind nicht so, wie sie sein sollten. So bin ich einfach nicht.

10

Eileen

Als Bee in die Wohnung schlendert, bin ich sprachlos. Sie ist die schillerndste Erscheinung, die ich jemals gesehen habe. Ihr Gesicht ist atemberaubend, obwohl – oder vielleicht gerade weil – es asymmetrisch ist, ein Auge sitzt ein klein wenig höher als das andere, der eine Mundwinkel ist etwas stärker geschwungen. Ihre Haut hat einen wunderschönen cremigen Braunton, und ihr Haar ist außergewöhnlich glatt und glänzend, wie schwarzes Wasser, das über ihren Rücken fließt. Einen Moment versuche ich mir vorzustellen, wie sich das Leben wohl anfühlt, wenn man so jung und so schön ist. Man könnte *alles* tun, denke ich.

Nach einer halben Stunde mit Bee stelle ich überrascht fest, dass das offenbar keineswegs der Fall ist.

»Ich finde in dieser gottverdammten Stadt keinen Mann«, klagt Bee und füllt unsere Weingläser nach. »Die sind alle beschissen – entschuldigen Sie meine Ausdrucksweise. Leena erzählt mir immer, dass es dort draußen tolle Männer gibt. Dass man viele Frösche küssen muss. Aber ich knutsche jetzt seit fast einem Jahr Amphibien, und ich will nicht mehr.« Die letzten drei Worte werden von großen Schlucken Wein unterstrichen. »Sorry – ich will Sie nicht entmutigen. Vielleicht ist der Markt bei den über Siebzigjährigen besser.«

»Das bezweifle ich«, sage ich resigniert. Das ist albern. Es ist mir peinlich, mit jemandem wie Bee über mein Liebesleben zu sprechen. Wenn sie keinen Mann findet, wie um alles in der Welt soll ich das schaffen? Ich konnte ja noch nicht einmal meinen eigenen Mann halten.

Bee bemerkt meine Miene und stellt ihr Glas ab. »Ach, hören Sie nicht auf mich. Ich habe nur die Nase voll von miesen Dates. Aber Sie! Vor Ihnen liegt eine ganze Welt voller Spaß. Sehen wir uns Ihr Profil an, ja?«

»O nein, machen Sie sich damit keine Mühe«, sage ich schwach und denke an all die peinlichen Dinge, die Leena dort hineingeschrieben hat. *Liebt die Natur! Im Herzen jung! Sucht die Liebe!*

Bee ignoriert meinen Protest und klappt ihren Laptop auf. »Leena hat mir Ihre Login-Daten gegeben«, sagt sie und tippt auf den Tasten herum. »Ooh, ein paar Herren haben Ihnen bereits geschrieben!«

»Ach, wirklich?« Ich beuge mich vor und schiebe die Brille auf der Nase nach oben. »Meine Güte, ist das etwa – o mein Gott!«

Bee klappt den Laptop zu. »Ooh«, sagt sie mit großen Augen. »Nun. Das ist ein denkwürdiger Moment für Sie. Ihr erstes Schwanzfoto.«

»Mein erstes was?«

Sie verzieht das Gesicht. »Wow, das ist ja schlimmer, als meiner Tochter zu erklären, wo die Babys herkommen.«

Ich lache. »Schon in Ordnung. Ich bin neunundsiebzig. Ich mag wie eine unschuldige alte Dame wirken, aber ich hatte fünfzig Jahre mehr Zeit als Sie, die Schrecken der Welt zu sehen. Und was immer das war, ist nichts gegen das warzige Hinterteil meines Exmannes.«

Bee kichert. Ich habe keine Zeit, darüber nachzudenken,

dass ich zum ersten Mal laut das Wort Exmann ausgesprochen habe, denn Bee hat den Laptop wieder geöffnet, und auf dem Bildschirm erscheint ein großes Foto.

Ich lege den Kopf schief. »Meine Güte«, sage ich.

»Ganz schön rüstig für einen Achtzigjährigen«, bemerkt Bee und neigt den Kopf in die andere Richtung.

»Und dass er dieses Foto schickt, bedeutet ... was genau?«

»Gute Frage«, sagt Bee. »Ich glaube, es soll Sie dazu animieren, mit diesem Mann Sex zu haben.«

»Wirklich?«, frage ich fasziniert. »Und das funktioniert?«

»Das ist ein großes Rätsel. Man sollte es nicht glauben, aber warum machen sie es sonst immer noch? Schließlich lernen sogar Ratten, die Vorgehensweise zu wechseln, wenn sie keinen Erfolg bringt.«

»Vielleicht ist das wie bei den Exhibitionisten im Park«, sage ich und blinzele auf den Bildschirm. »Es geht nicht darum, ob es uns gefällt – sie zeigen einfach gern ihren Pimmel.«

Erneut bricht Bee in Lachen aus. »Pimmel!«, wiederholt sie und wischt sich die Augen. »Ah, Leena hatte recht, Sie sind ein Juwel. Also. Sollen wir diesen Herrn blockieren, damit er nicht mehr mit Ihnen kommunizieren kann?«

»Ja, bitte«, sage ich und denke an Letitias Teeblätter von gestern. »Das ist genug Pimmel fürs Erste, würde ich sagen.«

»Wie wäre es mit diesem Typen?«, fragt Bee.

Äußerst skeptisch sehe ich auf den Bildschirm, doch diesmal sieht mich ein lächelndes Gesicht an. Ein sehr gut aussehender Herr mit silberfarbenem Haar, das aus einer kräftigen Stirn zurückgekämmt ist, und mit hervorragenden Zähnen. Das Foto sieht aus, als wäre es von einem Profi aufgenommen worden.

»Ist der echt?«, frage ich. Man hört von all diesen Leuten im Internet, die sich als schräge Damen aus Texas entpuppen.

»Gute Frage, vor allem bei einer solchen Porträtaufnahme.«
Sie tippt auf ihrer Tastatur herum. »Okay, ich bin auf Bildsuche
gegangen, und das Bild wurde nur noch hier benutzt. Derselbe
Name, auch die Biografie passt ... Er scheint Schauspieler zu
sein!« Bee zeigt mir die Website eines Theaters. Das Bild erscheint neben der Beschreibung von einem Todd Malone, der
offenbar im St. John's Theatre die Rolle von Sir Toby Belch in
Was ihr wollt spielt. »Hmm, er klingt gut. Wollen wir ihm zu-
rückschreiben?«

»Was hat er geschrieben?«, frage ich und spähe über Bees
Schulter. Sie liest:

Toddoffstage: Hallo, Eileen! Klingt, als würden Sie in London ein auf-
regendes Abenteuer erleben – ich bin gespannt zu hören, wie es dazu
kam ...

»Darf ich?«
Bee schiebt mir den Laptop zu, und ich tippe.

EileenCotton79: Meine Enkelin wollte eine Auszeit auf dem Land und
ich etwas Abwechslung in der Stadt. So haben wir unsere Leben getauscht ...

»Ooh, das gefällt mir«, bemerkt Bee anerkennend. »Die drei
Punkte! Sehr geheimnisvoll.«
Ich lächele. »Ach, danke.«
Bee klickt auf Senden der Nachricht. »Jetzt warten wir«,
sagt sie und greift wieder nach dem Wein.
»Warum sehen wir uns in der Zwischenzeit nicht Ihr Da-
ting-Profil an?«, schlage ich vor.
»Meins? O Gott, nein, das wollen Sie nicht sehen.«

»Ich habe Ihnen auch meins gezeigt!«, argumentiere ich und nehme ebenfalls einen Schluck. Ich habe schon sehr lange keinen Wein mehr getrunken, aber in Leenas Wohnung scheint es dazuzugehören. Unter dem Fernseher stapeln sich jede Menge Flaschen, und es steht immer mindestens eine im Kühlschrank.

»Ich benutze eine App, nicht so eine Seite«, sagt Bee und deutet mit dem Kopf auf den Laptop. »Darum ist meine auf dem Smartphone.«

»Mit einem Smartphone komme ich klar«, sage ich geduldig.

Bee macht eine entschuldigende Miene. »Ja, sorry.« Sie kaut auf ihrer Unterlippe, dann zieht sie nach einem Moment ihr Smartphone über den Tresen zu sich und gibt eine Reihe Zahlen ein. »Hier.« Sie scrollt durch ihre Bilder. Darunter steht eine kurze Beschreibung: *Viel beschäftigte Mum. Kaum Zeit, wenig Geduld, koffeinabhängig.*

Oh, meine Güte. Ich fand zwar schon vorher, dass Bee eine beeindruckend schillernde Person ist, aber die Fotos übertreffen alles. Alle Bilder sehen aus wie aus einem Hochglanzmagazin – »Ach ja, ich habe letztes Jahr ein bisschen gemodelt, nur so nebenbei«, erzählt sie leichthin –, doch ihr Text könnte kaum weniger ansprechend sein.

Sie zeigt mir, wie man von links nach rechts wischt und die Seite, auf der sie mit den verschiedenen Männern kommunizieren kann.

»So viele!« Ich sehe genauer hin. »Warum haben Sie denen nicht geantwortet? Der da ist doch sehr attraktiv.«

»Ach, das ist einer von diesen supererfolgreichen CEO-Typen«, sagt sie wegwerfend. »Nicht mein Fall.«

Ich stutze. »Warum nicht?«

»Ich treffe mich nicht gern mit Typen, die mehr verdienen

als ich«, antwortet sie und zuckt mit einer Schulter. »Das ist eine meiner Regeln.«

»Wie lauten die anderen?«, frage ich nachdenklich.

Sie zählt sie an den Fingern ab. »Muss sportlich sein, darf nicht im Beratungs- oder Finanzgeschäft sein, muss gut tanzen können, muss außerordentlich scharf sein, darf keinen komischen Nachnamen haben, muss Katzen mögen, darf nicht zu nobel sein oder reiche Eltern haben, darf keine langweiligen Männerhobbys haben wie Autos und Darts, muss Feminist sein und damit meine ich echter Feminist nicht nur, wenn es gerade passt, muss offen für Jaime sein – meine Tochter …«

»Oh! Erzählen Sie mir von ihr«, sage ich, gegen meinen Willen abgelenkt.

»Jaime«, sagt Bee und wechselt dabei so schnell zwischen den Bildschirmen hin und her, dass ich den Überblick verliere. »Sie ist heute Abend bei ihrem Vater.« Jetzt scrollt sie durch Fotos und hält schließlich bei einem Bild von einem jungen Mädchen mit braunem, kurz geschnittenem Haar, das durch ein dickes Brillengestell in die Kamera strahlt. »Das ist sie«, sagt Bee stolz.

»Was für ein reizendes Mädchen!« Meine Brust schnürt sich zusammen, nicht so sehr wegen des Mädchens – obwohl es sehr süß ist –, sondern wegen des Ausdrucks auf Bees Gesicht. Die Frau schmilzt dahin. Sie liebt dieses Kind über alles, das sieht man sofort.

»Sie wird ein Tennisstar«, sagt Bee. »Im Club ist sie in ihrer Altersklasse schon ganz oben.«

»Meine Güte.«

»Außerdem mag sie Dinosaurier und liest gern alles über Gehirne«, fügt Bee hinzu. »Und sie ist Veganerin. Was ziemlich nervig ist.«

»O ja«, sage ich mitfühlend, »das hat meine Freundin Kathleen auch.«

»Was hat sie?«

»Veganismus.«

Bee lacht. Es ist ein äußerst charmantes Lachen. Durch ihr Lachen und ihre Miene, als sie von Jaime gesprochen hat, ist sie mir auf einmal viel näher und viel sympathischer. Das ist vermutlich das Problem beim Daten im Internet. Man bekommt nicht mit, wie jemand lacht oder wie verträumt jemand aussieht, wenn er von etwas spricht, das ihm viel bedeutet.

Ich beobachte, wie Bee sich durch weitere Bilder ihrer Tochter klickt, und denke bei mir: Vielleicht verstehe ich nichts von Onlinedating, aber ich glaube, dass ich besser einen Mann für Bee finden kann als Bee selbst.

Ich lange nach meinem Notizbuch, das ich gestern bei Smith's erstanden habe – Leena hat meins in Hamleigh.

Gemeinschaftsbereich auf Vordermann bringen steht ganz oben auf meiner Liste. Heute Morgen habe ich mit Martha darüber gesprochen. Sie war begeistert und wedelte mir auf dem Weg aus der Wohnung mit Farbpaletten zu. Ich weiß, hier laufen die Dinge anders, aber ich komme nicht umhin zu denken, dass diesem Haus etwas Gemeinschaftssinn gut bekommen würde.

Unter diese Notiz schreibe ich sorgfältig *Einen Mann für Bee finden*.

»Ooh, Ihr silberhaariger Mime hat geantwortet!«, ruft Bee. Sie dreht mir den Laptop zu.

Toddoffstage: Hallo, Eileen. Jetzt bin ich noch neugieriger als vorher. Was für eine tolle Idee! Wie gefällt Ihrer Enkelin das Leben auf dem Land? Und wie kommen Sie in London zurecht? Ist das ein Schock für Sie?

Ich lächele und tippe zurück.

EileenCotton79: Von meiner Enkelin höre ich gar nichts, was entweder heißt, dass es ihr sehr gut geht, oder dass sie das Haus niedergebrannt hat. Und ich fühle mich von London ein bisschen überfordert. Ich weiß nicht genau, wo ich anfangen soll!

»Oh, Mrs. Cotton«, sagt Bee. »Also, das ist genial.«

Toddoffstage: Also, ich wohne seit fünfundsechzig Jahren in London ... Wenn Sie gern ein paar Tipps von einem alten Hasen hätten, könnte ich Ihnen ein paar schöne Dinge zeigen? Vielleicht fangen wir mit einem Café an?

Ich schnappe mir die Tastatur, aber Bee bedeutet mir, es zu lassen. »Lassen Sie ihn schmoren!«, sagt sie.

Ich verdrehe die Augen. »Dieser Unsinn ist etwas für junge Leute«, erkläre ich.

EileenCotton79: Das wäre reizend. Wie wäre es am Freitag?

11

Leena

Freitagnachmittag ist es ruhig im Haus, Ant und Dec streichen mir um die Beine, und ich setze mich an Grandmas Rechner und logge mich bei meiner Dropbox ein. Alles ist da. *B&L Boutique Consulting. Preisstrategie. Marktforschung. Projektabwicklung und Logistik.* Ich taste mich langsam heran, bearbeite noch nichts, lese nur alles noch einmal durch. Am Ende vertiefe ich mich so sehr darin, dass ich die Zeit vergesse. Das Treffen der Nachbarschaftswache ist um fünf – ich muss blitzschnell mit dem Rad hinrasen, das ich aus Grandmas Efeuverschlag ausgegraben habe, und ich fliege fast die Lower Lane hinunter.

Erst als ich durch die Tür des Gemeindehauses gehe, bemerke ich, dass ich mir nicht ganz sicher bin, was die Nachbarschaftswache eigentlich *ist*. Bekämpfen wir hier tatsächlich Verbrechen?

Ich blicke auf die zusammengewürfelte Gruppe, die sich im Saal befindet, und entscheide mich, dass diese Leute entweder die besten Superheldenverkleidungen der Welt tragen, oder dass es sich unmöglich um Menschen handeln kann, die Verbrechen bekämpfen. Da sitzt Roland, der übereifrige Suchtrupporganisator, Betsy, die einen leuchtend pinken Schal trägt, dazu passenden Lippenstift und Culottes, und Dr. Piotr, der viel kräftiger ist, als ich ihn aus meiner Kindheit in Erinnerung habe, aber immer noch ganz klar der Mann ist, der mein

Knie genäht hat, als ich neun Jahre alt war und der Carla einmal eine getrocknete Erbse aus dem Ohr gefischt hat.

Dann gibt es ein kleines Vögelchen von einer Frau, die aussieht, als würde sie aus Streichhölzern bestehen, einen schielenden Mann mit Bart, den ich als Basil den Bigotten wiedererkenne, und eine sehr abgehetzte junge Frau, die wahrscheinlich Babykotze auf dem Ärmel hat.

»Oh, Mist«, sagt die Frau, als sie meinen Blick auf ihren Arm bemerkt. »Das hätte ich wirklich wegmachen sollen.«

»Leena«, sage ich und strecke ihr die Hand entgegen.

»Kathleen«, entgegnet sie. Die Strähnen in ihrem Haar müssten dringend nachgefärbt werden, und sie hat Zahnpasta am Kinn – alles an ihr schreit »erschöpfte Mutter«. Ich muss mich einfach fragen, warum um alles in der Welt sie zu dem Meeting gekommen ist und nicht einfach – was weiß ich – ein Nickerchen macht?

»Ich bin Penelope«, sagt die Vogelfrau. Sie streckt mir auf Königinnenart die Hand entgegen – den Handrücken nach oben, als sollte ich ihn küssen. Weil ich nicht weiß, was ich machen soll, schüttele ich sie.

Betsy bleibt stehen, als sie mich sieht. Ihr Lächeln erscheint zu spät, um aufrichtig zu sein. »Hallo, Leena«, sagt sie. »Ich war mir nicht sicher, ob du kommen würdest.«

»Natürlich!«, sage ich. »Ich habe das Schild mitgebracht, für die Tür.«

»Passt noch einer rein?«, fragt eine Stimme aus dem Flur.

»Ach, wie schön!«, flötet Betsy. »Jackson, ich wusste nicht, dass du es heute schaffen würdest!«

Ich schaue auf und bemerke, dass ich rot werde. Jackson kommt beschwingten Schrittes hereinspaziert und trägt ein Rugby-Shirt und eine abgewetzte alte Kappe. Als er mich das letzte Mal gesehen hat, war ich völlig aufgelöst; jedes Mal, wenn ich daran denke, wie ich schweißgebadet und verheult bei ihm vor der Tür stand, will ich umgehend zurück nach London. Ich versuche seinen Blick aufzufangen, aber er ist beschäftigt: die ganzen älteren Ladys scharen sich um ihn, und er hat nun an jedem Arm eine, als wäre er Hugh Hefner, nur dass Jackson viel jünger ist als die Frauen. Basil drängt ihm eine Tasse Tee auf. Niemand hat *mir* bislang einen Tee angeboten, bemerke ich verstimmt. Das ist kein gutes Zeichen, oder?

»Also, wo Leena nun endlich hier ist, sollen wir anfangen?«, fragt Betsy. Ich widerstehe der Versuchung herauszustellen, dass nicht ich, sondern Jackson als Letztes angekommen ist – aber alle sind zu beschäftigt damit, ihm Kekse zu reichen, um darauf zu achten. »Auf die Plätze, bitte!«

Es ist schwer, nicht zusammenzuzucken, wenn die alten Leutchen im Zimmer vor ihre Stühle schlurfen und dann – zunächst langsam und dann rascher – die Knie beugen, so weit es geht und sich dann auf den Stuhl plumpsen lassen.

»Dort sitzt normalerweise Jackson«, sagt Roland, als ich mich gerade hinsetzen will.

»Ah.« Ich schaue mich um. »Jackson, würde es dir etwas ausmachen, wenn …«

Jackson winkt mit seiner großen Hand ab. »Natürlich nicht. Setz dich.«

»Nein«, sagt Roland streng, als mein Hintern gerade den Sitz berührt. »Nein, nein, das ist *Jacksons* Platz.«

Jackson lacht. »Roland, alles in Ordnung.«

»Aber das ist dein Lieblingsplatz!«, protestiert Roland.

»Leena darf ihn haben.«

»Was er doch für ein aufmerksamer junger Mann ist«, sagt Penelope zu Betsy.

»Genau. Und er hat so liebenswürdig auf den Vorfall mit dem Hund reagiert, nicht wahr?«, antwortet Betsy und faltet die Hände im Schoß.

Ich beiße die Zähne zusammen und richte mich auf. »Ich habe eine Idee. Wollen wir nicht *alle* mal die Plätze tauschen und unsere Perspektive ändern?«, schlage ich vor. »Ihr werdet erstaunt sein, was das für einen Unterschied macht.«

Alle starren mich ausdruckslos an, außer Jackson, der so aussieht, als müsse er sich angestrengt das Lachen verkneifen.

»Das ist mein Platz«, erklärt Basil entschlossen. »Ich will meine Perspektive nicht ändern, vielen Dank. Mir gefällt es hier.«

»Oh, aber …«

»Weißt du, wie schwer es war, sich auf diesen Stuhl zu setzen, junge Dame?«, fragt Roland.

»Aber ich kann doch dabei helfen …«

»Außerdem sitze ich hier so nah wie möglich bei den Toiletten«, sagt Basil.

»Ja«, sagt Penelope, »und wenn Basil mal muss, *dann muss er auch mal*, Liebes, daran gibt es nichts zu rütteln.«

»Gut. Okay«, sage ich.

Sie sehen zufrieden aus. Sie haben meinen Versuch sabotiert, eine ganz einfache grundlegende Veränderung durchzuführen, indem sie über volle Blasen gesprochen haben.

»Du setzt dich besser hier hin, Jackson«, sage ich und gehe zu einem anderen Stuhl. Man muss genau abwägen, an welchen Dingen man sich abarbeitet, hier sollte ich es bleiben lassen.

»Mir macht es wirklich nichts aus«, sagt Jackson ruhig.

»Nein, nein«, sage ich schärfer als beabsichtigt. »Du kannst gern auf deinen Lieblingsstuhl. Mir geht es hier auch gut.«

Nachdem wir angefangen haben, frage ich mich die meiste Zeit, worum es in dem Meeting geht, was kein unbekanntes Gefühl ist – ich würde sagen, achtzig Prozent aller Kundenmeetings, zu denen ich gehe, verlaufen so – aber so ist es schwieriger, sich an der Diskussion zu beteiligen.

Was mich am meisten verwirrt, ist, dass gar keine Verbrechen erwähnt werden. Bislang haben wir über: Bacon-Sandwiches gesprochen (Roland hat entdeckt, dass Mabel in der Peewit Street No. 5 grandiose Sandwiches macht, deswegen will er wieder das Julie's boykottieren, was – wie ich kombiniere – ein Café in Knargill ist), Eichhörnchen (Basil kann sie gar nicht leiden) und ob Kartoffeln dick machen (ich glaube, da sollte man sich eher mal die Bacon-Sandwiches vornehmen). Dann beschweren sie sich alle zwanzig Minuten lang über Firs Blandon, ein Dorf in der Nähe, das anscheinend für Chaos gesorgt hat, weil die Bewohner einen Weidezaun sechzig Zentimeter weiter nach links versetzt haben, da sie dort die Grenze zwischen den Gemeinden vermuteten. Ich verstehe die Geschichte nicht vollständig und widme mich ganz den Keksen.

Ich blicke auf die Programmpunkte. Nur noch einer, bevor wir zu »sonstige Verbrechen« kommen, wobei es, wie ich denke, endlich um wirkliche Verbrechen gehen wird.

»O ja, das war das letzte Projekt von Eileen, oder?«, fragt Betsy. »Also wirst du darüber reden, Leena, nicht wahr?«

»Wie bitte?«, frage ich und bin etwa beim hundertsten Keks.

»Den älteren und isolieren Menschen von Knargill helfen, indem man ihnen Transportmöglichkeiten zur Verfügung stellt«, liest Betsy vor. »Ich bin mir nicht sicher, wie sie das schaffen will, aber …« Betsy schaut mich erwartungsvoll an.

Ich denke über den Punkt nach. Das wirkt sehr einfach.

»Wie viele von euch haben Autos?«, frage ich. »Außer Jackson, Dr. Piotr und Kathleen, die natürlich nicht genug Zeit haben – aber der Rest von euch ist im Ruhestand, oder? Würdet ihr eine Fahrt, sagen wir, jeden zweiten Tag, schaffen?«

Alle sehen äußerst alarmiert aus – außer Jackson, der amüsierter aus der Wäsche schaut als je zuvor.

»Wohin denkt ihr, könnte man gut einen Ausflug mit ihnen machen? Leeds ist zu weit weg«, sage ich und blicke wieder Betsy an, »aber vielleicht nach Daredale?«

Eine längere Stille legt sich über die Gruppe. Schließlich erbarmt sich Dr. Piotr.

»Also, Leena, die meisten Mitglieder der Gruppe hier sind … Obwohl viele von ihnen *durchaus* Autos haben … « Dies sagt er mit leicht resigniertem Blick. »Sie wollen nicht bis nach Daredale fahren.«

»Es ist nicht so, dass wir es nicht *könnten*«, erklärt Betsy.

»Ich habe immer noch meinen Führerschein, weißt du.«

»Und Dr. Piotr kann mich nicht vom Fahren abhalten, bis ich nicht ganz offiziell plemplem bin«, sagt Penelope genüsslich.

»Ach so«, entgegne ich. »Ich wollte mir schon länger ein Auto besorgen, weil Grandmas …«

»Nicht mehr funktioniert?«, kommt mir Betsy zu Hilfe.

»Nicht mehr zu reparieren ist?«, fragt Basil gleichzeitig.

»Hat einer von euch ein Auto, das er mir leihen könnte, während ich hier bin?«

Stille.

»Penelope!«, sage ich fröhlich. Sie erscheint mir als beste Option. Von den Männern ist nichts zu erwarten, und ich werde ganz sicher keine Unterstützung von Betsy bekommen. »Könnte ich von Zeit zu Zeit dein Auto ausleihen?«

»Oh, aber ich … Also, ich habe immer noch …« Penelope kommt ins Stocken und sagt dann eher widerwillig: »Ach, ich denke schon.«

»Super, danke, Penelope!«, sage ich. Ich warte, bis sie wegschaut, bis ich Dr. Piotr rasch zuwinke. Er streckt mir seinen Daumen entgegen.

Nun habe ich zumindest Dr. Piotr auf meiner Seite. Und ein Auto.

»Das ist dann also erledigt«, sagt Betsy und klatscht in die Hände. »Weiter geht's … zum Maifeiertag! Ich weiß, dass es kein offizielles Treffen des Komitees ist, aber da alle Mitglieder anwesend sind und es einige dringende Angelegenheiten gibt, die nicht bis zum nächsten Treffen Zeit haben, könnten wir hier vielleicht ein oder zwei Dinge besprechen?«

Alle nicken. Ich bin mir ziemlich sicher, dass das Komitee für den Maifeiertag aus genau denselben Menschen besteht wie das der Nachbarschaftswache, deswegen *könnte* ich darauf hinweisen, dass zwei einzelne Meetings nicht nötig sind. Aber wenn ich darüber nachdenke, lasse ich es besser.

»Zum Motto! Ich denke mal, wir sind alle glücklich mit Jacksons Vorschlag? *Tropen?*«

»Tropen?«, frage ich, bevor ich es verhindern kann.

Betsy dreht sich auf ihrem Stuhl um und sieht mich an. »Ja, Leena. Tropen. Das ist doch perfekt für ein sonniges Frühlingsfest. Findest du nicht?«

»Ja nun, ich …«

Ich schaue mich in dem Kreis um, dann blicke ich Jackson an, der ein klein wenig die Augenbrauen hochzieht, als wolle er sagen, *komm, mach einfach weiter.*

»Ich weiß nicht, ob es uns in die Karten spielt. Die Menschen wollen zu einem malerischen Dorffest, wo sie ihre

135

Kinder mitnehmen können. ›Tropen‹ hört sich ein wenig …
nach einer Ausgehnacht in Clapham an.«

Ausdruckslose Augenpaare starren mich an.

»Dann schlag doch gern ein alternatives Motto vor, Leena«,
sagt Betsy kühl.

Ich blicke wieder zu Jackson. Er lehnt sich in seinem Stuhl
zurück, hat die Arme verschränkt, und diese Haltung hat etwas
dermaßen Überhebliches an sich, dass mein Plan, zu verzich-
ten und ihm den Sieg zu gönnen, hinfällig ist.

»Wie wäre es mit ›Mittelalter‹?«, frage ich und denke an
Game of Thrones, das ich wieder binge, seitdem ich in Hamleigh angekommen bin. Ethan hat immer über mich gelacht,
weil ich meine Lieblingsserien auf DVD sammele, aber wer
lacht nun, wo ich mich in einer Gegend ohne superschnelles
Breitband befinde? »Wir könnten Met kredenzen und Kindern
von Barden Geschichten erzählen lassen, und der Maikönig
und seine Königin könnten schöne Kleider mit fließenden Ärmeln und Blumenkränzen tragen, wie König Arthur und Königin Guinevere.« Ich weiß gar nicht, ob Arthur überhaupt ins
Mittelalter gehört, aber wir wollen mal nicht pingelig sein.
»Und wir könnten eine Falkenjagd organisieren und Lanzenstechen und Musiker mit Harfen und Lauten. Ich stelle mir Blu-
mengirlanden zwischen Laternenpfählen vor, Stände voller frischem Obst und Süßigkeiten, Lagerfeuer, Schweinebraten …«

»Hmm. Gut. Sollen wir darüber abstimmen?«, fragt Betsy.
»Leena, die uns alle zurück ins Mittelalter führen will, oder
Jacksons Idee, auf die wir uns schon letzte Woche geeinigt
haben?«

Ich lache ungläubig. »Das ist eine Suggestivfrage, Betsy.«

»Hände hoch für Leenas Idee«, wiederholt Betsy störrisch.

Alle schauen sich gegenseitig an. Niemand hebt die Hand.

»Und Hände hoch für Jacksons Idee«, sagt Betsy.

Alle Hände schnellen in die Luft.

»Gut, danke für deine Idee, Leena«, sagt Betsy lächelnd.

»Gib mir ein paar Wochen«, sage ich. »Ich lasse mir das alles durch den Kopf gehen, werde dann konkrete Ideen haben und etwas zusammenstellen, das ich euch zeigen kann. Lass uns beim nächsten Treffen für den Maifeiertag ganz offiziell darüber abstimmen. Eigentlich können Absprachen zum Maifest doch gar nicht bei einem Treffen der Nachbarschaftswache getroffen werden, oder?«

Betsys Lächeln wird verhaltener.

»Das stimmt«, sagt Roland. »Es hätte nicht seine Richtigkeit.«

»Nicht seine Richtigkeit«, wiederhole ich. »Absolut, Roland.«

»Gut, dann. In zwei Wochen«, sagt Betsy.

Ich schaue kurz zu Jackson. Hier geht es nicht um Punktesammeln, aber ich habe gerade ganz sicher aufgetrumpft, und ich fände es gut, wenn er es bemerkt. Er blickt mich an, lehnt sich immer noch breitbeinig auf seinem Stuhl zurück wie ein Manspreader in der Bahn und sieht ebenso amüsiert und unbeeindruckt aus wie während der gesamten Sitzung.

»Das war's, alle miteinander«, sagt Betsy. »Und Leena, denk dran, dass du beim nächsten Mal Kekse mitbringst.«

»Klar, kein Problem.«

»Und das ist dein Platz«, sagt Roland und nickt mir zuvorkommend zu. »Denk bitte auch daran.«

»Danke, Roland, das mache ich.«

»Oh, und Leena?«, fragt Betsy. »Ich glaube, du hast gestern vergessen, Eileens Mülleimer rauszustellen.«

Ich atme langsam durch die Nase aus.

Sie wollen mir nur helfen. Wahrscheinlich.

»Danke, Betsy«, sage ich. »Gut zu wissen.«

Es ertönt allgemeines Stühlerücken und Füßescharren, als alle aufstehen und zur Tür gehen. Neben mir schreckt Kathleen auf.

»Mist.« Sie wühlt nach ihrer Uhr. »Wie weit sind wir gekommen? Haben wir über den Kampf gegen die Eichhörnchen gesprochen?« Sie sieht meinen mürrischen Gesichtsausdruck. »O weia«, sagt sie, »haben die Eichhörnchen gewonnen?«

12

Eileen

Das funktioniert einfach nicht. Ich werde Leena anrufen und ihr sagen, dass es albern von uns war, zu meinen, wir könnten einfach so unsere Leben tauschen, dann fahre ich zurück nach Hause. Wir können bei einer heißen Schokolade darüber lachen, und dann sind wir wieder wo – und wer – wir sein sollten.

Ich bin voll und ganz von meinem Plan überzeugt, bis Fitz ins Wohnzimmer kommt.

»Wow«, sagt er und bleibt abrupt stehen. »Eileen! Sie sehen fantastisch aus!«

»Ich gehe nicht hin«, erkläre ich fest und beuge mich vor, um meine Schnürsenkel zu öffnen und die Schuhe auszuziehen. »Das ist lächerlich.«

»Langsam, langsam, langsam!« Ehe ich sie anziehen kann, schnappt sich Fitz meine Pantoffeln, die unter dem Couchtisch stehen. »Sie werden diese hammermäßige Föhnfrisur doch nicht mit einem Nachmittag zu Hause verschwenden«, sagt er und deutet mit warnendem Finger auf mein Haar. »Sie sehen umwerfend aus, Mrs. Cotton, und Sie müssen diesen Todd treffen!«

Ich habe Fitz gestern Abend von meiner bevorstehenden Verabredung erzählt. Oder vielmehr heute Morgen – ich war gerade aufgestanden, um den Tag zu beginnen, und er kam von einem Abend in der Stadt zurück. Er sah ziemlich mitgenommen aus – es war halb sechs Uhr morgens –, darum bin ich davon ausgegangen, dass er sich nicht an das Gespräch erinnern würde, aber leider ist sein Gedächtnis besser als erhofft. Verlegen rutsche ich auf dem Sofa herum, mein bester Faltenrock kneift in der Hüfte. Mein Rücken schmerzt. »Ich bin zu alt für so etwas«, erkläre ich. »Ich kann nicht umgehen mit diesen …« Ich deute mit der Hand auf meinen Bauch.

Fitz lächelt verschlagen. »Schmetterlingen?«, fragt er.

»Ach, Unsinn«, erwidere ich, doch etwas Besseres fällt mir nicht ein.

Er setzt sich zu mir aufs Sofa. »Also, ich kenne Sie nicht sehr gut, Eileen, aber ich kenne Leena, und ich habe den Eindruck, dass Leena viele ihrer Vorzüge von Ihnen hat. Und Leena hasst es zu scheitern.«

»Das ist kein Scheitern!«, protestiere ich.

»Sie haben recht«, stimmt Fitz mir zu. »Um zu scheitern, müssten Sie es erst versuchen. Und Sie versuchen es ja gar nicht erst.«

Ich bin gereizt. »Ich weiß, was Sie da machen«, sage ich.

»Und funktioniert es?«

»Natürlich funktioniert es. Und jetzt geben Sie mir bitte die Schuhe.«

Auf der Fahrt zum Café verliere ich fast noch einmal die Nerven. Ich öffne schon den Mund, um den Taxifahrer zur Umkehr aufzufordern, doch dann radelt im stockenden Verkehr eine Frau mit dunklen Locken unter dem Fahrradhelm an uns vorbei, und ich denke an Carla. Sie wäre begeistert, ihre alte Großmutter zu einem Rendezvous gehen zu sehen. Und ich wette, sie würde mir sagen, es wäre eine Schande, sich einen gut aussehenden Schauspieler aus dem West End durch die Lappen gehen zu lassen.

Ich mache mir Sorgen, dass ich Todd in dem Café nicht finde, doch die Sorge erweist sich als überflüssig. Er sticht aus der Menge heraus, wie reiche Leute überall herausstechen: Seine Kleidung sitzt ein bisschen zu perfekt, und seine Haut strahlt, als wäre er geschminkt.

Oh, er ist geschminkt. Nun, ich nie – vermutlich kommt er gerade aus dem Theater, aber trotzdem … Was würde Wade sagen?

»Eileen?«, fragt er. Ich merke, dass ich in sein Gesicht starre und rot werde. Das ist schon das zweite Mal, dass ich diese Woche erröte. Ich muss mich besser im Griff haben.

»Ja«, sage ich und strecke die Hand aus, um seine zu schütteln.

Er steht auf, um einen Stuhl für mich herauszuziehen. Für einen Mann seines Alters ist er sehr wendig, und als er an mir vorbeikommt, weht eine Wolke Rasierwasser zu mir herüber. Er riecht nach Holz, Rauch und Orangen, und ich vermute, dass das Eau de Cologne ebenso teuer war wie sein dunkler Wollmantel.

»Sie sind genauso hübsch wie auf dem Bild«, sagt er und setzt sich lächelnd wieder auf den Stuhl mir gegenüber. Seine Zähne sind erstaunlich weiß.

»Also, ich weiß, dass das nicht stimmt, denn meine Enkelin hat das Bild ausgesucht, und es ist mindestens zehn Jahre alt«, sage ich. Es ist mir unangenehm, wie spröde ich klinge, aber Todd lacht nur.

»Sie sind kein bisschen gealtert«, versichert er mir. »Kaffee?«

»Oh, ich …« Ich lange nach meiner Tasche, doch er winkt ab und zieht die Brauen zusammen.

»Das geht auf mich. Bitte, ich bestehe darauf. Ein Flat White?«

»Ein was bitte … bitte entschuldigen Sie.«

»Möchten Sie einen Flat White?«

»Ich habe keine Ahnung, wovon Sie sprechen«, sage ich.

Er lacht laut auf. »Oh, ich glaube, Sie werden mir sehr guttun, Eileen Cotton.« Ich verstehe wirklich nicht, was so lustig ist, lächele aber trotzdem, denn er ist sehr attraktiv, wenn er lacht. Und auch sonst. Zuerst ist die Schminke etwas befremdlich – seine Haut sieht ziemlich merkwürdig aus, so ganz einheitlich. Aber ich glaube, daran kann ich mich gewöhnen.

»Ein Flat White ist ein Kaffee«, erklärt Todd und winkt routiniert einen Kellner heran. »Vertrauen Sie mir, er wird Ihnen schmecken.«

»Dann probiere ich ihn«, sage ich, und Todd gibt die Bestellung auf. Er ist deutlich weniger einschüchternd als erwartet, und als er mit dem Kellner scherzt und sich beim Reden das Haar aus der Stirn streicht, entspanne ich mich allmählich.

»Nun«, sagt Todd, wendet sich wieder zu mir und setzt ein äußerst charmantes Lächeln auf. »Meiner Ansicht nach sind wir zu alt, um lange herumzureden. Ich will mit offenen Karten spielen.«

»Oh, das stimmt«, sage ich. »Also?«

»Ich suche keine ernsthafte Beziehung«, sagt Todd. »Ich war mit einer wunderbaren Frau verheiratet, das waren die glücklichsten Jahre meines Lebens – ich will gar nicht versuchen, das zu wiederholen, denn das ist unmöglich.«

»Oh«, sage ich trotz seines routinierten Tons äußerst bewegt. »Also, das ist eigentlich sehr romantisch.«

Todd lacht wieder. »Was ich suche, Eileen, ist ein bisschen Spaß.«

»Ein bisschen Spaß?« Ich kneife leicht die Augen zusammen. »Um mit offenen Karten zu spielen …« Ich tippe auf den Tisch zwischen uns. »Könnten Sie das etwas genauer erklären?«

Er nimmt über den Tisch hinweg meine Hand. »Darf ich?«, fragt er leise.

»Ja«, sage ich, obwohl ich mir nicht ganz sicher bin, zu was ich hier eigentlich zustimme.

Er dreht meine Hand um, drückt äußerst sanft den Daumen in die weiche Haut zwischen Handgelenk und Handteller und beginnt, sie in langsamen, lasziven Kreisen zu streicheln.

Mein Atem beschleunigt sich.

»Genauer«, sagt er, »ich möchte, dass wir einen guten Kaffee genießen, gutes Essen und guten Wein, und dann würde ich gern mit Ihnen ins Bett gehen.«

»Ins … Bett«, wiederhole ich mit trockenem Mund. »Mit mir.«

Er neigt den Kopf. »Eine lockere Affäre. Nichts Festes. Rein sinnlich. Nur solange Sie in London sind, und dann verabschieden wir uns ohne Reue.« Langsam lässt er meine Hand los. »Wie klingt das, Eileen?«

»Das … klingt …« Ich räuspere mich und reibe mit der anderen Hand über meine kribbelnde Handfläche. Es kribbelt eigentlich überall. »Das hört sich gut an«, sage ich schließlich und beiße mir auf die Lippe, um nicht zu lächeln.

»Die Verabredung war sehr nett«, sage ich in meinem entschiedensten Ende-der-Diskussion-Ton zu Leena. Ich setze mich aufs Sofa und stopfe mir ein Kissen in den Rücken. »Wie war dein erstes Treffen der Nachbarschaftswache?«

»Ach, alles bestens, alles bestens«, sagt Leena. »Komm schon, du musst mir mehr über diesen geheimnisvollen Mann erzählen!«

»Eine Dame schweigt«, sage ich. »Und Marian? Wie kommt sie zurecht?«

»Grandma! Hast du mit ihm geschlafen?«

»Wie bitte?! Nein! So etwas fragt man doch nicht seine Großmutter«, stottere ich.

»Also, wenn Leute sagen ›eine Dame schweigt‹, meinen sie normalerweise das«, erklärt Leena und klingt amüsiert. »Willst du mir wirklich gar nichts über diesen Todd erzählen?«

»Nein, ich glaube nicht«, beschließe ich.

Fitz habe ich alles erzählt, aber ich habe ihn zur Geheimhaltung verpflichtet, und er hat mir versprochen, Leena kein Wort zu sagen. Ich habe keine große Lust, mit meiner Enkelin über meine neue »lockere Affäre« zu reden.

»Nun«, sagt Leena widerwillig, »ich glaube, ich habe dir gesagt, du sollst losgehen und etwas für dich tun.« Sie zögert. »Grandma ... darf ich dich was fragen?«

»Natürlich.«

»War was mit Mum? Irgendetwas, das du mir nicht erzählt hast?«

»Was meinst du?«, frage ich vorsichtig.

»Sie hat von ›Krisen‹ gesprochen.«

Ich schließe die Augen. »Ah. Sie hatte nur ein paar ... Einbrüche.«

»Einbrüche wie ›Weinen im Bus‹? Oder Einbrüche wie ›Sie musste zum Arzt‹?«

»Letzteres, Liebes.«

»Wie konntest du mir das nicht erzählen?«

»Ich habe dir immer gesagt, dass es ihr nicht gut geht, Leena.«

»Ja, aber ich dachte, du meinst ... Ich dachte, sie wäre ... Mir war nicht klar, dass sie richtige Zusammenbrüche hatte.«

»Ich dachte, wenn sie will, dass du es weißt, erzählt sie es dir selbst. Ich wollte mich nicht einmischen.«

»Und als du mich hiergelassen hast, damit ich mich um Mum kümmere, hast du es nicht für nötig gehalten zu erwähnen, dass sie jederzeit eine dieser Krisen haben könnte? Was passiert dann? Muss ich mehr nach ihr sehen? Wie schlimm ist es? Was sagt der Arzt?«

Ich reibe mir den Nasenrücken. »Dr. Piotr hat ihr vor ein paar Monaten etwas verschrieben?«

»Antidepressiva?«

»Ich glaube.«

»Nimmt sie sie?«

»Ich glaube schon.«

»Okay. In Ordnung. Gott, Grandma. Das ist – ich weiß es zu schätzen, dass du dich nicht einmischen wolltest, aber … ich wünschte, du hättest es mir erzählt.«

»Hätte es etwas an deinen Gefühlen geändert? Wärst du früher nach Hause gekommen?«

Es folgt langes Schweigen. »Das würde ich gern denken, aber ich … ich weiß, dass ich in letzter Zeit etwas … komisch in Bezug auf Mum war. Aber ich will, dass alles besser wird. Bee sagt, ich bin nicht ich selbst, und sie hat recht, und ich glaube, das hat zum Teil damit zu tun. Mit dem Abstand zwischen Mum und mir, wie wütend sie mich macht … Das will ich ändern. Für mich, genauso wie für sie.«

Ich lächele schwach. Und tja, wenn ich mich jetzt einmischen darf …

»Das will sie auch, Liebes. Sie vermisst dich ganz schrecklich.«

Leena schnieft. Einen Augenblick herrscht Stille, dann: »Ich muss Schluss machen, Grandma – auf dem Handy ruft ein Mann an, der mit mir über Falknerei sprechen will.«

»Wie bitte?«, frage ich, aber sie hat schon aufgelegt.

Ich seufze. Jetzt mache ich mir mehr Sorgen um Marian als je zuvor. Gerade will ich Leenas Handy ausschalten, als auf dem Bildschirm eine Nachricht eingeblendet wird. Sie ist von einer Ceci. Ich bin mir sicher, dass Leena sie schon einmal erwähnt hat. Ist das nicht diese schreckliche Zicke aus dem Büro?

Hey, Leena! Ich wollte dir nur sagen, dass es mit dem Upgo-Projekt in deiner Abwesenheit sehr gut vorangeht, es wird immer erfolgreicher, nur falls du dir deshalb Sorgen machst! Sag Bescheid, wenn du mal in London bist, Cx

Ich stutze. Leena muss nicht an dieses Upgo-Projekt erinnert werden, und sie hat Ceci nicht ihre neue Telefonnummer gegeben, was bedeutet, dass sie in ihrer Auszeit nichts von ihr hören will. Ich meine mich zu erinnern, dass Leena gesagt hat, diese Frau besteht zu achtzig Prozent aus Bein und zu zwanzig Prozent aus bösen Absichten. Etwas sagt mir, dass sie nicht in Leenas Interesse handelt. Ich schnalze mit der Zunge und schließe die Nachricht.

Nach dem Telefonat mit Leena bin ich unruhig und sehe mich nach einer Beschäftigung um. Ich sehe zu, wie Fitz abwäscht, als mein Blick auf Leenas Laptop auf dem Frühstückstresen fällt. Das hebt meine Stimmung. Vielleicht ist Todd ja gerade online.

Auf der Dating-Website wartet eine Nachricht auf mich, aber sie ist von einem neuen Mann.

OldCountryBoy: Hallo, Eileen. Ich hoffe, Sie haben nichts dagegen, dass ich Ihnen Hallo sage?

Das Profilbild von OldCountryBoy zeigt ihn als jungen Mann in einem weiten, weißen Unterhemd mit einer Kappe auf dem Kopf. Damals sah er sicher gut aus, aber das heißt nicht, dass das heute noch der Fall ist. Wobei mir das Aussehen nicht so wichtig ist. Schließlich war Wade ein echter Hingucker, und was ist aus ihm geworden?

EileenCotton79: Natürlich! Ich bin auf dieser Website, um Leute kennenzulernen.

Ich zögere und füge dann noch einen Smiley hinzu, wie Leena es tut, wenn sie Nachrichten schickt. Es ist ein bisschen flirtend – denke ich –, aber warum auch nicht? Zwischen Todd und mir, das ist schließlich »nichts Festes«. Und Eileen Cotton mit Anfang zwanzig, die ein großes Londoner Abenteuer hatte erleben wollen … Sie hätte sicher mehr als einem Mann begegnen wollen.

13

Leena

Bist du sicher, dass du ihnen nicht einfach einen Kuchen kaufen willst?«, fragt Ethan.

Mein Handy steht wackelig auf Grandmas altem Standmixer, während ich versuche, Einschleim-Brownies zu backen. Als erste Opfer habe ich Roland und Penelope auserkoren, um mein Maitags-Komitee zum Mittelalter zu bekehren. Wenn sich eine Gruppe gegen einen verschworen hat, ist es am besten, abzuspalten und zu erobern, und ich spüre Schwäche bei Penelope. Ohne Betsys Einfluss könnte sie, glaube ich, recht freundlich sein. Ich durfte schließlich auch ihr Auto ausleihen.

»Nein! Ich lebe hier in Hamleigh doch in ländlicher Idylle, erinnerst du dich? Und Backen ist sehr idyllisch und ländlich.« Das Messer gleitet durch die Butter und schneidet mir in den Daumen. Ich versuche angestrengt, nicht zu fluchen, damit ich den Anschein der häuslichen Glückseligkeit nicht zerstöre, den ich hier erwecken will.

»Backen ist auch ziemlich schwer«, sagt Ethan nachsichtig, »vor allem, wenn man es noch nie gemacht hat.«

»Ich habe einen gut verständlichen Blog-Artikel gefunden, der mich Schritt für Schritt anleitet«, erkläre ich ihm, linse auf den Ausdruck neben der Rührschüssel und stecke meinen schmerzenden Daumen in den Mund. Ich will die Mehlpackung öffnen, doch sie reißt, und das pudrige Weiß verteilt sich auf meinen Jeans. »Argh.«

»Engel, komm schon. Kauf doch einfach Brownies, leg sie auf einen Teller, und mach stattdessen etwas Interessantes. Hey. Ich starre schon seit Stunden erfolglos auf diese Abhängigkeitsmatrix für Systemanforderungen und komme einfach zu keinem Ergebnis. Würdest du dir das mal anschauen?«

Ich klopfe meine Jeans ab. Tatsächlich möchte ich es mir *nicht* vornehmen – es ist überraschend schön, Selmount zu vergessen, während ich hier bin. Außerdem mag nicht einmal *ich* Abhängigkeitsmatrizen für Systemanforderungen.

»Wäre es schlimm, wenn ich es nicht mache?«, frage ich vorsichtig. »Sorry, aber ich brauche, glaube ich, echt eine Pause.«

»Wow! Du willst dir eine Tabelle nicht anschauen! Das hat es ja noch nie gegeben.«

»Sorry!«

»Nicht schlimm. Aber ich muss jetzt auflegen – wenn ich es alleine mache, wird es Stunden dauern.«

»Oh, okay. Tut mir leid. Aber du kommst doch am Wochenende, oder?«

»Ja, sicher, wenn ich mich hier loseisen kann. Gut, Engel, bis bald dann!«

»Bis …«

Oh. Er ist schon weg.

Heute Abend öffnet Penelope die Tür und starrt auf den Teller mit sehr, sehr dunklen Brownies, den ich ihr entgegenstrecke.

»Ähm. Hallo?«, sagt sie.

»Hi! Ich habe Brownies gebacken!«

Ich setze hier ganz auf das Prinzip »Der gute Wille zählt«, weil diese Brownies ganz eindeutig verbrannt sind.

»Schau mal, ich bin eine schreckliche Bäckerin«, gestehe ich, »aber ich wollte einfach etwas mitbringen, um mich für das Auto zu bedanken.«

Penelope starrt mich verdutzt an. »Roland«, schreit sie so laut, dass ich überrascht aufheule. »Sorry«, sagt sie, »seine Ohren, weißt du. Roland! Roland! Marians Tochter ist hier, sie will über das Auto sprechen!«

»Vielleicht könnte ich reinkommen und mit euch beiden reden?«, schlage ich vor, während Penelope weiterhin nach Roland ruft. Sie hat für eine dermaßen kleine und zarte Frau ein ganz schön lautes Organ.

»Ähm«, sagt Penelope und weicht meinem Blick aus.

»Penelope, Liebes!«, ruft eine bekannte Stimme aus dem Inneren des Hauses. »Komm und schau dir diese tropischen Cocktails an, die Jackson gemacht hat, die sind so toll!«

Das war definitiv Betsy.

Mir bleibt der Mund offen stehen. Jackson taucht im Flur hinter Penelope auf.

»Oh. Hi«, sagt er. Er hält einen Cocktail in einem hohen, schmalen Glas in der Hand. Obendrauf befindet sich sogar ein kleines gelbes Schirmchen.

Ein kleines gelbes Schirmchen bedeutet *Planung*.

»Haltet ihr das Treffen zum Maifeiertag etwa ohne mich ab?«, frage ich und starre ihn mit meinem kältesten Blick an, den ich eigentlich für perverse Männer in der U-Bahn reserviert habe.

Jackson macht einen kleinen Schritt zurück. »Nein«, sagt er. »Nein, nein, wirklich nicht. Ich koche nur für Penelope und Roland, das mache ich jede Woche, und manchmal kommen Basil und Betsy noch vorbei, und wir … haben nur zufällig über Cocktails gesprochen.«

»Nur zufällig über Cocktails gesprochen, so, so.«

»Warum kommst du nicht rein, Leena?«, fragt Penelope.

Ich gehe hinein. Das Haus wirkt wie eine Zeitkapsel aus den Sechzigern: ein herbstlich gemusterter Teppich in Orange- und Brauntönen, dunkle Ölgemälde, drei fliegende Porzellanenten an der Wand neben dem Treppenlift. Es ist stickig warm und riecht nach einer Duftmischung und Bratensoße.

Roland, Betsy, Basil und Penelope sitzen alle um den Esstisch herum und halten Cocktails mit unterschiedlich farbigen Schirmchen und Ananasstückchen in den Händen.

»Hallo«, sage ich so freundlich, wie ich es schaffe. »Und? Was gibt's heute Abend zu essen?«

»Nur einen Braten«, sagt Jackson und verschwindet in der Küche.

Sicher, *nur einen Braten.*

»Und Brownies zum Nachtisch«, fügt er hinzu.

Ich bin froh, dass er mein Gesicht nicht mehr sehen kann, weil ich mir sicher bin, dass ich meine Bestürzung über diese Nachricht nicht verbergen kann. Still stelle ich meinen Teller mit den verbrannten Brownies auf das Küchenbuffet neben dem Esszimmer und frage mich, ob ich sie irgendwo verstecken kann, damit Jackson sie nicht sieht. Dort vorne steht eine ziemlich große Pflanze. Die Brownies würden definitiv als Erde durchgehen, wenn ich sie in den Blumentopf lege.

»Worüber wolltest du sprechen, Liebes?«, fragt Penelope und geht wieder zu ihrem Platz am Tisch.

»Über das Auto«, sage ich nach kurzem Überlegen, während ich mich zu erinnern versuche, unter welchem Vorwand ich meine Brownies hierhergebracht habe.

»O ja. Das ist praktisch für dich, oder?«, fragt Roland.

»Ja, ich wollte nur Danke sagen – es ist einfach super«, lüge ich.

Das Auto ist eine Schrottlaube durch und durch. Ich habe letzte Woche bemerkt, dass die Klimaanlage völlig ohne Sinn und Verstand zwischen brütend heiß und eiskalt wechselt und auch, als ich die Bedienungsanleitung im Internet gelesen habe, habe ich nicht den Grund dafür herausbekommen. Ich werde dadurch ganz eindeutig zu einer gefährlicheren Autofahrerin. Ich ziehe mich beim Fahren nun beispielsweise regelmäßig an und aus.

»Lass uns Penelope zuliebe hoffen, dass du besser einparken kannst als Eileen«, gluckst Basil.

Darüber kann ich nur die Stirn runzeln, aber Betsy revanchiert sich schon, bevor ich die Gelegenheit dazu habe.

»Zumindest schafft es Eileen, sich die Schuhe zu binden, bevor sie auf die Straße geht, Basil«, sagt sie schroff.

Basil blickt finster drein und reibt sich das Knie. »An meinem Sturz war nichts witzig, aber vielen Dank auch. Und es lag nicht an meinen Schnürsenkeln, sondern an den Schlaglöchern auf der Lower Lane. Sie werden unser Todesurteil sein, da bin ich mir ganz sicher.«

»Das stimmt«, sagt Roland. »Ich wäre neulich fast mit meinem Elektromobil in einem hängen geblieben.«

»Cocktail?«, fragt Jackson, der mit einem Topflappen auf der Schulter und einem neuen Cocktail in der Hand aus der Küche kommt.

Ich blicke auf den Cocktail. Er sieht wundervoll aus. Und es ist doch gut, über die Konkurrenz informiert zu sein. »Ja, bitte. Aber falls ihr weiter Sitzungen zum Maifest abhaltet, würde ich mich über eine Einladung freuen«, erkläre ich ihm und ziehe dabei die Augenbrauen hoch.

»Es war keine ...« Er seufzt. »Gut. Es wird keine Verkostung von tropischen Cocktails mehr ohne dein Wissen stattfinden. Zufrieden?«

»Auf jeden Fall.« Ich habe eine Idee. »Wo ihr nun einmal alle hier seid, würde ich gern etwas fragen. Grandma hat sich aus irgendeinem Grund dagegen entschieden, einen Sponsor für die Maifeier zu suchen, oder?«

»Ah«, sagt Basil. »Eileens letztes Projekt. Damit hat sie auch nichts erreicht, wenn ich mich recht entsinne.«

»Und nun ist sie in London, und ich wollte dich nicht damit belasten«, sagt Betsy und nippt an ihrem Cocktail.

Basil schüttelt ungläubig den Kopf. »Eileen hat komische Ideen, aber nach London abzuhauen ist wohl die komischste von allen. Weißt du, dass sie mit einer Lesbe zusammenwohnt?«, fragt er Betsy. »Und auch noch mit einer *schwangeren* Lesbe. Kannst du dir das vorstellen?«

»Ja«, unterbreche ich ihn. »Diese schwangere Lesbe ist zufällig meine Mitbewohnerin und eine meiner besten Freundinnen. Hast du ein Problem mit Lesben, Basil?«

Basil sieht bestürzt aus. »Was?«

»Oder vielleicht ein Problem mit Lesben, die Kinder haben?«

»Oh, ich ...«

»Vielleicht interessiert es dich, dass es den Kindern von gleichgeschlechtlichen Paaren nachweislich ebenso gut geht wie denen von Heterosexuellen. Was wichtig ist, Basil, ist, dass man für sein Kind da ist, es liebt, auf es aufpasst – das bedeutet Elternschaft.«

Ich will gerade weitersprechen, als Jackson abrupt aufsteht und weggeht und ich verwirrt verstumme.

Ich sehe ihm nach. Habe ich ... ihn beleidigt? Ist Jackson insgeheim homophob? Das wäre schade.

»Jackson kann leider nicht für sein Kind da sein«, sagt Betsy in die Stille.

Ich drehe mich zu ihr um. »Was?«

»Jackson hat eine Tochter. Sie lebt in Amerika.«

»Oh, das ... das wusste ich nicht.« Meine Wangen brennen. »Ich wollte nicht sagen, dass man kein guter Elternteil sein kann, wenn man ... ich ... ich sollte mich bei ihm entschuldigen ...«

Penelope steht auf und legt mir eine Hand auf den Arm. »Besser nicht«, sagt sie nicht unfreundlich. »Ich gehe.«

»Grandma! Warum hast du mir nichts von Jacksons Kind erzählt?«, frage ich auf dem Nachhauseweg von Penelopes Haus und habe immer noch einen roten Kopf.

»Oh. Hinter der Familie Greenwood liegen einige sehr interessante Jahre«, erklärt mir Grandma eine Oktave niedriger als sonst – das ist die Stimme, die sie sich für den allerfeinsten Dorfklatsch aufbewahrt. »Als Jacksons Mutter Arnold verlassen hat, hat sie ... Sorry«, sagt Grandma. »Ich bekomme gerade eine Nachricht auf mein Telefon, lass mich nur ...«

Tuten. Ich seufze, dann warte ich zehn Sekunden und rufe sie an.

»Habe ich dich abgewürgt, Liebes?«

»Ja, ist aber nicht schlimm – du meintest, Jacksons Mum ...?«, frage ich und biege in die Lower Lane ab. Basil hat tatsächlich recht. Diese Schlaglöcher sind gefährlich; ich muss daran denken, bei der Gemeindeverwaltung anzurufen, damit man sich darum kümmert.

»Ooh, ja. Also, sie hat Arnold, den alten Griesgram, verlassen und ist mit Denley aus Tauntingham durchgebrannt. Du weißt schon, der mit dem Haus in Spanien, das er wahrscheinlich mit

Schwarzgeld aus dem Gebrauchtwarenhandel seines Vaters bezahlt hat?«

Ich lache. »Grandma, ich kann im Augenblick nur Tratsch aus Hamleigh verarbeiten. Ganz Dales überfordert mich noch.«

»Ach, das wird sich in Windeseile ändern, lad einfach einmal die Woche Betsy zum Kaffee ein. Sie weiß alles, was du wissen musst.«

Ich verziehe das Gesicht. Ich habe gar nicht den Eindruck, dass Betsy einmal die Woche zum Kaffee vorbeikommen *möchte*. »Weiter, Grandma – Jacksons Kind?«

»Zu jener Zeit hat Jackson mit Arnold zusammengelebt – das werde ich nie ganz verstehen, aber Jackson mochte Arnold komischerweise immer gern –, und ich wusste, dass er mit einem lebhaften blonden Mädchen namens Marigold aus Daredale ausging, das sich für das nächste Hollywood-Sternchen hielt. Ich wusste auch, dass diese Dame nicht die Richtige für ihn war«, sagt Grandma und hört sich plötzlich sehr wie Betsy an. »Sie hat diese schrecklichen Schuhe mit hohen Absätzen getragen, die immer auf der Einfahrt im Matsch stecken geblieben sind, und dann hat sie gekreischt, bis Jackson sie hochgehoben hat.«

»Hohe Absätze, o weia«, sage ich. »Was soll da noch Schlimmeres kommen!«

»Ach, stell mich nicht als altmodische Schachtel hin«, sagt Grandma. »Ich will dir nur sagen, dass ich gestern mit Fitz einkaufen war und mir ganz schön viele peppige Klamotten zugelegt habe. *Und* ich habe mir deine hochhackigen Stiefel ausgeliehen, um anschließend noch Cocktails trinken zu gehen.«

Ich reiße erschrocken die Augen auf. Ist sie auf meinen hohen Absätzen auch sicher genug unterwegs?

»Aber dieses Mädchen ist überall in Stilettos und engen

Röcken hingegangen, in denen sie sich kaum bewegen konnte. Jackson öffnete ihr immer die Türen und half ihr ins Auto und trug ihr die Taschen, und sie hat für ihn nie einen Finger krumm gemacht. Dann machten sie Schluss, zumindest glaube ich das, weil sie ihn nicht mehr besucht hat, und dann kam sie sechs Monate später rund wie ein Rolo wieder zurück.«

Ich muss lachen. »Ein Rolo?«

»Ja, genau«, erklärt Grandma genüsslich. »Schwanger! Anschließend war Jackson oft in Daredale und hat sich um das Baby gekümmert. Das alles war vor drei oder vier Jahren vielleicht? Dann – und jetzt kommen wir zu dem wirklichen Tratsch – zog Marigold nach L. A. für ihren großen Durchbruch als Schauspielerin, und sie nahm das kleine Mädchen mit. Jackson bekommt sie nun kaum noch zu Gesicht.«

O Gott. Armer, armer Jackson. Was ich in Penelopes Haus gesagt habe, tut mir so leid, dass ich wegen der geheimen Cocktail-Aktion nicht einmal mehr sauer auf ihn bin.

Zumindest nicht mehr *sehr* sauer.

Mein Telefon summt. Das Handy ist ein Relikt aus der Zeit der Disketten und Gameboys, und ich brauche eine Weile, um zu verstehen, was passiert: Ich werde während des Gesprächs angerufen.

»Ich muss auflegen, Grandma – ich melde mich, hab dich lieb.«

»Oh, tschüss, Liebes«, sagt sie, und ich lege auf und nehme den anklopfenden Anruf an.

»Hallo?«, ertönt eine zittrige Stimme. »Spricht da Leena Cotton?«

»Ja, hier ist Leena Cotton«, sage ich mit meiner Arbeitsstimme. Das fühlt sich ein wenig seltsam an.

»Ich heiße Nicola Alderson«, sagt die Lady, »und ich rufe

wegen einer Anzeige an, die ich im Lebensmittelladen gesehen habe, wegen der Mitfahrgelegenheiten?«

»Oh!« Ich war gestern nach Knargill gefahren und habe einige Flyer (also, um ehrlich zu sein, Ausdrucke aus Grandmas Rechner) ausgelegt – ich hatte nicht mit einer solch raschen Reaktion gerechnet. »Hallo, Nicola, vielen Dank für den Anruf.«

»Sind Sie *sicher*, dass es umsonst ist?«, fragt Nicola. »Das alles ist sehr … gut. Mein Enkelsohn warnt mich immer vor diesen E-Mails, in denen steht, dass man Geld gewonnen hat, und ein Angebot mit kostenlosen Fahrten könnte in dieselbe Kategorie fallen, würde ich sagen. Im Leben gibt es doch eigentlich nichts geschenkt.«

Ich nicke. Da hat sie recht. Ich wünschte mir, meine Grandma wäre ebenso misstrauisch. Sie hat uns vor einigen Jahren einen Schrecken eingejagt, als sie eine Spam-Mail für einen offiziellen Brief gehalten und ihre Ersparnisse fast an eine mysteriöse russische Bank überwiesen hat.

»Das stimmt. Also im Grunde hatte meine Grandma die Idee, alleinstehenden Menschen dabei zu helfen, einfacher aus dem Haus zu kommen, und ich bin gerade in ihrem Haus und kümmere mich um ihre Projekte, und … ich dachte nur, dies wäre die einfachste Art zu helfen. Ich habe ein Auto, und ich habe Zeit, deswegen …«

»Wie kann ich sichergehen, dass Sie nicht mit mir in den Wald fahren und mich fressen, meine Liebe?«

Ich muss lachen. »Nun«, sage ich, »ich könnte Sie dasselbe fragen.«

»Das stimmt«, murmelt sie.

»Ich habe ein einwandfreies polizeiliches Führungszeugnis, falls Sie das beruhigt.«

»Ich habe keine Ahnung, was das sein soll«, sagt Nicola. »Aber ich glaube, wenn ich Sie sehe, werde ich wissen, ob ich Ihnen trauen kann. Sollen wir uns an der Kirche treffen? Dort wird es für Sie sehr schwer, mich abzumurksen.«

»Gern«, antworte ich. »Sagen Sie mir nur, wann.«

14

Eileen

Es ist zehn Uhr abends. Ich trage Stiefel mit Absatz und küsse einen Mann vor seiner Tür. Todds Hände gleiten unter meine Jacke, und sein Daumen streicht an dem Reißverschluss meines langen Leinenkleids hinunter, als erkunde er schon einmal für später den Weg.

Seit ich mit Todd ausgehe, habe ich das Gefühl, eine Seite an mir wiederentdeckt zu haben, die ich ganz vergessen hatte. Gestern habe ich mich beim Kichern ertappt. Ich bin mir sicher, dass ich noch nicht einmal als junge Frau gekichert habe.

Es ist wundervoll. Wirklich. Doch in mir meldet sich ein leises, schuldbewusstes Flüstern. Es ist mir so gut gelungen, Wade hinter mir zu lassen, doch seit Todd und ich zusammen ausgehen, bekomme ich ihn nicht mehr so leicht aus dem Kopf.

Ich denke, es ist nur eine Sache der Gewohnheit. Schließlich habe ich seit fünfzig Jahren keinen anderen Mann als meinen Ehemann geküsst. Todds Lippen fühlen sich so anders an. Auch die Kopfform, der Nacken, die Schultern – alles ist mir fremd, nachdem ich so viele Jahre mit Wades Körper vertraut war. Todd zu küssen fühlt sich an, als würde ich in den Kleidern einer Fremden stecken. Merkwürdig und verwirrend, ja – aber auch gut.

Widerwillig löse ich mich aus seinen Armen.

»Willst du nicht mit hochkommen?«, fragt Todd.

»Noch nicht.« Ich lächele ihn an. »Wir sind erst beim dritten Date.«

Das war meine Bedingung. Ich habe mich auf alle Regeln eingelassen, die Todd für unsere Beziehung aufgestellt hat, aber ich habe gesagt, dass ich erst beim fünften Date mit ihm ins Bett gehen würde. Ich wollte in Ruhe herausfinden, ob er es wert ist. Für ein bisschen Spaß bin ich durchaus zu haben, aber ich habe nicht vor – wie hat Fitz das genannt? –, »mit mir spielen zu lassen«. Sex bedeutet mir schließlich etwas, und ich will keinen Sex mit einem Mann haben, den ich nicht mag.

Zufällig scheine ich Todd allerdings sehr zu mögen. So sehr, dass mir diese Regel irgendwie …

Er zieht eine Augenbraue hoch. »Ich erkenne eine schwankende Frau, wenn ich eine sehe«, sagt er. Noch einmal küsst er mich ausgiebig auf die Lippen. »Jetzt steig in ein Taxi und fahr nach Hause, ehe wir etwas tun, das wir womöglich bereuen, mh? Regeln sind Regeln.« Er zwinkert mir zu.

Guter Gott, dieses Zwinkern.

Besser, ich steige schnell ins Taxi.

Am nächsten Morgen schlafe ich lange und wache erst um acht Uhr auf. Als ich aus Leenas Zimmer komme, finde ich Martha weinend auf dem Sofa vor.

»Oh, Martha!« Unsicher bleibe ich im Türrahmen stehen. Ich will nicht einfach hier hereinmarschieren und sie in Verlegenheit bringen. Doch sie dreht sich mit tränenverschmiertem Gesicht zu mir um und winkt mich zu sich.

»Bitte, setzen Sie sich zu mir«, sagt sie und reibt sich den Bauch. »Allein zu weinen ist ein neuer Tiefpunkt für mich.

Normalerweise würde ich mich bei Leena ausheulen.« Sie schnieft, während ich mich neben sie setze. »Sie sehen gut aus, Mrs. Cotton. Ach, waren Sie nicht gestern Abend mit Ihrem Silberfuchs aus?«

Ich werde rot. Martha lächelt.

»Lassen Sie sich nicht zu sehr ein, denken Sie dran«, warnt sie und wischt sich die Nase. »Wobei ich das nur sage, weil Sie mich gebeten haben, Sie daran zu erinnern. Ich persönlich denke, er klingt nach einem guten Fang.«

»Machen Sie sich um mich keine Sorgen. Was ist los, Liebes?« Ich zögere. »Wenn es Ihnen nichts ausmacht, dass ich frage?«

»Yaz und ich sind kurz davor, in ein Haus umzuziehen«, sagt sie. »Es gefällt mir nicht, aber sie hat gesagt, wir hätten keine Zeit, wählerisch zu sein, und ich finde, das ist eine so große Entscheidung, ich will nichts überstürzen, und ...« Wieder weint sie. Die Tränen tropfen von ihrem Kinn. »Ich mache mir solche Sorgen, dass ich das nicht schaffe – dass ich noch nicht bereit für ein Baby bin –, und dass Yaz sich bei dem ganzen anderen Kram ganz wie Yaz verhält, ist auch nicht gerade hilfreich. Das Baby kommt bald, und Yaz denkt, wir könnten einfach so weitermachen wie bisher. Aber das können wir doch nicht, oder? Alles wird sich ändern. Und das ist beängstigend. Und wir sind einfach noch nicht mit allem fertig. O Gott ...«

Ich versuche, mich an die bittersüße Panik zu erinnern, die mich befallen hat, als ich erfuhr, dass ich schwanger war. Es war keine einfache Zeit für Wade und mich. Wir waren noch nicht verheiratet. Noch nicht einmal verlobt. Es ist mir sehr gut gelungen, den Babybauch auf den Hochzeitsfotos zu verbergen, sodass es heute niemand weiß – nicht einmal Marian –, und so ist es mir lieber. Aber ich kann mich noch gut an die Panik-attacken in all dem Durcheinander erinnern, mir war geradezu schwindelig, genau wie Martha jetzt.

Am meisten Schwierigkeiten hatte ich mit der plötzlichen Planänderung. Für mich hieß das: kein Job in London, nicht die Welt verändern, keine Abenteuer – oder vielmehr das größte Abenteuer überhaupt, aber zu Hause. Hamleigh zu verlassen kam nicht mehr infrage. Und was die Männer an-ging … nun ja, würde ich für immer mit Wade zusammen sein. Er verhielt sich ehrenhaft und machte mir einen Antrag, und dafür war ich ihm dankbar. Wer weiß, was meine Mutter und mein Vater mit mir angestellt hätten, wenn er mich nicht geheiratet hätte.

Ich nehme Marthas Hand. »Wissen Sie, was Sie brauchen, Liebes?«, sage ich zu ihr. »Sie brauchen eine Liste. Holen wir Papier und Stift und gehen alle Dinge durch, die erledigt wer-den müssen, ehe das Baby kommt. Dann können wir einen Plan machen. Und einen Plan B.«

Daraufhin lächelt sie. »Ich verstehe jetzt, woher Leena ihre Leenahaftigkeit hat, Mrs. Cotton.«

»Nenn mich Eileen, okay?«, sage ich. »Ich fühle mich nicht mehr wie eine Mrs.«

Ich hole mein neues Notizbuch heraus, um eine Liste für Martha zu erstellen.

»Ach! Hast du mit dem Vermieter über den Gemeinschafts-bereich gesprochen?«, frage ich, als ich den Punkt auf meiner letzten To-do-Liste entdecke.

Martha setzt sich gerade auf und wischt sich durchs Gesicht. »Ja! Er fand die Idee toll. Er hat gesagt, er würde etwas Geld dazugeben. Nur fünfhundert, aber …«

»Fünfhundert Pfund?« Ich sehe sie mit großen Augen

an. »Das ist mehr als genug.« Ich verstumme und sehe Martha an. Sie sieht aus, als hätte sie schon eine Weile auf dem Sofa gesessen und sich gesorgt. »Du hättest wohl keine Lust, damit anzufangen? Deine Liste können wir anschließend schreiben.«

»Ach, doch, weißt du was? Legen wir los. Genug geheult.« Sie steht auf und reibt sich die Augen. »Ich habe gedacht, wir könnten es in dem Antiquitätengeschäft unten in der Straße probieren, mal sehen, ob wir irgendwelche hübschen Möbel finden, ohne zu viel auszugeben?«

Ich lächele. »Ich habe eine bessere Idee.«

»Oh. Mein. Gott.« Martha fasst sich an den Hals. »Diese Wohnung ist ja eine Schatzkiste. Das ist – ist das etwa ein echter Chesterfield? Hinter dem anderen Armsessel da?«

Um schnell zu den Sesseln zu kommen, steigt sie in ihrer Aufregung über einen von Letitias Couchtischen. Lachend strecke ich die Hand aus, um sie zu stützen.

»Langsam, Liebes. Wir werden etwas Hilfe brauchen, um all das zu bewegen.«

»Und Sie sind sicher, dass wir den unten hinstellen dürfen?«, fragt Martha Letitia mit großen Augen.

Letitia zuckt mit den Schultern. »Warum nicht?«, sagt sie. »Solange er nicht abhandenkommt, gegen Verleihen habe ich nichts. Vor allem wenn er …« Sie schluckt. »Mir gefällt der Klang von Gemeinschaftsbereich. Es könnte eine nette Art sein, Leute zu treffen.«

In Gedanken halte ich inne und spiele mit einer von Letitias Schalen mit Krimskrams. Dort draußen muss es viele Menschen wie Letitia geben. Ich kann mir nicht vorstellen, dass die Leute in anderen Mietshäusern mehr miteinander zu tun haben als in diesem. Es muss hart sein, allein in dieser Stadt zu leben, insbesondere für ältere Menschen.

»Meinst du, der Vermieter lässt uns den Platz für etwas … Größeres nutzen?«, frage ich Martha.

»Warum, woran denkst du?«

»Ich weiß noch nicht so genau«, sage ich. »Aber … Letitia, haben Sie zufällig ein paar Esstische übrig?«

»Ich habe ein paar im Lager«, sagt sie. »Im Keller.«

Martha sieht aus, als würde sie ohnmächtig werden. »Lager!«, ruft sie. »Es gibt ein Lager!«

»Zeigen Sie es uns«, fordere ich Letitia auf. »Und unterwegs müssen wir ein paar Assistenten einsammeln. Ich weiß genau die Richtigen dafür.«

Die unfreundlichen Sandalenträger, die mit den Augen gerollt haben, als sie mich gesehen haben, heißen Rupert und Aurora, wie ich dank der dünnen Trennwände herausgefunden habe. Ich klopfe entschieden an ihre Tür, Letitia und Martha rechts und links neben mir.

Rupert öffnet und sieht sofort aus, als hätten wir ihn auf dem falschen Fuß erwischt. Er tippt gedankenverloren auf seinen rundlichen Bauch und steckt sich das Haar hinter die Ohren.

»Äh, hallo«, sagt er. »Ich fürchte, ich habe Ihren Namen vergessen – Isla?«

»Eileen«, sage ich. »Eileen Cotton. Das sind Martha und Letitia. Und Sie sind?«

»Rupert«, stellt er sich vor und hält mir die Hand hin. Sie ist mit Farbe bekleckst.

Ich schüttele sie, aber nur ein- oder zweimal. Nachbarschaft ist das eine, Rückgrat etwas anderes.

»Hören Sie zu, Eileen, ich wollte Sie schon abfangen und

mich entschuldigen«, sagt Rupert und wirkt verlegen. »Meine Freundin kann etwas mürrisch sein, wenn sie an einem neuen Stück arbeitet – sie ist Bildhauerin. Sie hat mit einer schwierigen Arbeit gekämpft, als wir Ihnen zum ersten Mal begegnet sind, und hatte den ganzen Tag noch nichts gegessen und … sie war ziemlich unhöflich. Es tut mir wirklich leid. Ihr auch.«

Mein Lächeln ist jetzt weniger herablassend. »Nun. Wir haben alle mal schlechte Laune, wenn wir hungrig sind«, sage ich großzügig. »Und wenn Sie es wiedergutmachen wollen, haben wir genau den richtigen Job für Sie. Kommen Sie.«

»Was … jetzt?«

Ich drehe mich wieder zu ihm um. »Sind Sie beschäftigt?«

»Nein, nein«, sagt er eilig. »Ich hole mir nur eben Schuhe. Dann stehe ich Ihnen zur Verfügung.«

Wir stehen in einem lockeren Kreis in der Mitte unseres künftigen Gemeinschaftsbereichs, um uns herum überall Möbel – durch die wunderschönen alten Fenster scheint die Sonne herein.

Nachdem mich alle erwartungsvoll ansehen, schwindet mein Selbstvertrauen. Einen Augenblick lang fühle ich mich wie mein altes Ich. Ich muss an die leeren Gesichter denken, in die ich im Gemeindesaal blicke, wann immer ich bei einem Treffen der Nachbarschaftswache etwas Neues vorschlage.

Ich schlucke. Wer nicht wagt, der nicht gewinnt, erinnere ich mich. Was würde Leena tun?

»Ich dachte, wir könnten einen Club gründen«, sage ich und nestele an dem Riemen meiner Handtasche. »Es könnte Aktivitäten geben – Domino, Kartenspiele, Scrabble, solche Sachen. Und eine warme Mahlzeit, wenn wir einen Weg finden, das zu finanzieren. Mir ist hier in London bewusst geworden, dass man als älterer Mensch ganz schön einsam sein kann.«

Es folgt langes Schweigen.

»Wahrscheinlich ist es eine schlechte Idee. Basil sagt mir immer, meine Projekte wären zu ehrgeizig. Aber als ich jünger war, wollte ich nach London gehen und etwas in dieser Richtung machen, für Jugendliche. Und jetzt denke ich, es wäre … gut. Es würde sich sehr schön anfühlen, wenn ich dafür jetzt hier eine Gemeinschaft schaffen könnte – für ältere Menschen.« Ich zucke hilflos mit den Schultern. »Vielleicht ist das nicht möglich. Ich weiß gar nicht, wo ich anfangen soll.«

»Mit dem Boden«, sagt Martha plötzlich.

Alle sehen sie an.

»Sorry«, sagt sie und wippt leicht auf den Zehen. »Aber unter diesem ekligen Teppich sind bestimmt Holzdielen, und ich dachte, wenn wir den Ort einladender gestalten wollen, könnten wir damit vielleicht anfangen. Und dann könnten wir hier Brettspiele anbieten, dort Kartenspiele – vielleicht Bridge, mein Großvater liebt Bridge. Und hier einen langen Tisch aufstellen, an der Rückseite. Dann können alle zusammen essen.« Sie lächelt mich an. »Deine Idee gefällt mir sehr, Eileen. Sie ist toll. Und sie ist überhaupt nicht zu ehrgeizig.«

»Auf keinen Fall«, sagt Fitz. »Das sagt Leena immer, wenn ich versuche mich herauszureden, um mich nicht um einen Job zu bewerben.« Er zwinkert mir zu. Fitz kam gerade dazu, als wir einen großen Tisch aus Letitias Lager schleppten und – Gott schütze ihn – er ließ alle Tüten fallen, krempelte die Ärmel hoch und packte sofort mit an. Seitdem schleppt er Möbel.

»Was denken Sie, Letitia?«, frage ich ziemlich aufgeregt. »Meinen Sie, es würde jemand kommen?«

»Ich würde kommen«, sagt sie nach einem Moment. »Und ich glaube, dort draußen gibt es noch mehr Menschen wie mich, wobei ich nie genau weiß, wie man sie findet.«

Das ist bestimmt die nächste Herausforderung. Ich ziehe den Reißverschluss meiner Tasche auf und hole mein Notizbuch heraus, ich kann es nicht erwarten, eine neue Liste anzulegen.

»Ich spreche noch mal mit dem Vermieter, und dann schicke ich eine E-Mail im Haus rum, um festzustellen, ob alle damit einverstanden sind«, sagt Martha.

Letitia zieht ein Gesicht. »Müssen wir alle im Haus fragen? Wer auch immer sich darüber beschwert hat, dass ich hier unten gesessen habe, hat vermutlich auch etwas dagegen, dass sich hier eine ganze Horde alter Menschen trifft, oder?«

Mich verlässt der Mut. »Oh.«

»Jemand hat sich beschwert, weil Sie hier unten gesessen haben?«, fragt Fitz und richtet sich auf, nachdem er gerade auf Marthas Anweisung hin versucht hat, eine Ecke des Teppichs hochzuziehen. »Meine Güte, das ist ja schrecklich!«

Letitia zuckt mit den Schultern.

»Nun ja«, sagt Fitz. »Wer auch immer es war, ist inzwischen wahrscheinlich ausgezogen. Ich bin mir ziemlich sicher, dass Leena, Martha und ich inzwischen am längsten hier wohnen.«

»Ich wohne seit zwanzig Jahren hier«, erklärt Letitia ihm.

Fitz sieht sie mit offenem Mund an. »Oh. Wow. Sie haben gewonnen.«

»Ich könnte einen Kunstkurs geben«, bemerkt Rupert unvermittelt und blickt in eine Ecke des Raums, für die Martha noch keine Bestimmung gefunden hat. »Für den Club. Aurora und ich könnten ihn zusammen geben. Wir haben jede Menge alten Krimskrams, Farbreste und Kreiden, solche Dinge.«

Ich strahle ihn an und fasse neuen Mut. »Wunderbar!«

»Und der Typ aus Wohnung 17 ist Zauberer. Ich wette, er könnte eine schräge Vorstellung geben oder sogar einen Workshop«, schlägt Rupert vor.

Ich zücke meinen Stift und strahle breiter als je zuvor. »Genau«, sage ich. »Erstens: Bodendielen. Zweitens …«

Nach einem wundervollen Tag, an dem wir gestrichen und Möbel gerückt haben, sinke ich erschöpft ins Bett und schlafe so tief wie seit Jahren nicht mehr. Als ich aufwache, fällt mir schlagartig ein, dass ich mich nicht bei Letitia für die ganzen Möbelspenden bedankt habe. Das war unglaublich großzügig von ihr. Plötzlich verspüre ich den Drang, mich bei ihr zu revanchieren, und schwinge mit solchem Eifer die Beine aus dem Bett, dass ich erst einen Moment innehalten muss, ehe ich aufstehe.

»Sie wollen einkaufen gehen?«, fragt Letitia misstrauisch, als ich mit meinen bequemsten Schuhen und der größten Einkaufstasche vor ihrer Tür stehe. »Was?«

»Neue Kleidung! Ich bezahle. Als Dankeschön!«

»Oh, Sie müssen kein Geld für mich ausgeben«, sagt Letitia und sieht verängstigt aus.

Ich beuge mich vor. »Mein Exmann hat keine Ahnung, wie viel Geld ich über die Jahre beiseitegeschafft habe. Das will ich ausgeben, ehe er es merkt. Kommen Sie. Helfen Sie mir dabei.«

Daraufhin erscheint ein Grinsen auf Letitias Gesicht. »Ich mache mir nichts aus Mode«, sagt sie. »Und wo kaufen wir ein?« Ihr Grinsen verblasst, und sie wirkt etwas nervös. »Doch nicht etwa in der Oxford Street oder so?«

Ich habe nicht vor, dort noch einmal hinzugehen, meine Erfahrungen diesbezüglich reichen mir. Ich wurde mit einem Regenschirm gestochen, von einem wütenden amerikanischen Touristen angeschrien und, seltsamerweise, bei Primark von einem Sicherheitsbeamten verfolgt.

»Nein, wir gehen in Wohltätigkeitsgeschäfte«, sage ich. »Es gibt fünf im Umkreis von zehn Gehminuten. Dort gibt es jede Menge Schnäppchen von reichen Londonern.«

Letitias Miene hellt sich auf. Wohltätigkeitsläden sind vermutlich eher nach ihrem Geschmack als die Geschäfte in den Einkaufsvierteln, die nur Kleider für große Frauen mit üppigem Busen und winzigen Taillen verkaufen. Und obwohl ich diesen Teil Londons zunächst etwas beängstigend fand – mit all den Graffiti, den Tattoo-Studios, den Motorrädern –, ist er mir inzwischen deutlich lieber als der Lärm und das Gewusel im Zentrum von London.

Seit Fitz mit mir einkaufen war, habe ich alles über »Make-Overs« gelernt. Fitz hat mich alle möglichen lächerlichen Dinge anprobieren lassen – kniefreie Röcke und Schuhe, die man nur ohne Strümpfe tragen kann. Hinterher wurde mir klar, dass das eine geschickte Masche war, um mich wagemutiger zu machen. Nachdem ich einen kurzen Jeansrock anprobiert hatte, war es ein Leichtes, das langärmelige Leinenkleid zu kaufen, das ich bei meiner dritten Verabredung mit Todd getragen habe. Und nachdem ich meine Füße in Sandalen mit Absätzen gequetscht hatte, fühlten sich Leenas schicke Lederstiefel, die er mich zu leihen überredet hat, ziemlich bequem an.

Ich versuche das Gleiche mit Letitia, nur dass ich zu weit gehe. Fast wäre sie aus dem Geschäft geflohen, als ich versuche, sie in eine enge pinkfarbene Bluse zu stecken. Ich versuche es mit einer anderen Strategie und spreche mit ihr über ihren Geschmack. Sie beharrt jedoch stur darauf, dass sie sich nicht für Mode interessiert und ganz glücklich in ihrer marineblauen Tunika ist, die man nicht so oft waschen muss.

Endlich, als ich schon aufgeben will, beobachte ich, wie sie eine bestickte Jacke mustert. Da fällt bei mir der Groschen. Ich erinnere mich an Letitias originelle Behausung mit den ausgefallenen Dingen und betrachte sie genauer.

»Was schauen Sie so?«, fragt sie argwöhnisch

»Ich sehe auf Ihre Ohrringe«, sage ich. »Die sind wunderschön. Und das letzte Paar, das Sie getragen haben, war auch bezaubernd.«

»Ach.« Sie wirkt zufrieden. »Danke. Die sind aus den Vierzigerjahren – ich habe sie auf dem Flohmarkt entdeckt und selbst aufgearbeitet.«

»Was für ein Fund!« Ich schiebe sie aus dem Wohltätigkeitsladen in Richtung einer gigantischen Oxfam-Filiale, in der Fitz sich drei geblümte Hemden gekauft hat. »Sehen Sie«, sage ich so beiläufig wie möglich, »die haben eine Vintage-Ecke. Mensch, sehen Sie sich nur den Rock mit dem originellen Efeumuster an!«

Wenn Letitia eine Katze wäre, hätte sie die Ohren aufgestellt. Sie schlängelt sich näher heran und streicht mit der Hand über den Stoff.

Ich muss Letitias Einstellung zu Kleidung verändern. Sie ist eine Elster, sie sammelt gern schöne Dinge – warum schmückt sie sich nicht auch mit ihnen? Wenn sie sich selbst nur halb so viel Aufmerksamkeit schenken würde wie ihrer Wohnung … Nun, sie würde immer noch seltsam aussehen, aber zumindest wäre sie etwas stolz auf ihre Erscheinung.

»Soll ich ... den anprobieren?«, fragt Letitia unsicher und hält den Rock mit dem Efeumuster hoch.

»Warum nicht?«, frage ich und schiebe sie schon in Richtung Umkleidekabine.

15

Leena

Ant/Dec weckt mich auf, wie jeden Morgen, und ich finde es schön, in der Früh als Erstes einen Fellkopf im Gesicht zu haben. Das ist viel angenehmer als ein Wecker.

Als das Tier vom Bett springt, schmeißt es Mums Mondstein von meinem Nachttisch. Ich hebe ihn langsam auf und rolle ihn zwischen den Fingern hin und her. Er schimmert bläulich und sieht seltsam aus. Ich frage mich, wer entschieden hat, dass er für »Neuanfänge« steht.

Zögernd greife ich nach meinem Handy. Ethan hat mir um ein Uhr nachts eine gute Nacht gewünscht, mit vier Küssen statt der üblichen drei. Er konnte wieder einmal am Wochenende wegen der Arbeit nicht kommen – ich bin schon seit drei Wochen hier, und er war noch gar nicht zu Besuch. Ich habe schon Verständnis dafür, dennoch frustriert es mich.

Ich scrolle durch meine Kontakte. Mum wacht noch früher auf als ich – meistens gegen fünf. Ich rufe sie an. Ich habe Mum fast jeden Tag eine Nachricht geschickt und sie gefragt, ob sie irgendwas braucht, aber sie verneint immer. Ich hätte sie definitiv anrufen oder bei ihr vorbeischauen sollen, aber …

»Hallo? Leena? Ist alles okay?«

Die Panik in ihrer Stimme katapultiert mich zu meiner eigenen Panik zurück. Nur weil mein Telefon so oft klingelt, habe ich diese alles lähmende Angst langsam verdrängt, die ich bei jedem Telefonklingeln verspürt habe, als Carla im Sterben lag. Nun, als ich die Furcht in der Stimme meiner Mutter höre, kochen die Emotionen in mir hoch. Ich fange an zu schwitzen, erhebe mich von der Bettkante und renne herum, will unbedingt den Anruf beenden, bevor ich überhaupt ein Wort gesagt habe.

»Hi, sorry, Mum, alles gut«, sage ich schnell. »Ich habe nur angerufen, um Hallo zu sagen, und ich wollte dir mitteilen, dass morgen Abend Bingo ist, möchtest du mitkommen? Ich werde den Van fahren.«

Eine kurze Pause entsteht. »Oh, ich … Ja, warum nicht? Wenn du willst, dass ich komme?«

Sie wartet.

»Ja«, sage ich zu laut und drücke mir auf den Punkt zwischen den Rippen, wo ich spüren kann, dass meine Gefühle verrücktspielen. »Ja, auf jeden Fall, komm vorbei! Um fünf. Großartig!«

Wenn ich auflege, wird dieses Panikgefühl weg sein, aber ich habe noch nicht gesagt, was ich sagen wollte.

»Leena, atme tief ein«, sagt Mum.

Ich schließe die Augen und verlangsame meine Atmung. Das Prickeln in meiner Brust und auf meinem Gesicht lässt ein wenig nach, bis es sich weniger wie Nadeln und mehr wie Regen auf der Haut anfühlt.

Ich öffne die Augen und nehme einen letzten tiefen Atemzug. »Mum, Grandma hat mir erzählt, dass du beim Arzt warst und er dir Antidepressiva verschrieben hat.«

Eine lange Pause entsteht. »Ja«, antwortet sie.

»Ich wusste nicht, dass es dir wirklich … so schlecht geht«, sage ich. »Es … es tut mir leid.«

»Das ist okay, Liebes.« Sie spricht nun leiser.

»Helfen sie dir denn?«

»Ja, das tun sie. Obwohl ich nicht genau sagen kann, ob es die Antidepressiva oder die Kristalle sind.«

Ich verdrehe die Augen.

»Hast du gerade die Augen verdreht?«

»Nein, warum?«

Ich höre, dass sie lächelt. »Du sitzt so sicher im Sattel, Leena. Aber ich bin anders. Du weißt am besten, wie du deine Trauer verarbeiten kannst, und dein Weg sah so aus, dass du hart gearbeitet und dir eine Auszeit von mir und deiner Großmutter genommen hast. Ich weiß noch nicht, wie ich wieder gesund werden kann. Deswegen probiere ich alles aus. Das ist *mein* Weg.«

Ich drehe den Mondstein wieder zwischen den Fingern.

»Ich weiß nicht, ob ich herausgefunden habe, wie ich es am besten verarbeiten kann«, sage ich ruhig. »Ich weiß nicht, ob ich das so gut mache, um ehrlich zu sein.«

»Bist du deswegen hier?«, fragt Mum. »In Hamleigh?«

»Vielleicht.« Ich schlucke. »Sehen wir uns beim Bingo?«

»Wir sehen uns beim Bingo.«

Nach dem Anruf schüttele ich die Arme aus – sie sind so verspannt, als hätte ich mich bei einer langen, anstrengenden Autofahrt ans Lenkrad geklammert. Außerdem ist mir heiß. Ich gehe joggen, nur eine kleine Runde; als ich zurückkomme und mir einen Kaffee mache, atme ich normal und fühle mich stabiler, dennoch tigere ich mit der Tasse in der Hand im Esszimmer herum und kann mich nicht ruhig hinsetzen. Ich brauche Ablenkung.

Plötzlich klopft es penetrant am Küchenfenster.

Ich stöhne in meinen Kaffee. Nicht diese Art Ablenkung, bitte. Es ist erst halb acht Uhr früh – was könnte Arnold jetzt von mir wollen? Vielleicht stelle ich mich einfach schlafend.

»Hallo?«, ruft Arnold. »Ich sehe, dass Licht an ist! Hallo?«

Vielleicht schlafe ich mit eingeschaltetem Licht. Das hier ist ein großes altes Haus, vielleicht fürchte ich mich.

»Hallo? Der Wasserkocher dampft, du musst wach sein. Hallo?«

Na ja, vielleicht habe ich mir einen Tee gemacht und bin wieder …

»Leena? Hallo? Ich habe gesehen, dass du vom Laufen wiedergekommen bist! Hallo?«

Verdammt, warum ist dieser Mann nicht bei der Nachbarschaftswache? Das wäre doch genau sein Ding. Ich presse die Zähne zusammen und gehe in die Küche. »Hallo, Arnold«, sage ich so liebenswürdig wie möglich. »Was gibt es für ein Problem?«

»Dein Auto«, sagt Arnold. »Steht in der Hecke.«

Ich blinzele. »Mein … Was, wie bitte?«

»Dein Auto«, sagt Arnold geduldig. »Die Hecke. Da steht es drin. Brauchst du Hilfe, um es herauszubekommen?«

»O Gott«, sage ich und lehne mich nach vorn, um an Arnold vorbei auf die Einfahrt zu schauen. »Wie ist es in die Hecke gekommen? Welche Hecke?«

»Hast du die Handbremse angezogen?«, fragt Arnold.

»Natürlich!«, sage ich und versuche, mich daran zu erinnern, ob ich die Handbremse angezogen habe. Diese Woche bin ich seit Ewigkeiten zum ersten Mal wieder Auto gefahren – natürlich habe ich in London kein Auto, weil man in London nur ein Auto besitzt, wenn man auf Aggressionen im Straßenverkehr steht oder wenn man gerne unter höchstem Stress parallel einparkt. »O Gott, habe ich Penelopes Auto zerstört?«

Arnold reibt sich das Kinn und blickt auf die Einfahrt.

»Komm, wir ziehen es aus der Hecke und schauen einmal, okay?«

Wie sich herausstellt, hatte ich die Handbremse nicht angezogen.

Arnold, der stärker ist, als er aussieht, hat mir dabei geholfen, den Ford Ka weit genug aus der Hecke zu ziehen, dass ich mich auf den Fahrersitz setzen kann. Ich manövriere das Auto mit durchdrehenden Reifen zentimeterweise rückwärts, und Arnold zeigt mit beiden Daumen nach oben, als ich endlich wieder auf dem Weg bin. Ich hoffe, Grandma ist es egal, dass ihre Hecke nun ein großes autoförmiges Loch hat und auf dem Rasen zwei dunkle Furchen zu sehen sind, wo die Reifen waren.

»Ein wirklich gutes altes Mädchen, das Auto«, sagt Arnold, während ich herauskletttere und die Tür hinter mir zuschlage. »Wie heißt es?«

»Wie das Auto heißt?«

»Du hast ihm keinen Namen gegeben?« Arnold wischt sich die Hände an der Hose ab; er wirkt lebendig, und mit einem weiten T-Shirt statt seiner gewöhnlichen mottenzerfressenen Strickjacke und einer Kappe, die seine über die Glatze gekämmten Strähnen verdeckt, sieht er zehn Jahre jünger aus. Ich beobachte ihn, während er das Autofenster mit einem Taschentuch abwischt.

»Habe ich nicht«, sage ich. »Was schlägst du denn vor?«

»Meins heißt Wilkie«, sagt er.

»Wie, wie Wilkie Collins, der Autor?«

Arnold richtet sich auf und sieht erfreut aus. »Magst du ihn?«

»Grandma hat mir zu Weihnachten mal *Der Monddiamant*

geschenkt. Das fand ich toll. Sie hat mir immer Bücher geschenkt.«

Arnold sieht interessiert aus. »Ich wusste gar nicht, dass sie gerne liest.«

»Doch, das tut sie. Agatha Christie ist ihre Lieblingsautorin. Sie liebt Detektivgeschichten.«

»Das tun die meisten neugierigen Menschen«, sagt Arnold trocken. »Da haben wir den Beweis.«

Überrascht lache ich. Das war ziemlich witzig. Wer hätte gedacht, dass Arnold witzig sein könnte?

»Komm, dann nennen wir das Auto Agatha, zu Grandmas Ehren«, sage ich und tätschele die Motorhaube. Dann, aus einer Laune heraus, sage ich: »Du hast nicht zufällig Lust auf einen Morgenkaffee?«

Arnold blickt auf Grandmas Haus. »Drinnen?«

»Ja, auf einen Kaffee? Oder einen Tee, wenn dir das lieber wäre …?«

»Eileen hat mich nie reingebeten«, sagt Arnold.

Ich kräusele die Nase. »Nie?« Das hört sich ganz und gar nicht nach meiner Grandma an. Sie lädt immer alle ein, und jeder, der irgendwie unter die Kategorie »Nachbar« fällt, bekommt einen eigenen Schlüssel.

»Deine Grandma und ich sind selten einer Meinung«, sagt Arnold. »Wir sind vor Ewigkeiten mal aneinandergeraten, und seitdem kann sie mich nicht mehr leiden.« Er zuckt die Schultern. »Mich juckt das nicht. Ich sehe es so: Wenn man mich nicht mag, kann man mich mal gernhaben.«

»Das ist oft eine sehr bewundernswerte Einstellung«, sage ich, »manchmal aber auch eine Entschuldigung dafür, mürrisch und unvernünftig zu sein.«

»Wie bitte?«, fragt Arnold.

»Ich habe dich morgens gesehen, wie du Grandmas Blumen gegossen hast.«

Arnold sieht peinlich berührt aus. »Oh, na ja, das war nur …«

»Und nun bist du hier und hilfst mir dabei, ein Auto aus der Hecke zu pflücken.«

»Also, ich habe nur gedacht …« Er blickt finster drein. »Was willst du mir damit sagen?«

»Ich nehme dir den mürrischen Alten schlichtweg nicht ab, so einfach ist das.« Ich schließe das Auto ab und gehe zur Bank unter Grandmas Apfelbaum; Arnold folgt mir kurz darauf. »Außerdem ist es nie zu spät für eine Veränderung – schau dir nur mal meine Grandma an. Grandpa ist weg, und was macht sie? Sucht das Abenteuer in London und beginnt mit Onlinedating.«

Arnolds Augenbrauen schnellen über seinem Brillenrahmen nach oben. »Onlinedating? Deine Grandma?«

»Ja. Ich finde das toll. Sie verdient es so sehr, sich mal um sich selbst zu kümmern und mal eine Pause von uns allen zu haben.«

Arnold sieht bei dem Gedanken ein wenig verstört aus. »Onlinedating«, sagt er schließlich. »Sieh mal einer an. Sie ist wirklich eine Naturgewalt.« Er wirft mir einen Blick zu. »Das scheint in der Familie zu liegen.«

Ich schnaube. »Ich weiß nicht, woher du diesen Eindruck hast. Seitdem ich hier bin, habe ich alles vermasselt. Ach, um ehrlich zu sein, habe ich im ganzen letzten Jahr alles vergeigt.«

Arnold blickt mich mit zusammengekniffenen Augen an. »Ich hingegen habe gehört, dass du – während du den Tod deiner Schwester verarbeitet hast – einen Vollzeitjob in der Stadt erledigt hast, deinen Partner unterstützt hast, Betsy zurechtgewiesen hast und Penelope dazu gebracht hast, nicht mehr zu fahren.«

Ich halte inne und kann nichts mehr sagen. Jeder hier spricht so offen über Carlas Tod, als wäre es uns allen passiert – ich hätte gedacht, das würde mir etwas ausmachen, aber irgendwie ist es besser so.

»Ich wollte Betsy nicht zurechtweisen«, sage ich. »Erzählt man sich das?«

Arnold kichert. »Alle hier können sehen, dass du sie in Wallung bringst. Aber mach dir keine Sorgen, man muss sie sich ab und zu ein wenig zurechtstutzen. Schau mal ›Wichtigtuerin‹ im Wörterbuch nach, da findest du ein Bild von Betsy.«

Ich glaube, dass mehr hinter Betsy steckt. Ihre Herrschsucht hat etwas Defensives an sich, als würde sie einem gern vorschreiben, wie man sein Leben führen soll, bevor man ihr Vorschriften machen kann.

»Was hat es mit Cliff, ihrem Mann, auf sich?«, frage ich.

Arnold schaut zu Boden und scharrt mit einem Fuß. »Hm«, sagt er. »Der ist ein schwieriger Geselle. So einen Mann wünscht man keiner Frau.«

»Was meinst du damit?« Ich runzele bei der Erinnerung an Betsys raschen Aufbruch die Stirn, als er sie von Clearwater Cottage nach Hause zitiert hatte. »Behandelt er – behandelt er Betsy schlecht?«

»Das weiß ich nicht«, sagt Arnold rasch. »Die Ehen von Menschen gehen nur sie etwas an.«

»Sicher, aber … nur bis zu einem gewissen Punkt, oder? Hast du etwas gesehen, worüber du dir Sorgen machst?«

»Ich sollte nicht …« Arnold schaut mich verlegen an. »Das geht mich nichts an.«

»Ich will keinen Tratsch hören«, sage ich. »Ich will sichergehen, dass es Betsy gut geht.«

Arnold reibt sich das Kinn. »Es sind komische Dinge passiert.

Cliff ist ein Pedant. Er wird wütend, wenn Betsy etwas falsch macht. In letzter Zeit kommt er nicht viel raus – sie muss immer nach seiner Pfeife tanzen, das bekomme ich zumindest mit, aber wenn man im falschen Augenblick und bei geöffnetem Fenster an ihrem Haus vorbeigeht, hört man, wie er mit ihr spricht, und das ist nicht …« Arnold schüttelt den Kopf. »So sollte man nicht mit einer Frau sprechen, das meine ich. Es macht ihr zu schaffen. Sie ist nicht mehr die, die sie einmal war. Aber wir alle tun für sie, was wir können. Niemand hier im Dorf würde ihr nicht helfen, wenn sie Hilfe braucht.«

Ich frage mich, ob sie das weiß. Spricht es jemand laut aus oder machen sie alle das, was meine Grandma macht – sich ruhig halten und nicht eingreifen? Ich will noch einmal bei Betsy nachhaken. Ich bin nicht gerade die, der sie vertrauen würde, aber vielleicht könnte ich so jemand sein.

Plötzlich haut sich Arnold gegen die Stirn. »Verdammt. Ich wollte dich etwas fragen. Deswegen bin ich eigentlich heute früh vorbeigekommen. Du hast heute Morgen nichts vor, oder? Wir brauchen etwas Hilfe.«

»Wobei?«, frage ich vorsichtig, und mich würde interessieren, wer »wir« ist.

»Weißt du, welcher Tag heute ist?«

»Ähm.« Ganz ehrlich, ich habe keine Ahnung. »Sonntag?«

»Es ist Ostersonntag«, sagt Arnold und steht von der Bank auf. »Und wir brauchen einen Osterhasen.«

»Jackson, ich hätte wissen müssen, dass du dahintersteckst.«

Jackson sieht perplex aus. Die Schultern seines Pullis sind ein wenig nass vom Regen, und er trägt einen Weidenkorb voller in bunte Folie verpackter Ostereier. Wir befinden uns im Saal des Gemeindehauses, der mit Ostergirlanden und großen

Schildern dekoriert ist, auf denen steht, dass hier der Startpunkt für das jährliche Ostereiersuchen in Hamleigh-in-Harksdale ist, das in genau einer halben Stunde beginnt.

»Hinter dieser … kostenlosen Veranstaltung für Kinder?«, fragt er.

»Ja«, antworte ich mit zusammengekniffenen Augen. »Ja, genau.«

Er blinzelt mich unschuldig an, aber ich lasse mir nichts vorspielen. Er probiert ganz sicher, mich zu ärgern. Ich habe gestern echte Fortschritte bei Dr. Piotr gemacht, in der Schlange im Dorfladen – er hätte mir fast versprochen, dass er beim Motto für den Maifeiertag für mich stimmt. Dann habe ich bemerkt, wie sich Jackson hinter uns die Zeitschriften anschaute und ganz eindeutig lauschte.

Das hier ist ganz sicher seine Rache.

»Sieht Leena nicht ganz reizend aus?«, fragt Arnold hinter mir.

Ich trage eine weiße Fleece-Hose, an die ein Kaninchenschwanz genäht wurde; sie ist etwa sechs Nummern zu groß und wird von einem Ledergürtel gehalten, den ich von Arnold ausgeliehen habe. Dazu habe ich eine gemusterte Weste an, die (falls immer noch nicht klar ist, was hier Sache ist) über und über mit Kaninchen bedruckt ist. Und dazu noch Hasenohren. Sind Hasenohren nicht eigentlich sexy? Ich fühle mich wie ein Clown.

»Ruhe jetzt, Arnold«, sage ich.

Ein Lächeln umspielt Jacksons Lippen. »Noch besser, als ich erwartet habe. Das steht dir.«

Hinter mir ertönt ein lautes, dramatisches Schnaufen. Ich drehe mich um und erblicke ein unwahrscheinlich niedliches kleines Mädchen. Ihr blondes Haar ist zu schiefen Zöpfen gebunden, sie hat einen breiten Strich auf der Wange, der nach Edding aussieht, eins ihrer Hosenbeine ist aufgerollt, und man sieht einen langen, gestreiften Strumpf. Sie hat sich beide Hände auf die Wangen gelegt, wie das schockierte Emoji, und die blauen Augen aufgerissen – sie kommen mir sehr bekannt vor.

»Der Osterhase«, schnauft sie und schaut zu mir auf. »WOW.«

»Samantha, meine Tochter«, sagt Jackson hinter mir. »Sie glaubt *ganz fest* an den Osterhasen.«

Das ist eine eindeutige Warnung. Hält er mich für ein Monster? Vielleicht bin ich nicht gern wie ein lächerlicher Hase angezogen, aber eine solche Situation lässt nur eine Reaktion zu.

»Hallo, Samantha«, sage ich und gehe in die Hocke. »Ich bin *so* froh, dass ich dich gefunden habe!«

»Mich gefunden?«, fragt sie mit weit aufgerissenen Kulleraugen.

»Ich habe heute Morgen ganz früh meinen Bau verlassen und bin den ganzen weiten Weg in die Yorkshire Dales gehoppelt, weil ich jemanden suche, der mir vielleicht helfen könnte. Und ich glaube, du bist die Richtige dafür, Samantha.«

»Ich?«, schnauft Samantha.

»Komm, wir schauen mal, ja? Magst du Schokoeier?«

»Ja!«, sagt Samantha und macht dabei einen kleinen Freudensprung.

»Bist du gut im Verstecken?«

»Ja!«, sagt Samantha.

»Vor allem bei meinem linken Schuh«, sagt Jackson trocken hinter mir, obwohl ich höre, dass er lächelt. »Den hast du heute Morgen sehr gut versteckt.«

»Wirklich *sehr* gut«, sagt Samantha ernst und starrt mich an.

»Und – das ist jetzt sehr wichtig, Samantha – kannst du ein Geheimnis für dich behalten? Denn wenn du die Helferin des Osterhasen bist, weißt du, wo alle Ostereier versteckt sind, und die anderen Kinder werden Hinweise von dir wollen.«

»Ich verrate denen nichts!«, erklärt Samantha. »Echt nicht!«

»Gut dann«, erkläre ich, richte mich auf und wende mich wieder an Jackson. »Ich glaube, ich habe meine Helferin gefunden.«

Jackson grinst mich an. Ich habe ihn noch nie breiter lachen sehen – er hat Grübchen, und zwar richtige, eins auf jeder Wange. Mit einer Bewegung schnappt er sich Samantha unter den Achseln und nimmt sie auf die Hüfte.

»Du hast aber ein Glück, junge Dame«, sagt er und reibt sein Gesicht an ihrem Hals, bis sie vor Lachen fast erstickt.

Etwas geschieht in meinem Bauch, als ich Samantha in seinen Armen sehe – dort ist es plötzlich ganz weich, als wäre mein Gehirn ebenso plüschig geworden wie meine Hose.

»Vielen Dank«, sagt Jackson lautlos. Er hebt den Korb mit den Eiern auf und reicht ihn Samantha. Sie lehnt den Kopf so vertrauensvoll an seine Schulter, wie es nur Kinder machen. »Fertig?«

Samantha windet sich aus seiner Umarmung und rennt zu mir, dann streckt sie mir ihre Hand entgegen. Als Jackson sie loslässt, hat sein Gesicht einen dermaßen verletzlichen Ausdruck, als würde er sie so sehr lieben, dass es schmerzt, und es ist so unmittelbar und persönlich, dass ich wegschaue – es fühlt sich nicht nach etwas an, das ich sehen sollte. Der Flausch in meinem Bauch wird noch stärker, als sich Samanthas kleine Finger um meine schließen.

Jackson beugt sich zu ihr und küsst sie auf die Stirn, dann öffnet er die Tür des Gemeindehauses.

»Ihr beide macht euch am besten mal auf den Weg«, sagt er. »Oh, und Leena?«

»Ja?«

»Das Osterhäschen hüpft überall hin. Es schwingt den Korb vor und zurück. Nur zur Erinnerung.«

»Ach, tatsächlich?«, antworte ich durch zusammengepresste Zähne.

Er grinst mich noch einmal an, aber bevor ich noch etwas entgegnen kann, zieht mich Samantha die Treppen hinunter in den Regen.

16

Eileen

Ich komme mir vor wie eine Frau in einer dieser Parfumwer-bungen im Fernsehen. Die in Chiffon gehüllt über den Boden schweben, ein strahlendes Lächeln im Gesicht, während irgend-welche Passanten spontan zu singen beginnen.

Ich habe die Nacht in Todds Bett verbracht. Er ist wirklich ein außergewöhnlicher Mann. Ich hatte seit zwanzig Jahren keinen Sex mehr – nach jedweder Definition. Sicher ist es irgendwie anders, nachdem ich jetzt neunundsiebzig bin, aber es ist immer noch verdammt schön. Es hat etwas gedauert, bis ich wieder in Schwung war, und heute schmerzt mein Körper hier und dort, aber Gott, das war es wert.

Todd ist eindeutig ein sehr erfahrener Mann. Es ist mir egal, ob die schönen Worte, mit denen er meinen Körper pries, nicht mehr waren als das – Worte. Es hat seinen Zweck erfüllt. Seit Jahren habe ich mich nicht mehr so gut gefühlt.

Heute Morgen treffe ich mich auf einen Kaffee mit Bee. Sie will allen Tratsch über Todd hören, schreibt sie. Ich denke, sie vermisst wohl eher Jaime, die über Ostern bei der Familie ihres Vaters ist, aber ihre Nachricht hat mich trotzdem sehr gerührt.

Das Café, in dem wir uns treffen, heißt Watson's Coffee und ist sehr modern. Zwei Wände sind grün gestrichen, die anderen beiden rosa. Über dem Kaffeetresen hängen künstliche Geweihe, und auf den stahlgrauen Tischen steht je eine Sammlung halb geschmolzener Kerzen in Neonfarben. Es wirkt irgendwie albern, und es ist schrecklich voll – es ist Ostermontag, darum haben alle frei. Und wenn man in London nicht im Büro ist, scheint man sich in einem Café aufhalten zu müssen.

Bee hat es geschafft, einen Tisch für uns zu ergattern. Als ich auf sie zukomme, lächelt sie mit diesem herzlichen, offenen Lächeln zu mir hoch, das ich gesehen habe, als sie mir die Bilder von ihrer Tochter gezeigt hat. Dieses Lächeln hat eine erstaunliche Wirkung, als wäre ein warmer Scheinwerfer auf einen gerichtet. Ihr Haar ist hinter die Ohren gesteckt, sodass die auffällige Silberkette auf ihrem Dekolleté zur Geltung kommt. Sie trägt ein wunderschönes türkisfarbenes Kleid, das irgendwie aufreizend wirkt, gerade weil es nichts preisgibt.

»Guten Morgen!«, sagt sie. »Ich besorge Ihnen einen Kaffee – worauf haben Sie Lust?«

»Einen Flat White, bitte«, sage ich und bin sehr zufrieden mit mir.

Bee zieht die Augenbrauen hoch und grinst. »Sehr gut!«, sagt sie. »Bin sofort zurück.«

Während sie aufsteht, um unsere Bestellung aufzugeben, hole ich das Telefon aus meiner Handtasche. Ich habe einige Zeit gebraucht – und einige Nachhilfestunden von Fitz –, um mich an Leenas Telefon zu gewöhnen, aber so langsam kenne ich mich damit aus. Jetzt sehe ich zum Beispiel, dass ich eine neue Nachricht von Todd habe. Und wieder sind da diese Schmetterlinge …

Liebe Eileen, was für ein grandioser Abend. Wollen wir das bald wiederholen? Beste Grüße, Todd x

»Okay, ich weiß, dass es sich nicht gehört zu schnüffeln, darum gestehe ich freiheraus, dass ich die Nachricht gesehen habe«, sagt Bee, setzt sich wieder und stellt ein Tablett auf dem Tisch ab. Sie hat uns beiden noch Muffins besorgt. »Zitrone oder Schokolade?«, fragt sie.

Bee ist gar nicht so, wie ich gedacht habe. Sie ist sehr aufmerksam. Keine Ahnung, warum ich dachte, dass sie das nicht sei – vielleicht, weil sie so schön ist. Das war nicht nett von mir.

»Schokolade«, sage ich, weil ich vermute, dass sie Zitrone will. Sie wirkt zufrieden und zieht den Teller zu sich. »Und ich vergebe Ihnen, dass Sie geschnüffelt haben. Das mache ich in der U-Bahn auch immer. Ein Vorteil, wenn man so dicht zusammengequetscht wird.«

Bee kichert. »Und? Ist Todd der Richtige?«

»O nein«, erkläre ich fest. »Das ist nur eine lockere Affäre.«

Bee sieht mich mit offenem Mund an. »Im Ernst?«

»Überrascht Sie das?«

»Nun ja …« Sie hält inne und kaut nachdenklich auf einem Stück Muffin. »Ich glaube, ich dachte, Sie würden nach etwas Ernstem Ausschau halten. Einem Lebenspartner.«

Ich versuche, lässig mit den Schultern zu zucken, und schrecke zusammen, als die Bewegung in meinen neuerdings steifen Rückenmuskeln schmerzt. »Vielleicht. Aber mir geht es um das Abenteuer.«

Bee seufzt. »Ich wünschte, das könnte ich auch sagen. Wenn man nach einem künftigen Vater für sein Kind sucht, nimmt das der ersten Verabredung die Leichtigkeit.«

»Immer noch kein Glück?«

Bee verzieht das Gesicht. »Ich wusste, dass der Markt bei den über Siebzigjährigen besser ist. Vielleicht sollte ich nach einem älteren Mann suchen.«

»Wehe, Sie streunen in meinen Gefilden, junge Dame«, sage

ich. »Überlassen Sie die alten Männer den alten Damen, sonst haben wir nie eine Chance.«

Bee lacht. »Nein, nein, die können Sie alle haben. Aber ich frage mich, ob ich ein bisschen zu wählerisch bin.«

Ich kümmere mich um meinen Muffin. Ich sollte mich wirklich nicht einmischen – Bee kennt sich, sie weiß, was gut für sie ist.

Aber ich bin schon viel länger auf dieser Welt als Bee. Und sie war so offen zu mir. Vielleicht schadet es nicht, wenn ich sage, was ich denke.

»Darf ich sagen, was ich von Ihren Bedingungen halte?«, frage ich.

»Unbedingt«, sagt Bee. »Bitte.«

»Ich finde, sie klingen wie eine Anleitung für jemanden, der ganz sicher Single bleiben will.«

Sie bricht in Lachen aus. »Oh, bitte«, sagt sie. »Meine Bedingungen sind leicht zu erfüllen. Die Gesellschaft stellt schrecklich niedrige Ansprüche an Männer, finden Sie nicht?«

Ich denke an Wade. Ich habe nur wenig von ihm verlangt, insbesondere nachdem Marian erwachsen war. Alles, was ich erwartet habe, war Treue, doch wie sich herausgestellt hat, hat ihn schon das überfordert. Und Carlas und Leenas Vater, was hat Marian von ihm verlangt? Er hing den ganzen Tag in Jogginghose herum und sah sich seltsame Sportarten im Fernsehen an, und trotzdem hat sie sich ein Bein ausgerissen, um ihn zu halten. Als er sie schließlich verließ, schaute er nicht mehr zurück – er sah die Mädchen höchstens einmal im Jahr, und jetzt haben Leena und er überhaupt keinen Kontakt mehr.

Vielleicht hat Bee recht. Aber …

»Obwohl ich sehr viel für Listen übrighabe, glaube ich, dass

Sie es irgendwie falsch angehen. Sie müssen aufhören zu denken und anfangen zu handeln.«

Ich trinke meinen Kaffee aus, stehe auf und kratze mit dem Stuhl über den nackten Betonfußboden. Dieses Café kommt mir wie ein Kriegsbunker in Neonfarben vor. Ich fühle mich hier nicht wohl.

»Wie, handeln? Wohin gehen wir?«, fragt Bee, während ich meine Taschen einsammle. »Wir suchen einen anderen Typ Mann für Sie«, sage ich und führe sie erhobenen Hauptes aus dem Café.

»Die Bibliothek?« Bee sieht sich verwirrt um. »Ich wusste noch nicht einmal, dass es in Shoreditch eine gibt.«

»Sie müssen Mitglied werden«, erkläre ich streng. »Bibliotheken sind am Aussterben.«

Bee wirkt ziemlich betroffen. »Stimmt«, sagt sie und späht in das nächstbeste Regal, in dem zufällig kitschige Liebesromane stehen. Sie sieht auf. »Oh, den nehme ich.« Sie zeigt auf einen Titel, auf dem ein Mann mit nacktem Oberkörper abgebildet ist.

Ich fasse sie an den Armen und führe sie in die Abteilung Krimi und Thriller. Bei den Liebesromanen wird sie kaum einen Mann finden. Die einzige andere Person ist eine verschlagen aussehende Dame, die ganz offensichtlich ihren Ehemann für ein paar Minuten losgeworden ist und die Zeit bestmöglich nutzen will. Ah ja … aber da ist ein potenzieller Bewerber. Der blonde Mann in Jeans und Hemd, der die John Grishams durchsieht.

»Was denken Sie?«, flüstere ich, ziehe mich hinter ein paar Kochbücher zurück und bedeute Bee, einen Blick auf ihn zu werfen.

Sie lehnt sich zurück, um den blonden Mann zu betrachten. »Ooh«, sagt sie und legt nachdenklich den Kopf schief. »Ja, vielleicht! Ach, nein, halt, diese Schuhe … Segelschuhe sind ein Zeichen für einen reichen Oxbridge Schnösel«, flüstert sie bedauernd. »Ich vermute ein sechsstelliges Gehalt und einen gefährlichen Minderwertigkeitskomplex, für den seine Helikopter-Eltern verantwortlich sind.«

»Seien Sie offen«, erinnere ich sie. »Vertrauen Sie mir, Bee?«

»Oh, ich … Ja, doch.«

Ich ziehe meine Ärmel glatt. »Dann«, sage ich, »greife ich an.«

»Finden Sie, eine Frau sollte bei der Heirat den Namen des Mannes annehmen?«

»Oh, äh, nun, eigentlich finde ich, das ist eine sehr persönliche Entscheidung, darum …«

»Wie sieht es mit Unterstützung im Haushalt aus? Können Sie gut staubsaugen?«

»Ich bin … ganz geschickt, würde ich sagen? Sorry, darf ich fragen, worauf Sie …«

»Würden Sie sich als romantisch bezeichnen?«

»Ja, ich glaube schon, wenn Sie …«

»Und Ihre letzte Beziehung, mein Lieber. Wie ging sie zu Ende?«

Der junge Mann starrt mich mit leicht geöffnetem Mund an. Ich sehe erwartungsvoll zurück.

Als alte Dame kann man sich so einiges herausnehmen.

»Sie … hat mich einfach nicht mehr geliebt.«

»Ach herrje, wie traurig«, sage ich und tätschele ihm den Arm.

»Tut mir leid, wie sind wir …« Er scheint verwirrt. »Wir haben uns doch über John-Grisham-Romane unterhalten, und dann haben Sie mir … Fragen gestellt … und jetzt … sind diese Fragen … überaus persönlich geworden?«

Ich zögere, als ich versuche, mich an das Wort zu erinnern. Fitz hat es neulich beim Tee erwähnt. »Ich mache den *Wingman*«, sage ich.

»Sie machen …«

»Für meine Freundin Bee. Bee!«

Sie taucht hinter den Regalen auf und zischt: »Eileen! O mein Gott. Es tut mir so leid, das ist mir sehr peinlich«, sagt sie zu dem Mann. »Kommen Sie, Eileen, gehen wir, wir haben diesen Mann lange genug aufgehalten …«

Sie schenkt ihm eine stumme Version ihres entwaffnenden Lächelns. Der blonde Mann macht große Augen und lässt das Buch, das er in Händen hält, ein Stück sinken, als hätte er es vergessen.

»Kein Problem«, sagt er. »Ähm.«

»Bee, dieser junge Mann würde Sie sehr gern auf einen Kaffee in dieses reizende Café auf der anderen Straßenseite einladen«, sage ich. »Stimmt doch, nicht?«

»Ehrlich gesagt«, sagt der blonde Mann und errötet ganz bezaubernd. »Ja, sehr gern.«

Als ich nach Hause komme, erhebt sich Fitz mit finsterer Miene vom Sofa. »Eileen, ich habe schlechte Nachrichten.«

Ich fasse mir an die Brust. »Was ist passiert?«

»Nein, nein, so schlimm ist es nicht! Es geht nur um unseren Silver Shoreditchers' Social Club.«

Für diesen Namen haben Martha, Fitz und ich uns gestern Abend nach einem großen Glas Wein entschieden. Ich finde ihn fantastisch. Wir haben auch beschlossen, alle am nächsten Tag eine Runde zu joggen, was keine fantastische Idee war.

Darum haben wir wegen meiner Knie, Marthas hochschwangerem Zustand und Fitz' »allgemeiner Morgenunpässlichkeit« – was auch immer das sein mag – schnell wieder Abstand davon genommen.

»Fast allen gefällt die Idee. Und solange es nicht mehr als fünfundzwanzig Personen sind und nichts kaputtgeht, haben wir auch den Segen des Vermieters. Aber die Dame in Wohnung sechs ist nicht glücklich damit«, sagt Fitz und hilft mir aus der Jacke. »Sie hat etwas dagegen, dass so viele Fremde Zugang zum Gebäude erhalten.«

Ich mache ein finsteres Gesicht. »Ach, und verdirbt sie aus demselben Grund auch allen die Geburtstagsparty?«

Fitz schnaubt. »Guter Einwand. Ich schicke ihr eine E-Mail und erkläre ihr, warum ...«

Ich winke ab. »Nicht diesen E-Mail-Quatsch. Ich gehe hin und rede mit ihr.«

Fitz blinzelt, mit beiden Händen willenlos meine Jacke haltend. »Oh«, sagt er. »Okay.«

Doch die Frau ist nicht zu Hause. Ich überlege, ihr eine Nachricht unter der Tür hindurchzuschieben, aber nein, das ist kaum besser als eine E-Mail. Diese Frau soll mir ins Gesicht sagen, was sie dagegen hat, wenn ein paar alte Damen und Herren in der Nähe ihrer Wohnung an einem Kunstkurs teilnehmen und gemeinsam zu Mittag essen.

Ich bin sauer und gehe schnaubend über den Flur zurück in Leenas Wohnung. Als ich mich setze, schiebt mir Fitz Leenas Laptop über den Frühstückstresen zu.

»Das wird Sie aufmuntern«, sagt er. »Es gehen ständig neue Nachrichten ein.«

Die Dating-Website ist schon aufgerufen. Ich war in letzter Zeit ziemlich häufig dort, hauptsächlich um mit Old Country

Boy zu chatten, der eigentlich Howard heißt und ganz reizend zu sein scheint. Neulich bin ich unsere bisherige Unterhaltung durchgegangen und war überrascht, wie oft wir uns schon geschrieben haben.

OldCountryBoy: Wie geht es Ihnen heute, Eileen? Hier ist es ziemlich ruhig. Nicht viel los.

OldCountryBoy: Ich bin noch mal unsere Nachrichten durchgegangen und denke an Sie. Wir kennen uns erst seit Kurzem, aber es fühlt sich an, als wären wir alte Freunde!

OldCountryBoy: Ich hoffe, es ist nicht zu aufdringlich, wenn ich das sage! Ich bin einfach sehr froh, dass ich Sie hier kennengelernt habe. An einem ruhigen Tag wie diesem ist es herrlich, in unserem Chat lesen zu können.

Ich seufze. Howard übertreibt ein bisschen, meine Güte. Ich bin es nicht gewohnt, dass Männer so viel über ihre Gefühle sprechen, und weiß nicht genau, was ich davon halten soll.

Dann denke ich an Letitia, die zwischen den Windspielen über ihrem Tisch kauert und auf ihre Bestellung von Iceland wartet. Vielleicht ist Howard einfach nur sehr einsam. Und es ist reizend, dass er unsere Unterhaltungen so zu schätzen weiß.

EileenCotton79: Hallo, Howard. Es tut mir leid, dass Sie keinen guten Tag haben. Haben Sie Nachbarn, mit denen Sie reden können?

OldCountryBoy: Die sind alle jung und schick! Die haben kein Interesse, sich mit mir zu unterhalten.

Ich zögere. Wäre es zu kess, den Silver Shoreditchers' Social Club zu erwähnen? Ach, warum eigentlich nicht?

EileenCotton79: Ich versuche gerade, einen Club aufzubauen. Vielleicht ist das interessant für Sie. Für über Siebzigjährige in meinem Viertel. Momentan haben wir noch ein paar Startschwierigkeiten, aber hätten Sie Lust zu kommen, wenn es so weit ist? Ich weiß, Sie wohnen in West London, aber Sie wären trotzdem herzlich willkommen!

Es folgt eine ungewöhnlich lange Pause, ehe Howard antwortet, und ich komme mir etwas albern vor. Vielleicht war »herzlich willkommen« übertrieben. Doch dann endlich …

OldCountryBoy: Sehr gern! Werden Sie auch da sein?

EileenCotton79: Natürlich!

OldCountryBoy: Ich kann es kaum erwarten, Sie persönlich kennen-zulernen J

Ich lächele, doch bevor ich antworten kann, kommt eine weitere Nachricht von ihm.

OldCountryBoy: Vielleicht kann ich Sie sogar irgendwie unterstützen. Ich kann gut Websites bauen – das war Teil meiner Arbeit. Soll ich eine für Ihren Club einrichten?

EileenCotton79: Wie aufregend! Ja, das klingt wunderbar. Im Moment fehlt uns noch die Zustimmung von einer Person im Haus, aber die sollten wir bald haben.

OldCountryBoy: Ich kann es kaum erwarten, mitzumachen!

Ich strahle. Dann lässt mich ein Klingeln zusammenzucken.

Ein neuer User hat Ihr Profil angesehen.

Verwirrt sitze ich vor der Nachricht, dann fällt mir ein, dass Bee mir gezeigt hat, wie man zwei Unterhaltungen parallel führt.

Arnold1234. Kein Profilbild, keine Beschreibung, nichts. Das ist ziemlich ungewöhnlich auf dieser Website. Mein Profil verrät den anderen alles Mögliche über mich – von meinem favorisierten Urlaubsort bis hin zu meinen Lieblingsbüchern.

Skeptisch ziehe ich die Brauen zusammen. Natürlich gibt es eine Menge Arnolds auf der Welt. Der Vorname ist nicht ungewöhnlich.

Aber ich denke unwillkürlich …

Ich gehe auf das Zeichen für Nachrichten.

EileenCotton79: Hallo, Arnold, ich habe gesehen, dass Sie auf meiner Seite waren, und dachte, ich sage mal Hallo.

Dann wechsele ich zurück zu meinem Chat mit Old Country Boy. Man kann hier ziemlich leicht durcheinanderkommen und dem falschen Mann schreiben. Nicht dass ich mich beklagen will, weil ich mit verschiedenen Männern jongliere, keineswegs.

OldCountryBoy: Ich glaube, ich werde meinen Abend mit einem guten Buch verbringen! Was lesen Sie momentan?

EileenCotton79: Ich lese noch mal die Stücke von Agatha Christie. Das wird mir nie langweilig!

Derweil im anderen Fenster:

Arnold1234: Eileen? Hier ist Arnold Macintyre von nebenan.

Ich wusste es! Was macht dieses alte Ekel auf meiner Dating-Seite? Ich gehe auf »mein Profil«, lese es mit Arnolds Augen und verziehe das Gesicht. Auf einmal kommt es mir schrecklich großspurig vor und ziemlich dumm. Wie konnte ich sagen, dass ich voller Leben und auf der Suche nach einem neuen Abenteuer bin?

EileenCotton79: Was machst du hier, Arnold???

Ich bedauere die drei Fragezeichen, kaum dass ich auf Senden gegangen bin. Es entspricht nicht der überlegenen Haltung, die ich Arnold gegenüber normalerweise an den Tag zu legen versuche.

Arnold1234: Dasselbe wie du.

Ich schnaube.

EileenCotton79: Na, schön für dich, aber von meiner Seite kannst du dich fernhalten!

Arnold1234: Tut mir leid, Eileen. Ich habe nur nach ein paar Inspirationen gesucht, was ich auf meiner schreiben könnte. Ich bin nicht sehr gut in solchen Dingen.

Ich werde etwas milder. Daran habe ich nicht gedacht.

EileenCotton79: Leenas Freundin hat mir bei meiner geholfen. Warum bittest du nicht Jackson um Hilfe?

Arnold1234: Jackson um Hilfe bitten? Dann lande ich bei einem Flittchen, das Petunia oder Narcissus oder so heißt.

Nun schnaube ich vor Lachen.

EileenCotton79: Schön wär's, Arnold Macintyre!

Ups, für einen Moment habe ich Howard vergessen. Ich stutze und klicke mich zurück in die richtige Unterhaltung. Ich will mich nicht von alten Leuten aus Hamleigh ablenken lassen.

OldCountryBoy: Agatha Christie habe ich noch nie probiert, werde es nach Ihrer Empfehlung jetzt aber tun! Mit welchem Buch soll ich anfangen, Eileen?

Ich lächele und tippe. Also, das ist schon besser.

17

Leena

Ich blicke auf die Uhr und trommele auf dem Lenkrad herum. Ich sitze auf dem Fahrersitz des Schulbusses, den sich meine Großmutter anscheinend ab und zu ausleiht, damit sie die alten Leutchen zum Bingo fahren kann. Neben mir sitzt Nicola, meine neue – und einzige – Kundin in meiner Rolle als freiwillige Taxifahrerin für die betagten Bürger von Knargill. Sie muss mindestens fünfundneunzig sein – ich habe noch nie jemanden mit so vielen Falten gesehen –, aber ihr braunes Haar ist nur von wenigen grauen Strähnen durchzogen, und sie hat herrlich buschige Augenbrauen, die wie bei einem exzentrischen Professor abstehen. Bislang hat sie die meiste Zeit über ausgeklügelte und unbegründete Bemerkungen über jeden Fahrer, an dem wir vorbeikommen, vom Stapel gelassen. Sie ist äußerst unverschämt und absolut großartig. Ich habe Bee schon gesagt, dass ich eine neue beste Freundin habe.

Nicola ist nicht nur sehr alt und hat sehr viel Meinung, sie ist auch sehr einsam. Sie hat mir bei unserem ersten Treffen gesagt, dass sie die wahre Bedeutung des Wortes »Einsamkeit« erst nach dem Tod ihres Mannes vor vier Jahren erkannt hat; nun können Tage oder manchmal Wochen vergehen, in denen sie keine Menschenseele sieht. Das könne man kaum beschreiben, sagt sie. Es sei, als wäre man verrückt.

Ich habe tagelang nach Gelegenheiten gesucht, sie aus dem

Haus zu locken, und es dann schließlich durchgezogen, nachdem Mum mich gebeten hat, sie zum Bingo abzuholen. Bingo ist doch *perfekt*. Und je mehr wir sind, desto besser, vor allem, wo ich nun die Entscheidung gefällt habe, meine Mutter einzuladen, mit der ich gleich die erste richtige Unterhaltung seit einem Jahr und zwei Monaten führen muss.

»Warum bist du so angespannt?«, fragt Nicola und blinzelt mich an.

»Ich bin nicht angespannt.«

Sie sagt nichts, das aber irgendwie spitz.

»Es liegt an meiner Mum. Wir … haben uns in letzter Zeit nicht sonderlich gut verstanden. Und sie ist spät dran.« Ich blicke wieder auf die Uhr. Mum war beim Yoga in Tauntingham und wollte, dass ich sie dort abhole, was nicht gerade auf meinem Weg liegt, aber ich versuche sehr angestrengt, das nicht nervig zu finden.

»Ihr habt euch zerstritten, nicht wahr?«

»Irgendwie schon.«

»Ich weiß nicht, worum es geht, aber ich bin mir sicher, dass es keinen Streit mit deiner Mutter wert ist. Für so etwas ist das Leben zu kurz.«

»Na ja, sie wollte nicht, dass ich meine Schwester davon überzeuge, eine potenziell lebensrettende Krebstherapie auszuprobieren. Und nun ist meine Schwester tot.«

Nicola hält inne. »Verstehe«, sagt sie. »Donnerwetter.«

In diesem Augenblick wird die Wagentür aufgeschoben, und meine Mum klettert herein. Ich zucke zusammen, als ich bemerke, dass das Fenster auf Nicolas Seite weit geöffnet ist.

»*Eine potenziell lebensrettende Krebstherapie?*«, fragt Mum. Beim Klang ihrer Stimme zieht sich mir der Magen zusammen – sie ist wütend. Sie hat so nicht mehr mit mir gesprochen, seit ich ein Kind war. »*Was für eine* potenziell lebensrettende Therapie, Leena?«

»Das habe ich dir gezeigt«, sage ich, klammere mich ans Lenkrad und drehe mich nicht um. »Ich habe dir die Forschungsergebnisse gezeigt. Ich habe dir die Broschüre von dem medizinischen Zentrum in den Staaten gegeben …«

»Ach, die *Broschüre*. Stimmt ja. Die Behandlung, von der Carlas Ärzte abgeraten haben. Die, von der alle meinten, sie würde nicht anschlagen und nur ihr Leiden verlängern und …«

»Nicht *alle*.«

»Ach, genau, Entschuldigung, alle, bis auf diesen einen amerikanischen Arzt, der uns Zehntausende Pfund für falsche Hoffnung abknöpfen wollte.«

Ich schlage gegen das Lenkrad und drehe mich zu ihr um. Sie ist völlig aufgewühlt – ihr Hals ist fleckig, ihre Wangen sind rot. Ich spüre eine Welle von Angst in mir aufsteigen, weil wir es tatsächlich tun, wir führen tatsächlich diese Unterhaltung, jetzt gerade.

»*Hoffnung. Eine Chance.* Du hast mir mein ganzes Leben lang eingetrichtert: *Cotton-Frauen geben nicht auf,* und als es wichtiger war als jemals zuvor, hast du Carla genau das machen lassen.«

Nicola räuspert sich. Es ist ihr peinlich. Mum und ich schauen mit offenem Mund in ihre Richtung, als wären wir beide bei etwas Schlimmem ertappt worden.

»Hallo«, sagt Nicola zu Mum. »Nicola Alderson.«

Es ist so, als hätte sie eine Blase zerstochen, aus uns beiden entweicht die Luft.

»Oh, hi, Entschuldigung«, sagt Mum, lehnt sich in ihrem Sitz zurück und legt den Gurt an. »Es tut mir so leid. Wie unhöflich von uns – es tut mir wirklich leid.«

Ich räuspere mich und blicke wieder auf die Straße. Mein Herz klopft so schnell, dass ich mich fast wie außer Atem fühle, als würde mir das Herz bald aus der Brust springen. Ich bin jetzt zu spät dran, um den Rest der Bingoleute abzuholen; ich drehe den Zündschlüssel und fahre los.

... und rums, in einen Poller.

Fuck. Fuck. Ich wusste, dass dieser Poller da stand. Ich wollte es mir beim Parken für später merken – ich habe mir eingehämmert: *Wenn du losfährst, vergiss nicht, dass der Poller nicht mehr in deinem Sichtfeld ist.*

Verdammte Axt.

Ich springe aus dem Van und schlage mir erschrocken die Hände vors Gesicht. Die rechte untere Seite der Motorhaube ist stark eingedrückt.

»Ich habe es mir anders überlegt«, sagt Mum, springt hinter mir aus dem Van und zieht mit voller Wucht die Tür zu. »Ich bin es leid, diese Unterhaltungen mit dir nur anzuschneiden. Es tut mir leid, Nicola, aber wir haben noch etwas zu besprechen.«

»Das ist okay«, ruft Nicola. »Ich kurbele das Fenster hoch, in Ordnung?«

»Wie kannst du es nur wagen, mir zu unterstellen, dass ich meine Tochter im Stich gelassen habe?«, fragt Mum und stemmt sich die Fäuste in die Taille.

Ich bin noch dabei, die eingedrückte Motorhaube zu verarbeiten. »Mum, ich ...«

»Du hast sie nicht jeden Tag gesehen.« Mum schreit nun fast. »Die Einlieferungen in die Notaufnahme, die endlose, brutale Kotzerei, die Zeiten, wo es ihr so schlecht ging, dass sie es kaum auf die Toilette geschafft hat. Wenn du da warst, hat sie sich zusammengerissen – du hast sie nie gesehen, wenn sie völlig am Boden war, wenn sie zu schwach war, um zur Toilette zu gehen!«

Ich ringe kurz nach Luft. *Das tut weh.* »Ich wollte häufiger da sein.« Meine Augen brennen, ich werde weinen. »Du weißt, dass Carla nicht wollte, dass ich die Arbeit aufgebe, deswegen konnte ich nicht die ganze Zeit über hier sein, Mum, das weißt du.«

»Aber *ich* war die ganze Zeit über hier. Ich habe es gesehen. Ich habe gefühlt, was sie fühlt. Ich bin ihre Mutter.«

Mum verzieht die Augen zu Schlitzen, wie eine Katze, es macht mir Angst. Sie redet wieder, bevor ich etwas sagen kann. Sie speit die Worte geradezu hinaus und hört sich dabei gar nicht mehr wie meine Mum an.

»Deswegen hast du uns verlassen und uns aus deinem Leben verbannt? Um mich zu bestrafen, weil du denkst, ich hätte nicht alle Möglichkeiten ausgereizt, um Carla zu retten? Dann würde ich dir gern eins sagen, Leena: Du kannst dir gar nicht vorstellen, wie sehr ich mir gewünscht hätte, dass dein amerikanischer Arzt recht hat. Du kannst es dir nicht vorstellen. Seit Carlas Tod frage ich mich ununterbrochen, warum ich noch lebe, und wenn es irgendeine Möglichkeit gegeben hätte, mein kleines Mädchen zu retten, hätte ich sie genutzt.« Ihre Wangen sind tränennass. »Aber es hätte nicht funktioniert, Leena, und das weißt du.«

»Vielleicht hätte es *doch* funktioniert«, sage ich und presse mir die Hände vors Gesicht. »Vielleicht *doch*.«

»Und was für ein Leben hätte Carla dann geführt? Es war *ihre* Entscheidung, Leena.«

»Tatsächlich? Nun, dann hatte sie eben auch unrecht!«, rufe ich und stemme mir die Hände in die Hüften. »Ich finde es *schrecklich*, dass sie nicht mehr gekämpft hat. Ich finde es schrecklich, dass du nicht mehr um sie gekämpft hast. Und wie kannst du es überhaupt *wagen* zu sagen, dass ich *dich* verlassen habe? Dass ich mich abgekapselt habe?« Ich verspüre wilde Wut im Bauch, und dieses Mal verdränge ich sie nicht. »Du hast uns *auseinandergetrieben*. Ich war diejenige, die alle zusammengehalten hat, ich war diejenige, die sich um die Beerdigung und den Papierkram gekümmert hat, während du *zusammengebrochen* bist. Also erzähl du mir nichts vom Abhauen. Wo zum Teufel warst du, als ich meine Schwester verloren habe? Wo zum Teufel warst du?«

Mum macht einen kleinen Schritt zurück. Ich schreie. Ich habe in meinem ganzen Leben noch nie jemanden so angebrüllt.

»Leena …«

»Nein«, sage ich, wische mir das Gesicht mit dem Ärmel ab und reiße die Fahrertür auf. »Nein. Mir reicht's.«

»Du«, sagt Nicola, »solltest in dem Zustand nicht Auto fahren.«

Mit zitternden Fingern drehe ich den Zündschlüssel. Der Van stottert und ruckelt, als er startet. Ich sitze da, starre auf die vor mir liegende Straße und fühle mich völlig außer Kontrolle.

Nicola öffnet ihre Tür.

Ich schaue sie an. »Was machst du da?«, frage ich mit tränenerstickter Stimme.

»Ich lasse mich von dir auf gar keinen Fall irgendwo hinfahren«, erklärt sie.

Ich öffne meine Tür ebenfalls, denn Nicola kann den Van nicht ohne Hilfe verlassen. Meine Mum steht noch am selben Fleck wie zuvor und hat die Arme fest vor der Brust verschränkt. Einen Augenblick lang will ich zu ihr rennen und sie mein Haar streicheln lassen, wie damals als Kind.

Stattdessen drehe ich mich weg und helfe Nicola vom Beifahrersitz. Ich bin völlig erschöpft, als hätte ich Stunden im Fitnessstudio verbracht. Wir drei stehen da, Mum und ich schauen uns nicht an. Der Wind pfeift um uns herum.

»Gut«, sagt Nicola. »Und nu'?«

Wieder Stille.

»Na?«, fragt Nicola. »Sagt niemand etwas?«

Der Gedanke, etwas zu sagen, erscheint mir völlig absurd. Ich starre auf den Asphalt, und mein Haar klebt auf meinen nassen Wangen.

»Ich weiß nichts über deine Familie«, sagt Nicola, »was ich aber weiß, ist, dass es gleich wie aus Eimern gießen wird und wir hier wie bestellt und nicht abgeholt auf der Straße stehen, bis Leena sich so weit beruhigt hat, dass sie fahren kann. Also: Je früher wir das alles aus der Welt schaffen können, umso besser.«

»Ich *bin* ruhig«, sage ich. »Ich bin ganz ruhig.«

Nicola blickt mich skeptisch an. »Du zitterst wie Espenlaub und hast Mascara am Kinn«, sagt sie.

Mum macht einen Schritt in meine Richtung und streckt mir eine Hand entgegen. »Gib mir die Schlüssel, ich fahre.«

»Du bist nicht versichert.« Ich finde es furchtbar, wie meine Stimme klingt, ganz wackelig und schwach.

Im selben Augenblick kommt ein Bus um die Kurve und fährt in unsere Richtung.

»Gut, dann rufe ich die Leute von der Versicherung an«, sagt sie.

»Ich weiß nicht, ob ich lieber von ihr als von dir gefahren werden würde«, erklärt Nicola und blickt an meiner Mutter auf und ab.

»Bus«, sage ich.

»Hmm?«, brummelt Nicola.

Ich winke, erst mit einem, dann mit beiden Armen. Der Bus hält an.

»Verdammt«, sagt die Fahrerin, als sie neben uns zum Stehen kommt. »Was ist denn hier passiert? Alles in Ordnung mit Ihnen? Hatten Sie einen Unfall?«

»Nur im übertragenen Sinne, meine Liebe«, sagt Nicola und steigt schon ein. »Sie sind stabil, oder? Und fangen nicht an zu heulen?«

»Ähm, ja, ich glaube, mit mir ist alles in Ordnung«, sagt die Fahrerin.

»Gut, gut. Dann rein mit euch, Ladys. Los geht's.«

Zwischen Mum und mir liegt der Gang, und wir schauen beide stur geradeaus. Ich setze mich behutsam hin, die Tränen versiegen langsam. Ich putze mir die Nase und fühle mich viel besser, als wäre das Weinen hiermit offiziell beendet, und während wir uns den Weg nach Hamleigh bahnen, verschwindet dieses erschreckende Gefühl, mich nicht unter Kontrolle zu haben, die Enge in meinem Brustkorb löst sich, und das Hämmern in meiner Kehle wird weniger.

Ich bin mir nicht ganz sicher, was gerade passiert ist, wirklich nicht, aber ich habe im Augenblick auch keine Zeit, darüber nachzugrübeln – die Busfahrerin macht freundlicherweise einen Umweg auf ihrer normalen Route, um uns im Dorf abzusetzen, dennoch sind wir spät dran.

Die Bingospieler haben sich an der Ecke Peewit Street/ Middling Lane vor dem Dorfladen versammelt; vor einigen Minuten hat es angefangen zu regnen, und die meisten Leute sind fast vollständig von riesigen Regenmänteln und wasserdichten Ponchos verdeckt.

»Was machen wir jetzt?«, fragt Nicola neben mir, während

wir uns der Horde nähern. »Wir haben den Sprinter nicht da, um sie zur Bingohalle zu fahren. Soll ich ihnen sagen, dass es ausfällt?«

»Wie bitte?«, frage ich und wische mir das Gesicht ab. »Es fällt *nicht* aus. Wir müssen hier nur ein wenig um die Ecke denken.«

»Bist du sicher, dass du …« Mum spricht nicht weiter, als sie meinen Gesichtsausdruck sieht. »Gut«, sagt sie. »Was brauchst du?«

»Filzstifte«, sage ich. »Stühle. Und ein Reinigungstuch für das Gesicht, für die Mascara am Kinn.«

»Siebenundzwanzig! Zwei und sieben! Einunddreißig! Drei und eins, das ist einunddreißig!«

Meine Stimme ist nach dem ganzen Brüllen total heiser. Gott sei gedankt für Grandmas Drucker – er hat zwar eine halbe Stunde langsam und schmerzhaft geruckelt, aber schließlich fünfzehn Bingoblätter ausgespuckt. Irgendwann in diesem Zeitraum ist meine Mutter verschwunden (wahrscheinlich ist das gut so), aber der Rest der Bingofans von Hamleigh sitzt auf jedem Stuhl, den ich im Haus meiner Großmutter auftreiben konnte, außerdem habe ich mir noch drei von Arnold geliehen. Nach anfänglichem Murren lassen sich die Bingospieler widerwillig auf die Behelfslösung ein, und als ich einige Partyhäppchen, die Grandma im Tiefkühler aufbewahrt hat, aufgewärmt und Cider eingeschenkt habe, wird die Stimmung im Raum um einiges besser.

Wir haben das Wohnzimmer umgeräumt, sodass ich vorne stehen kann, wo sich der Fernseher befindet und mich die Bingogang sehen kann. Theoretisch könnte sie mich auch hören, aber das klappt nicht so gut.

»Hä?«, ruft Roland. »War das neunundvierzig?«

»Einunddreißig!«, brüllt Penelope zurück.

»Einundzwanzig?«

»Einunddreißig!«, ruft sie.

»Vielleicht sollte Penelope neben Roland sitzen?«, schlage ich vor. »Dann kann sie ihm weitersagen, was ich angesagt habe?«

»Dieses Problem hätten wir in der Bingohalle nicht«, erklärt Betsy steif.

»Der Cider in der Bingohalle ist nicht so gut«, sagt Roland, der beglückt mit gierigen Schlucken aus der Flasche trinkt.

»Und diese kleinen Frühlingsrollen sind köstlich«, sagt Penelope.

Ich unterdrücke ein Lächeln und blicke wieder zu dem Zufallszahlengenerator auf Kathleens Handy. Mein Telefon – also Grandmas früheres Telefon – gibt solche Spielereien nicht her, aber Kathleen ist mir zu Hilfe geeilt und hat mir ihr Smartphone geliehen. »Neunundvierzig!«, schreie ich. »Das ist vier und neun!«

»Ich dachte, du hättest schon neunundvierzig gesagt!«, ruft Roland. »Hat sie nicht schon neunundvierzig gesagt?«

»Sie hat einunddreißig gesagt!«, ruft Penelope ihm zu.

»Siebenunddreißig?«

»Dreiunddreißig«, ruft eine andere Stimme. Sie gehört Nicola. Sie sitzt hinter Roland, ich sehe ihren bösen Blick und verdrehe die Augen.

Hilft nicht, sage ich stumm zu ihr, und sie zuckt völlig ungerührt mit den Schultern.

»Hat jemand dreiunddreißig gesagt?«, fragt Roland.

»Einunddreißig«, brüllt Penelope fröhlich.

»Vierund…«

»Verdammt, Roland, stell doch mal dein Hörgerät lauter!«, dröhnt Basil.

Es herrscht eine kurze, erschrockene Stille, anschließend folgt ein wütendes Getöse von der Gruppe. Ich reibe mir die Augen; sie sind wund vom Weinen. Es schellt an der Tür, und ich zucke zusammen. Ich weiß, wer das sein wird.

Ich dachte, ich könnte Jackson nicht am Telefon sagen, dass der Schulbus – den er mir netterweise geliehen hat – eine eingedrückte Motorhaube hat und kurz vor Tauntingham stehen gelassen wurde. Das sollte ich ihm von Angesicht zu Angesicht beichten.

Ich eile zur Tür, was nicht leicht ist, wenn man sich an Stühlen und Krücken vorbeischlängeln muss.

Jackson trägt eine schmuddelige graue Mütze, die halb sein linkes Ohr verdeckt, und das Hemd unter seiner Jacke ist so zerdrückt, dass es aussieht, als hätte er die Falten eingebügelt. Er lächelt mich an, als ich die Tür öffne.

»Alles in Ordnung mit dir?«, fragt er.

»Nun ja«, antworte ich. »Willst du nicht reinkommen?«

Gehorsam kommt er in den Flur, dann legt er den Kopf schief und horcht, was im Wohnzimmer vor sich geht. Er blickt mich neugierig an.

»Änderungen beim Bingoplan«, sage ich und winde mich. »Da … gibt es etwas, worüber ich gern mit dir reden würde. Es hat eine Art Unfall gegeben. Mit dem Bus. Den du mir geliehen hast.«

Jackson hört sich das an. »Wie schlimm?«, fragt er.

»Ich werde natürlich dafür zahlen, wenn es die Versicherung nicht übernimmt. Und ich werde dorthin laufen, wo er geparkt steht und ihn zu dir oder gleich in die Werkstatt fahren, oder was auch immer besser für dich ist, sobald die Leute weg sind. Und ich weiß, dass ich dir auf jeden Fall beim Streichen des Klassenzimmers dieses Wochenende helfe, aber wenn ich noch irgendetwas anderes tun kann, um das Chaos wiedergutzumachen, das ich irgendwie permanent in deinem Leben veranstalte, dann ...«

Ich spreche nicht weiter. Er sieht belustigt aus.

»Is' okay.«

»Echt?«

Er zieht die Mütze aus und kratzt sich den Kopf. »Na ja, eigentlich nicht wirklich okay, aber du gehst mit dir selbst härter ins Gericht, als ich es jemals machen könnte, und dann macht es keinen Spaß mehr, dich anzupampen.«

»Oh, sorry«, setze ich an und lache. »Nein, tut mir nicht leid. Aber danke. Dass du nicht ernsthaft wütend bist. Ich hatte einen beschissenen Tag.«

»Und nun sitzen Bingospieler in deinem Wohnzimmer.«

»Ja. Einen beschissenen Tag, der eine sehr seltsame Wendung genommen hat. Willst du reinkommen und dich zu uns setzen?«, frage ich. »Es gibt Cider. Und Party-Häppchen in pappigem Teig.«

»Cider?«, fragt Jackson. »Kein Met?«

»Wie?«

Ein Grübchen erscheint auf seiner Wange. »Ich würde es dir zutrauen, diese Gelegenheit als Werbeveranstaltung für dein Mittelalterdings zu nutzen, das meinte ich nur.«

»Zu *solchen* Mitteln würde ich nicht greifen!«, rufe ich.

»Was ist das denn da?«, fragt er und zeigt auf den Haufen Stoffproben auf dem Beistelltisch.

Kacke. »Öhm ...«

Er hält einige Stoffvierecke in die Luft. Ich habe sie Penelope gezeigt, während die Frühlingsrollen gerade im Ofen waren.

Sie sind toll – sie sehen aus, als stammten sie direkt aus Burg Winterfell von Game of Thrones. Die eine, die Jackson gerade in der Hand hält, hat eine wundervolle goldene Farbe mit dem Wiederholungsmuster eines Drachen auf einem Wappen.

»Ich wollte ein wenig … umdekorieren«, sage ich und scheuche ihn ins Wohnzimmer.

»Das Haus deiner Großmutter umdekorieren? Mit Drachen?«

»Du kennst Grandma doch«, sage ich. »Sie liebt Mythologie!«

Er sieht belustigt aus, reicht mir die Stoffproben aber zurück. Nebeneinander gehen wir ins Wohnzimmer; er bleibt im Flur stehen und betrachtet das Chaos, er hat ein Pokerface aufgesetzt.

»Glaubst du, Grandma würde einen Herzinfarkt bekommen, wenn sie ihr Wohnzimmer in diesem Zustand sehen würde?«, frage ich. »Denkst du das gerade?«

»Eigentlich«, erklärt er und lächelt ein wenig, »habe ich eher gedacht, dass das sehr gut zu Eileen Cotton passen würde.«

Es fühlt sich so an, als hätte ich gerade erst die Nachbarschaftswache aus Grandmas Cottage geworfen, als ich alle gleich am nächsten Tag wieder im Gemeindehaus sehe. Wir halten das zweite Treffen des Komitees für den Maifeiertag ab. Und es ist wichtig.

Ich habe Handouts vorbereitet. Ich habe kleine Portionen in Honig gerösteter Nüsse, kandierte Früchte und Bratenfleisch-Spießchen mitgebracht. Ich habe unser Schlüsselpublikum für das Fest zum Maifeiertag definiert und genauestens beschrieben, wie perfekt das Mittelalterthema zu dieser Zielgruppe passt.

»Wer ist für Leenas Idee?«, fragt Betsy.

Keine einzige Hand schnellt in die Luft.

»Tut mir leid, Liebes«, sagt Penelope. »Aber Jackson weiß besser Bescheid.«

Jackson hat genug Anstand, um ein wenig verlegen auszusehen. Er hat keine Handouts mitgebracht. Nicht einmal Essensproben. Er war nur aufgestanden, mit seinem ganz leicht schäbigen sexy und charmanten Auftreten, und hatte etwas über Wurfbuden mit Kokosnüssen und Spielen, bei denen man Ringe über Ananas wirft, erzählt. Und dann sein *Pièce de Résistance*: Samantha hat sich felsenfest in den Kopf gesetzt, als Satsuma verkleidet zu kommen.

Oh, Moment mal …

Eine Hand schnellt hoch! Eine!

Arnold steht in der Tür und hat einen Arm in die Luft gereckt.

»Ich stimme für Leenas Idee«, sagt er. »Tut mir leid, mein Sohn, aber bei ihr kommen Falken vor.«

Ich strahle ihn an. Jackson, wie es so seine Art ist, belustigt das scheinbar alles. Was braucht man, um diesen Mann aus der Reserve zu locken?

»Ich wusste gar nicht, dass du auch zum Komitee für das Maifest gehörst, Arnold«, sagt Betsy.

»Jetzt schon«, sagt er gelassen und zieht sich einen Stuhl heran.

»Gut, es gibt immer noch eine starke Mehrheit für Jacksons Thema, und ich bin mir sicher, dass du das weißt, Leena.«

»Gut«, sage ich so wohlwollend, wie ich schaffe. »Das ist gut. Dann werden es die Tropen.«

Es tut weh, klar. Ich wollte gewinnen. Aber ich habe seit Jahren nicht mehr so viel Spaß gehabt wie beim Zusammenstellen der Informationen, und zumindest habe ich es geschafft, Arnold in mein Team zu bekommen – und ich habe auch bei einem Dorfkomitee mitgemacht.

Ich freue mich auf Grandmas Blick, wenn sie hört, dass Arnold, der Dorferemit, an Gemeindeaktivitäten teilnimmt.

Stumm sage ich Arnold Danke, als das Treffen weitergeht, und er grinst mich kurz an. Als Basil wieder gegen Eichhörnchen wettert, setze ich mich neben Arnold und ignoriere Rolands sichtbares Missfallen über meine Missachtung des Sitzplans.

»Was hat dich dazu bewogen, hierherzukommen?«, frage ich ihn leise.

Arnold zuckt die Schultern. »Ich hatte Lust, etwas Neues auszuprobieren«, sagt er.

»Du beginnst gerade ein neues Leben!«, flüstere ich. »Das stimmt doch, oder?«

Er greift sich in die Tasche und holt ein schmales Taschenbuch heraus: *Mord im Orient-Express*. Betsy blickt ihn entgeistert an, während er sich zurücklehnt und die Stelle sucht, wo er stehen geblieben ist, obwohl sich Basil noch wie wild ereifert.

»Erwarte jetzt nicht zu viel von mir«, erklärt mir Arnold und ignoriert die stechenden Blicke der anderen Komiteemitglieder. »Ich bin hauptsächlich wegen der Kekse hier.«

Egal. Im Grunde ist Arnold wie Shrek: ein mürrischer alter Oger, der vergessen hat, wie man nett zu Menschen ist. Und ich will sein Esel sein. Ich habe ihn diese Woche schon wieder zum Tee eingeladen, und er meinte tatsächlich, er würde kommen, also machen wir definitiv Fortschritte.

Wenn der mürrische Arnold zu einem Treffen des Dorfkomitees kommt, ist einfach alles möglich. Als das Treffen zum

Ende kommt, beobachte ich Betsy, die langsam zum Mantel-
ständer geht und sich den Seidenschal um den Hals legt. Wir
hatten keinen guten Start. Na und? Es ist nie zu spät, um etwas
zu ändern, das habe ich auch Arnold gesagt.

Ich gehe mit erhobenem Kinn zu ihr, als sie gerade aus der
Halle läuft.

»Wie geht es dir, Betsy?«, frage ich. »Du musst mal zum Tee
vorbeikommen. Du und dein Mann. Ich würde ihn gern kennenlernen.«

Sie blickt mich misstrauisch an. »Cliff geht nicht gern raus«,
sagt sie und zieht sich die Jacke an.

»Oh, das tut mir leid – geht es ihm nicht gut?«

»Nein«, sagt sie und wendet sich ab.

Ich gehe neben ihr her. »Ich weiß, du vermisst bestimmt die
Gespräche mit Grandma. Ich hoffe, dass du – solltest du einmal
Hilfe oder jemanden brauchen, mit dem du reden kannst –
weißt, dass du zu mir kommen kannst.«

Sie blickt mich ungläubig an. »Du bietest mir Hilfe an?«

»Ja.«

»Was könntest *du* schon ausrichten?«, fragt sie, und ich
merke erst kurz darauf, dass sie wiederholt, was ich zu ihr beim
ersten Treffen gesagt habe.

»Es tut mir leid«, sage ich aufrichtig. »Es war gemein von
mir, das zu sagen. Ich bin nur nicht an Menschen gewöhnt, die
mir Hilfe anbieten und es auch so meinen – nicht, wenn es etwas mit Carlas Tod zu tun hat. Die Menschen sprechen normalerweise nicht so direkt über sie. Es hat mich aus dem Kon-
zept gebracht.«

Betsy schweigt eine Weile. Wir gehen stumm die Lower
Lane entlang.

»Ich weiß, dass du dich bei der Gemeinde gemeldet und

dafür gesorgt hast, dass die Schlaglöcher ausgebessert werden«, sagt sie schließlich und macht eine Kopfbewegung in Richtung der Fahrbahn.

»Ach ja, das ist doch nicht der Rede wert. Die hätten sich schon vor Jahren darum kümmern müssen. Ich habe nur einige Anrufe getätigt.«

»Das ist nicht unbemerkt geblieben«, sagt sie steif, als sich unsere Wege trennen.

18

Eileen

Ich brauche fünf Anläufe, bis ich die herzlose Frau aus Wohnung sechs antreffe. Sie ist derart selten zu Hause, Gott weiß, warum sie sich daran stört, was andere Leute im Haus machen.

Dass sich unser erstes Zusammentreffen verzögert, hat den Vorteil, dass meine Wut bereits etwas verraucht ist, als ich ihr von Angesicht zu Angesicht gegenüberstehe. So kostet es mich deutlich weniger Mühe, freundlich zu sein.

»Hallo«, sage ich, als sie die Tür öffnet. »Sie müssen Sally sein.«

»Ja?«, sagt Sally und klingt etwas bedrückt. Sie trägt ein Kostüm und ist ungeschminkt, das schwarze Haar hat sie auf einer Seite zu einem Pferdeschwanz zusammengebunden. »Wer sind Sie?«

»Mein Name ist Eileen Cotton. Ich wohne bei Fitz und Martha drüben in der Drei.«

Daraufhin mustert Sally mich genauer. »Ach ja?«, fragt sie, und ich habe den starken Eindruck, dass ihr das missfällt.

»Ich komme, weil ich gehört habe, dass Sie etwas gegen unsere Idee haben, unten in dem ungenutzten Eingangsbereich einen kleinen Club einzurichten. Darf ich reinkommen, damit wir darüber sprechen können?«

»Ich fürchte, nein. Ich habe sehr viel zu tun«, sagt sie und macht bereits Anstalten, die Tür zu schließen.

»Entschuldigen Sie«, sage ich scharf. »Wollen Sie mir etwa die Tür vor der Nase zuschlagen?«

Sie zögert und wirkt etwas überrascht. In diesem Moment bemerke ich, dass ihre Tür nicht mit einem, sondern mit drei Schlössern gesichert ist.

Ich werde milder. »Ich verstehe Ihre Sorge, Fremden Zutritt zum Gebäude zu gewähren. Ich weiß, das Leben in dieser Stadt kann beängstigend sein. Doch unser Mittagsclub richtet sich an ehrenwerte ältere Damen und Herren. Solange der Club stattfindet, werden wir die Eingangstür schließen, sodass nicht jeder einfach hereinspazieren kann. Nur ältere Leute.«

Sally schluckt. Womöglich ist sie jünger, als ich zunächst angenommen habe – es fällt mir heute schwer, das Alter von anderen Leuten zu schätzen, und ihre Strenge und das Kostüm haben mich in die Irre geleitet.

»Hören Sie«, sagt sie in forschem, sachlichem Ton, »es ist nicht etwa so, dass mir die Idee nicht gefällt. Aber nur, weil ein Mensch älter ist, kann er trotzdem gefährlich sein. Was, wenn jemand nicht wieder geht, wenn alle anderen das Gebäude verlassen, und hier herumlungert?«

Ich nicke. »Gut. Wie wäre es, wenn wir die Namen notieren und alle beim Ankommen und beim Gehen zählen, sodass niemand herumlungern kann?«

Sie legt den Kopf schief. »Das ist … Danke«, sagt sie steif. »Das klingt vernünftig.«

Es folgt eisiges Schweigen.

»Dann sind Sie also einverstanden?«, hake ich nach. »Sie sind die Einzige, auf deren Zustimmung wir noch warten.«

Ihre Augen zucken. Sie schluckt. »Gut. Ja. Gut, solange wir jeden bei der Ankunft und beim Gehen zählen.«

»Natürlich. Wie vereinbart.« Ich schüttele ihr die Hand. »Es war mir ein Vergnügen, Sie kennenzulernen, Sally.«

Vergnügen ist etwas übertrieben, aber was sein muss, muss sein.

»Mir auch, Eileen.«

Ich gehe zurück in Leenas Wohnung.

»Mit Sally aus Wohnung sechs ist alles geklärt«, verkünde ich Fitz auf dem Weg in Leenas Zimmer.

Fitz sieht mir mit offenem Mund hinterher.

»Wie haben Sie das denn geschafft?«, fragt er.

Ein paar Abende später sitzen Todd und ich in seinem äußerst großen Stadthaus mit ein paar Kissen im Rücken nebeneinander im Bett. Wenn beide Rückenbeschwerden haben, ist es nicht mehr so leicht, eng umschlungen zusammenzuliegen. Was nicht heißt, dass das hier nicht wunderbar intim ist: Todds Arm berührt meinen, seine Haut ist warm vom Liebemachen, und er hat die Decken auf meine Seite geschoben, weil er weiß, dass ich schnell kalte Füße bekomme.

Es ist gefährlich intim. Ich könnte mich glatt daran gewöhnen.

Ein Telefon klingelt. Ich rühre mich nicht, weil es immer Todds Telefon ist, normalerweise ist jemand äußerst Wichtiges am anderen Ende – ein Produzent oder ein Agent. Er greift nach dem Telefon auf dem Nachttisch, doch das Display ist schwarz. Auf meinem steht: Marian ruft an.

Ich krabble hinüber, um es zu holen.

»Hallo?«

»Mum?«, fragt Marian.

Dann beginnt sie zu weinen.

»Marian, Liebes, was ist los?«

»Es tut mir leid«, sagt sie. »Ich habe mich so bemüht, dir etwas Abstand zu lassen. Aber ... ich ... ich kann einfach nicht ...«

»Ach, Liebes, es tut mir leid.« Ich schiebe die Füße unter der Decke hervor und angele nach meinen Kleidern. »Du hast doch nicht ...«

»Nein, nein, nichts dergleichen, Mum. Und ich habe auf mich aufgepasst, versprochen – ich habe anständig gegessen, Yoga gemacht ...«

Ich atme aus. Für mich ist das nichts, dieses auf einem Bein Herumgestehe und sich verbiegen, aber Marian hat das Yoga sehr geholfen. Es ist der einzige Trend, der sich gehalten hat, nicht nur für Monate, sondern für Jahre – sie hat damit angefangen, als Carla damals die Diagnose erhielt. Wenn Marian kein Yoga mehr macht, weiß ich, dass die Lage äußerst kritisch ist.

»Das ist gut, Liebes. Ist dann was mit Leena?«

»Wir haben uns am Montagabend auf offener Straße ganz fürchterlich angeschrien. Die ganze Woche ist mir immer wieder durch den Kopf gegangen, wie sie ... wie wütend sie ist. Sie hasst mich. Ich war nicht für sie da, als sie mich gebraucht hat, und jetzt – jetzt habe ich sie verloren.«

»Sie hasst dich nicht, Süße, und du hast sie nicht verloren. Sie ist verletzt und wütend, und sie weiß es noch nicht, aber sie wird darüber hinwegkommen. Ich hatte gehofft, dass eure gemeinsame Zeit ihr dabei helfen würde ...«

Wie besessen wühle ich in dem Haufen aus Todds und meinen Kleidern, frustriert, dass ich mit dem Telefon in der Hand so langsam bin.

»Ich komme nach Hause«, sage ich.

»Nein, nein, das darfst du nicht.« Ihre Stimme ist tränenerstickt. »Mir geht es gut. Ich … habe keinen von meinen, du weißt schon, von meinen Momenten.«

Aber wer sagt, dass sie nicht jeden Tag einen bekommen könnte? Und wenn Leena sie auf der Straße anschreit, wer sorgt dann dafür, dass Marian nicht zusammenbricht?

»Ich komme zurück. Punkt. Bis bald, Liebes.« Ehe sie widersprechen kann, lege ich auf.

Als ich mich umdrehe, sieht Todd mich mit hochgezogenen Augenbrauen an.

»Sag nichts«, warne ich ihn.

Er wirkt überrascht. »Ich wollte mich nicht einmischen.«

»Familie ist tabu«, sage ich. »Darüber waren wir uns einig. Grenzen.«

»Natürlich.« Todd schweigt und beobachtet, wie ich mich anziehe. Ich wünschte, ich könnte mich schneller bewegen. »Aber …«

Ich nehme meine Tasche vom Stuhl neben der Tür. »Ich ruf dich an«, sage ich und ziehe die Tür hinter mir ins Schloss.

Sobald ich auf der Straße bin, setze ich mich auf eine Parkbank, um durchzuatmen. Todd wohnt in einem schicken Viertel namens Bloomsbury – hier gibt es eine Menge Grünflächen, die von schwarzen Eisenzäunen gesäumt sind, davor stehen teure Wagen mit getönten Scheiben.

Ich kann mir gar nicht vorstellen, dass jemand aus der Familie Cotton sich auf offener Straße anschreit. So sind wir nicht. Wie ist es dazu gekommen?

Ich hätte sie nie alleinlassen dürfen. Diese Reise nach London war purer Egoismus, und ich bin froh, dass Marian mich zur Vernunft gebracht hat, ehe es ihr da oben in Hamleigh ohne mich noch schlechter geht.

Während ich in meiner Handtasche nach meinem Kalender

suche, tappen Tauben um meine Füße herum. Also, Rupert hat uns heute Abend zu sich und Aurora eingeladen, um auf die Genehmigung für den Silver Shoreditchers' Social Club anzustoßen. Das kann ich nicht absagen. Ohne mich würde Letitia nicht hingehen, und für sie ist das wichtig. Ich fahre morgen. Leena rufe ich morgen früh an. Ich bin mir nicht sicher, ob ich mich beherrschen kann, wenn ich jetzt mit ihr spreche.

Als Letitia die Tür öffnet, sehe ich sofort, wie aufgeregt sie ist. Ihre Schultern sind bis zu den Ohren hochgezogen, das Kinn auf die Brust gedrückt.

»Kommen Sie«, sage ich aufmunternd. Mir ist auch nicht danach, aber wir haben zugesagt. Außerdem bin ich stolz darauf, was wir mit dem Platz dort unten vorhaben, auch wenn ich nicht mehr miterleben werde, wie der Silver Shoreditchers' Social Club zum Leben erwacht.

»Müssen wir hingehen?«, fragt sie beklommen.

»Natürlich!«, sage ich. »Kommen Sie. Je eher wir gehen, desto eher können wir uns wieder davonmachen.«

Martha und Fitz kommen auch, obwohl ich mir nicht sicher bin, ob Martha mit ihrem Riesenbauch noch die Treppe herunterkommt. Ins Büro schafft sie es jetzt nicht mehr, normalerweise sitzt sie auf dem Sofa, die Füße auf den Couchtisch gelegt und den Laptop gefährlich auf dem Bauch balancierend. Yaz hat immer noch nicht gesagt, wann sie nach Hause kommt. Auf dem Weg zu Ruperts und Auroras Wohnung schürze ich die Lippen. Dieser Yaz würde ich gern mal die Meinung geigen.

»Mrs. Cotton!«, sagt Aurora und öffnet schwungvoll die Wohnungstür. »Ich muss mich unbedingt bei Ihnen entschuldigen, dass ich neulich so hangry war.«

»Hallo«, sage ich, als sie mich in die Arme zieht. Sie spricht mit starkem italienischem Akzent. Vielleicht ist »hangry« ein italienischer Ausdruck, obwohl es nicht danach klingt.

»Und Sie müssen Letitia sein«, sagt Aurora und legt Letitia die Hände auf die Wangen. »Was für umwerfende Ohrringe!«

Letitia sieht mit unübersehbarer Panik zu mir. Ich glaube, die Berührung ihres Gesichts ist ein wenig zu viel für sie. Ich fasse Aurora am Arm und drücke ihn aufmunternd.

»Würden Sie mir wohl Ihre reizende Wohnung zeigen?«, frage ich.

»Aber natürlich! Ihre Mitbewohner sind schon da«, teilt sie mir mit und deutet auf ein schickes graues Sofa, auf dem sich Martha niedergelassen hat, die Füße auf Fitz' Schoß. Als ich sehe, wie sich die beiden necken, überkommt mich überraschend ein tiefes Gefühl der Zuneigung. Ich kenne die zwei doch noch gar nicht lange. Heute Abend werde ich ihnen sagen müssen, dass ich abreise.

»Das ist meine neueste Skulptur«, erklärt Aurora, und als ich ihrem Blick folge, entfährt mir ein kleiner Schrei. Auf einem Riesenpenis aus Marmor sitzt ein Papagei. Auf der … Eichel, sozusagen.

Ich kann nicht anders, ich blicke zu Letitia. »Ein Zeichen aus dem Jenseits«, flüstere ich ihr zu. Ihre Lippen zucken, und sie hüstelt, um ein Kichern zu überspielen.

»Hinreißend«, sage ich zu Aurora. »So … plastisch.«

»Nicht wahr?«, schwärmt sie. »Kommen Sie mit in die Küche, dann mixe ich uns einen Cocktail …«

»Nein«, sagt Fitz fest. »Auf gar keinen Fall.«

»Wie meinen Sie das, nein?«

»Sie dürfen nicht abreisen!«

Er deutet mit einer auf einen Zahnstocher aufgespießten

Olive auf mich. Aurora und Rupert machen sehr gute Cocktails, obwohl mich die Zahnstocher mit den Oliven zunächst etwas skeptisch gemacht haben. Fitz sagt, die wären »ironisch« gemeint. Zwischen Martha und Fitz auf dem Sofa sitzend, ein Martiniglas in der Hand, habe ich wieder dieses schwebende Gefühl aus der Parfumwerbung.

»Mrs. Cotton – Eileen«, sagt Fitz. »Haben Sie gemacht, was Sie vorhatten?«

»Nun ja«, hebe ich an, doch er winkt ab.

»Nein, haben Sie nicht! Der Silver Shoreditchers' Club ist noch nicht eröffnet! Sie haben nicht Ihren Sie umschwärmenden Old Country Boy getroffen! Und Sie haben ganz sicher noch nicht Klarheit über Ihr Leben gewonnen«, sagt er.

Hmm. Mir war nicht bewusst, dass er auch von diesem Vorhaben wusste.

»Sind Eileen Cottons Drückeberger? Denn die Eileen Cottons, die ich kenne, kommen mir nicht so vor.«

»Nicht schon wieder die Nummer«, sage ich lächelnd. »Ich muss fahren, Fitz.«

»Warum?« Die Frage kommt von Martha.

Normalerweise würde ich eine solche Frage nicht ehrlich beantworten. Nicht, wenn sie von Betsy oder Penelope käme. Doch ich erinnere mich daran, wie Martha mir unter Tränen erzählt hat, welche Angst ihr die Ankunft des Babys macht, und so sage ich ihr die Wahrheit.

»Marian braucht mich. Sie kommt allein nicht zurecht, und Leena hat alles nur noch schlimmer gemacht.«

Ich starre in meinen Martini. Vielleicht bin ich etwas angetrunken. Das war äußerst indiskret. »Sie hat sich mit ihrer Mutter gestritten. Sie auf offener Straße angeschrien! So etwas gibt es bei uns eigentlich nicht.«

»Vielleicht musste es sein«, tastet sich Martha vorsichtig vor und lässt ihren alkoholfreien Cocktail im Glas kreisen.

»Ja, auf jeden Fall«, sagt Fitz. »Die zwei mussten sich aussprechen. Leena hat das letzte Jahr alles in sich hineingefressen, das ist das Hauptproblem. Haben Sie mal gehört, wie sie mit ihrer Mutter telefoniert? Zwanzig Sekunden Small Talk, dann sieht sie aus wie ein verschrecktes Kaninchen«, verblüffend gut ahmt er ihren Gesichtsausdruck nach, »dann ergreift sie die Flucht, wie ein Seemann mit einem Loch im Boot.« Er hält inne. »War der Vergleich korrekt?«, fragt er Martha.

Sie zieht die Nase kraus.

»Leena ist genauso wütend auf Carla wie auf Marian«, sagt Fitz entschieden. »Und mehr als auf die beiden ist sie wütend auf sich selbst. Wann ist Leena Cotton jemals auf ein Problem gestoßen, das sie nicht mit viel Anstrengung und, wie sie das nennt, etwas Gehirnschmalz lösen konnte?«

»Es ist gut, dass sie ihren Gefühlen Luft machen«, sagt Martha. »Ein Streit kann manchmal reinigend sein.«

»Aber Marian ist labil«, erkläre ich. »Sie trauert. Was nutzt es, sie anzuschreien?«

»Ist sie labil?«, fragt Martha sanft. »Sie ist mir immer ziemlich stark vorgekommen.«

Ich schüttele den Kopf. »Ihr wisst nicht alles. Das letzte Jahr über hatte sie diese … Krisen. Es ist schrecklich. Sie lässt mich nicht ins Haus. Ich klopfe und klopfe, und sie tut, als wäre sie nicht da. Beim letzten Mal war es am schlimmsten – tagelang ist sie nicht aus dem Haus gekommen. Am Ende habe ich mir mit meinem Schlüssel Zutritt verschafft. Sie hat einfach auf dem Teppich gesessen und eine von diesen gottverdammten Aufnahmen gehört, in denen irgendein Kerl von Trauer als Prisma schwafelt und man müsse das Licht in sich hineinströmen lassen oder so einen Quatsch. Es war wie …« Meine Stimme verhallt, als ich Marthas gequälten Gesichtsausdruck sehe. »Was? Was habe ich gesagt?«

»Nein, nein«, sagt Martha, die Hand auf dem Bauch. »Auf keinen Fall.«

»Auf keinen Fall was?«, fragt Fitz.

»Ach, du meine Güte«, sagt Letitia. Sie hat so lange nichts gesagt, dass wir alle etwas überrascht sind, sie selbst eingeschlossen. Sie zeigt auf Marthas Bauch. »War das eine Wehe?«

»Keine Sorge«, keucht Martha und atmet durch die Nase. »Die habe ich schon seit heute Mittag. Es sind keine echten Wehen.«

»Nicht?«, fragt Letitia und mustert Martha. »Woher wissen Sie das?«

»Weil Yaz noch nicht zurück ist«, sagt Martha, »und der Stichtag erst in drei Wochen ist.«

»Stimmt«, sagt Fitz und sieht mich mit hochgezogenen Augenbrauen an. »Aber ob das Baby das auch weiß?«

»Doch, ja«, sagt Martha durch zusammengebissene Zähne. »Es ist – ooh, aua, aua.«

Sie umklammert Letitias Hand, die zufällig am nächsten ist. Letitia schnappt nach Luft.

»Okay«, sagt Martha und lehnt den Kopf wieder gegen die Sofalehne. »Okay, gut. Schon vorbei. Wo waren wir stehen geblieben? Ach, ja, Eileen, erzähl weiter – Marian …?«

Alle starren sie an.

»Was ist los?«, fragt sie. »Schon okay. Ich meine, ich fahre nur ins Krankenhaus, wenn die Wehen … wenn die Wehen …« Wieder beugt sie sich vor und verzieht vor Schmerzen das Gesicht. Sie stößt ein beunruhigend animalisches Stöhnen aus. Dieses Geräusch kenne ich.

»Martha, Schätzchen … das sieht mir sehr nach echten Wehen aus«, sage ich.

»Das ist zu früh«, keucht Martha, nachdem die Wehe abgeklungen ist. »Nicht … es darf nicht …«

»Martha«, sagt Fitz und legt ihr die Hände auf die Schultern, »du machst dich doch manchmal über Kunden lustig, die das Offensichtliche nicht sehen wollen. Wie diese Frau, die dachte, ihr Wohnzimmer wäre groß genug für eine Bilderschiene.«

»Ja?« Martha keucht.

»Du bist jetzt genau wie diese Frau«, stellt Fitz fest.

Zehn Minuten später geht das Stöhnen in Schreien über.

»Wir müssen sie ins Krankenhaus bringen«, erklärt Fitz Rupert und Aurora. Was sie keineswegs zu schockieren scheint, das muss man ihnen lassen. Aurora eilt umher, holt Wasser und gibt Fragen bei Google ein. Rupert, der in seiner Jugend eine Weile als Sanitäter gearbeitet hat, zitiert alles, was er noch über Geburten weiß, was Martha nicht beruhigt, den Rest von uns aber schon.

»Was war Marthas Plan, wenn das Baby kommt?«, frage ich Fitz.

»Yaz«, sagt er und verzieht das Gesicht. »Sie hat ein Auto und sollte sie ins Krankenhaus fahren.«

»Aber Yaz ist nicht da«, stelle ich fest. »Wie sieht Plan B aus?«

Alle blinzeln mich an.

»Ich habe ein Motorrad?«, bietet Rupert an.

»Einen Roller«, korrigiert Aurora. Rupert schmollt.

»Ich weiß nicht, ob das so gut ist«, sagt Fitz und reibt Martha, die sich stöhnend auf die Sofalehne stützt, über den Rücken. »Wie lange dauert es, bis ein Uber hier ist?«

Rupert sieht auf sein Telefon und stößt einen Pfiff aus. »Fünfundzwanzig Minuten.«

»Wie lange?«, kreischt Martha mit einer Stimme, die gar nicht mehr nach Martha klingt. »Das ist absolut unmöglich! Ein Uber kommt immer innerhalb von fünf Minuten! Das ist ein Naturgesetz! Wo ist Yaz? Sie sollte verdammt noch mal hier sein!«

»In Amerika«, antwortet Letitia. »Was ist?«, fragt sie, als sie meinen vorwurfsvollen Blick bemerkt. »Stimmt das nicht?«

»Sie geht nicht an ihr Telefon«, raunt Fitz mir leise zu. »Ich versuche weiter, sie zu erreichen.«

Martha stößt eine Mischung aus Stöhnen und Schreien aus und geht in die Hocke. Fitz zuckt zusammen.

»Ich sollte nicht hier sein«, sagt er. »Ich sollte unten sein, eine Zigarre rauchen, einen Whisky trinken und auf und ab laufen, oder? Tun Männer das nicht in diesen Situationen?«

Ich klopfe ihm auf die Schulter. »Ich übernehme das.« Ich schnappe mir vom Sofa ein Kissen für meine Knie und kauere mich neben Martha. »Fitz, geh und klopf bei den Nachbarn. Irgendjemand hier muss doch ein Auto haben. Aurora, besorgen Sie ein paar Handtücher. Nur für alle Fälle«, sage ich zu Martha, als sie mich mit panischem Blick ansieht. »Und Rupert … sterilisieren Sie sich die Hände.«

»Einsteigen! Einsteigen!«, ruft Sally aus Nummer sechs.

Diese Notlage hat die Bewohner des Hauses auf wunderbare Weise zusammenrücken lassen. Ich kann endlich sagen, dass ich jeden einzelnen Nachbarn kennengelernt habe. Überraschenderweise hat Sally sich erboten zu fahren, allerdings stand sie auch ziemlich unter Druck: Sie ist die Einzige im Haus mit einem Auto, und als wir zu ihr kamen, schrie Martha inzwischen wie am Spieß.

»Alles, was ich über Sally weiß, ist, dass sie Hedgefonds-

232

Managerin ist und in der Sechs wohnt, aber ich habe keine Skrupel, in ihren riesigen serienkillermäßigen Van zu steigen«, stellt Fitz verwundert fest. »Ist das Gemeinschaftssinn, Eileen? Meiner Nachbarin zu vertrauen? Ach, heilige Mutter Gottes …«

Martha umklammert mit eisernem Griff seine Hand und hat die Stirn gegen die Kopfstütze des Vordersitzes gelehnt. Als sie sich aufrichtet, bemerke ich, dass sie einen dunklen Schweißfleck auf dem Stoff hinterlassen hat. Sie ist in keinem guten Zustand. Das Baby trödelt nicht.

»Los! Los! Los!«, schreit Sally, wobei ich nicht sicher bin, wen sie meint – mit empörtem Hupen fährt sie aus der Parklücke. »Notfall! Auf dem Rücksitz kommt ein Baby zur Welt!«, schreit sie aus dem Fenster und winkt einem wütenden Taxifahrer zu. »Keine Zeit für Höflichkeiten!«

Sallys Definition von Höflichkeit greift sehr weit und scheint das Übertreten aller Verkehrsregeln einzubeziehen. Sie rast über jede rote Ampel, fährt jemandem den Seitenspiegel ab, saust über drei Bordsteine und schreit Fußgänger an, weil sie die Unverfrorenheit besitzen, im falschen Moment den Zebrastreifen zu überqueren. Faszinierend, dass eine Frau, die sich derart um die Sicherheit in ihren vier Wänden sorgt, im Auto tut, als würde sie Autoscooter fahren. Aber ich freue mich, dass sie sich für etwas engagiert. Wobei ich noch herausfinden muss, warum sie als Frau, die allein im Zentrum von London wohnt, einen derart großen Van fährt. Ich hoffe, dass Fitz nicht recht hat – es wäre schrecklich, wenn sie sich als Serienkillerin entpuppt.

Martha reißt mich mit einem langen, lauten, gequälten Brüllen aus meinen Gedanken.

»Wir sind fast da«, sage ich beruhigend, obwohl ich keine Ahnung habe, wo wir sind. »Gleich bist du im Krankenhaus.«

»Yaz«, keucht Martha, und auf ihrer Stirn tritt eine Ader hervor. Sie umklammert meinen Arm mit einem so festen, animalischen Griff, wie man es nur tut, wenn man heftige Schmerzen hat.

»Ich kann sie nicht erreichen, Süße«, sagt Fitz. »Sie muss auf der Bühne sein. Aber ich versuche es weiter.«

»O Gott, ich schaff das nicht«, jault Martha. »Ich kann das nicht!«

»Natürlich kannst du das«, sage ich. »Nur nicht, bevor wir im Krankenhaus sind, bitte tu mir den Gefallen.«

19

Leena

Ich backe gerade mein fünftes Blech Brownies. Ich habe inzwischen vier völlig verschiedene Möglichkeiten entdeckt, wie man schlechte Brownies machen kann: Man kann sie verbrennen lassen, sie nicht ausreichend lang backen, das Backpapier vergessen und auch das Mehl (ein wahrer Tiefpunkt).

Aber *diese hier* sind einfach perfekt. Es braucht nur Hingabe. Und Übung. Und vielleicht einen etwas ruhigeren Geisteszustand – ich habe damit angefangen, als ich Carla gerade vermisst habe und wütend auf meine Mutter war und mich fragte, was zum Teufel ich mit meinem Leben anstelle, und vielleicht sind Brownies wie Pferde: Sie spüren dein Stresslevel.

Nun bin ich allerdings beruhigt. Ich habe Brownies und – endlich, nach so vielen vergeblichen Versuchen … ist Ethan hier.

Er wirft die Tasche auf den Boden, umarmt mich und wirbelt mich herum, nachdem ich die Haustür geöffnet habe.

»Willkommen in meiner dörflichen Idylle!«, sage ich, als er mich runterlässt.

»Riecht es hier irgendwie verbrannt?«, fragt Ethan, als er meinen Blick sieht. »Aber lecker! Gut verbrannt! Über Holzkohle gegrillt? Oder normal gegrillt? Damit verkokelt man Sachen auf wunderbare Weise.«

»Ich habe Brownies gemacht. Etliche Male. Aber schau mal!«

Ich führe ihn stolz zu dem Tablett auf Grandmas Esszimmertisch mit den perfekten Schokovierecken.

Er schnappt sich ein Stück, nimmt einen riesigen Bissen, dann schließt er die Augen und stöhnt. »Okay«, sagt er mit vollem Mund. »Die sind wirklich lecker.«

»Yeah! Ich *wusste* es.«

»Bescheiden wie immer«, sagt Ethan, dann schnappt er sich das Geschirrtuch, das ich mir über die Schulter geworfen habe. »Schau dich mal an, du backst! Wie eine gute Hausfrau!«

Ich nehme mir das Tuch zurück und schlage ihn damit. »Halt den Mund, du.«

»Warum? Mir gefällt das.« Er küsst meinen Hals. »Das ist sexy. Du weißt doch, wie sehr ich auf dieses Hausfrauengetue aus den 1950er-Jahren stehe.«

Ich erröte und stoße ihn weg. »Das war ein Kostüm für eine Kriminalfilmparty, und ich habe gar kein Getue veranstaltet und selbst wenn, wäre es nicht für dich gewesen!«

»Nein?«, fragt Ethan und grinst frech. »Denn ich kann mich ganz entfernt daran erinnern, dass du …«

Ich lache, schlage seine an mir heraufwandernden Hände weg und gehe durch die Küche. »Willst du einen Tee?«

Ethan folgt mir. »Ich will etwas«, sagte er. »Aber keinen Tee.«

»Kaffee?«

»Rate noch einmal.« Er drückt sich von hinten gegen mich und legt mir die Hände um die Taille.

Ich drehe mich in seinen Armen um. »Es tut mir leid – ich fühle mich gerade so unsexy. Ich habe den Großteil des Tages mit Weinen verbracht, und die Woche war so seltsam. Mein Aufenthalt hier macht mich zu …«

»Deiner Großmutter?«, fragt Ethan und zieht frech die Augenbrauen hoch.

Ich löse mich von ihm. »Was?«

»Ich mache Witze!«

»Warum sagst du so etwas?«

»Du backst den ganzen Tag, hast kein Interesse an Sex, trägst tatsächlich eine Schürze ...« Er merkt, dass ich wirklich nicht lache. »Komm schon, Leena, ich will dich doch nur ärgern!« Er nimmt meine Hand und versucht, mich zu ihm zu drehen.

»Lass uns ausgehen. Zeig mir eine Bar.«

»Hier gibt es keine Bars«, sage ich und drehe mich seltsam ungelenk zu ihm.

»*Irgendwo* muss doch eine Bar sein. Was ist mit der kleinen Stadt in der Nähe? Divedale?«

»Daredale. Das ist über eine Stunde entfernt. Und ich wollte eh vorschlagen, dass wir bei Arnold vorbeischauen, meinem Nachbarn – er meinte, er würde uns Lamm zum Abendessen machen.« Ich versuche zu lächeln. »Er ist ein wenig griesgrämig, im Grunde seines Herzens aber ein lieber Kerl.«

»Ich muss heute Abend wahrscheinlich ein wenig arbeiten, leider, mein Engel«, sagt Ethan, lässt meine Hand fallen und geht zum Kühlschrank. Er nimmt sich ein Bier heraus.

»Oh. Aber ...«

Er küsst mich auf die Wange und nimmt sich einen Flaschenöffner aus der Schublade. »Du kannst gern mitmachen. Ich suche nach White-Space-Opportunities in dem Projekt, von dem ich dir letzte Woche erzählt habe – ich weiß, dass du Herausforderungen liebst ...«

»Ich habe im Augenblick schon genug Herausforderungen, um ehrlich zu sein«, sage ich, dann blinzele ich, als Ethan den Fernseher einschaltet.

»Die Millwalls spielen gerade«, sagt er. »Ich dachte, wir könnten es im Hintergrund laufen lassen.«

Die White-Space-Opportunities und das Spiel der Millwalls waren ihm egal, als er nach der Bar gefragt hatte. Ich schlucke und erinnere mich daran, dass er eine weite Reise auf sich genommen hat, um mich zu sehen, und er hat recht – ich bin gerade in einer schwierigen Situation, ich bin in Sachen Trauer ein wenig rückwärts unterwegs. Ich verstehe schon, dass das frustrierend ist.

Trotzdem. Er lässt sich nicht gerade auf die Auszeit auf dem Land ein.

Er blickt vom Sofa zu mir auf, sieht meinen Gesichtsausdruck und wird sanfter. »Ich bin ein Idiot, tut mir leid«, sagt er und greift nach meiner Hand. »Ich kann diesem ganzen Landlebengedöns bislang wenig abgewinnen, Engel. Gibst du mir ein wenig Zeit, um mich an das neue Du zu gewöhnen?«

»Das ist kein neues Ich«, entgegne ich mürrisch, gehe zu ihm und setze mich neben ihn. »Und ich bin nicht meine Großmutter.«

Er zieht mich an sich, sodass mein Kopf auf seiner Brust liegt. Das ist mein Lieblingsplatz. Ich bin früher fast verzweifelt gewesen, wenn Angst und Trauer über mich hineinbrachen und Ethan nicht da war – ich habe das gebraucht, seine Arme um mich herum, meine Ohren, die seinem Herzschlag lauschen. Das war die einzige Möglichkeit für mich, mich sicher zu fühlen und ruhig zu bleiben.

Ich schmiege mich an ihn. Er küsst mich auf den Kopf.

»Ich sage Arnold, dass wir ein andermal zum Lamm vorbeikommen«, erkläre ich, während Ethan mich enger an sich zieht, genau dort, wo es sich richtig anfühlt.

Am nächsten Morgen stehe ich früh auf zum Joggen, und als ich aus der Dusche komme, steige ich nackt ins Bett und drücke meinen immer noch dampfenden Körper an Ethan. Er wacht langsam und mit einem zustimmenden Brummen auf, seine Hände greifen nach meinen Hüften, seine Lippen tasten zu meinem Hals. Es ist schön, genau so, wie es sein sollte, und die seltsamen Spannungen von gestern Abend fühlen sich lächerlich an – wir witzeln später darüber, als wir unsere Kaffees wieder mit ins Bett nehmen, und er streicht mir mit den Fingern durchs Haar, während ich an seine Brust gekuschelt daliege, so wie wir es daheim immer machen.

Anschließend ist Ethan ganz versöhnlich und umgänglich; er meinte, er würde mit zum Komiteetreffen für den Maifeiertag kommen, obwohl es heute früh um acht beginnt (warum bloß, Betsy?) und ich ihm sage, dass er das nicht müsste (»Wenn du arbeiten musst …«)

Als wir zusammen zum Gemeindehaus gehen, drehen sich alle nach uns um. Ethan ist ein wenig verblüfft und murmelt *Jesus*, dann setzt er sein schönstes, für Kunden reserviertes Lächeln auf und macht die Vorstellungsrunde.

»Hi. Ich bin Ethan Coleman«, sagt er zu Betsy.

Er spricht laut, als wäre Betsy taub; ich zucke zusammen, als sie die Augenbrauen hochzieht. Er macht dasselbe bei allen älteren Menschen im Zimmer – Penelope zuckt sogar ein wenig zusammen, und sie muss doch wirklich an schreiende Menschen gewöhnt sein, wo sie mit Roland zusammenlebt. Mist. Ich hätte ihn vor unserem Besuch hier ein wenig instruieren sollen.

Jackson kommt wie immer als Letzter – nicht spät genug, um zu spät zu sein, aber stets als Letzter, und er wird wie immer herzlichst von den älteren Leuten willkommen geheißen. Er blickt kurz Ethan an, der ihn mustert, wieder aufsteht und ihm die Hand hinstreckt.

»Ethan Coleman.«

»Jackson.«

»Gut zu wissen, dass hier noch jemand unter hundert ist«, flüstert Ethan und grinst Jackson an.

Jackson blickt kurz zurück. »Die Leute hier sind wunderbar«, sagt er.

»Oh, natürlich! Natürlich. Ich glaube, ich habe nur nicht mit so vielen Omis gerechnet. Ich habe, glaube ich, eher gedacht, hier würden nur Bergleute und Bauern wohnen, weißt du, die ›Hömma‹ und ›Tach auch‹ sagen.«

Ich zucke zusammen. Ethan verzieht das Gesicht, als er das sagt, als würde er versuchen, nicht besonders helle auszusehen – ich weiß noch nicht einmal, ob er merkt, dass er das macht, aber Jackson runzelt ein ganz klein wenig die Stirn.

»Sorry«, sagt Jackson, »wie war dein Name noch gleich?«

»Ethan Coleman«, wiederholt Ethan, und als bei Jackson der Groschen nicht zu fallen scheint, richtet er sich ein wenig auf. »Leenas Freund.«

Jackson schaut mich an. »Ah, dann hat es mit dem Besuch nun geklappt.«

»Ich wäre auch früher gekommen, aber ich kann mich manchmal schlecht aus London loseisen«, sagt Ethan. »Andere Menschen zählen auf mich, dabei geht es um Millionenbeträge, mit solchen Dingen beschäftige ich mich.«

Er sagt das völlig unironisch. Ich erröte, stehe auf und lege ihm die Hand auf den Arm.

»Komm, Ethan, wir setzen uns hin.«

»Was machst du denn, Jackson?«, fragt Ethan und ignoriert mich.

»Ich bin Lehrer«, sagt Jackson. »Bei mir geht es nicht um Millionen, nur um die Zukunft.«

»Ich weiß nicht, wie du das aushältst. Ich könnte nicht den ganzen Tag mit Kindern verbringen, ohne dass ich matschig im Hirn werde.«

Wir stehen nun mitten im Raum, und das Planungskomitee für den Maifeiertag beobachtet uns gezwungenermaßen, als würden wir ein Theaterstück aufführen. Ich ziehe Ethan am Arm, er schüttelt mich wieder ab und blickt mich böse an.

»Setzt du dich jetzt bitte?«, sage ich scharf.

Ethan verzieht die Augen zu Schlitzen. »Was denn? Jackson und ich lernen uns doch einfach gerade kennen.«

»Du hast recht, wir sollten anfangen«, sagt Jackson und geht zu seinem Stuhl.

Erst als er sitzt, lässt Ethan sich von mir auf seinen Stuhl ziehen. Ich starre auf meine Füße und habe Herzklopfen, weil mir das alles so peinlich ist.

»Gut!«, ruft Betsy und ist offensichtlich begeistert. »Gut! Wie aufregend. Na dann. Lass uns loslegen. Bist du bereit, Leena?«

Tiefer Atemzug.

»Absolut«, sage ich und nehme Stift und Notizbuch aus der Tasche. Ich versuche, mich zu sammeln. Ethan meint es nicht böse. Er wird nur ein wenig machomäßig, wenn er ein anderes Alphamännchen im Raum wittert, das ist alles. Alle werden verstehen, dass er ein lieber Kerl ist, wenn er sich ein wenig zusammenreißt. Er kann sie alle ein anderes Mal um den Finger wickeln. Alles gut. Kein Drama.

»Du führst *Protokoll*?«, fragt Ethan.

Wieder werde ich rot. »Ja. Das macht Grandma sonst.«

Ethan lacht, ein zu lautes Lachen, woraufhin sich alle zu uns umdrehen. »Wann hast du das letzte Mal Protokoll geführt, Leena Cotton?«

»Vor längerer Zeit«, sage ich leise. Ich spüre, dass Jackson uns beobachtet.

Betsy räuspert sich nachdrücklich.

»Sorry!«, sage ich. »Los geht's. Ich bin bereit, Betsy.«

Ich ignoriere Ethans Blicke und mache mit meinem Protokoll weiter. Weil er hier ist, fühlt sich das Meeting anders an – ich sehe alles aus seiner Perspektive, als würde jemand die eigene Lieblingssendung anschauen, und man selbst würde plötzlich bemerken, wie schrottig das alles ist. Ich sehe, dass Jackson Ethan auch beobachtet, andauernd und mit unleserlicher Miene.

Ich versuche, mich auf das Meeting zu konzentrieren. Betsy erklärt: »für alle Neuankömmlinge« (also Ethan), dass es sich beim Maitag um ein traditionelles gälisches Fest handelt, das schon seit Generationen in Hamleigh gefeiert wird. Sie erzählt wirklich viel über die Mythologie, obwohl es sich um ein Fest handelt, das eigentlich nur ein gewöhnliches britisches Spektakel, so ähnlich wie ein Jahrmarkt ist, nur mit einem Maibaum.

Bei dem Treffen wird erstaunlich wenig erreicht, außer dass mir aufgebrummt wird, einen Maikönig und eine Maikönigin zu finden, was schwierig sein wird, weil alle Menschen, die ich in Hamleigh kenne, anwesend sind und mich nicht wirklich mögen. Aber ich will es Betsy nicht abschlagen, deswegen muss ich mir etwas ausdenken.

Ich packe zusammen und verlasse das Treffen gleich nach dem Ende.

»Leena?«, fragt Ethan, als ich zur Tür gehe und Dr. Piotr ausweiche, der versucht, Penelope daran zu hindern, Roland allein von seinem Stuhl zu zerren. »Leena, mach mal langsam!«

»Wie hast du dich denn da drinnen benommen?«, zische ich, während wir rausgehen. Es regnet, dicke Regentropfen, die von der Seite kommen und direkt in den Kragen laufen.

Ethan flucht. Er hasst es, wenn seine Haare nass werden. »Mein Gott, wo bin ich hier gelandet«, stöhnt er und schaut zum Himmel.

»Du weißt aber schon, dass es auch in London regnet?«

»Warum bist du so böse auch mich?«, fragt Ethan und legt einen Schritt zu, um zu mir aufzuschließen. »Wegen dem, was ich über die Leute hier gesagt habe? Komm schon, Leena, ich habe Jackson für einen Mann gehalten, der einen Witz vertragen kann. Und warum ist dir das überhaupt wichtig? Du hast mir erzählt, dass alle eher auf seiner Seite als auf deiner sind, und dass er dafür gesorgt hat, dass du dich wegen dem Hund total schlecht fühlst ...«

»Also eigentlich habe ich gesagt, wie schlimm *ich* mich wegen des Hundes gefühlt habe. Jackson ist ein total lieber Typ, und er hat es mir gar nicht übel genommen. *Du* bist derjenige, der sich ganz – ekelig und grob verhält, und dabei versuche ich so sehr, bei diesen Leuten einen guten Eindruck zu machen, und ...«

»Moooment!« Ethan zieht mich am Ärmel, sodass ich an der Bushaltestelle stehen bleibe. »Hallo? *Ich* bin gerade also der eklige Grobian? Echt?«

»Ich wollte sagen ...«

»Du solltest auf meiner Seite sein, mein Engel, oder nicht?« Er sieht verletzt aus. »Warum ist es dir so wichtig, was diese Menschen von dir denken?«

Ich falle in mich zusammen. »Ich weiß es wirklich nicht.«

Was mache ich hier bloß? Erst schreie ich meine Mum an, dann Ethan. Ich muss mich ernsthaft zusammenreißen.

»Es tut mir leid«, sage ich und nehme seine Hände. »Ich war die letzten Tage oder eher Wochen irgendwie von der Rolle.«

Ethan seufzt, dann lehnt er sich nach vorn und küsst mich auf die Nase. »Komm schon. Ab nach Hause, da kannst du ein Bad nehmen, ja?«

★

Ethan muss bald nach dem Treffen wieder nach London, was wahrscheinlich gut ist: Ich muss heute Jackson dabei helfen, das Zimmer der Erstklässler zu streichen, als Wiedergutmachung, weil ich Hank verloren habe. Ich hatte gehofft, Ethan würde auch helfen, aber nun will ich wirklich nicht einem weiteren Jackson-Ethan-Treffen beiwohnen, zumindest nicht, bis Ethan sich nicht beruhigt hat und ihm einleuchtet, dass er sich entschuldigen muss.

Jacksons Truck fährt gerade auf den Parkplatz, als ich aus Agatha, dem Ford Ka, steige und dabei ein wenig schwitze, weil mich die Klimaanlage gegrillt hat. Ich habe nicht genügend Klamotten eingepackt, deswegen trage ich eine enge schwarze Hose und ein Fleece, das ich von Grandma ausgeliehen habe und von dem ich glaube, dass man es zum Streichen anziehen kann, weil es auf einer Brust einen riesigen lilafarbenen Fleck hat. (Das ist bemerkenswert, weil in Grandmas Haus nichts lila gestrichen ist.) Jackson trägt eine fadenscheinige Jeans und ein Flanellhemd. Er lächelt mich kurz an, während er die Farbdosen und Pinsel abstellt, um die Tür aufzuschließen.

»Hi. Lieber Rolle oder Fummelkram?«, fragt er.

»Ähm, Fummelkram«, antworte ich. Ich hätte nach heute früh eine kühlere Begrüßung erwartet; ich bin ein wenig erstaunt.

Ich folge ihm, während er die Farbe durch das Klassenzimmer trägt. Es ist seltsam, in einer Schule zu sein, wo keine Kinder umherflitzen – dabei bemerkt man, wie klein alles aussieht, angefangen bei den winzigen Kunststoffstühlen bis hin zu den bunten Regalen voller abgegriffener Taschenbücher.

»Jackson«, sage ich. »Es tut mir so leid, dass Ethan ...«

Jackson legt sich alles zurecht, was er braucht; seine Hände halten kurz in der Bewegung inne. Seine Augen wirken sehr blau im spätmorgendlichen Sonnenlicht, das durch das Klassenzimmerfenster fällt, und er ist heute ganz glatt rasiert, die sonst immer vorhandenen Bartstoppeln sind aus seinem Gesicht verschwunden.

»Er wollte witzig sein«, erkläre ich. »Normalerweise ist er nicht so.«

Jackson nimmt einen mit Farbflecken bedeckten Schraubenzieher, um eine der Dosen aufzuhebeln.

»Mir tut es auch leid«, sagt er. »Ich hätte ihn ein wenig mehr willkommen heißen können.«

Ich lege den Kopf schief – damit hat er recht. Ich entspanne mich ein wenig und greife nach einem Pinsel. Wir fangen bei der hinteren Wand an und streichen nebeneinander. Jacksons Unterarm ist mit zarten Sommersprossen bedeckt, und als er an mir vorbeigeht, um das Licht anzuschalten, merke ich, dass er nach Natur riecht, nach kühler Luft und einem Hauch Erde, wie der Duft nach Regen.

»Ich habe mich nie dafür bedankt, dass du mir mit Samantha geholfen hast, als sie über Ostern zu Besuch war«, sagt er schließlich. »Sie konnte anschließend gar nicht mehr aufhören, von dir zu reden.«

Ich lächele. »Sie ist ein tolles Kind.«

»Sie wird mir jetzt schon zu clever«, sagt Jackson und verzieht das Gesicht. »Sie stellt mehr Fragen als meine ganze Klasse zusammen. Und sie denkt *immer* nach – eigentlich ein wenig wie du.«

Ich halte überrascht inne. Er blickt zu mir.

»Das ist doch nicht schlimm. Nur der Eindruck, den ich von dir habe.«

»Nein, schon okay. Nur dass ich es eher ›Sorgen machen‹ als ›denken‹ nennen würde, meistens zumindest, deswegen hoffe ich, dass Samantha nicht so ist – für sie, um ihretwillen. Mein Gehirn weiß nicht, wann es einmal ruhig sein muss. Ich schwöre dir, dass ich mir zwanzig Katastrophenszenarien ausmalen kann, bevor dir auch nur eins einfällt.«

»Ich war nie der Typ für Katastrophenszenarien«, sagt Jackson. Er bückt sich, um die Rolle in die Wanne zu tunken; seine Handgelenke sind nun voller Farbe, neue, größere Sommersprossen. »Wenn es dazu kommt, muss man sich den Dingen stellen. Und normalerweise sind die Dinge am schlimmsten, an die man gar nicht gedacht hat, warum sollte man sich also vorher schon Sorgen machen?«

Gott, was würde ich dafür geben, so zu denken. Alles wäre so *einfach*.

»Ich will nur sichergehen, dass ich das Richtige tue«, sage ich. »Ich mache mir Sorgen über – ich weiß nicht, kennst du diese Bücher, die man als Kind liest, bei denen man, abhängig von der Entscheidung, die man trifft, auf jeweils andere Seiten weiterblättert?«

Jackson nickt. »Die kenne ich.«

»Gut, also ich versuche immer, schon zehn Schritte vorauszudenken, damit ich immer das bestmögliche Resultat erhalte.«

»Was soll bestmöglich heißen?«

Ich halte inne. »Wie meinst du das?«

»Am besten für dich?«

»Nein, nein, ich meine einfach das Beste. Das Richtige eben, was man machen soll.«

»So, so«, sagt Jackson. »Interessant.«

Ich suche nach einem neuen Thema, das ein wenig angenehmer ist.

»Dürfte ich dich fragen, wer letztes Jahr Maikönigin und Maikönig war? Ich muss jemanden finden, der es macht, und ich würde am liebsten bei den Ehemaligen nachfragen.«

Eine sehr lange Pause entsteht.

»Das waren Marigold und ich«, sagt Jackson schließlich.

Ich lasse meinen Pinsel fallen.

»Scheiße.« Ich nehme mir den nassen Lappen und wische die Farbe vom Vinylboden – gerade noch rechtzeitig, bevor es eine riesige Sauerei gibt.

»Alles okay?«, fragt Jackson und blickt wieder auf die Wand.

»Ja, alles in Ordnung. Sorry … also du und Marigold? Deine Ex?« Zu spät wird mir klar, dass ich von Marigold eigentlich nichts wissen sollte – *Jackson* hatte mir nichts von ihr erzählt. Doch er wirkt wenig überrascht. Er lebt ja in Hamleigh: Er muss daran gewöhnt sein, dass sich Gerüchte schnell verbreiten.

»Sie hat das immer gern gemacht, als wir zusammen waren.« Er streicht mit gleichmäßigen Bewegungen weiter, aber in seinem Kiefer zuckt ein Muskel. »Sie ist extra deswegen zurückgekommen.«

»Mit Samantha?«

Er hält kurz inne.

»Yup.«

»Werden sie dieses Jahr auch dabei sein?«

»Das hoffe ich – Marigold dreht für eine Weile in London, deswegen wird sie ein paar Wochen in Großbritannien bleiben.«

»Das ist toll. Das freut mich.« Ich beiße mir innen auf die Wange. »Das, was ich neulich über meine Mitbewohnerin

Martha gesagt habe«, erkläre ich zaghaft, »habe ich nie so gemeint – man kann auf viele verschiedene Arten Eltern sein. Das ist doch ganz klar. Es tut mir leid, wenn ich dich damit verletzt habe.«

Er schüttet noch mehr Farbe in die Wanne, und ich warte, beobachte, wie er die Dose vorsichtig wieder hinstellt, ohne dass Farbe an der Seite abtropft.

»Marigold sagt immer wieder, dass sie zurückkehren und sich in London niederlassen will«, sagt er und räuspert sich. »Aber das erzählt sie schon seit über einem Jahr. Und sie kommt immer seltener zu Besuch.«

»Das tut mir leid«, sage ich erneut.

»Schon okay. Du hast das nicht böse gemeint. Du drückst dich manchmal nur ein wenig direkt aus.«

»Mm. Ich werde bei Mitarbeitergesprächen in der Arbeit oft als ›direkt‹ bezeichnet.«

»Tatsächlich?« Er hört sich ein wenig entspannter an. »Zu mir sagen sie immer: ›Entspannt in Stresssituationen‹. Das ist durch die Blume für ›zu relaxt‹.«

»›Direkt‹ sagt man jetzt, wo man Frauen nicht mehr als ›herrisch‹ bezeichnen darf.«

»Ich glaube nicht, dass dich jemand als herrisch bezeichnen würde«, sagt Jackson. »Mit Ausnahme von Betsy.«

Ich schnaufe. »Ich bin mir sicher, dass Betsy noch viel schlimmere Dinge sagen würde.«

»Du musst ihnen nur genug Zeit geben, sich an dich zu gewöhnen.« Er wirft mir einen ironischen Blick zu. »Was hast du erwartet? Du kommst mit deinen schicken Schuhen und deinen großen Ideen hier hereingepoltert, als wärst du eine wichtige New Yorkerin und wir hier ein Dorf in der amerikanischen Provinz, weißt du, wie bei diesen Weihnachtsfilmen …«

»Ich bin gar nicht gepoltert! Und ich trage seit meiner Ankunft die Schuhe meiner Großmutter. Aber du, Mister ›Nicht in meiner Stadt‹ mit deinem Teufelshund, deinem großen Truck, der meinen Freund in die Flucht schlägt …«

»Ich habe deinen Freund in die Flucht geschlagen?«

»Nein, ich mach nur Witze.« Das hätte ich nicht sagen sollen – Ethan würde das gar nicht gefallen. »Ich meine nur, du weißt schon, du bist auch ganz schön einschüchternd. Jeder hier hängt an deinen Lippen. Du bist unschlagbar nett.«

Er grinst immer breiter. »Unschlagbar?«

»Ich meine unglaublich. Nicht unschlagbar.«

Er grinst immer noch, geht aber nicht weiter auf meinen freudschen Versprecher ein. Wir tauschen, damit ich auf seiner Seite die Ecken streichen kann.

»Hör zu«, sagt Jackson einen Augenblick später, »dein Motto für den Maifeiertag war besser als meins.«

»O nein«, fange ich an und höre dann auf. »Doch, du hast recht, es war besser.«

»Ich fühle mich ein wenig schlecht, weil das so gelaufen ist. Irgendwie. Ich habe meine Tochterkarte ausgespielt.«

»Du hast außerdem eine geheime Tropencocktailsitzung ohne mich abgehalten. Und hast mich in eine Osterhasenverkleidung gesteckt und mich herumhüpfen lassen wie einen Trottel.«

Jackson lacht. »Ich wollte nicht, dass du wie ein Trottel aussiehst. Ich dachte, du wärst gern Teil eines wichtigen Brauchs in Hamleigh.«

»Und du wolltest es mir heimzahlen, dass ich Dr. Piotr in das Mittelalterlager herübergeholt habe. Nicht dass er es lange dort ausgehalten hätte.«

Er sieht nun durchtrieben aus.

»Ich habe recht! Ich wusste es!« Ich schlage mit meinem Pinsel nach ihm; er weicht erstaunlich geschmeidig aus und grinst.

»Ich bin nicht stolz darauf«, sagt er und weicht wieder meinem Pinsel aus. »Oh!«

Ich erwische ihn am Arm, ein dicker hellgrüner Farbklecks. Er will gerade mit der Rolle zu einem Schlag ausholen, da hebe ich eine Augenbraue und richte mich auf.

»Wage es!«

Er ist *viel* schneller, als ich gedacht hätte. Er erwischt mich auf der Nase – ich kreische empört auf.

»Mit dem *Gesicht* hab ich nicht gerechnet, das ist unfair!«

Jackson zuckt die Schultern und grinst immer noch. »Das ist dann doch der perfekte Angriff.«

Ich hebe mein Oberteil hoch, um mir die Nase abzuwischen, und als ich es wieder fallen lasse, sehe ich, wie er seinen Blick von meinem nackten Bauch abwendet. Ich räuspere mich. Die Situation wird ein wenig komisch; ich drehe mich wieder zur Wand und versuche einen klaren Kopf zu bekommen.

»Wie dem auch sei«, sagt Jackson, »ich wollte dich fragen, ob du dich auf eine Mischung der Mottos einlassen könntest.«

Ich drehe mich wieder zu ihm und starre ihn an. »Tropisches Mittelalter? Das ist völlig absurd. Was machen wir da? Falkenjagd, aber mit Papageien? Lanzenstechen mit Bananen?«

Er sieht nachdenklich aus.

»Nein!«, sage ich. »Das ist lächerlich!«

»In Ordnung«, sagt er. »Was hältst du von einem Mittelalterthema, aber mit Cocktails?«

Ich winde mich. Hmpf. Das passt so überhaupt nicht zusammen! Und bringt alles in Unordnung!

Jackson sieht belustigt aus. »Das ist nur ein Dorffest – ist doch egal, wenn es nicht perfekt ist. Und nur so kannst du Basil auf deine Seite ziehen. Dieser Mann ist völlig verrückt nach Mango-Daiquiris. Außerdem haben wir den Cocktail-Mann schon gebucht.«

»Gut. Aber du musst allen im Komitee erklären, dass du für mein Motto bist, weil es viel besser ist«, sage ich und fuchtele mit einem Finger.

»Bis auf die fehlenden Cocktail-Stände.«

Ich brumme. Jackson grinst und zeigt seine Grübchen.

»Wir sind im Geschäft«, sagt er und streckt mir seine Hand hin. Ich ergreife sie und spüre die nasse Farbe zwischen unseren Fingern.

»Nur damit du es weißt«, sage ich, »du musst der Maikönig sein, und ich werde dafür sorgen, dass das Outfit absolut lächerlich ist. Als Rache für die Hasenohren.«

Als Reaktion schnauft er. »Komm schon, ich habe dir einen Gefallen getan, indem ich dir den Job als Osterhase zugeteilt habe – das ist doch eine Cotton'sche Familientradition«, erklärt mir Jackson, während wir mit der nächsten Wand anfangen.

Ich kräusele die Nase. »Du willst doch nicht etwa sagen, dass Grandma dieses Outfit trägt?«

»Nicht deine Grandma. Aber deine Mum hat es gemacht – und auch Carla, aber nur einmal.«

»Carla? Ernsthaft? Das wusste ich nicht.«

»Da war sie vielleicht … siebzehn oder so?«

»Erzähl mir mehr«, sage ich und vergesse das Anstreichen, weil ich diese neuen Infos über meine Schwester unbedingt erfahren will, als wäre sie noch irgendwo dort draußen und könnte mich mit etwas überraschen.

»Deine Grandma hat sie irgendwie dazu gebracht, es zu machen, glaube ich. Du musst an der Uni gewesen sein. Ich war damals beim Lehrerseminar und nur während der Ferien hier, deswegen bin ich ihr über den Weg gelaufen, als sie die Eier versteckt hat. Sie hat mich wirklich böse angeschaut. ›Wenn du jemandem auch nur ein Wort darüber sagst‹, meinte sie, ›erzähle ich allen, dass du hinter den Schrebergärten rauchst.‹

Ich lache entzückt. Er kann Carla genial nachmachen. Er lächelt zurück, und in seinen blauen Augen bricht sich wieder das Sonnenlicht.

»Dann ist sie total darauf angesprungen, dass Ostern eine christliche Aneignung eines heidnischen Rituals ist oder was in die Richtung, du weißt, wie Carla bei solchen Dingen war, und dann kommt Ursula um die Ecke – sie war damals sechs oder so –, und plötzlich hüpft Carla mit schwingendem Schwanz davon. Sie wollte, dass das Mädchen sie für den Osterhasen hält. Den Zauber bewahren. Ein wenig, wie du es für Samantha gemacht hast.«

Ich atme langsam aus, mein Pinsel schwebt in der Luft. Wenn man jemanden vermisst, kann man leicht vergessen, dass es sich bei demjenigen um mehr handelt als den Menschen, an den man selbst sich erinnert: Jeder hat Seiten an sich, die er nur zeigt, wenn andere Menschen dabei sind.

In den letzten Wochen habe ich mehr über meine Schwester gesprochen als im ganzen vergangenen Jahr zusammen. In Hamleigh reden die Menschen über Carla, ohne mit der Wimper zu zucken; zu Hause verhaspeln sich meine Freunde, wenn sie ihren Namen aussprechen, und beobachten mich unsicher aus Angst, etwas Falsches zu sagen. Ich fand es immer gut, wie Ethan von diesem Thema abgelenkt hat, wenn wir mit Freunden essen gegangen sind – er sagt immer, dass er weiß, wie schmerzhaft Gespräche über Carla für mich sind.

Und ja, es tut weh, aber nicht so, wie ich gedacht habe. Je mehr ich über sie rede, desto mehr will ich weiterreden, als würde es irgendwo in meinem Gehirn einen Damm geben, wo sich Risse bilden und das Wasser hindurchfließt – und je schneller es fließt, desto mehr will der Damm brechen.

20

Eileen

Wie jede Nacht, die man im Wartezimmer eines Krankenhauses verbringt, ist es eine lange Nacht. Ich fühle mich an Marians Geburt erinnert, und an Leenas, und an Carlas. Aber vor allem denke ich an den Tag zurück, an dem Carla zum ersten Mal ins Krankenhaus kam. Wie vorsichtig der Arzt sich ausdrückte: Ich fürchte, ich habe keine guten Nachrichten. Die schreckliche Panik auf Marians Gesicht und wie sie sich an meinen Arm geklammert hat, als würde sie stürzen. Und wie Leena tat, was sie immer tat – sie biss die Zähne zusammen und stellte Fragen. Was sind unsere Optionen? Sprechen wir über die nächsten Schritte. Bei allem Respekt, ich würde gern noch eine zweite Meinung zu dem Scan hören, Doktor.

Gegen ein Uhr morgens scheint Fitz plötzlich wieder einzufallen, dass ich alt bin und vielleicht nach Hause gehen sollte, um zu schlafen. Es fühlt sich jedoch nicht richtig an, Martha allein zu lassen. Darum schlafe ich auf dem Boden unter einem Haufen aus Jacken und Pullovern von Rupert und Fitz. Ich habe schon sehr lange nicht mehr auf dem Boden geschlafen, und mir tut alles weh. Es ist, als hätte jemand meinen Körper auseinandergenommen und die Teile brutal wieder zusammengesteckt. Mein Kopf pocht.

Um die Mittagszeit kommt Fitz, um mich zu holen. Ich

döse noch, habe mich jedoch vom Boden auf einen Stuhl bewegt. Er sieht ziemlich gehetzt aus, aber glücklich.

»Das Baby ist da!«, sagt er. »Es ist ein Mädchen!«

Ich versuche, zu schnell aufzustehen, und fasse mir an den Kopf.

»Geht es, Mrs. C?«, fragt Fitz und hilft mir auf.

»Mir geht's gut. Mach dir um mich keine Gedanken. Hast du Yaz erreicht?«

Fitz lächelt. »Ich habe das Telefon gehalten, sodass sie Martha und das Baby sehen konnte. Sie ist auf dem Rückweg und sitzt jetzt im Flugzeug.«

»Gut.« Meiner Meinung nach nicht gut genug, aber immerhin. Ich habe den Eindruck, dass Yaz mit ihren riskanten Aktionen bislang immer davongekommen ist – vielleicht tut es ihr ganz gut zu merken, dass nicht immer alles glattgeht.

Als wir um eine Ecke biegen, ziehe ich scharf die Luft ein und stütze mich an der Wand ab. Im Bett liegt eine junge Frau. Ihr Haar ist gelockt und ihr Gesicht völlig erschöpft.

»Mrs. C?«, fragt Fitz. »Martha liegt gleich dort drüben.«

Mir wird übel, und ich wende mich ab. Dieser Ort tut mir nicht gut.

»Ist ihre Familie jetzt bei ihr?«, frage ich. Meine Stimme zittert.

»Ja«, sagt Fitz zögernd. »Ihr Vater ist bei ihr.«

»Dann braucht sie mich nicht«, sage ich. »Ich glaube, ich gehe besser nach Hause.«

Er scheint zu überlegen, ob er mich begleiten soll, doch ich bin froh, dass er es mir nicht anbietet. Es ist fast unmöglich, in diesem Riesenladen den Ausgang zu finden. Schließlich gelange ich nach draußen und atme tief die trockene, schmutzige Luft ein.

Ich rufe Leena an. Mit meinen zittrigen Fingern schaffe ich es kaum, auf diesem elenden Telefon ihre Nummer zu finden, aber das hier ist wichtig. Ich kann das. Ich muss nur – dieses verdammte Ding – es wird doch wohl –, da, es klingelt, endlich.

»Grandma, hi!«

Sie klingt heiterer als sonst, fast fröhlich. Gestern Abend war ich wütend auf sie, jetzt bin ich erschöpft, und seit gestern ist so viel passiert – mir fehlt die Energie, mich mit ihr zu streiten. Das ist ohnehin die klassische britische Lösung eines Familienstreits. Wenn man so tut, als wäre etwas gar nicht passiert, und vorgibt, nicht sauer zu sein, ist man es irgendwann tatsächlich nicht mehr.

»Hallo, mein Schatz«, sage ich. »Ich rufe nur an, um dir zu sagen, dass Marthas Baby da ist. Ein kleines Mädchen. Beide sind wohlauf, und ihre Familie ist bei ihr.«

»O nein!« Sie hält inne. »Ach, das wollte ich natürlich nicht sagen, aber jetzt habe ich es verpasst! Es sollte doch erst in ein paar Wochen kommen! Ich rufe sie nachher an – ich sollte runterkommen und sie besuchen! Ich sehe nach Zügen.« Ich höre, wie sie im Hintergrund auf dem Computer herumtippt. Es folgt eine Pause. »Ist alles in Ordnung, Grandma?«, fragt sie.

»Ich bin nur ein bisschen aufgewühlt, weil ich wieder in einem Krankenhaus war. Ich habe an Carla gedacht. Dumm, wirklich.«

»Ach, Grandma.« Ihre Stimme wird weicher, das Tippen verstummt.

Einen Moment schließe ich die Augen, dann öffne ich sie wieder, weil ich mit geschlossenen Augen keinen festen Stand habe.

»Ich glaube, ich sollte nach Hause fahren, Leena. Es war töricht von mir herzukommen.«

»Nein! Amüsierst du dich denn nicht?«

Ich bin auf dem Weg zu den Taxis, die vor dem Krankenhaus parken, und weil ich dabei das Telefon ans Ohr halte, gerate ich aus dem Gleichgewicht und muss mich mit der freien Hand an einer Wand abstützen. Mein Herz hämmert. Ich hasse das Gefühl zu stolpern, auch wenn ich mich auffangen kann.

»Alles okay, Grandma?«, fragt Leena am anderen Ende der Leitung.

»Ja, Liebes. Natürlich, mir geht's gut.«

»Du klingst ein bisschen wackelig. Ruh dich aus, wir können morgen reden. Vielleicht können wir uns sogar sehen, wenn ich nach London komme, um Martha zu besuchen.«

Leena kommt zurück nach London. Ja. Die Dinge ruckeln sich zurecht, alles wird wieder, wie es sein sollte. Ich bin froh. Jedenfalls denke ich, dass ich froh bin. Ich bin so müde, dass das schwer zu sagen ist.

Zurück in der Wohnung schlafe ich einige Stunden, und als ich aufwache, fühle ich mich schrecklich: zerschlagen und kränklich, wie bei einer aufkommenden Grippe. Auf meinem Handy habe ich eine Nachricht von Bee, die mich irgendwohin zum Tee einlädt. Ich glaube, das schaffe ich heute nicht, antworte ich, und ehe ich ihr erklären kann, warum, schlafe ich schon wieder ein.

Ungefähr eine Stunde später klopft es an meiner Tür. Ich stemme mich aus dem Bett hoch. Kaum stehe ich, schmerzt mein Kopf. Ich verziehe das Gesicht und fasse mir an die Stirn. Als ich es endlich zur Tür schaffe, rechne ich nicht damit, dass derjenige noch da ist. Ich fühle mich schrecklich alt. Dass ich vor dem Krankenhaus gestolpert bin, steckt mir noch in den Knochen.

Vor der Tür steht Bee mit einer großen Papiertüte in den Armen – dem Geruch nach zu urteilen, mit Essen. Ich blinzele sie verwirrt an.

»Eileen, ist alles in Ordnung?«, fragt sie stirnrunzelnd.

»Sehe ich schlecht aus?«, frage ich und streiche mir, so gut es ohne Spiegel möglich ist, das Haar glatt.

»Nur etwas blass«, stellt Bee fest und hakt sich bei mir ein, als wir in die Küche hinübergehen. »Wann haben Sie zum letzten Mal etwas gegessen oder getrunken?« Ich versuche, mich zu erinnern. »Meine Güte«, sage ich.

»Setzen Sie sich«, sagt Bee und zeigt auf den Stuhl, den Martha mir besorgt hat, als ich ihr erklärt habe, dass ich mit den albernen Barhockern, auf denen sie die Mahlzeiten einnehmen, nicht zurechtkomme. »Ich habe etwas Hausmannskost mitgebracht. Würstchen und Kartoffelbrei mit Soße.«

»Würstchen und Kartoffelbrei aus dem Imbiss?«, frage ich und sehe amüsiert zu, wie sie dampfende Plastikbehälter aus der Papiertüte holt.

»Die Freuden von Deliveroo«, sagt sie lächelnd und stellt mir ein großes Glas Wasser hin. »Trinken Sie das. Aber vielleicht lieber langsam. Jaime übergibt sich immer, wenn es ihr nicht gut geht und sie zu schnell trinkt. Leena hat mir geschrieben, dass Marthas Baby da ist – sie vermutet, dass Sie sich nur um Martha gekümmert haben und nicht um sich. Und jetzt sind Sie ein bisschen wackelig, stimmt's?«

Ich nicke betreten. Wie verrückt von mir, auf dem Boden zu schlafen und nicht anständig zu essen. Ich bin neunundsiebzig, nicht neunundzwanzig, und ich täte gut daran, mir das vor Augen zu führen.

»Sie werden in null Komma nichts wieder Sie selbst sein«, sagt Bee. »Wie geht es Martha? Irgendetwas von Yaz?«

»Martha ist fürs Erste noch im Krankenhaus, und Yaz ist auf dem Weg.« Ich nippe an dem Wasser. Mir war gar nicht bewusst, wie durstig ich bin. Mein Hals ist so trocken, dass es wehtut. »Sie scheint ein Haus hervorgezaubert zu haben, das Martha endlich gefällt – nicht zum Kauf, sondern zur Miete. Heute bekommen sie die Schlüssel.« Bee verdreht die Augen und holt uns Teller aus dem Schrank. »Nun, das ist ja nicht besonders praktisch«, sagt sie. »Man kann nicht an dem Tag umziehen, an dem man mit seinem Baby nach Hause kommt.«

»Ich weiß«, sage ich trocken, »aber das darf man Martha nicht erzählen. Oh!«, sage ich und richte mich auf. »Wie war Ihre Verabredung mit dem Mann aus der Bibliothek?«

Bee lacht. »Ein halbes Glas Wasser, und schon ist Eileen Cotton wieder da.« Sie schiebt mir einen Teller mit dampfendem Kartoffelpüree und Würstchen zu. »Essen Sie das, und ich erzähle Ihnen alles.«

Ich nehme eine Gabel Kartoffelpüree, kaue und sehe sie erwartungsvoll an. Sie hebt den Blick, und ihre Augen strahlen, wie sonst nur, wenn sie von Jaime spricht.

»Das Date war wundervoll«, sagt sie und nimmt ihre Gabel. »Er ist klug und lustig und … überhaupt nicht mein Typ. Auf eine gute Art«, fügt sie hinzu, als sie sieht, dass ich den Mund öffne, um etwas zu sagen. »Als ich dann von Jaime erzählt habe, hat er allerdings ziemlich deutlich gemacht, dass er nicht gut mit Kindern kann.« Sie zuckt die Schultern. »Ich glaube, wir sind uns einig, dass ›muss nett zu Kindern sein‹ nicht von meiner Liste verschwinden sollte.«

Wie enttäuschend. Aber egal. Es war ziemlich unwahrscheinlich, dass es gleich auf Anhieb klappt. »Als Nächstes sollten Sie eine teure Weinbar erkunden. Das ist mein Tipp.«

Bee sieht mich durchdringend an. »Letzte Woche haben Sie gesagt, Sie würden mit mir in eine gehen. Sie überlegen, nach Hause zu fahren, stimmt's?«

»Das hat Leena gesagt, oder?«

»Sie macht sich Sorgen um Sie.«

»Ich habe mich noch nicht entschieden«, sage ich, lege die Gabel einen Moment ab und atme tief durch. Von dem Essen wird mir noch schlechter, wobei ich mir sicher bin, dass es mir auf längere Sicht guttun wird. »Und sie sollte sich keine Sorgen um mich machen.«

»Ach, weil Sie sich auch keine um sie machen?«, fragt Bee mit hochgezogenen Augenbrauen.

»Natürlich tue ich das. Sie ist meine Enkelin.«

Bee kaut einen Moment und sieht ernst aus. »Darf ich Ihnen etwas anvertrauen, worüber ich mir Sorgen mache?«, fragt sie. »Bei Leena?«

Ich schlucke. »Natürlich.«

»Ich glaube, Ceci führt etwas Übles im Schilde.«

»Ceci?« Ich kneife die Augen zusammen. Von ihr war die Nachricht auf Leenas Handy wegen des Projektes, das »immer erfolgreicher« wird.

»Ich habe gesehen, wie sie unten am Borough Market mit Ethan Kaffee getrunken hat. Er ist Berater, sie Assistentin – wahrscheinlich betreibt sie nur Networking«, sagt Bee und schenkt mir noch ein Glas Wasser ein. »Aber trotzdem. Ich würde gern wissen, ob Ethan Leena davon erzählt hat.«

»Sie denken doch nicht …«

Bee spült ihr Getränk hinunter. »Ich weiß nicht, was ich denke. Aber, ich meine … Vertrauen Sie Ethan?«

»Kein Stück«, sage ich und stelle mein Glas mit etwas zu viel Nachdruck ab, das Wasser spritzt auf den Tresen.

»Warum hat er drei Telefone? Was macht er wirklich auf diesen ganzen Angelausflügen? Warum glänzen seine Schuhe immer so?«

Bee wirft mir einen seltsamen Blick zu. »Das liegt daran, dass er jemanden dafür bezahlt, der sie putzt, Eileen«, sagt sie. »Aber in den anderen Punkten stimme ich Ihnen zu. Also ja, er war für Leena da, als Carla gestorben ist. Das war toll. Aber seitdem ruht er sich darauf aus – für mich sieht es so aus, als würde er sich keine Mühe mehr geben. Leena macht eine schwere Zeit durch, und er glänzt durch völlige Abwesenheit. Wohingegen, wenn er bei der Arbeit Probleme hat, wer ist dann für ihn da und hilft ihm aus der Patsche?«

Ich sehe sie finster an. »Doch wohl nicht Leena, oder?«

»Ständig. Neulich hat er einen tollen Vorschlag zum Umgang mit einem schwierigen Kunden gemacht, und alle waren begeistert. Erst nach dem Meeting ist mir aufgefallen, wo ich die Idee schon einmal gehört habe: Leena hatte sie bei dem Upgo-Projekt. Es war ihre Idee, nicht seine, aber er hat mit keinem Wort erwähnt, dass es eigentlich ihr Verdienst war.« Sie seufzt. »Das heißt allerdings nicht, dass er den Mumm hat, sie zu betrügen. Vielleicht im Gegenteil. Ich meine, der Mann nimmt sie als selbstverständlich hin, aber er muss sehen, dass sein Leben ohne sie deutlich unbequemer wäre.«

Meiner Erfahrung nach denken Männer nicht so. »Hmm«, sage ich und esse noch eine Gabel voll, da die Übelkeit allmählich nachlässt.

»Ich weiß nicht. Ich glaube, es war nur ... Als ich gesehen habe, wie Ethan Ceci in diesem Café in die Augen gestarrt hat ...«

»Er hat sie angestarrt?«

»Und wie«, sagt Bee.

»Was machen wir?«, frage ich und reibe mir den Nacken, der zu schmerzen beginnt. »Können Sie ihn verführen?«

»Ich glaube, Sie haben zu viele Krimiserien mit Martha gesehen«, sagt Bee und wirft mir einen amüsierten Blick zu. »Ich werde niemanden verführen, danke.«

»Na, ich kann es ja wohl schlecht tun, oder?«, frage ich. »Kommen Sie. Versuchen Sie's.«

Bee lacht. »Keine Verführung!«, sagt sie. »Ich werde einfach … ein Auge auf ihn haben.«

Ich wünschte, ich könnte hierbleiben und dasselbe tun. Wenn ich ihm hinterherspionierte, würde er bestimmt nichts ahnen. Eine alte Frau ist nie verdächtig.

»Oh, gut«, sagt Bee fröhlich. »Sie müssen sich besser fühlen. Sie haben wieder diesen durchtriebenen Gesichtsausdruck.«

21

Leena

Am nächsten Morgen bin ich gestiefelt und gespornt, um nach London zu fahren, aber als Yaz an Marthas Telefon geht, erklärt sie mir – so nett, wie man das eben machen kann –, dass sie ein paar Wochen brauchen, um ihre Angelegenheiten zu regeln, bevor jemand zu Besuch kommen darf.

»Noch nicht einmal ihr eigener Vater darf kommen«, sagt Yaz entschuldigend. »Sorry, Leena.«

Ich höre Martha im Hintergrund. »Gib mir das Telefon!«, sagt sie.

»Hey!«, sage ich. Ich stelle das Telefon auf Lautsprecher, während ich Grandmas Küche aufräume, aber dann schalte ich es wieder auf normal, weil ich Marthas Stimme gerne so nah wie möglich an meinem Gesicht hätte, da das einer Umarmung mit ihr am nächsten kommt. »O mein Gott, wie geht es dir? Wie geht es Baby Vanessa?«

»Sie ist perfekt. Ich weiß, dass alle Eltern das sagen, aber sie ist wirklich perfekt, Leena«, erklärt Martha ernst. »Obwohl Stillen viel weniger mit Madonna und Kind zu tun hat, als ich dachte. Es tut echt *weh*. Sie … *mampft* irgendwie.«

Ich verziehe das Gesicht.

»Aber die Hebamme meinte, sie würde mir zeigen, wie man die Kleine richtig anlegt, dann wird es nicht mehr wehtun, nicht wahr, mein süßes Baby?« Damit meint sie wahrscheinlich

Vanessa und nicht mich. »Und Yaz hat uns ein ganz tolles Haus in Clapham gemietet! Ist das nicht toll? Aber egal, eigentlich wollte ich etwas ganz anderes sagen, Süße. Ich wollte sagen … Oh, es tut mir leid, dass ich dich nicht eingeladen habe. Ich hab dich lieb, aber – Yaz ist gerade erst zurück und …«

»Mach dir keinen Kopf. Das verstehe ich voll und ganz. Du brauchst Zeit mit Vanessa.«

»Genau. Danke, Süße. Aber auch das wollte ich nicht sagen. Was wollte ich denn sagen, Yaz?«

Gott, so ist Martha sonst nach fünf Gläsern Wein und ohne Schlaf. Meinen die Leute das, wenn sie über ›Stilldemenz‹ reden? frage ich mich. Aber ich lächele, weil sie so *hörbar* glücklich ist, es geradezu ausstrahlt. Es ist so schön, dass sie und Yaz wieder zusammen sind. Ich mag Yaz sehr gern – wenn sie in Marthas Nähe ist, öffnet Martha sich, wie eine Blume, die man im Fernsehen im Zeitraffer sieht. Yaz sollte nur ein wenig häufiger in der Nähe sein.

»Du wolltest ihr sagen, dass sie ihre Grandma davon abhalten soll, nach Hause zu fahren«, sagt Yaz im Hintergrund.

»Genau! Leena. Deine Grandma kann noch nicht nach Hause. London tut ihr so gut. Ich habe sie in den letzten vier Wochen täglich gesehen, und ganz ehrlich, diese Veränderung – sie blüht auf. Sie lächelt zehn Mal mehr. Letzte Woche ist sie hereingekommen, und Fitz und sie haben gemeinsam zu *Good Vibrations* getanzt.«

Mit der freien Hand greife ich mir ans Herz. Das Bild von Grandma und Fitz, die gemeinsam tanzen, ist fast so niedlich wie das Bild von Baby Vanessa, das Yaz mir gerade geschickt hat.

»Weißt du, dass sie einen Schauspieler datet? Und sie hat dafür gesorgt, dass wir den unteren Bereich des Hauses in einen Gemeinschaftsbereich umwandeln«, spricht Martha weiter.

»Ernsthaft? Den Raum mit den multipel beschmutzten Sofas?« Und dann, als es zu mir durchsickert: »Heißt der Schauspieler Todd? Sie verrät mir rein gar nichts über ihr Liebesleben, das ist furchtbar!«

»Du bist ihre Enkelin, Leena. Sie will dich nicht über ihr Sexleben auf dem Laufenden halten.«

»*Sex?*«, frage ich und drücke mir die Hand auf die Brust. »O mein Gott, wie komisch, komisch, komisch.«

Martha lacht. »Sie verbringt hier eine wunderbare Zeit, und sie arbeitet an diesem neuen Projekt – einem Treffpunkt für ältere Menschen in Shoreditch.«

»Gibt es ältere Menschen in Shoreditch?«

»Siehst du! Wer hätte das gedacht! Wie dem auch sei, sie hat gerade erst damit angefangen und ist sehr aufgekratzt deswegen. Du musst sie beenden lassen, womit sie begonnen hat.«

Ich muss an Basil denken, der über Grandmas Projekte gelacht hat, weil sie nirgendwohin führen, und plötzlich bin ich sehr stolz auf meine Großmutter. Dieses Projekt hört sich wundervoll an. Ich finde es toll, dass sie immer noch etwas verändern will, obwohl sie jahrzehntelang von Männern wie Basil und Grandpa Wade kleingehalten wurde.

»Sie hat mit deiner Mum gesprochen und denkt deswegen, dass sie nach Hause kommen muss«, sagt Martha. »Da war irgendwas mit einem Streit?«

»Ah.«

»Sag Eileen, dass du die Sache mit deiner Mum klärst, ich wette, dann bleibt sie hier. Und für dich wäre das auch gut, Süße. Also, mit deiner Mum zu reden.«

Ich nehme den Lappen wieder zur Hand und schrubbe energisch das Kochfeld. »Als wir das letzte Mal darüber gesprochen haben, ist alles völlig eskaliert.« Ich beiße mir auf die Lippe. »Ich fühle mich ganz schrecklich deswegen.«

»Dann sag das«, sagt Martha sanft. »Erkläre das deiner Mum.«

»Wenn ich mit ihr zusammen bin, kommen alle Gefühle wieder hoch, die Erinnerungen an Carla, wie sie starb – es ist so, als würde ich zerquetscht werden.«

»Dann sag das auch«, erklärt mir Martha. »Komm schon. Ihr müsst anfangen, miteinander zu reden.«

»Grandma will schon seit Monaten, dass ich mit meiner Mum über meine Gefühle spreche«, gebe ich zu.

»Und wann hatte deine Großmutter jemals unrecht? Wir haben uns alle total in Eileen verliebt, weißt du, inklusive Fitz«, sagt Martha. »Ich denke darüber nach, mir eins dieser Armbänder aus den Neunzigern zu holen, nur dass auf meinem *Was würde Eileen Cotton machen?* stünde.«

Nach Marthas Anruf gehe ich lange spazieren und wähle einen Weg, auf dem ich manchmal joggen gehe. In diesem langsameren Tempo bemerke ich so viel mehr: Wie viele Grün es hier gibt, ganz viele verschiedene Grüntöne; wie wunderschön diese Trockenmauern sind, die Steine greifen wie Puzzleteile ineinander. Dass ein schlafendes Schafsgesicht irgendwie anklagend aussieht.

Schließlich, nach zehn unangenehmen Denkkilometern, setze ich mich auf einen Baumstumpf neben einem Bach und rufe meine Mutter an. Einen ruhigeren und idyllischeren Ort kann man sich kaum vorstellen, und das brauche ich auch, weil die Unterhaltung wahrscheinlich sehr schwierig wird.

»Leena?«

»Hi, Mum.«

Ich schließe kurz die Augen, während ich von Gefühlen

übermannt werde. Dieses Mal ist es ein wenig leichter, weil ich nun auf sie vorbereitet bin – sie nehmen mich etwas weniger in Beschlag.

»Grandma will zurück nach Hamleigh kommen.«

»Leena, es tut mir so leid«, sagt Mum rasch. »Ich habe sie nicht darum gebeten – wirklich nicht. Ich habe ihr gestern Abend geschrieben und ihr gesagt, sie solle in London bleiben, wirklich. Ich war nur kurz schwach, als ich sie angerufen habe und sie entschieden hat …«

»Das ist okay, Mum. Ich bin nicht böse.«

Stille.

»Okay. Ich *bin* böse.« Ich trete mit meinem Laufschuh nach einem Stein, sodass er in den Fluss fliegt. »Ich glaube, das weißt du.«

»Wir hätten früher über alles reden sollen. Ich hoffe, du wirst im Laufe der Zeit alles verstehen, aber … Ich habe Carla nur bei ihrer Entscheidung unterstützt, Leena. Du weißt doch, wenn sie gern noch eine Operation, eine weitere Chemo oder *irgendetwas anderes* probiert hätte, hätte ich das auch unterstützt. Aber das wollte sie nicht, mein Schatz.«

Meine Augen beginnen zu schmerzen, was ein sicheres Zeichen dafür ist, dass ich bald weinen werde. Ich denke, sie sagt die Wahrheit, wirklich. Trotzdem …

»Manchmal ist es einfacher, wütend zu sein als traurig«, sagt Mum, und es ist genau der Gedanke, den ich zu formulieren versucht habe, und es ist so Mum-typisch, dass sie es weiß. »Und es ist einfacher, böse mit mir zu sein als mit Carla, denke ich.«

»Nun«, sage ich unter ziemlich vielen Tränen, »Carla ist tot, deswegen kann ich sie nicht anschreien.«

»Wirklich nicht?«, sagt Mum. »Ich mache das manchmal.«

Daraufhin muss ich ein wenig lachen.

»Ich glaube, sie wäre ein wenig beleidigt, wenn du sie nicht weiterhin anbrüllen würdest, nur weil sie gestorben ist«, sagt Mum milde. »Du weißt, wie wichtig ihr war, dass man alle gleich behandelt.«

Ich lache wieder. Ich sehe, dass sich ein Zweig hinter einem Stein verheddert hat, und denke daran, wie ich als Kind mit Carla und Grandma Stöckchenschwimmen gespielt habe und so traurig war, wenn mein Stock hängen blieb.

»Es tut mir leid, dass ich deine Grandma angerufen habe«, sagt Mum ruhig. »Ich war nur kurz ins Taumeln geraten. Manchmal fühle ich mich sehr … allein.«

Ich schlucke. »Du bist nicht allein, Ma.«

»Ich rufe sie noch mal an«, sagt Mum nach einer Weile. »Ich sage ihr, sie soll in London bleiben. Ich sage ihr auch, dass ich will, dass du bleibst und ich keine andere Lösung akzeptiere.«

»Danke.«

»Ich will, dass du bleibst, weißt du, mehr als alles andere will ich das. Darum ging es nicht. Es war nur so, dass ich – dass ich meine Mutter gebraucht habe.«

Ich blicke auf das aufgewühlte Wasser. »Ja«, sage ich. »Ja, das verstehe ich.«

22

Eileen

Ich muss sagen, seit ich mit Fitz an dem Silver Shoreditchers'
Raum arbeite, lerne ich den Mann von einer ganz neuen Seite
kennen. Bei seinem neuesten Job – Portier in irgendeinem schicken Hotel – hat er etwas ungewöhnliche Arbeitszeiten, aber
wenn er zu Hause ist, ist er hier unten und streicht oder hockt
vor seinem Laptop und informiert sich über das Gründen wohl-
tätiger Vereine. Er kümmert sich um die ganze Verwaltung des
Silver Shoreditchers' – er hat sogar Plakate mit einem kleinen
Logo für den Club gemacht. Es ist wunderbar. Wochenlang
habe ich ihn gedrängt, mehr für sein berufliches Fortkommen
zu tun, aber ich bin ehrlich überrascht, was alles in ihm steckt.

»Voilà!«, sagt er und tritt zurück, nachdem er ein großes
Bild an der Wand aufgehängt hat.

»Wunderbar!«, sage ich. »Das gibt dem Ganzen den letzten
Schliff!«

Es ist eine vergrößerte Schwarz-Weiß-Fotografie, die das Gebäude in den Fünfzigerjahren zeigt, als es noch eine Druckerei
war. Davor stehen ein paar Menschen, die sich unterhalten und
rauchen, ihre Kragen sind gegen den Wind hochgeklappt. Es
ist eine Erinnerung daran, dass dieser Ort nicht nur aus einzelnen Wohnungen besteht, sondern auch ein Gebäude mit einer
eigenen Geschichte ist. Lächelnd sehe ich mich in dem Raum
um, den wir geschaffen haben. Er ist wunderschön. Vor den

prächtigen Fenstern steht ein dickes rotes Sofa, im hinteren Bereich befinden sich ein langer Esstisch sowie viele kleine Tische mit charmant zusammengewürfelten Sesseln, die zu Domino- und Rommé-Partien einladen.

Ich bin so froh, dass ich das miterlebe. Und noch glücklicher bin ich, dass ich nicht früher nach Hause gefahren bin, weil Marian mich darum gebeten hat zu bleiben. Als ich sie sagen hörte, wie sehr sie die Zeit allein mit Leena bräuchte … war es, als würde mir eine schwere Last von der Brust genommen.

Mein Telefon klingelt. Fitz findet es und angelt es aus der Sofaritze. Betsy ruft an. Oh, verdammt, ich wollte sie schon längst anrufen. Bis jetzt habe ich mich jede Woche bei ihr gemeldet – ich war einfach so mit der Renovierung beschäftigt, dass ich es vergessen habe.

»Betsy, gerade habe ich mein Telefon genommen und wollte dich anrufen, was für ein Zufall!«, sage ich, als ich abhebe, und ziehe eine Grimasse.

»Hallo, Eileen, Liebes«, sagt Betsy. Ich stutze. Ich kenne Betsys falsche Fröhlichkeit und höre sofort, wenn sie einen schlechten Tag hat. Jetzt habe ich ein noch schlechteres Gewissen, dass ich mich nicht um sie gekümmert habe.

»Geht es dir gut?«, frage ich vorsichtig.

»Ach, muss ja!«, sagt sie. »Ich rufe an, weil mein Enkel heute unten in London ist!«

»Wie schön!«

Betsys Enkel ist Erfinder. Ständig träumt er von irgendwelchen unnützen albernen Vorrichtungen, aber er ist der Einzige in ihrer Familie, der regelmäßig Kontakt zu ihr hält, darum schätze ich ihn sehr. Wenn sie weiß, wo er ist, hat er sie kürzlich angerufen – das ist gut. Jetzt muss er nur noch seine Mutter dazu bringen, dasselbe zu tun.

»Und ist das der Enkel, der dieses Ding erfunden hat ... dieses ...« Ach, warum habe ich diesen Satz nur angefangen?

Betsy lässt mich schmoren.

»Die Hummus-Kelle!«, sagt sie mit großer Würde. »Ja. Er hat einen Termin in London, und ich dachte, Gott, was für ein Zufall, unsere Eileen ist auch in London! Ihr zwei müsst euch zum Mittagessen treffen.«

Ich schürze die Lippen. Betsy scheint vergessen zu haben, dass London über sechshundert Quadratmeilen groß ist und mehr als acht Millionen Einwohner hat.

»Ich habe ihm schon gesagt, dass er dich anrufen soll und du es einrichtest. Ich dachte, du bist da unten vielleicht einsam, und es wäre nett, wenn du mit jemandem reden kannst.«

Ich schaffe es nicht, ihr zu sagen, dass ich alles andere als einsam bin. Anfangs natürlich schon, aber jetzt bin ich kaum noch einen Moment allein – meine Treffen mit Todd, die Planung des Silver Shoreditchers' Club, Tratschen mit Letitia ...

»Er hat auch Dates, weißt du«, sagt Betsy. »Vielleicht kann er dir ein paar Tipps geben.«

Ich zögere. »Er hat Dates?«

»Ja! So nennt er das jedenfalls. Er benutzt all diese komischen Sachen auf seinem Handy«, sagt Betsy. »Vielleicht könnte er dir davon erzählen.«

»Ja«, sage ich langsam, »ja, das wäre toll. Hilf mir, Betsy ... wie ist er so, dein Enkel? Was hatte er für Beziehungen? Was sind seine Hoffnungen und Träume? Seine politischen Ansichten? Ist er groß?«

»Ach, na ja«, sagt Betsy. Sie klingt ziemlich überrascht, doch dann meldet sich die Großmutter in ihr, und sie kann der Versuchung nicht widerstehen. Fünfundzwanzig Minuten redet sie ohne Pause von ihrem Enkel. Perfekt. Genau die Informationen, die ich haben wollte. Und was noch besser ist: Er klingt tatsächlich ziemlich vielversprechend.

»Was für ein reizender Mann! Wie wundervoll, Betsy!«, sage ich, als ihr schließlich die Puste ausgeht. »Und er meldet sich bei mir?«

»Ja!« Hinter Betsy ertönt ein gedämpftes Geräusch. »Ich muss Schluss machen«, sagt sie und klingt angespannt. »Bis dann, Eileen! Ruf mich bald an, ja?«

»Mach ich«, verspreche ich. »Bis dann.«

Sobald ich aufgelegt habe, öffne ich WhatsApp. Dank Fitz' Anleitung kann ich jetzt viel besser mit diesem Telefon umgehen. Anerkennend linst er über meine Schulter, als ich das Display bediene. Ich habe eine Nachricht von jemandem, den ich nicht kenne. Fitz beugt sich vor und zeigt mir, wie ich ihn zu meinen Kontakten hinzufüge.

Hallo, Mrs. Cotton, ich bin Betsys Enkel. Ich glaube, sie hat Sie wegen des Mittagessens vorgewarnt! Wie wäre es im Nopi, morgen um eins? Viele Grüße, Mike.

Bevor ich auf seine Nachricht antworte, gehe ich zunächst auf Bees Namen.

Hallo, Bee. Hätten Sie morgen Zeit für ein Mittagessen? Um Viertel nach eins im Nopi? Alles Liebe, Eileen xx

Mike ist nicht sehr groß, sieht aber sehr gut aus, obwohl er Betsys Nase hat – doch dafür kann er nichts. Er trägt ein dickes Brillengestell und hat braunes, leicht gelocktes Haar. Mit seinem grauen Anzug sieht er aus, als käme er gerade aus einem schrecklich wichtigen Meeting. Ich versuche, nicht zu aufgeregt zu sein, als wir uns an einen perfekten Tisch setzen: groß genug, um noch jemanden unterzubringen und mit Blick auf die Straße, sodass ich Bee sehen kann, wenn sie … Ja! Da ist sie. Hervorragend.

»Eileen?«, sagt sie und scheint verwirrt, als sie auf den Tisch zukommt.

Sie sieht zu Mike. Dann fällt der Groschen, und sie kneift die Augen zusammen.

»Bee!«, sage ich, bevor sie sich beschweren kann. »Oh, Mike, ich hoffe, Sie haben nichts dagegen. Ich wollte mich heute eigentlich mit meiner Freundin Bee zum Essen treffen, darum habe ich sie einfach dazu geladen.«

Mike nimmt das mit der ruhigen Gelassenheit eines Mannes hin, der Überraschungen gewohnt ist. »Hallo, ich bin Mike«, sagt er und streckt ihr die Hand hin.

»Bee«, sagt Bee in überaus trockenem, ausdruckslosem, abweisendem Ton.

»Nun ja!«, sage ich. »Ist das nicht reizend? Mike, warum erzählen Sie Bee nicht von Ihrer Erfindung?«

Mike wirkt ziemlich überrascht. »Moment, ich besorge uns erst noch einen weiteren Stuhl«, sagt er, steht galant auf und bietet Bee seinen an.

»Danke«, sagt Bee. Sobald sie sitzt, zischt sie mir zu: »Eileen! Sie schrecken wirklich vor nichts zurück! Sie haben diesen armen Mann zu einem Blind Date mit mir gezwungen!«

»Ach, Unsinn, er hat nichts dagegen«, sage ich und studiere die Speisekarte.

»Ach? Und woher wissen Sie das?«

Ich sehe auf. »Er richtet im Spiegel hinter der Bar sein Haar«, berichte ich ihr. »Er will Ihnen gefallen.«

Sie dreht sich um, dann legt sie den Kopf schief. »Er hat einen guten Hintern«, stellt sie widerwillig fest.

»Bee!«

»Was?! Sie wollten, dass ich ihn mag, oder nicht, und bislang kann ich nicht viel mehr sagen! Oh, hallo, Mike«, sagt sie, als er mit einem Kellner an den Tisch zurückkehrt, der einen Stuhl trägt. »Es tut mir ja so leid.«

»Ach was!«, sagt er ruhig, dann bedankt er sich bei dem Kellner. »Vielen Dank. Danke für Ihre Mühe.«

»Nett zum Personal«, flüstere ich Bee zu. »Ein sehr gutes Zeichen.«

Mike wirkt amüsiert. »Eileen«, sagt er, »Sie sind Bee und mir gegenüber im Vorteil – Sie sind die Einzige an diesem Tisch, die weiß, wer der andere ist. Also. Warum erzählen Sie uns nicht, warum Sie Bee und mich heute verkuppeln wollten?«

Etwas verwirrt schweige ich einen Moment. »Oh, also, nun …«

Ich bemerke Bees amüsierten Gesichtsausdruck. Sie wirft Mike einen dankbaren Blick zu. Ich sehe beide aus schmalen Augen an.

»Die letzten Jahre habe ich oft den Mund gehalten«, sage ich. »Aber in letzter Zeit ist mir klar geworden, dass es besser ist, sich einzumischen. Darum könnt ihr zwei mich ruhig verlegen machen, weil ich versucht habe, euch zu verkuppeln. Wie Bee es ausgedrückt hat – ich schrecke vor nichts zurück.« Als Mike den Mund öffnet, um etwas zu sagen, hebe ich die Hand. »Nein, nein, lasst mich ausreden. Bee ist eine überaus erfolgreiche Unternehmensberaterin und will sich bald selbstständig machen. Mike, Sie haben kürzlich Ihre eigene Firma gegründet mit … der Hummus-Kelle.« Ich mache eine Geste in ihre Richtung. »Los«, sage ich. »Unterhaltet euch.«

Wieder zu Hause freue ich mich wie eine Schneekönigin. Ich habe das gesamte Date von Bee und Mike quasi moderiert, und es war ein rauschender Erfolg. Nun ja, einen Großteil der Zeit haben sie gelacht – zugegeben, teilweise über mich, aber das macht nichts. Ich hatte immer große Angst davor, ausgelacht zu werden, aber bewusst über sich selbst zu lachen kann ziemlich lustig sein.

Ich setze mich mit Leenas Laptop an den Frühstückstresen. Auf meiner Dating-Website warten drei neue Nachrichten auf mich.

Toddoffstage: Morgen Abend bei mir. Die schwarze Spitzenunterwäsche. Darauf bestehe ich.

Ich erröte. Meine Güte. Normalerweise finde ich es furchtbar, herumkommandiert zu werden, aber bei Todd scheint es mir irgendwie nichts auszumachen. Ich räuspere mich und schreibe zurück.

EileenCotton79: Nun, wenn du darauf bestehst ...

Puh. Also, das sollte mich wieder runterbringen – eine Nachricht von Arnold. Hatte ich ihm nicht gesagt, er sollte sich von meinem Profil verziehen?

Arnold1234: Als ich das sah, musste ich an dich denken ...

Ich klicke auf den Link, der sich unter der Nachricht befindet. Es erscheint ein Video von einer Katze, die sich durch ein großes Beet mit Stiefmütterchen frisst.

Zu meiner eigenen Überraschung breche ich in schallendes Gelächter aus.

EileenCotton79: Das beweist gar nichts, Arnold Macintyre!

Arnold1234: Es gibt jede Menge von diesen Katzenvideos im Internet. Ich habe sie mir stundenlang angesehen.

EileenCotton79: Hast du das mit dem Klavier gesehen?

Arnold1234: Großartig, oder?

Ich lache.

EileenCotton79: Ich dachte, du magst keine Katzen.

Arnold1234: Nein. Aber egal was du denkst, Eileen, ich bin kein Monster, und nur ein Monster würde sich nicht über eine Klavier spielende Katze amüsieren.

EileenCotton79: Ich halte dich nicht für ein Monster. Nur für einen mürrischen alten Mann.

Es dauert ewig, bis Arnold antwortet. Er tippt ziemlich langsam. Während ich warte, gehe ich zurück auf seine Profilseite. Es sind immer noch ziemlich wenig Informationen da, aber er hat ein Profilbild hinzugefügt. Die Aufnahme zeigt ihn grinsend in der Sonne mit einem Strohhut auf dem kahlen Kopf. Ich lächele. Er sieht sehr nach Arnold aus, und ich habe ein leicht schlechtes Gewissen wegen meines zehn Jahre alten Fotos, das in sehr günstigem Licht aufgenommen wurde.

Arnold1234: Ich bin nicht immer mürrisch.

EileenCotton79: Dann wohl nur bei mir ...

Arnold1234: Du KANNST einen aber auch auf die Palme bringen.

EileenCotton79: Wer, ich?

Arnold1234: Und du kannst etwas kleinkariert sein.

EileenCotton79: Kleinkariert! Wann das??

Arnold1234: Als wir festgestellt haben, dass mein Schuppen etwas über die Grundstücksgrenze ragt, und du mich gezwungen hast, das ganze verdammte Ding auf der anderen Gartenseite wiederaufzubauen.

Ich verziehe das Gesicht. Zugegeben, das habe ich getan. Arnold war rasend vor Wut, es war ziemlich lustig.

EileenCotton79: Das Eigentumsrecht muss geachtet werden, Arnold. Andernfalls, wie mein neuer Freund Fitz gern sagt ... was unterscheidet uns von den Tieren?

Arnold1234: Neuer Freund?

Eileen79: Ja ...

Arnold1234: Neuer FREUND?

Als ich verstehe, was er meint, muss ich lachen.

EileenCotton79: Leenas Mitbewohner. Er könnte mein Enkelsohn sein!

Arnold1234: Gut.

Arnold1234: Ich meine, gut, dass du dich mit ihrem Mitbewohner gut verstehst. Wie ist ihre Wohnung?

Etwas verzögert fällt mir ein, dasss noch eine Nachricht auf mich wartet. Sie ist von Howard.

OldCountryBoy: Hallo, liebste Eileen! Ich habe gerade Die Mausefalle zu Ende gelesen, weil Sie sagten, es gehöre zu Ihren Lieblingsstücken, und ich muss sagen, mir hat es auch sehr gut gefallen. Was für ein Ende!

In meiner Brust breitet sich ein warmes Gefühl aus. Ich tippe zurück. Howard ist immer so aufmerksam. Man trifft selten einen Mann, der lieber zuhört als selbst redet. Wir haben alle möglichen Dinge über diese Website diskutiert – ich habe ihm von meiner Familie, meinen Freunden, sogar von Wade erzählt. Er war sehr süß und sagte, Wade sei ein Narr, mich zu verlassen, was ich, ehrlich gesagt, voll und ganz unterschreibe.

Arnolds nächste Nachricht taucht auf, aber ich drücke die Minus-Taste und lasse sie wieder verschwinden.

23

Leena

Als es an der Tür klingelt, bin ich gerade aus der Dusche ge-
sprungen; ich schlüpfe rasch in Jeans und ein altes blaues
Hemd von Grandma. Wahrscheinlich ist es bloß Arnold –
er kommt ab und zu mal auf eine Tasse Tee vorbei, und
nachdem ich ihn etliche Male gerügt habe, nimmt er die
Haustür und hämmert nicht mehr ans Küchenfenster. Das
Wasser aus meinem Haar tropft mir den Rücken hinab, während ich durch den Flur sause und mir dabei das Hemd zu-
knöpfe.

Als ich an der Tür bin, sehe ich, dass es nicht Arnold ist. Es
ist Hank. Oder besser gesagt Jackson und Hank, aber Hank
wird zuerst beachtet, weil er auf den Hinterbeinen steht und
mir unbedingt übers Gesicht lecken will.

»Hallo«, sage ich, während Jackson Hank wieder ins Sitz
zieht. Ich schließe eilig den letzten Knopf. »Was für eine Überraschung!«

»Willst du mit Hank und mir spazieren gehen?«, fragt
Jackson. Er errötet ein wenig. »Das ist ein Friedensangebot,
falls du das noch nicht bemerkt hast. Von Hank, meine ich.«

»Ich … Ja!«, sage ich. »Ja, auf jeden Fall. Danke, Hank.« Ich
mache eine ziemlich seltsame Verbeugung vor dem Hund,
dann versuche ich sehr schnell wieder so zu tun, als wäre nichts
passiert. »Lass mich nur kurz …« Ich zeige auf meinen Kopf,

dann wird mir klar, dass das nicht ausreichen könnte. »Ich muss mich noch kurz kämmen.«

Jackson schaut sich mein Haar an. »Na gut. Wir werden warten.«

»Kommt rein«, sage ich, als ich wieder ins Haus gehe. »Im Wasserkocher ist noch warmes Wasser, falls du einen Tee magst. Oh, möchte Hank etwas zu trinken? Unter der Spüle stehen Plastikschüsseln.«

»Danke«, ruft Jackson.

Haare föhnen würde eine gute halbe Stunde dauern, das ist also keine Option. Vor Grandmas Wohnzimmerspiegel, mit Ant/Dec, die mir um die Knöchel huschen, binde ich mir das Haar stattdessen zu einem Dutt, wie ich ihn bei der Arbeit trage – aber verdammt, das ziept auf der Kopfhaut. Trage ich das sonst jeden Tag so? Es ist ein Gefühl, als würde mich jemand die ganze Zeit an den Haaren ziehen. Egal, ich muss es machen.

»Habe ich mein Telefon dort liegen lassen?«, rufe ich. Ich habe mich an Grandmas stabiles, schweres Nokia in der Gesäßtasche meiner Jeans gewöhnt; ich frage mich, ob ich mich auch wieder an mein iPhone gewöhnen muss, wenn ich nach London zurückkehre.

Ich neige das Kinn, weil ich den Dutt machen will, und als ich den Kopf wieder hebe, ist Jackson da, sein Gesicht sieht im Spiegel ein wenig anders aus, die schiefe Nase biegt sich in die andere Richtung.

Ich drehe mich zu ihm; er lächelt und hält Grandmas Telefon in der Hand. »Du gewöhnst dich langsam an diesen alten Knochen, oder …«

Irgendwo ertönt ein Geräusch zwischen einem Miau und einem Ton, den eine kalbende Kuh vielleicht von sich gibt.

Ant/Dec flitzt vorbei, und dann folgt der schwarze Fellblitz Hank, die Nase in der Luft und die Katze im Blick, rast an Jacksons Schienbein vorbei, sodass Jackson im Gehen von einem herumpesenden Hund aus dem Gleichgewicht gebracht wird, ihm das Telefon aus der Hand fliegt und …

Uff. Er stolpert in meine Arme oder besser gesagt wäre er vielleicht in meine Arme gestolpert, wenn er nicht ungefähr doppelt so viel wie ich wiegen würde. Es ist eher so, als würde man unter einem umstürzenden Baum stehen. Ich knalle mit der Rückseite des Kopfes an den kalten Spiegel, meine Ferse stößt gegen die Fußleiste, und Jackson presst mich notgedrungen an die Wand, stützt sein ganzes Gewicht mit seinem rechten Arm ab, seine Gürtelschnalle drückt sich in meinen Bauch.

Einen Augenblick berühren sich unsere Körper. Mein Gesicht ist an seine Brust gelehnt, aber seitwärts gedreht, sodass ich seinen Herzschlag spüre. Seine Arme stützen sich links und rechts von mir an der Wand ab, und als er sich nach oben schiebt, streift sein Oberkörper meine Brüste. Die Berührung lässt mich scharf einatmen. Ich werde rot; ich hätte mir einen BH unterziehen sollen.

Wir schauen uns an, als er sich von der Wand abdrückt und innehält, die Arme immer noch links und rechts von mir abgestützt. Seine Iris sind dunkel gesprenkelt, und gleich unter den Augen hat er sandfarbene Sommersprossen, die man von Weitem nicht sieht. Ich merke, dass ich über die Muskeln nachdenke, die sich auf seinen Armen wölben, wie sich sein T-Shirt über die breiten Schultern spannt, wie es sich anfühlen würde …

Hank leckt meinen nackten Fuß. Ich quietsche, und aus Jacksons und meiner Reglosigkeit wird fieberhaftes Rumgezappel; Er drückt sich von der Wand ab und schnellt nach hinten, während ich mich zur Seite drehe und nach Grandmas Telefon greife. Ant/Dec scheint ohne Blessuren davongekommen zu sein; Hank wedelt hechelnd um mich herum, als könnte ich ihm eine neue Katze zum Hinterherjagen zaubern, wenn er nur ein wenig bei mir bleibt.

»Alles in Ordnung mit dir?«, frage ich Jackson und drehe das Telefon in den Händen hin und her. Ich brauche seltsam lange, um ihm wieder in die Augen zu blicken – dann schaue ich ihm ins Gesicht, und er sieht etwas fahl aus, richtet seinen Blick auf einen Punkt in der Ferne.

»Äh, ja«, sagt er erstickt. »Tut mir leid!«

»Kein Ding! Gar kein Ding!« Ich spreche wieder zu laut. Ich muss mit dem Schreien aufhören. »Sollen wir rausgehen?«

»Ja. Gute Idee.«

Wir machen uns auf den Weg aus dem Haus und gehen die Middling Lane hinab. Wir sind beide im Stechschritt unterwegs. Zu schnell, um uns gemütlich zu unterhalten. Perfekt. Mir ist gerade nach Schweigen.

Durch das Gehen scheint sich die seltsame Spannung zwischen uns zu lösen. Hank liebt es – er trabt schwanzwedelnd neben Jackson her. Ich atme die kühle, frische Luft ein, während sich die Dales vor uns ausbreiten. Ich rieche süße Blüten, höre das Zwitschern der kleinen Vögel, die zwischen den Ästen über uns hin- und herfliegen. Die Schönheit der Natur. Ja. Richte deine Aufmerksamkeit auf die Schönheit der Natur, Leena, und nicht auf das Gefühl von Jacksons breitem, muskulösem Körper, der an deinen Brustwarzen reibt.

»Bist du bereit, ihn mal zu nehmen?«, fragt Jackson und macht eine Kopfbewegung in Hanks Richtung.

Ich räuspere mich. »Ja! Sicher!«

»Hier.« Er greift sich in die Hosentasche und holt ein

Leckerchen heraus. Hank riecht es direkt – er hebt seine Nase und blickt zu uns.

»Sag mal ›Bei Fuß‹«, bittet mich Jackson.

»Bei Fuß, Hank«, sage ich.

Hank passt sich meinem Tempo an und blickt mich mit seinem schmachtenden Hundeblick an, von dem ich dachte, er hätte ihn für Jackson reserviert. Aber es scheinen nur die Leckerchen mit Huhn zu sein. Das erheitert mich sehr.

»Hey, schau dir das mal an!«, sage ich und blicke zu Jackson.

Er lächelt zurück, seine Grübchen kommen zum Vorschein, dann blickt er unangenehm berührt zur Seite.

Wir gehen weiter; unsere Schritte sind nun das einzige Geräusch, das ich hören kann, mit Ausnahme der trillernden Vögel. Hank macht seine Sache wundervoll, aber ich habe die Leine dennoch sehr fest in der Hand, nur um auf Nummer sicher zu gehen. Jackson führt uns auf einem Weg zurück, den ich noch nicht kenne, dabei gehen wir durch einen wunderschönen dichten, kühlen Wald zum östlichen Teil des Dorfes, bis wir Hamleigh wieder erblicken. Von hier aus sieht man die kleine Einbahnstraße, wo Betsy wohnt, fünf oder sechs weiße quaderförmige Häuser, die mit der Vorderseite zu uns stehen und deren Fenster im Licht funkeln.

»Du denkst schon wieder nach, oder?«, fragt Jackson und blickt mich von der Seite an.

»Denkst du ganz ernsthaft nicht nach? Also läufst du einfach rum und denkst an nichts?«

Jackson zuckt die Schultern. »Wenn ich über nichts nachdenken muss, dann schon.«

Erstaunlich. »Ich habe über Betsy nachgedacht«, sage ich. »Ich frage mich … ich mache mir ein wenig Sorgen um sie.«

»Mm. Das machen wir alle.«

»Arnold meinte das auch, aber … warum hat noch nie jemand etwas *unternommen*?«, frage ich. »Meinst du, Cliff behandelt sie schlecht? Sollten wir ihr dabei helfen, ihn zu verlassen? Ihr ein Zimmer anbieten? *Irgendetwas* unternehmen?«

Jackson schüttelt den Kopf. »Es geht nur um das, was Betsy will«, sagt er. »Und sie weigert sich, Hilfe anzunehmen.«

»Sie lebt mit diesem Mann schon seit Jahrzehnten zusammen – wenn er sie misshandelt, wie willst du dann wissen, was sie will?«

Jackson blinzelt mich an und denkt darüber nach. »Was würdest du vorschlagen?«, fragt er.

»Ich will mal bei ihr vorbeischauen.«

»Sie wird dich nicht reinlassen. Auf gar keinen Fall. Selbst Eileen durfte noch nie Betsys Haus betreten.«

»Das kann nicht sein.«

Jackson nickt. »Soweit ich weiß, schon. Cliff mag keinen Besuch.«

Ich beiße die Zähne aufeinander. »Gut, in Ordnung, wie wäre es denn, wenn wir uns ein wenig Hilfe von Hank holen?«

»Betsy, es tut mir schrecklich leid«, sage ich, »aber ich glaube, Hank ist in deinem Garten.«

Betsy blinzelt mich durch den winzigen Türspalt an. Ihr Haus sieht ganz anders aus, als ich es mir vorgestellt hatte. Ich dachte, sie hätte Kunstrosen und perfekt polierte Eingangsstufen, aber die Regenrinne des Hauses hängt schief, und die Fensterrahmen blättern ab. Alles sieht traurig und lieblos aus.

»Hank? Jacksons Hund? Wie zum Teufel ist er in unseren Garten gekommen?«

Nun, indem ich ihn hochgenommen habe, Jackson mich hochgehoben hat und ich Hank aus einer eventuell sogar bedenklichen Höhe auf einen doch recht weichen Busch geworfen habe.

»Ich weiß es wirklich nicht«, sage ich und breite hilflos die Arme aus. »Dieser Hund ist einfach ein Ein- und Ausbruchkünstler.«

Betsy blickt hinter sich. Gott weiß, was Hank gerade in ihrem Garten anrichtet.

»Ich gehe und hole ihn«, sagt sie und knallt mir die Tür vor der Nase zu.

Scheiße. Ich blicke hinter mich und pfeife; nach einem langen Augenblick erscheint Jackson am Ende des Aufgangs zu Betsys Haustür.

»Sie ist losgezogen, um ihn zu holen!«, zische ich.

Jackson winkt ab. »Sie wird ihn nicht kriegen«, sagt er zuversichtlich. »Warte einfach hier.«

Ich wende mich wieder zur Tür und wippe mit dem Fuß. Nach etwa fünf Minuten öffnet sich die Tür einen Spaltbreit, und Betsys Kopf erscheint. Sie sieht zerzauster als beim ersten Mal aus.

»Vielleicht musst du kommen und ihn selbst einfangen«, sagt sie ruhig. Sie blickt wieder hinter sich. Sie wirkt älter, gebeugter, aber vielleicht liegt es an dem heruntergekommenen Haus. Der Teppich im Flur ist fadenscheinig und fleckig; der Lampenschirm hängt schief und wirft asymmetrische Schatten auf die beigen Wände.

»Betsy!«, ruft eine ruppige männliche Stimme irgendwo aus dem Haus.

Betsy schreckt auf. Es ist kein normales Aufschrecken, als würde man sich erschrecken. Es ist eher wie ein Zusammenzucken.

»Einen Augenblick, Schatz!«, ruft sie. »Ein Hund ist in

287

unseren Garten gelaufen, aber ich kümmere mich darum! Komm schon«, flüstert sie mir zu und führt mich an der geschlossenen Tür zu unserer Linken vorbei in die kleine dunkle Küche.

Dort ist eine Tür, die in den Garten führt; sie schwingt auf, und ich sehe Hank, der durch die Blumenbeete pflügt. Ich fühle mich ein wenig schuldig. Der Garten ist der einzige Ort, der gepflegt aussieht – die Büsche sind sorgfältig beschnitten, und an jedem Zaunpfosten hängen Blumentöpfe, in denen reichlich Stiefmütterchen und hellgrünes Efeu wachsen.

»Wie geht es dir, Betsy?«, frage ich und drehe mich um, um sie noch einmal zu betrachten. Ich habe nie bemerkt, wie dünn ihr Haar ist, wie ihre blassrosa Kopfhaut zwischen den Haarsträhnen durchschimmert. Dicke, pfirsichfarbene Foundation ist dick unter ihren Augen aufgetragen und hat sich in den Falten um ihren Mund abgesetzt.

»Mir geht es gut, vielen Dank«, sagt Betsy und schließt die Küchentür energisch hinter sich. »Wenn du nun vielleicht so freundlich wärst, diesen Hund aus meinem Garten zu holen?«

Ich schaue wieder nach draußen und zucke zusammen: Der Hund gräbt derweil ein Loch in der Mitte von Betsys Rasen. Ich sollte ihn wahrscheinlich davon abhalten.

»Hank! Hank, komm!«, rufe ich und dann – zu diesem Teil hat Jackson mir ganz genaue Anweisungen erteilt – raschele ich mit der Leckerchentüte in meiner Hand.

Hanks Kopf schießt nach oben, und er hält beim Graben inne. Nach Sekundenbruchteilen stürzt er auf mich zu. Betsy entfährt ein leiser Schrei, aber ich bin vorbereitet: Ich schnappe ihn mir, bevor er es sich anders überlegen kann, und befestige die Leine an seinem Halsband. Er hüpft weiterhin unbeeindruckt herum – aber natürlich erst, nachdem er sich seinen

Snack geschnappt hat – und ich drehe mich weg, um ihm auszuweichen, wobei ich mich völlig in der Leine verheddere.

Ich verstehe nun irgendwie, was Jackson meint: Betsy geht es nicht gut, aber was kann ich unternehmen, damit sie das *zugibt*? Das hier ist vielleicht nicht mein am besten ausgeheckter Plan. Es ist sehr schwer, ein persönliches Gespräch mit jemandem zu führen, wenn man gleichzeitig einen Labrador daran hindern will, einem durchs Gesicht zu lecken.

»Bist du sicher, dass alles in Ordnung ist?«, setze ich an, während Hank seine Aufmerksamkeit weg von Betsy und auf ihren Mülleimer richtet.

»Alles ist gut, danke, Leena«, sagt Betsy.

»Betsy, was zum Teufel ist hier los?«, ruft eine mürrische männliche Stimme.

Betsy wird ganz steif. Sie blickt mir kurz in die Augen und dann wieder weg.

»Nichts, mein Lieber«, ruft sie laut. »Ich bin gleich bei dir.«

»Ist jemand hier drin? Hast du jemanden reingelassen?« Kurze Stille, dann ganz leise, wie eine Warnung: »Du hast doch nicht etwa jemanden reingelassen, oder, Betsy?«

»Nein!«, sagt Betsy und blickt mich wieder an. »Ich bin hier allein, Cliff.«

Mein Herz pocht wie verrückt. Mir ist kalt.

»Betsy«, setze ich leise an. Ich rucke fest an Hanks Leine und gebe ihm das sehr strenge Kommando zu sitzen – dieses Mal gehorcht er. »Betsy, er sollte nicht so mit dir sprechen. Du solltest Freunde nach Hause einladen dürfen. Es ist genauso *dein* Haus wie seins.«

Dann geht Betsy nach draußen und führt mich ums Haus herum in den Vorgarten. »Auf Wiedersehen, Leena«, sagt sie ruhig und öffnet das Tor.

»Betsy – bitte, wenn ich dir irgendwie helfen kann ...«

»Betsy ... Ich höre Stimmen, Betsy ...«, ertönt Cliffs Stimme aus dem Inneren des Hauses. Dieses Mal zucke sogar ich zusammen.

Betsy blickt mich grimmig an. »Du solltest dir an die eigene Nase fassen«, zischt sie. »Bekomm erst einmal dein eigenes Leben in den Griff, bevor du hierherkommst und versuchst, mich zu retten, Miss Cotton.«

Sie macht einen Schritt zur Seite. Hank zieht an der Leine an mir vorbei, hat den Blick auf den Weg hinter dem offenen Tor gerichtet.

»Wenn du es dir anders überlegst, ruf mich an.«

»Du kannst es einfach nicht gut sein lassen, oder? Raus.« Sie macht eine Kopfbewegung in Richtung Tor, als würde sie mit dem Hund reden.

»Du hast etwas Besseres verdient. Und es ist nie zu spät, das Leben zu führen, das du verdienst, Betsy.«

Damit gehe ich. Das Tor schließt sich leise hinter mir.

Ich finde es schlimm, dass ich so wenig für Betsy tun kann. Am nächsten Tag suche ich nach lokalen sozialen Diensten, die Frauen in missbräuchlichen Beziehungen helfen – ich finde nicht viel, das speziell für ältere Leute ist, aber ich denke, es gibt dennoch einige Angebote, die ihr helfen könnten, und ich drucke sie aus und trage sie im Rucksack mit mir herum, wenn ich im Dorf unterwegs bin, nur für den Fall der Fälle. Aber als sich die Woche ihrem Ende zuneigt, ist sie immer noch so abweisend wie zuvor, und jedes Mal, wenn ich mit ihr reden will, wendet sie sich ab.

Mir bleibt nicht mehr viel Zeit hier. Nächstes Wochenende ist der Maifeiertag, dann bin ich wieder in London, und die

Woche darauf muss ich wieder arbeiten. Rebecca hat mir eine E-Mail geschrieben, um mit mir zu besprechen, welches Projekt ich nach meiner Rückkehr übernehmen werde. Ich öffne die Mail immer wieder und starre sie an – es wirkt so, als wäre sie für jemand anderen.

Im Augenblick fokussiere ich mich nur auf den Maifeiertag. Die letzten Puzzlestücke finden gerade ihren Platz. Ich habe einen Imbissstand aufgetrieben, der Schweinebraten anbietet, herausgefunden, wie ich fünfhundert Lampions an den Bäumen, die das Feld mit dem Lagerfeuer säumen werden, aufhängen kann, und ich habe höchstpersönlich sechs Beutel mit biologisch abbaubarem grünem Glitter zum Gemeindehaus gebracht, der dann entlang der Parade verstreut wird. (Das war mit dem Glitter auf Betsys To-do-Liste gemeint, wie sich herausstellte. Mein Einspruch, Glitter sei nicht sonderlich mittelalterlich, wurde mit »aber es ist eine Tradition« abgeschmettert.)

Ich kann Betsy nicht ohne ihr Einverständnis helfen, aber ich *kann* ihr bei der Organisation eines großen Projektes helfen.

Und ich kann noch etwas anderes tun.

»Kannst du nicht schwächlicher aussehen?«, frage ich Nicola, glätte ihre Strickjacke und zupfe ihr ein paar Flusen von der Schulter.

Sie blickt mich giftig an – ich will mir diesen Blick für das nächste Mal merken, wenn ich einen unhöflichen Kollegen unschädlich machen will.

»Schwächlicher als jetzt bekomme ich nicht hin«, sagt Nicola. »Ich dachte, du wolltest mit mir nach Leeds zum Einkaufen. Warum muss ich dazu schwächlich aussehen?«

»Ja, sicher, wir gehen einkaufen«, sage ich. »Wir fahren nur vorher bei einigen Wirtschaftskanzleien vorbei.«

»Was?«

»Das dauert nicht lange! Für jedes Meeting sind maximal zwanzig Minuten vorgesehen.«

Nicola blickt finster drein. »Wozu brauchst du mich denn da?«

»Ich suche nach einem Sponsor für unser Maifest. Aber ich bin eben ein Stadtmensch aus London und arbeite bei einer Agentur«, erkläre ich. »Du hingegen bist reizend und älter und bekommst Sympathiepunkte.«

»Ich bin noch nicht einmal aus Hamleigh! Und meine Fresse«, sagt Nicola, »wenn du denkst, ich würde mich dort hinsetzen und mich bei einem fetten Anwalt einschleimen …«

»Sag doch am besten gar nichts«, entgegne ich und scheuche Nicola zum Auto. »Das ist wahrscheinlich am sichersten.«

Nicola grummelt während der gesamten Fahrt nach Leeds, aber sobald wir den ersten Meeting-Raum betreten haben, spielt sie dermaßen überzeugend das tatterige alte Schätzchen, dass ich mir ein Lachen verkneifen muss. *So eine wichtige Veranstaltung für unser armes kleines Dorf*, sagt Nicola. *Ich freue mich das ganze Jahr über auf den Maifeiertag.* Sie nehmen es ihr ab. Die Sozietät Port & Morgan unterschreibt an Ort und Stelle; die anderen sagen, sie denken darüber nach.

Es fühlt sich tatsächlich gut an, wieder in einer Chefetage zu sein. Und es ist besonders gut, so eine Etage siegreich und nicht hyperventilierend wieder zu verlassen. Ich schicke Bee eine kurze Nachricht, als wir zum Auto gehen.

Du hast es noch in dir, antwortet sie. *DAS ist meine Leena Cotton.*

Als wir aus Knargill zurückfahren, kichert Nicola in den enormen Mokka, den ich ihr als Dankeschön gekauft habe.

»Ich hatte keine Ahnung, dass es so leicht ist, solchen Männern Geld aus den Rippen zu leiern!«, sagt sie. »Was können wir noch von ihnen bekommen, hm? Geld für einen Bücher-bus? Geld für einen Minibus?«

Vielleicht wäre das tatsächlich eine Idee. Meine Gedanken wandern zu dem Dokument, das ich immer noch auf Grand-mas Computer geöffnet habe. *B&L Boutique Consulting – Stra-tegie. Für Millennials ist Unternehmensverantwortung wichtiger als je zuvor – Unternehmen müssen gemeinnützige Arbeit und die Möglichkeit zur Freiwilligenarbeit zur Grundlage ihres Geschäfts-modells machen, sie müssen …*

»Leena? Hier ist mein Haus«, sagt Nicola.

Ich komme mit quietschenden Bremsen zum Stehen.

»Ups! Sorry! Ich war mit meinen Gedanken ganz wo-anders.«

Sie schaut mich misstrauisch an. »Ich weiß nicht, warum ich mich von dir irgendwo hinfahren lasse«, murmelt sie, während sie sich abschnallt.

Am nächsten Morgen schaue ich bei Arnold vorbei und klopfe an die Tür des Wintergartens. Er trinkt hier gegen zehn immer seinen Morgenkaffee, und ab und zu komme ich dazu und leiste ihm Gesellschaft. Um ehrlich zu sein, ist der Kaffee aus der French Press ganz köstlich, aber es geht um mehr. Arnold ist unglaublich nett. Er ist wie der Opa, den ich nie hatte. Nicht dass ich keinen Großvater hatte, aber na ja, Grandpa Wade zählt halt nicht wirklich.

Arnold ist schon da, hat eine ganze Kanne Kaffee gemacht und wartet. Der Kaffee steht auf seinem neusten Buch, und ich erbebe, als ich reingehe und den großen braunen Ring erbli-cke, der sich auf dem Einband ausbreitet. Ich stelle die Kanne runter und drehe das Buch um: Es ist *Der Tote in der Badewanne* von Dorothy L. Sayers, eins der Lieblingsbücher meiner Grandma.

Arnold scheint gerade etwas für Krimis übrigzuhaben. Seine neu entdeckte Lust am Lesen ist eine meiner schönsten Überraschungen in meiner Zeit hier in Hamleigh.

»Wie geht es deiner Mutter?«, fragt Arnold, während ich mir einen Kaffee einschenke.

Ich nicke ihm anerkennend zu, und er seufzt durch zusammengebissene Zähne.

»Bitte tu nicht so, als hättest du mich in die Kunst der Unterhaltung eingewiesen, okay? Ich war nicht *abgrundtief* schlecht darin, bevor du hier aufgeschlagen bist. Ich weiß, wie man sich benimmt.«

Wie dem auch sei. Arnold besteht darauf, dass seine Entscheidung, »sich mal etwas aufzupolieren« (einige neue Hemden zu kaufen und zum Friseur zu gehen) und »nicht immer in der Bude zu hocken« (mit Pilates anzufangen und freitags ins Pub zu gehen), ganz und gar innerlich motiviert war, aber ich kenne die Wahrheit. Ich bin sein Esel, er ist mein Shrek.

»Mum geht es wirklich gut«, sage ich und reiche ihm seine Tasse. »Oder zumindest ist sie viel näher an gut, als sie es lange Zeit gewesen ist.«

Seit diesem Anruf nach dem Streit haben Mum und ich uns drei Mal getroffen: einmal zum Tee und zweimal zum Mittagessen. Es fühlte sich seltsam und behutsam an, als würden wir etwas Wackliges und Unsicheres wieder aufbauen. Wir reden hin und wieder über Carla und haben beide Angst, das Thema zu sehr zu vertiefen. Ich bekomme so viel Angst, dass ich anfange zu schwitzen. Ich fühle mich, als würde ich Gefahr laufen, etwas zu öffnen, was ich zuvor unbedingt geschlossen lassen wollte. Dennoch wollte ich es öffnen, für Mum. Vielleicht wusste ich nicht, was es bedeutet, als ich Grandma versprochen habe, für meine Mum da zu sein, doch nun verstehe ich es.

Mum braucht niemanden, der Besorgungen für sie macht, sie braucht nur ihre Familie in der Nähe.

Ich glaube, ein Teil dessen, was mich an meiner Mum so wütend gemacht hat, war die Tatsache, dass ich wollte, dass sie für mich da ist und nicht andersrum. Aber Mum konnte nicht meine Schulter zum Anlehnen sein, weil sie selbst von der Trauer überwältigt worden war. Das ist das Dumme an Familientragödien, glaube ich. Dein bestes Support-Netzwerk bricht auf einmal in sich zusammen.

Ich erkläre Arnold das alles, dann sehe ich, wie sein Mund zuckt.

»Was?«, frage ich.

»Ach, nichts«, entgegnet er unschuldig und nimmt sich einen Keks.

»Sag schon.« Ich verziehe die Augen zu Schlitzen.

»Für mich macht es nur den Anschein, dass ihr – dadurch, dass du deiner Mum hilfst – endlich angefangen habt, über Carla zu reden. Das wollte deine Mutter doch, oder?«

»Was?« Ich lehne mich zurück und lache, was mich selbst überrascht. »O Gott. Glaubst du, sie macht das alles für *mich*? Das über Carla Reden? Und es hat gar nichts damit zu tun, dass sie Hilfe braucht?«

»Ich bin mir sicher, dass du ihr auch hilfst«, sagt Arnold mit vollem Mund. »Aber es wäre dumm zu glauben, dass unsere Marian nicht ihre eigenen Mittel und Wege hat.«

Ich dachte, ich hätte Mum zu meinem neusten Projekt gemacht, dabei hatte sie genau dasselbe mit mir vor.

»Vielleicht ist gegenseitiger Beistand die Sprache der Liebe in der Familie Cotton«, sagt Arnold.

Ich starre ihn mit offenem Mund an. Er grinst breit zurück.

»Habe mir von Kathleen ein Buch über Beziehungen ausgeliehen«, sagt er.

»Arnold! Willst du jemanden kennenlernen?«, frage ich und beuge mich über den Tisch zu ihm.

»Vielleicht habe ich das bereits?«, sagt er und wackelt mit den Augenbrauen. Aber dummerweise kann ich ihn triezen, ihm schmeicheln und ihn beschwatzen, wie ich will: Ich bekomme einfach nichts aus ihm heraus, deswegen muss ich erst einmal aufgeben. Zur Strafe schnappe ich mir das letzte Shortbread, und er beschimpft mich mit den blumigsten Beleidigungen aus ganz Yorkshire, dass ich so sehr lache, dass ich auf dem Weg zur Tür fast ersticke.

Mum schreibt mir später und lädt mich für den nächsten Tag ein. Zum ersten Mal schlägt sie vor, ich solle zu ihr nach Hause kommen, und ich bin äußerst angespannt, als ich dort hingehe, und balle meine Hände in den Ärmeln meines Hoodies immer wieder zu Fäusten.

Als sie die Tür öffnet, weiß ich, dass sie dieses Mal zu weit gegangen ist.

»Nein, nein, nein, nein«, sagt Mum und hält mich fest, als ich weglaufen will. »Komm rein, Leena.«

»Ich will nicht.«

Die Tür zum Wohnzimmer steht offen. Das Zimmer sieht noch genauso aus wie bei Carlas Tod – nur das Bett fehlt. Dort steht sogar noch der Stuhl, wo ich immer saß und ihre Hand hielt, und ich kann das Bett fast sehen, den Geist des Bettes, unsichtbare Decken und unsichtbare Laken …

»Ich probiere etwas Neues aus«, sagt Mum. »In diesem einen Podcast, den ich höre, sagt eine Professorin, dass man durch das Betrachten von Fotos wunderbar Erinnerungen verarbeiten kann, und ich dachte – ich wollte mit dir einige Bilder durch-schauen. Hier drinnen.«

Mum nimmt meine Hand und drückt sie. Ich sehe, dass sie diese Fototaschen vom Drogeriemarkt in der anderen Hand hält, und zucke zusammen, als sie mich auf die Fußmatte zieht.

»Versuch doch wenigstens einmal reinzukommen, Liebes.«

»Ich schaffe es kaum, auf dieses Foto zu schauen«, sage ich und zeige auf das auf dem Flurtisch. »Ich glaube wirklich nicht, dass ich einen ganzen Stapel überleben würde.«

»Wir fangen ganz langsam an«, sagt Mum. »Einen Schritt nach dem anderen.« Sie dreht sich um und neigt den Kopf, starrt auf das Bild von Carla am Tag des Abschlussballs, als würde sie es zum ersten Mal sehen. »Dieses Bild«, sagt sie.

Sie geht zum Flurtisch, nimmt den Rahmen in die Hand, dann schaut sie zu mir.

»Sollen wir es wegwerfen?«

»Was? Nein!«, sage ich mit aufgerissenen Augen und gehe zu ihr, um das Bild zu nehmen.

Mum lässt den Rahmen nicht los. »Carla würde es *verab-scheuen*. Es steht schon so lange da, dass es mir nicht mehr auf-fällt – ich weiß nicht einmal mehr, ob es mir gut gefällt. Gefällt es dir?«

Ich zögere, dann lasse ich das Bild los. »Ähm, nein. Um ehr-lich zu sein, finde ich es furchtbar.«

Mum hakt sich bei mir ein und führt mich durch den Flur. Als wir über die Schwelle des Wohnzimmers gehen, springt mein Blick zu dem Ort, wo das Bett stand, und mein Magen fühlt sich an, als würde man mit einem schnellen Auto über eine Brücke fliegen.

»Es sollte weg. Es ist ein schreckliches Bild. Das ist nicht Carla«, sagt Mum.

Sie steckt es in der Ecke des Wohnzimmers in den Mülleimer.

»So … Oh, das fühlt sich ein wenig seltsam an«, sagt sie und drückt sich eine Hand auf den Bauch. Ich frage mich, ob sie dort ähnliche Gefühle spürt wie ich. »War das schlimm von mir?«

»Nein«, sage ich und starre in den Mülleimer. »Das Foto war schlimm. Du warst nur … impulsiv, Mum. Das war gut. *Mumesk.*«

»*Mumesk?*«

»Ja. *Mumesk*. Genauso wie damals, als dir die grüne Tapete plötzlich nicht mehr gefiel und du sie von der Wand genommen hattest, als wir aus der Schule gekommen sind.«

Mum lacht. »Nun, falls es dir noch nicht aufgefallen ist … Du bist hier im Wohnzimmer.« Ihr Griff um meinen Arm wird fester. »Nein, lauf nicht weg. Hier. Komm, setz dich aufs Sofa.«

Es ist nicht so schlimm, wie ich vermutet hatte, also hier im Zimmer zu sein. Es ist nicht so, dass ich vergessen hätte, wie es hier aussieht. Das hat sich in mein Gedächtnis eingebrannt, detailgetreu bis zu der dunklen Stelle in der Ecke beim Bücherregal und diesem Brandfleck, wo Grandma eingeschlafen ist und auf dem Sofatisch eine Kerze hat runterbrennen lassen.

»Gefällt es dir so, wie es ist?«, frage ich Mum, als wir uns hinsetzen. »Dieses Haus, meine ich? Du hast es gar nicht verändert, seit …«

Mum beißt sich auf die Lippe. »Vielleicht sollte ich das«, sagt sie und schaut sich im Esszimmer um. »Es wäre schön, wenn alles ein wenig … frischer wäre.« Sie öffnet den Umschlag mit den Fotos. »Also – wenn man die Bilder betrachtet, soll man dadurch die Erinnerungen in einen anderen Teil des Gehirns bewegen«, erklärt sie vage. »Oder so ähnlich.«

Mit der allergrößten Mühe schaffe ich es, die Augen nicht

zu verdrehen. Gott weiß, aus welcher pseudowissenschaftlichen Quelle sie diese Weisheit hat, aber ich bezweifele sehr, dass es eine klinische Studie zur Wirksamkeit dieser Technik gibt.

Aber … Mum glaubt daran. Und vielleicht reicht das.

»Paris«, sage ich und zeige auf das Bild ganz oben. Es tut weh, in Carlas lachendes Gesicht zu blicken, aber ich ertrage es ein wenig besser – wenn man sich dem Schmerz hingibt, ist es ein wenig einfacher, als würde man seine Muskeln entspannen, anstatt zu bibbern, wenn es kalt ist. »Erinnerst du dich daran, wie Carla diesen Jungen dazu überredet hat, sie oben auf dem Eiffelturm zu küssen?«

»Ich erinnere mich nicht daran, dass man ihn groß überreden musste«, entgegnet Mum.

»Und sie hätte sich eher die Zunge abgebissen, als zuzugeben, wie schlecht ihr Französisch war.«

»Du hast sie die ganze Woche über wegen ihrer Aussprache gehänselt«, erklärt Mum. »Das hat sie völlig wahnsinnig gemacht.«

Wir machen weiter, schauen uns Bild für Bild an. Ich weine, bin völlig verrotzt, und Mum weint auch viel, aber nicht dieses erstickte Schluchzen wie damals, nachdem Carla gestorben ist, als ich mich selbst irgendwie über Wasser halten musste. Dieses Mal sind es Tränen, die man wegwischen kann. Mum geht es wirklich gut, wird mir klar. Sie hat schon viel verarbeitet.

Wir machen eine Pause und trinken Tee, dann schauen wir die Bilder zu Ende an. Ich bin mir nicht sicher, ob irgendwelche Erinnerungen in einen anderen Teil meines Gehirns umgezogen sind, aber wenn ich aufstehe, um das Licht einzuschalten, bemerke ich, dass ich dort lang gelaufen bin, wo das Bett stand, als wäre ich einfach über den Teppich gegangen.

Erst fühle ich mich schuldig. Als würde ich nicht mehr ernst nehmen, was in diesem Zimmer passiert ist, indem ich nicht diesem unsichtbaren Bett ausweiche. Doch dann denke ich an Carla auf all diesen Bildern – sie lacht, ist laut, ihre Piercings leuchten im Kcamerablitz auf – und ich weiß, dass sie mir sagen würde, ich hätte einen gewaltigen Hau, deswegen gehe ich zurück und stehe genau auf dieser Stelle, genau dort, wo sie immer gelegen hat.

Ich stehe ganz ruhig da und lasse zu, dass ich sie vermisse. Ich lasse die Gefühle kommen.

Und ich zerbreche nicht. Es tut wahnsinnig weh, ein scharfer, stechender Schmerz, aber ich bin hier – ohne Ethan, der den Arm um mich gelegt hat, ohne Laptop vor mir – und ich laufe nicht, arbeite nicht, schreie nicht. Und egal wovor ich Angst hatte – in Stücke zu brechen, die Kontrolle zu verlieren … Es passiert nicht. Ich vermisse sie so sehr, dass es mich fast zerreißt, aber ich werde es überleben.

24

Eileen

Gestern hat Bee mir geschrieben, dass Ethan und Ceci sich zum Mittagessen davongestohlen hätten. Das geht mir den ganzen Morgen nicht aus dem Kopf. Ich versuche, mich abzulenken, indem ich die Flyer durchsehe, die Fitz gemacht hat, um sie in Shoreditch aufzuhängen – *Sie sind über siebzig und möchten Londoner in Ihrem Alter treffen? Rufen Sie diese Nummer an und lernen den Silver Shoreditchers' Social Club kennen.* Aber selbst das hilft nicht.

Ich denke an Carla. Wenn sie hier wäre, würde sie etwas tun. Sie würde nicht zulassen, dass Ethan mit Leena spielt. Sie wäre kühn, mutig und einfallsreich und würde etwas unternehmen.

Ich stemme mich hoch, trete vor Fitz' Zimmertür und klopfe. Carla sollte für ihre Schwester da sein. Es ist eine unaussprechliche Tragödie, dass sie es nicht ist. Aber ich bin für Leena da. Und ich kann ebenfalls kühn, mutig und einfallsreich sein.

»Ich glaube, das ist das Coolste, was ich je getan habe, Mrs. C«, sagt Fitz und würgt prompt den Motor des Vans ab, den er sich gerade von Sally aus Wohnung sechs geliehen hat. »Ups, Moment. Ja, ja, ja … na also! Sagen Sie das niemandem, wenn Sie von unserer Observation erzählen.«

»Ich werde überhaupt nichts erzählen, Fitz«, sage ich in strengem Ton. »Dies ist eine geheime Mission.«

Er wirkt erfreut. »Geheim! Mission! Ups, sorry, mir war nicht klar, dass ich noch im zweiten Gang war. Oh, wow.«

Wir sind in die Hauptstraße abgebogen, und die ist gerammelt voll. Beide starren wir auf den Verkehrsstrom vor uns, Fußgänger schlängeln sich zwischen den Wagen hindurch.

»Ich sehe auf Google Maps nach«, sagt Fitz und greift in die Tasche seiner Bomberjacke, um das Telefon herauszuholen. »Okay. Google sagt, bei diesem Verkehr brauchen wir vierzig Minuten bis zum Büro von Selmount.«

Ich sacke in mich zusammen. Wir kriechen vorwärts. Der Verkehr hat der ganzen Sache die Dramatik genommen. Schließlich erreichen wir die Gegend, in der das Büro von Selmount liegt, und Fitz parkt – sehr wahrscheinlich illegal –, damit wir uns in einem Café gegenüber des Selmount-Gebäudes niederlassen können. Dank Bee weiß ich zufällig, dass Ethan dort gerade eine Besprechung hat. Die Straße ist überraschend hässlich und von plumpen Gebäuden gesäumt, bei fast jedem ist irgendwo ein Fenster mit Brettern vernagelt. Daneben wirkt die Selmount-Zentrale aus glänzendem Glas etwas abgehoben.

Ich trinke von meinem Tee und mustere die Donuts, die Fitz unbedingt für uns kaufen wollte. Anscheinend muss man bei einer Observierung Donuts essen. Sie sehen ziemlich fettig aus – um meinen hat sich schon ein dunkler Ring auf der Serviette gebildet.

»Da ist er!«, sagt Fitz aufgeregt und zeigt auf das Gebäude.

Er hat recht: Ethan kommt mit einer Aktentasche in der Hand aus dem Gebäude und wirft das Haar zurück. Er ist attraktiv, das muss ich ihm lassen.

»Was nun, Mrs. C?«

»Jetzt spielen wir die Kleine-alte-Dame-Karte«, sage ich. »Nimm ein paar Servietten, tu mir den Gefallen – ich will meinen Donut nicht verkommen lassen. Ich bin mir sicher, Letitias Katze wird ihn haben wollten. Die frisst alles.«

Bis ich es aus der Tür geschafft habe, ist Ethan schon die Straße hinunter und beinahe aus meinem Sichtfeld verschwunden. Ich gehe schnell hinterher, jogge fast. Fitz braucht einen Moment, um mich einzuholen.

»Meine Güte, für eine alte Dame sind Sie ganz schön schnell!«, sagt Fitz und passt seinen Schritt meinem an. »Warten Sie, wenn wir hier abkürzen, können wir ihn abfangen.«

Ich folgte Fitz eine Gasse hinunter, die gerade so breit ist, dass zwei Leute nebeneinander hindurchgehen können. Es riecht unverkennbar nach Urin und noch nach etwas anderem, was ich zunächst nicht deuten kann. Dann fällt es mir ein – Marihuana.

»Da!«, ruft Fitz und zeigt auf der anderen Straßenseite auf Ethan. »Ups, sorry, Geheimmission, Zimmerlautstärke. Hatte ich kurz vergessen.«

Doch es ist zu spät – Ethan sieht herüber. Ich werde das einfach zu meinem Vorteil nutzen müssen.

»Ethan, mein Lieber!«, trällere ich, kämpfe mich durch den Strom aus Passanten und laufe über die Straße. Hinter mir höre ich, wie Fitz scharf die Luft einzieht und sich dann bei einem Motorradfahrer entschuldigt, der mir ausweichen musste. »Wie schön, dass ich dich hier treffe!«

»Hallo, Eileen«, sagt er und küsst mich auf die Wange. »Geht es Ihnen gut?«

»Sehr gut, danke«, sage ich. Ich bin ziemlich außer Atem und sehe mich um. Ich wünschte, ich könnte mich irgendwo kurz setzen, aber natürlich ist nirgends eine Bank zu sehen.

»Wobei ich ehrlich gesagt mal dringend aufs Örtchen müsste«, sage ich in vertraulichem Ton. »Ich weiß nicht, ob ich es noch nach Hause schaffe! In meinem Alter ist die Blase nicht mehr das, was sie mal war. Nicht ganz dicht.«

Ethans Gesichtsausdruck gleicht dem von Fitz, wenn in einem von Marthas Krimis eine verstümmelte Leiche auftaucht.

»Meine Wohnung ist gleich hier«, sagt Ethan und deutet auf ein Gebäude am Ende der Straße. »Wollen Sie mit hochkommen und, äh, die Toilette benutzen?«

»Ach, du bist ein Schatz«, sage ich. »Geh vor.«

In Ethans Wohnung entdecke ich vier Hinweise.

Auf dem Tisch im Flur liegt eine Quittung über 248 Pfund für ein Essen für zwei. Also, ich weiß ja, dass London teuer ist – es ist kriminell, was sie hier teilweise verlangen –, aber das ist ein Haufen Geld für ein Abendessen, wenn es sich nur um eine gute Freundin oder Kollegin handelt.

Zwei Zahnbürsten im Bad, bei beiden sind die Borsten feucht, was darauf hindeutet, dass sie kürzlich benutzt wurden. Warum sollte Ethan zwei Zahnbürsten benutzen?

Neben einigen Flaschen von Leenas Haarshampoo, das ich kenne – alle gegen »Frizz« –, gibt es eine kleine Flasche mit Shampoo für »coloriertes Haar«. Leena hat sich noch nie die Haare gefärbt. Es wäre allerdings möglich, dass es Ethans ist. Er ist äußerst stolz auf seine dunklen Locken.

Kein Mülleimer im Bad. Das an sich deutet noch nicht auf einen Seitensprung hin, aber ich habe in meinem Leben festgestellt, dass ich Menschen, die keinen Mülleimer im Bad haben, meist nicht mag. Fast immer sind es Männer, die nicht an so etwas denken, und im Allgemeinen sind es Männer, denen man nicht trauen kann.

Sobald Fitz und ich wieder zu Hause sind, vergleichen wir unsere Notizen. Er hat überhaupt keine Hinweise entdeckt. Typisch. Ich habe ihm gesagt, dass alte Damen die besten Detektive sind.

»Du wirst Leena doch nichts davon erzählen, oder?«, frage ich ehrlich besorgt. Ich habe die schlechte Angewohnheit angenommen, Fitz alles anzuvertrauen. Er weiß zum Beispiel schrecklich viel über Todd. Ich habe zwei Gläser Wein getrunken, und er hat so freimütig nachgefragt, dass es entwaffnend war. Normalerweise würde ich derart persönliche Dinge niemandem erzählen, noch nicht einmal Betsy. Vielleicht kommt es dadurch, dass ich hier das Leben einer anderen führe. Egal, es war jedenfalls ziemlich lustig.

»Meine Lippen sind versiegelt, Mrs. C.«, sagt Fitz. Sein Gesicht wird ernst. »Wenn Sie vermuten, dass Ethan eine Leiche im Keller hat, bin ich gern bereit, danach zu graben. Leena verdient den Besten.«

»Das stimmt«, sage ich.

»Und Sie genauso, Mrs. C.«

Fitz schiebt Leenas Laptop über die Sofakissen zu mir. In Leenas Wohnung scheint sich das ganze Leben um dieses Sofa herum abzuspielen. Hier essen wir und trinken Tee. Eine Weile war es Marthas Büro.

»Irgendwelche neuen Nachrichten?«, fragt Fitz. »Ach, Sie haben ja eine Nachricht von Howard. Na, sieh sich einer dieses Lächeln an! Sie sind zu süß.«

»Ach, psst«, sage ich. »Geh und mach dich nützlich – der Abwasch muss gemacht werden.«

»Gut, gut. Ich überlasse Sie Ihrem Sexting.«

Ich habe keine Ahnung, was das bedeutet, vermute aber, dass es etwas Anzügliches ist, darum werfe ich ihm für alle Fälle einen strengen Blick zu. Fitz verschwindet grinsend in die Küche, und ich setze mich wieder aufs Sofa und lese die Nachricht von Howard.

OldCountryBoy: Hallo, Eileen! Ich wollte nur sagen, dass ich jederzeit die Website für Ihren Social Club einrichten kann, wenn Sie so weit sind. Dazu brauche ich nur einen Tag, wenn Sie mir das Okay geben. Xxxxx

Howards Angebot, uns eine Website zu machen, hatte ich ganz vergessen. Ich strahle.

EileenCotton79: Ganz herzlichen Dank, Howard. Was brauchen Sie, um anfangen zu können? Xx

Ich kaue gedankenverloren auf meiner Lippe und warte auf seine Antwort. Eine Website zu haben wird sehr aufregend sein, aber es wird uns keine Mitglieder für die Eröffnung bringen. Das macht mir ein wenig Sorge, obwohl Fitz überall Plakate aufgehängt hat. Ich frage mich nur, ob die Leute, auf die wir es abgesehen haben, sie auch lesen werden. Es gibt so viele Plakate, und die meisten werben für Konzerte oder politische Aktionen. Wir haben auf unserem angeboten, uns um den Transport zum Club zu kümmern – Todd, der Gute, hat den Tourbus vom Theater zur Verfügung gestellt. Vielleicht kommen die Leute, die wir erreichen wollen, aber gar nicht vor die Tür, um die Plakate überhaupt zu sehen.

Mir kommt ein Gedanke. Ich klicke den Chat mit Howard weg und gehe auf Partnersuche. Ich fülle noch mal alle Kästchen aus, diesmal aber etwas anders. Alter: 75 plus. Ort: London, Central London. Männlich oder weiblich? Ich klicke beides an.

Das ist ziemlich dreist, aber es ist für einen guten Zweck. Ich gehe auf die erste Person, die auf der Liste erscheint: Nancy Miller, achtundsiebzig. Ich tippe auf das kleine Umschlag-Symbol und schicke ihr eine Nachricht.

Liebe Nancy,

ich hoffe, Sie haben nichts dagegen, dass ich Ihnen eine Nachricht schicke. Ich baue in Shoreditch einen Club für Menschen siebzig plus auf, und vielleicht haben Sie ja Lust, dieses Wochenende zu unserer Eröffnung zu kommen ...

Stundenlang habe ich Nachrichten verschickt. Auf der Liste stehen über hundert Personen. Ich bin sehr froh, dass Fitz mir neulich gezeigt hat, wie man mit »copy und paste« arbeitet, andernfalls hätte das den ganzen Tag gedauert. Auch so brennen mir die Augen, und mein Nacken ist steif von der langen Arbeit am Laptop.

Ich erhalte bereits die ersten Antworten. Einige sind etwas abweisend – machen Sie Ihre Werbung woanders! Dies ist nicht der Ort für so etwas! Einige Männer scheinen meine Einladung als Aufforderung zum Flirten zu verstehen. Doch dafür habe ich jetzt keine Zeit, ich habe Wichtigeres zu tun. Und ohnehin kann keiner von ihnen Howard oder Todd das Wasser reichen. Aber es gibt auch ein paar Leute, die am Silver Shoreditchers' Club interessiert zu sein scheinen. Ich würde gern kommen, schreibt Nancy Miller. Wird gespielt?, fragt Margaret aus Hoxton.

Letitia kommt vorbei, als mir gerade beim Beantworten der

Nachrichten die Geduld ausgeht. Sie bringt mir einen Kräutertee vorbei, den ich unbedingt probieren müsse. Ich lade sie ein, ihn mit mir zu trinken – was vermutlich das eigentliche Ansinnen ihres Besuchs war – und weihe sie in meine neue Werbestrategie für den Club ein.

»Ich wünschte, ich wäre so geschickt mit diesem Ding wie Sie.« Sie deutet mit dem Kopf auf den Laptop.

»Ach, ich bin mir sicher, Sie könnten das lernen!«, sage ich. »Fragen Sie Fitz, er wird es Ihnen beibringen.«

»Fitz ist ein guter Kerl«, sagt Letitia. »Hat er schon jemanden für Marthas Zimmer gefunden? Als wir das letzte Mal sprachen, machte er sich deshalb Sorgen.«

Ich lächle. Letitia war mindestens einmal am Tag unten im Gemeinschaftsbereich, hat Blumen in Vasen arrangiert oder Kissen aufgeschlagen. Wenn dieser Tage jemand hindurchgeht, bleibt er immer für einen Plausch stehen. Montagabend habe ich gesehen, wie Aurora und Sally unten mit ihr Karten spielten. »Wir testen die Tische!«, hatte Aurora gesagt. »Bum! Full House!«, rief Sally und schlug mit der Hand auf den Tisch, woraufhin Letitia zusammenzuckte.

»Noch nicht«, erkläre ich ihr und nehme mir einen Keks. »Ich glaube, er will irgendwo im Internet eine Anzeige schalten.«

»Nun ja, wer immer es ist, er oder sie kann sich glücklich schätzen, hier zu wohnen.«

»Letitia … Haben Sie jemals überlegt, aus Ihrer Wohnung auszuziehen?«

Sie wirkt erschrocken. »Wohin?«

»Nicht weit weg. Hierhin. In Marthas altes Zimmer.«

Das ist eine hervorragende Idee, wenn ich das selbst so sagen darf.

»Ach, nein«, sagt Letitia und versteckt sich hinter ihrer Tee- tasse. »Ich könnte meine Wohnung nicht aufgeben. Was wird dann aus all meinen schönen Sachen! Und überhaupt, kein junger Mensch will mit einer alten Schachtel wie mir zusam- menwohnen.«

Ich schiebe ihr den letzten Keks zu. »Unsinn«, erkläre ich. »Obwohl ich den Punkt mit dem ganzen Plunder verstehe. Ich meine«, füge ich rasch hinzu, als ich ihre Miene sehe, »mit Ihren schönen Antiquitäten.«

»Ich könnte die Wohnung nicht aufgeben«, sagt Letitia dies- mal mit mehr Überzeugung, sodass ich sie nicht weiter be- dränge. Aber es ist schade – sie könnte etwas Gesellschaft ge- brauchen. Ich mache mir Sorgen, wie sie zurechtkommt, wenn ich nicht mehr da bin, auch wenn der Silver Shoreditchers' Club regelmäßig stattfinden sollte.

Nachdem Letitia nach Hause gegangen ist, halte ich meine leere Teetasse so lange in Händen, bis das Porzellan kalt ist. Ich kann nicht aufhören, an die Quittung auf Ethans Flurtisch zu denken, die nassen Zahnbürsten in seinem Bad. Ich weiß, dass ich einen Mann schnell verdächtige, untreu zu sein – das kann man mir angesichts meiner Situation nicht übel nehmen. Aber ich muss wissen, ob meine Urteilskraft getrübt ist.

Ich greife nach dem Telefon und wähle Betsys Nummer.

»Hallo, Liebes!«, sagt sie. »Was macht dein attraktiver Schau- spieler?« Sie sagt Schau-spieler so, dass es noch hochtrabender klingt.

Ich lächele. »Er ist ungemindert stürmisch. Darf ich dich in einer Sache um Rat bitten, Betsy?«

»Natürlich.«

»Es geht um Leenas Freund Ethan. Du hast ihn sicher ken- nengelernt, oder?«

»Er war zwar nicht oft hier, aber ja, ich habe ihn kennengelernt«, sagt Betsy.

»War er nicht an den Wochenenden da?«

»Ein- oder zweimal. Ich glaube, Jackson hat ihn vergrault.«

Ich blinzele überrascht. »Jackson? Jackson Greenwood?«

»Er hat deinen Ethan nicht gerade ins Herz geschlossen.«

»Ich wusste schon immer, dass Jackson ein guter Menschenkenner ist«, bemerke ich finster.

»Oh, dann hat Ethan wohl keinen guten Stand bei dir?«, fragt Betsy.

Ich berichte ihr, was ich bei meinem Besuch in Ethans Wohnung entdeckt habe. Betsy zieht lautstark die Luft ein. Dasselbe Geräusch macht sie, wenn sie auf dem Markt in Knargill verhandelt.

»Es muss nichts bedeuten«, sagt sie. »Nicht jeder Mann ist wie Wade.«

»Aber viele schon.«

»Mm, nun ja«, sagt Betsy.

Ich bin kurz davor, sie nach Cliff zu fragen, aber ehe ich dazu komme, spricht sie weiter. So ist das immer.

»Ich muss sagen«, fährt Betsy fort, »bevor ich wusste, dass Leena einen Freund hat, hätte ich gesagt, sie hat ein Auge auf Jackson geworfen.«

Wie interessant. »Wie kommst du darauf?«

»Die halbe Zeit, die sie hier ist, hat sie sich mit ihm gezankt, und die andere hat sie mit ihren Haaren gespielt, wenn er irgendwo aufgetaucht ist. Bei dem letzten Treffen des Komitees zu den Maifeierlichkeiten hat sie ihn kaum aus den Augen gelassen. Oh, und wo wir gerade vom 1. Mai sprechen – sie hat einen Sponsor gefunden.«

Das ist das Einzige, was Betsy hätte sagen können, um mich

davon abzulenken, dass Leena vielleicht ein Auge auf Jackson geworfen hat. »Einen Sponsor für den Maifeiertag?«

»Irgendeine große Kanzlei. Ziemlich schick. Die bezahlen fast alles, und sie hat viele Ideen, wie man Geld für gute Zwecke einnehmen kann: Kuchenbasar, Schatzjagd, Verlosungen.«

Ich strahle. »Sie ist großartig, nicht?«

»Nun ja«, sagt Betsy, »sie ist effektiv, da stimme ich dir zu.«

25

Leena

Als ich Nicola abhole und sie frage, wohin wir fahren, sagt sie: »Sollen wir zu dir fahren?«

Ich fühle mich auf seltsame Weise geschmeichelt. Nicola ist einer dieser Menschen, deren Freundschaft man sich hart erarbeiten muss – ich habe das Gefühl, eine Auserwählte zu sein.

Bei unserer Ankunft jätet Arnold Grandmas Vorgarten.

»Ich habe doch gesagt, dass ich das mache«, sage ich ihm, während ich Nicola aus dem Auto helfe.

»Hast du aber nicht«, erklärt er und winkt mir mit einem Löwenzahn. »Hallo, Nicola, alles gut?«

Ich schließe die Tür auf und scheuche beide rein. »Tee?«

Erst als ich darauf warte, dass der Tee fertig gezogen hat, bemerke ich, wie seltsam es ist, dass ich diese Situation nicht komisch finde. Andere Menschen sagen mir häufig, wie »reif« ich für neunundzwanzig bin (das passiert, wenn man die eigene Schwester sterben sieht, will ich dann immer entgegnen). Aber ich war tatsächlich noch nie zuvor mit jemandem über dreißig befreundet. Und nun verziehe ich keine Miene, wenn Arnold unangemeldet vorbeikommt – ich freue mich sogar darüber –, und ich bin sehr angetan davon, dass Nicola mich wohl genug mag, um den Nachmittag mit mir zu verbringen. Das ist schön. Es gefällt mir, wie sie meine Sicht der Welt verändern, wie sehr sich unsere Leben voneinander unterscheiden. Ich werde das vermissen, wenn ich wieder fahre – ich werde sie vermissen.

Es klopft an der Tür. Betsy.

Sie sieht ein wenig zerknautscht aus. »Hallo, Leena«, sagt sie steif.

»Betsy! Hi! Komm rein. Wir trinken gerade Tee«, sage ich. »Ich hole dir eine Tasse! Darf ich dir den Mantel abnehmen?«

Ich nehme ihren nassen Mantel und hänge ihn auf, mir schwirrt der Kopf. Betsy ist seit diesem ersten schrecklichen Teetrinken nicht mehr vorbeigekommen, wo ich diese ganzen falschen Sachen gesagt habe. Warum ist sie jetzt hier?

»Ich bleibe nicht lang«, sagt Betsy. »Ich bin nur wegen des Ersatzschlüssels hier. Eileen hat irgendwo einen von mir.«

»Ja, sicher«, sage ich und schaue mich um, als könnte der Schlüssel auf dem Esszimmertisch liegen. »Hast du dich ausgeschlossen?«

»Ja«, sagt sie.

Ich versuche, ihr in die Augen zu schauen, doch sie blickt zur Seite. Sie lügt definitiv.

Arnold sieht zwischen uns hin und her, dann steht er auf. »Nicola, ich muss dir die Hortensie ganz hinten in Eileens Garten zeigen«, sagt er.

»Die was?«, fragt Nicola. »Ich weiß nicht, wovon …«, aber er hilft ihr schon auf.

»Na, von mir aus«, grummelt sie.

Ich sage lautlos *Danke* zu Arnold, und er lächelt mich kurz an. Als wir allein sind, wende ich mich Betsy zu, die die Schubladen der Kommode öffnet und schließt.

»Kann Cliff dich nicht reinlassen?«, frage ich sie sanft.

Betsy dreht sich nicht um. Es herrscht lange Stille.

»Cliff hat mich ausgesperrt.«

Ich atme ein. »Nun, das ist aber ziemlich gemein von ihm«, sage ich so neutral, wie ich kann.

»Würdest du heute Nacht gern hier schlafen?«

Sie blickt sich um. »Hier schlafen?«

»Ja, du kannst Grandmas Zimmer haben.«

»Oh, ich …« Sie sieht kurz ein wenig verloren aus. »Danke«, sagt sie. »Das ist sehr lieb. Aber ich würde lieber einfach nur den Schlüssel finden.«

»Gut«, entgegne ich, während Arnold und Nicola wieder aus dem Garten in Richtung Küche kommen. »Wir finden ihn bestimmt, wenn wir zu viert danach suchen.«

Ich finde alles Mögliche, als ich nach dem Schlüssel suche. Meinen alten Schulranzen (wie ist der denn hier gelandet?); ein Foto von meiner Mum, als sie mit mir schwanger war und so grandios wie ein Filmstar aussieht; und ein Rezept für einen Mud Pie in Carlas Handschrift, woraufhin mir Tränen in die Augen steigen. Carla taucht hier in Hamleigh ständig auf. Sie hat zwar nicht lange hier gelebt, aber sie gehört dazu. Vielleicht komme ich deswegen endlich weiter, während ich hier bin. Besser gesagt, ich halte inne. Weiterkommen ist meine Stärke; im Stillstand bin ich nicht so gut.

Vorsichtig falte ich das Rezept zusammen und lege es dahin, wo ich es gefunden habe. Vielleicht werde ich eines Tages, wenn ich einen solchen Schatz finde, nicht mehr weinen, sondern lächeln.

Schließlich findet Nicola den Schlüssel. *Betsys Ersatzschlüssel*, hat Grandma ihn sorgfältig mit ihrer Krakelschrift beschriftet und ganz hinten in einer Schublade ihres Flurtischs verstaut, zusammen mit einer Sammlung von Schlüsseln für Häuser, die wir alle schon lange verlassen haben: Carlas Wohnung in Bethnal Green, unsere alte Bude in Leeds, und – zu meiner großen Verwunderung – einen Fahrradschlüssel, von dem ich dachte, ich hätte ihn vor etwa zehn Jahren verloren. Es gibt auch einen Ersatzschlüssel zu Mums Haus, den ich mir für meine restliche Zeit hier mopse – ich habe bisher Grandmas benutzt, aber der hakt irgendwie immer im Schloss.

Ich gehe mit Betsy zurück zu ihrem Haus. Ich habe sie gar nicht gefragt, ob sie das will, aber ich bin dennoch überrascht, dass sie mich lässt. Ich versuche mir vorzustellen, was Grandma sagen würde, und ich glaube, sie würde nicht viel sagen – sie würde Betsy die Gelegenheit zum Reden geben. Als wir also die Middling Lane langsam im Regen entlanggehen, halte ich einfach den Schirm und warte darauf, dass Betsy reden will.

»Ich vermute mal, du denkst nun, du wüsstest alles über meine Situation«, sagt sie schließlich und schaut streng geradeaus.

»Nein, ganz und gar nicht.«

»Gut. Weil das alles – kompliziert ist.«

»Bestimmt ist es das.«

Ich beiße mir auf die Wange. Grandma hätte nichts weiter gesagt. Sie hätte es dabei belassen. Aber …

»Niemand sollte Angst in seinem eigenen Zuhause haben. Und wenn du ihn verlassen willst, Betsy, wird jeder hier im Dorf dich unterstützen. Jeder Einzelne.«

Wir erreichen Betsys Haus. Sie hält vor dem Tor an – sie will, dass ich gehe, so viel ist klar, aber ich würde lieber bleiben, bis ich sehe, dass sie sicher ins Haus gekommen ist.

»Er wird sich inzwischen beruhigt haben«, sagt Betsy und fummelt mit dem Schlüssel herum. »Er wird bloß manchmal böse. Los jetzt, ab mit dir, Leena, du kannst nicht hier herumlungern.«

»Du hast etwas Besseres verdient. Und ich werde dir das immer wieder sagen, egal wie häufig du mich rauswirfst oder mir sagst, ich solle hier nicht mehr herumlungern«, erkläre ich, »und ich werde dennoch immer da sein.«

»Noch eine knappe Woche lang«, erklärt Betsy.

»Oh, stimmt.« Ich hatte einen Augenblick lang vergessen, dass ich überhaupt wieder gehen würde. »Aber danach ist ja Eileen Cotton wieder in Clearwater Cottage«, sage ich lächelnd, aber mein Magen zieht sich wegen eines Gefühls zusammen, das sehr an Traurigkeit erinnert. »Das ist doch noch besser.«

26

Eileen

Bu-bu-bu-BUH-BUH-bu-bu-bu, macht Leenas Handy auf dem Couchtisch.

»Oh, fuck, jedes Mal, wenn bei Ihnen eine Nachricht eingeht, bekomme ich fast einen Herzinfarkt«, sagt Bee und fasst sich an die Brust. »Es ist so laut.«

Ich will sie dafür rügen, dass sie geflucht hat, werde jedoch von der neu eingegangenen Nachricht abgelenkt.

»Von wem ist sie diesmal?«, fragt Bee. »Von Old Country Boy oder von Ihrem sexy Schauspieler?«

»Von meinem alten Nachbarn«, antworte ich kopfschüttelnd. »Er hat Katzenvideos für sich entdeckt und bombardiert mich damit seit Wochen.«

»Ach, haben Sie ihm das gezeigt, in dem die Katze das Kind ins Schwimmbad schubst?«, fragt Bee strahlend. »Das haben Jaime und ich ungefähr sechshundertmal gesehen.«

»Offenbar teilt Ihre Tochter Ihren schwarzen Sinn für Humor«, sage ich und lege das Telefon wieder weg. Arnold kann warten. Ich muss Neuigkeiten von Bee hören. »Und? Wie war Ihr drittes Date mit Mike?«

Bee schüttelt ungläubig den Kopf. »Es war gut, Eileen. Er ist … nun ja, er ist ein schrecklicher Tänzer, er ist eindeutig reicher und erfolgreicher als ich, und er wohnt nicht in London, womit er fast keinem einzigen Punkt auf meiner Liste entspricht …«

»Was hat er gesagt, als Sie ihm von Jaime erzählt haben?«

Ihre Gesichtszüge werden weich. Ooh, diesen Ausdruck kenne ich.

»Er hat gesagt: ›Erzähl mir von ihr.‹ Wir haben ganze fünfundvierzig Minuten über Jaime gesprochen. Er hat keine Miene verzogen oder Angst bekommen oder sich davongeschlichen, er hat einfach zugehört.«

Ich lächele. »Also, ›guter Zuhörer‹ stand vielleicht nicht auf Ihrer Liste, aber auf meiner.«

»Er hat mir auch viele hilfreiche Tipps für die Geschäftsgründung gegeben. Er hatte haufenweise Ideen, aber absolut nicht auf diese männliche besserwisserische Art, wissen Sie?«

»Nicht so ganz, aber klingt gut«, sage ich. »Haben Sie mit Leena über diese neuen Ideen gesprochen?«

Bee verzieht das Gesicht. »Ich will sie nicht bedrängen – das letzte Mal, als ich mit ihr über B&L-Pläne gesprochen habe, hat sie gesagt, ihre Zuversicht hätte durch Carlas Tod einen derartigen Dämpfer erhalten, dass ihr die Kraft fehlt. Das verstehe ich. Ich warte gern, bis sie so weit ist.«

»Mm«, mache ich, als der Kellner unsere Kaffees bringt.

Bee zieht die Augenbrauen hoch. »Sagen Sie schon. Was geht Ihnen durch den Kopf?«

»Normalerweise sind Sie kein Typ, der gern wartet.«

Bee rührt in dem Schaum auf ihrem Kaffee. »Doch, wenn Leena es braucht«, sagt sie schlicht.

»Das ist sehr nett von Ihnen«, sage ich. »Aber selbst Leena braucht hin und wieder einen Schubs. Und jetzt mehr denn je. Sie hat sich nie glücklicher angehört, als wenn sie von Ihren Plänen gesprochen hat, und es war traurig, dass sie sie so lange nicht mehr erwähnt hat. Vielleicht ist es genau das, was sie braucht, um nach vorn zu schauen.«

»Vielleicht«, sagt Bee und hebt leicht den Kopf. »Vielleicht gebe ich ihr einfach … noch mal einen kleinen Schubs. Ich will nicht, dass wir den Schwung verlieren. Manchmal mache ich mir Sorgen, dass wir für immer Selmounters bleiben.«

»Nennt ihr euch etwa so? Das klingt wie der Titel eines Schundromans.«

»Ach Gott, ich wünschte, das hätten Sie nicht gesagt«, sagt Bee. »Jetzt werde ich jedes Mal daran denken, wenn der CEO Selmounter sagt. Selmounter. Oh, Mist, Sie haben recht, es klingt tatsächlich so …«

An jenem Abend sitze ich neben Fitz am Frühstückstresen und gehe die Antworten durch, die ich zum Silver Shoreditchers' Social Club erhalten habe. Bislang haben fünf Personen darum gebeten, zu der großen Eröffnung abgeholt zu werden, sieben wollen kurzfristig Bescheid sagen, und eine Handvoll klingt interessiert. Ich versuche, mir nicht zu große Hoffnungen zu machen, aber es fühlt sich ziemlich aufregend an.

Hin und wieder sehe ich nach, ob Howard auf der Chat-Seite ist. Seine Vorschläge für unsere Website klingen wunderbar – er hat die großartige Idee, dass wir die Seite zum Spendensammeln nutzen könnten. Vorerst behalte ich diese Überraschung für mich, aber ich kann es kaum erwarten, Fitz die Seite zu zeigen, wenn sie fertig ist. Der einzige Nachteil ist, dass Howard zum Anfang etwas Geld braucht. Er meint, er würde wahrscheinlich innerhalb einer Woche das Doppelte an Spendeneinnahmen erzielen, sodass ich das Geld schnell zurückhätte. Die Website hört sich auf jeden Fall so an, als würde sich die Investition lohnen. Ich warte nur noch darauf, dass er mir sagt, wie viel Geld er braucht.

Als ich meine ganzen Nachrichten durchgehe, lande ich bei meinem Chat mit Arnold, eine Reihe Katzenvideos wird von skurrilen Berichten über Hamleigh und den Garten unterbrochen. Ich halte neben seinem Namen, dann klicke ich aus einem Impuls heraus auf sein Profil.

Neben dem Bild steht dort jetzt auch ein kurzer Text:

Ich heiße Arnold Macintyre und schlage ein neues Kapitel in meinem Leben auf. Macht irgendjemand dort draußen dasselbe? Ich würde mich gern mit einer Gleichgesinnten austauschen …

Ich reibe mir den Nacken. Ob schon jemand auf Arnolds Frage geantwortet hat? Gibt es eine gleichgesinnte Dame dort draußen, die sich mit ihm über ein neues Kapitel austauscht? Mir ist noch nicht in den Sinn gekommen, dass Arnold sich über diese Website wahrscheinlich nicht nur mit mir, sondern auch mit anderen unterhält. Der Cursor schwebt über dem Nachrichtenzeichen. Neben Arnolds Namen ist ein grüner Punkt. Es ist komisch, sich vorzustellen, dass er da oben in Hamleigh vor seinem Computer sitzt.

EileenCotton79: Hallo, Arnold, ich muss dich was fragen. Wie meinst du das, du schlägst ein neues Kapitel auf?

Arnold1234: Nun ja. Ehrlich gesagt hast du mich dazu inspiriert.

EileenCotton79: Ich???

Arnold1234: Du hast dich wieder ins Leben gestürzt. Damit hatte ich vor Langem aufgehört. Und nun habe ich wieder damit angefangen.

Ich starre eine Weile auf den Bildschirm. Arnold tippt erneut.

Arnold1234: Ich gehe jetzt zum Pilates, weißt du?

»Ha!«

Fitz wendet sich von seinem Laptop ab und sieht mich mit hochgezogenen Augenbrauen an. Ich lächele verlegen.

»Nichts Interessantes«, sage ich schnell und drehe Leenas Laptop etwas zur Seite.

EileenCotton79: Was noch??

Arnold1234: Leena hat mir beigebracht, wie man Pad Thai kocht.

EileenCotton79: Aber Leena ist eine furchtbare Köchin!

Arnold1234: Tja, das weiß ich jetzt auch.

Wieder muss ich lachen.

EileenCotton79: Und Betsy hat mir erzählt, dass du jetzt auch im Ausschuss für die Feier zum 1. Mai bist ...

Arnold1234: Ja. Obwohl deine Enkelin sich weigert, deine Spezialitäten zum Maifeiertag zu machen, sodass ich Zweifel daran habe, ob es ein toller Tag wird.

Ich lächele. Jedes Jahr am 1. Mai verkaufe ich an einem Stand vor meinem Tor kandierte Äpfel. Arnold kauft immer drei, meckert über den Preis, bis ich ihm widerwillig einen Nachlass gewähre, und freut sich dann hämisch den ganzen Abend. Normalerweise mit einem kandierten Apfel zwischen den Zähnen.

Meine Finger schweben über den Tasten.

EileenCotton79: Nun ja, wie wäre es, wenn ich verspreche, dir ein paar kandierte Äpfel zu machen, wenn ich zurück bin?

Seine Antwort lässt ziemlich lange auf sich warten.

Arnold1234: Zu einem Sonderpreis?

Lachend verdrehe ich die Augen.

EileenCotton79: Umsonst, weil du dich um Leena gekümmert hast, solange ich weg war, und als Dank für die Katzenvideos. Die haben mich zum Schmunzeln gebracht.

Arnold1234: Also, wie kann ich dazu Nein sagen?

Ich lächele.

Arnold1234: Und was ist mit dem Silver Shoreditchers' Social Club? Wie geht es voran?

Ich hatte ganz vergessen, dass ich ihm davon erzählt habe – wie nett, dass er sich daran erinnert.

EileenCotton79: Dieses Wochenende ist die große Eröffnung!

Arnold1234: Ich wünschte, ich könnte dabei sein.

Und während ich noch diesen ziemlich überraschenden Satz verarbeite, folgt ein weiterer:

Arnold1234: Also, wenn ich eingeladen wäre.

EileenCotton79: Natürlich bist du eingeladen, Arnold, sei nicht albern.

Arnold1234: Du hast mich noch nie zu dir nach Hause eingeladen, warum sollte ich also jetzt davon ausgehen ...

Mit gerunzelter Stirn blicke ich auf Leenas Laptop und schiebe die Brille auf der Nase nach vorn.

EileenCotton79: Das meinst du doch nicht so ... nie?

Arnold1234: Nie. Du hast mich nicht ein einziges Mal zur dir hereingebeten.

EileenCotton79: Also. Ich glaube, ich habe dich sehr wohl einmal hereingebeten.

Arnold1234: Stimmt, aber seit jenem ersten Tag nie wieder.

Ich beiße mir auf die Lippe, dann wische ich gedankenverloren mit meinem Finger über die Stelle, um meinen Lippenstift zu richten.

Auf einmal kommt mir der Gedanke, vielleicht durch den Abstand ... dass ich nicht besonders milde Arnold gegenüber gewesen bin.

Ich warte eine Weile und weiß nicht, was ich sagen soll. Nach einem Moment schickt Arnold mir ein Video von einer Katze, die auf einem Staubsauger reitet, und ich muss lachen.

Arnold1234: Dachte, ich lockere die Stimmung mal ein bisschen auf.

EileenCotton79: Also, Arnold, es tut mir leid. Wenn ich nach Hause komme, würde ich dich sehr gern zu einem Tee und einem kandierten Apfel einladen.

Arnold1234: Sehr gern.

Arnold1234: Viel Glück bei der großen Eröffnung, Eileen. Wir freuen uns alle schon, dass du bald wieder in Hamleigh bist.

Anschließend verschwindet der grüne Punkt.

Heute ist mein letzter Abend mit Todd. Ich fahre nicht vor Montag nach Hause, aber das Wochenende ist dem Abschied von meinen neuen Freunden vorbehalten.

Ich bin nicht richtig traurig, mich von Todd zu verabschieden. Wir wussten vom ersten Tag an, dass und wann dieser Moment kommen würde. Darum bin ich äußerst überrascht, als er sich neben mir in seinem üppigen Bett aufsetzt und sagt: »Eileen, ich will mich noch nicht von dir verabschieden.«

Ich bin so verblüfft, dass ich einen Moment brauche, um die richtigen Worte zu finden, so lange, dass Todd enttäuscht aussieht.

»Oh, es tut mir leid«, sage ich und greife reflexartig nach seiner Hand. »Ich bin nur überrascht. Wir haben immer gesagt …«

»Ich weiß.« Er drückt meine Hand an seine Lippen. Nach einem Nachmittag im Bett ist sein silbergraues Haar zerzaust. Ich streiche es zurück, so wie er es normalerweise trägt, nach hinten gekämmt wie Donald Sutherland. »Es war absolut außergewöhnlich. Ich kann es nicht anders sagen. Du bist wirklich einmalig, Eileen Cotton.«

Lächelnd betrachte ich die Decke über meinem Schoß. »Wir haben gesagt, wir würden uns heute verabschieden.«

»Na ja, wir können uns auch morgen verabschieden. Oder übermorgen. Oder irgendwann.« Er lächelt mich schelmisch an und verschränkt seine Finger mit meinen. »Gib mir eine Chance, dich zu überreden. Komm morgen zu unserer Party, das ganze Ensemble wird da sein. Wir grillen auf einer Dachterrasse in King's Cross. Gutes Essen, gute Gespräche, der ein oder andere West-End-Star ...«

»Schwänz die Party«, sage ich spontan. »Komm zur Eröffnung des Silver Shoreditchers' Social Club.« Ich drücke ihm einen Kuss auf die Wange. »Es wäre so schön, wenn du dabei wärst.«

Er zögert: »Nun, ich ... das sollte ich hinkriegen.«

Ich strahle. Dieses Projekt ist das Wichtigste, was ich während meiner Zeit in London gemacht habe – es fühlt sich richtig an, dass Todd bei der großen Eröffnung dabei ist. Und vielleicht stimmt es, was er sagt. Vielleicht muss es nicht vorbei sein, nur weil ich zurück nach Yorkshire ziehe. Mit dem Zug sind es schließlich nur ein paar Stunden.

Erst nachdem ich sein Haus verlassen habe, fällt mir ein, dass Howard ebenfalls gesagt hat, er werde zur großen Eröffnung kommen. Herrje. Vermutlich wird es dann kompliziert.

27

Leena

Auf gar keinen Fall«, sage ich bestimmt.

»Aber Vera hat Dünnpfiff!«, jammert Penelope.

Ich habe so viel zu tun, ich habe nicht genug Zeit, das lustig zu finden.

»Penelope, ich muss dort draußen dafür sorgen, dass alles seinen Gang geht! Sicherlich gibt es in diesem Dorf eine junge Frau, die man dazu zwingen oder irgendwie bestechen kann, dass sie Maikönigin wird.«

»Wahrscheinlich schon ... Wie wär's mit Ursula?«

Ursula ist die Sechzehnjährige, deren Eltern der Dorfladen gehört. Normalerweise sitzt sie mit einem Buch in der Ecke neben dem Gemüse. Ich habe noch nie gesehen, dass sie auch nur ein Wort mit jemandem gewechselt hat.

»Perfekt«, sage ich und widme mich wieder den Girlanden aus Wappenschildern, die gerade zwischen den Laternen auf der Peewit Street aufgehängt werden. Der Morgen ist frisch; die Girlanden spiegeln sich in den silbrigen Pfützen auf dem Bürgersteig, und die Fahnen, die wir am Kriegerdenkmal am Ende der Straße befestigt haben, flattern schön im Wind. »Du wirst es schon schaffen, Penelope.«

»Die Girlanden sind schief«, sagt Roland.

Ich schließe die Augen und atme tief ein. »Vielen Dank, Roland.«

»Gern geschehen«, entgegnet er freundlich und zischt hinter Penelope ab.

»Er hat recht«, ertönt Jacksons Stimme.

Ich drehe mich um. Letztendlich war ich sehr gnädig mit ihm und dem Maikönigkostüm. Er trägt eine grüne Hose, die in hohen braunen Stiefeln steckt, und ein lockeres weißes Hemd, das in der Taille geknotet ist, ein wenig wie Robin Hood, nur als riesiger Rugby-Spieler und nicht als gerissener Mann aus dem Wald. Der für den Maifeiertag typische Blumenkranz hängt schon um seinen Hals. Er ist wunderschön – Kathleen hat ihn aus Wildblumen und Blättern gebunden, die sie hier in der Natur gefunden hat.

Das *Pièce de Résistance* sind allerdings die Hörner. Riesige, grüne Hörner, gewunden wie Widderhörner und so groß wie meine Hasenohren damals.

Ich habe mich zurückgehalten, aber ich wollte den Mann nicht ohne lächerlichen Kopfschmuck davonkommen lassen.

»Hey«, sagt er, und ich muss ein Lachen unterdrücken. »Ich habe keine Miene verzogen, als du wie Roger Rabbit ausgesehen hast.«

Ich presse die Lippen aufeinander und setze den feierlichsten Gesichtsausdruck auf, den ich hinbekomme. »Äußerst königlich«, sage ich. Als ich mich wieder den Girlanden zuwende, merke ich, wie mir etwas über den Kopf gezogen wird. Ich schaue nach unten; der Blumenkranz der Maikönigin, nahezu identisch mit Jacksons, aber mit einigen pinkfarbenen Blüten.

Ich drehe mich auf dem Absatz um, um ihn noch einmal anzuschauen. »Wage es nicht!«, sage ich und will mir den Kranz wieder ausziehen.

Jackson hält mich am Handgelenk fest. »Du weißt, dass

Ursula es niemals machen würde. Komm schon. Gemeinschaftsgeist.«

»Ich kann nicht bei der Parade mitlaufen, ich muss doch alles organisieren!«, protestiere ich. »Das Floß der Maikönigin und des Maikönigs ist in der Mitte durchgefault – entweder brauche ich einen *sehr* begabten Schreiner oder ein anderes Floß – und …«

»Überlass es doch mir«, sagt Jackson, und sein Grübchen erscheint wieder auf einer Wange. »Sei meine Maikönigin, und ich werde einen Weg finden, dass du stilvoll reisen kannst, in Ordnung?«

Ich blicke ihn mit zusammengekniffenen Augen an. »Falls du dich fragst: Das hier ist mein misstrauisches Gesicht.«

»An dieses Gesicht habe ich mich tatsächlich schon gewöhnt«, sagt Jackson. Er hält immer noch mein Handgelenk fest; ich frage mich, ob er meinen schnellen Puls spüren kann. »Überlass es mir«, sagt er erneut, und als er meinen Arm loslässt, spüre ich immer noch seine Finger auf meiner Haut, wie warmes Sonnenlicht.

Ethan muss herkommen. Er war schon viel zu lange nicht mehr hier. Dieses seltsame Was-auch-immer-es-ist-Gefühl mit Jackson lenkt mich ab. Diese Woche habe ich mich mehrmals dabei erwischt, wie ich an ihn gedacht habe – was ich nicht tun sollte. Wie ich beim Kochen unsere Unterhaltungen im Kopf habe Revue passieren lassen und mich gefragt habe, was er wohl gedacht hat. Ich habe mich an seine sandfarbenen Sommersprossen unter seinen blauen Augen erinnert und an das Gefühl, als sich sein Körper gegen meinen presste, während ich an den Wohnzimmerspiegel gedrückt dastand.

Ich schaue auf mein Telefon – ich warte auf eine Nachricht von Ethan, in der er mir mitteilt, wann er hier ankommt – aber ich habe wie immer kein Netz. Ich grummele vor mich hin und kümmere mich wieder um die Girlande, mein Hirn geht die Aufgaben durch, die ich noch erledigen muss: Sind die Dixie-Klos da, was ist mit der Überschwemmung dort, wo eigentlich Parkplätze vorgesehen waren, den Mann wegen der Eislieferung anrufen, mit Betsy wegen der Essensstände sprechen …

Penelope kommt zurück. »Ursula sagt, sie würde sich lieber von einem dieser Falken die Augen herauspicken lassen, als Maikönigin zu sein«, erklärt sie.

»Gott, das ist … deutlich«, sage ich. Ich habe Ursula ganz offensichtlich falsch eingeschätzt. »Okay, ich denke mir etwas anderes aus, sobald ich mich um die Essensstände, das Eis, die Überschwemmung und die Dixie-Klos gekümmert habe.«

»Atmen, Liebes«, sagt Penelope und legt mir eine Hand auf die Schulter. »Du hast schon so viel erledigt! Ich bin mir sicher, Betsy würde dir eine kleine Pause genehmigen.«

»Penelope«, sage ich und tätschele ihre Hand, »das ist ganz ehrlich der größte Spaß, den ich seit … Gott, ich weiß nicht mehr, seit *Ewigkeiten* hatte. Bitte zwinge mich nicht zu einer Pause.«

Sie blinzelt mich mit ihren Eulenaugen an. »Du *bist* seltsam, Liebes«, sagt sie.

Ich grinse sie an und schaue wieder auf mein Telefon: Wie durch ein Wunder habe ich Empfang, drei Balken, dennoch keine Nachricht von Ethan. Ich versuche, nicht weiter darüber nachzudenken, und rufe Betsy mit der Kurzwahltaste an (kein Witz: Grandmas Telefon hat tatsächlich noch Nummern auf Kurzwahl gespeichert).

»Es tut mir leid, dass ich deinen letzten Anruf verpasst habe!«, sage ich ins Telefon und mache den Männern links von mir ein Zeichen, die die Girlanden aufhängen (Rob und Terry? Ich glaube, sie heißen Rob und Terry? Oder sind das die Namen der beiden, die ich zur Straßensperre an der Lower Lane abgestellt habe?)

»Leena. Die Essensstände. Sie kommen nicht.«

»Was? Warum nicht?«

»Ich weiß es nicht!« Betsy klingt, als würde sie gleich in Tränen ausbrechen.

»Mach dir keine Sorgen, ich kümmere mich darum.« Ich lege auf und suche mir die Nummer von einem der Essensstände heraus. Sie werden alle von unterschiedlichen Menschen betrieben, die meisten wohnen hier in der Gegend; als Erstes finde ich die Nummer vom Käsetoastmann.

»Sorry«, sagt er. »Firs Blandon hat uns das Doppelte angeboten.«

»Firs Blandon?« Das Dorf, über das die Nachbarschaftswache immer schimpft? »Was *zum Teufel* soll das?«

»Sie feiern auch den Maifeiertag, glaube ich. Sie haben auf der Straße ein Schild gleich neben Ihrem aufgehängt und weisen den Menschen damit den Weg. Das Schild ist größer als Ihres, um ehrlich zu sein«, fügt der Käsetoastmann hilfreich hinzu.

»Tun Sie uns das nicht an«, sage ich. »Ich bin schon auf dem Weg nach Firs Blandon ...« Ich renne zu Agatha »... und ich werde dafür sorgen, dass Sie wie vereinbart nach Hamleigh-in-Harksdale kommen, aber das wird hässlich, und ich verspreche Ihnen, es wäre für alle Seiten viel entspannter, wenn Sie einfach zurückkommen und Ihren Vertragspflichten hier in Hamleigh nachkommen.«

Es herrscht unangenehmes Schweigen. »Ich habe nichts unterschrieben«, erklärt der Käsetoastmann.

Mist, Mist, Mist. Das hat er tatsächlich nicht. Wir haben einfach die Fressbuden kontaktiert, die jedes Jahr kommen, und sie für dieses Jahr um ein mittelalterliches Motto gebeten, und sie meinten alle, *ja, klar, wir kommen!* Vielleicht hat es irgendwann einmal einen Vertrag gegeben, als der Maifeiertag zum ersten Mal ausgerichtet wurde, aber Gott weiß, wo der ist.

»Wir haben dennoch einen Rechtsanspruch darauf«, sage ich cool, obwohl ich keine Ahnung habe, ob das stimmt.

»Nun dann. Es … tut mir leid, Leena. In der Käsetoastbranche muss man ums Überleben kämpfen und … Sorry.« Er legt auf.

Ich öffne das Auto. Penelope taucht neben mir auf und hat vor lauter Sorgen die Augen weit aufgerissen.

»Kein einziger Essensstand ist angekommen!«, sagt sie und drückt meinen Arm.

»Das ist eine *Katastrophe*!«, poltert Basil und kommt sehr langsam, aber bestimmt auf uns zugelaufen. »Diese verdammten Leute aus Firs Bladnon! Ich hätte wissen müssen, dass sie etwas im Schilde führen!«

»Alles okay, Leena?«, ruft Arnold von der anderen Straßenseite, wo er nach den Glühbirnen in den Hängegirlanden schaut.

»Rein mit euch! Allesamt!«, sage ich und zeige auf das Auto.

Ich schmeiße Penelope die Schlüssel hin, die sie fängt und dann enorm überrascht aussieht, dass sie so gute Reflexe hat.

»Du fährst«, erkläre ich ihr.

»Oh, aber was würde Dr. Piotr dazu sagen?«, fragt Basil. »Er meinte, Penelope sollte nicht …«

Penelope blinzelt. »Ist doch egal, was der sagt«, erklärt sie und öffnet die Fahrertür. »Das ist *aufregend*.«

Ich würde nicht gerade behaupten, dass ich mich mit Penelope im Auto *sicher* fühle. Aber wir kommen auf jeden Fall schnell voran.

»Die Ampel war rot«, sagt Arnold nachsichtig, als wir über sie hinwegbrettern.

»Die wäre gleich grün geworden«, erklärt Penelope mit dem Fuß fest auf dem Gaspedal.

Ich klebe mittlerweile am Telefon.

»Wer hat in Firs Blandon das Sagen?«, frage ich. »Gibt es dort einen Bürgermeister oder etwas in der Art?«

»Wie jetzt? Nein«, erklärt Arnold. »Aber wahrscheinlich einen Kirchenvorstand.«

»Das könnte sein«, sagt Penelope gerissen, »aber der ist dafür wahrscheinlich nicht verantwortlich.«

Ich blicke von meinem Telefon auf. »Nicht?«

»Eileen ist die Vorsitzende unserer Nachbarschaftswache«, sagt Penelope und biegt mit quietschenden Reifen scharf rechts ab. »Aber wir wissen alle, dass sich Betsy um alles kümmert, oder?«

»Langsam, langsam! Dort war ein Schild, hier ist dreißig!«

»Also, *ich* habe es nicht gesehen«, sagt Penelope.

Ich kurbele mein Fenster runter, als wir in Firs Blandon ankommen. Dort gibt es Girlanden! Und Laternen! Diese Arschlöcher!

»Entschuldigen Sie«, frage ich einen Mann, der die Girlanden aufhängt. »Wer ist hier verantwortlich?«

»Ich will mit Ihrem Vorgesetzten sprechen!«, raunzt Basil vom Rücksitz und muss daraufhin selbst lachen.

»Wer verantwortlich ist?«

»Ja.«

»Nun, der Kirchenvorstand ist …«

Ich winke ab. »Ich will wissen, wer *wirklich* das Sagen hat. Zum Beispiel, wenn jemand zu nah an einer Kreuzung parkt oder der Pub beginnt, mehr für Fish and Chips abzukassieren, wer sorgt dafür, dass alles wieder in Ordnung kommt?«

»Ach, Sie meinen Derek«, sagt der Mann. »Der ist dort drüben und sorgt dafür, dass die ganzen Essensbuden an den richtigen Stellen abgestellt werden.«

»Danke«, sage ich, dann kreische ich auf, als Penelope ihren Fuß wieder aufs Gas stellt.

»Ich habe Männern mit dem Namen Derek nie getraut«, sagt Penelope geheimnisvoll, während die Hauptstraße von Firs Blandon vor uns auftaucht, auf der nun unsere ganzen Essensstände stehen.

»Ihr sucht einen Parkplatz«, sage ich und reiße schon die Beifahrertür auf. »Ich klär das.«

Derek ist unschwer zu erkennen. Er ist ein Mann Ende sechzig, der einen sehr auffälligen und völlig unnötigen gelben Schutzhelm trägt und ein Megafon in der Hand hält.

»Ein bisschen weiter rechts! Ein bisschen weiter links! Nein, ein bisschen weiter links! LINKS!«, brüllt er in das Megafon.

»Derek?«, sage ich freundlich.

»Ja?« Er blickt sich kaum um.

»Leena Cotton«, erkläre ich und gehe mit ausgestreckter Hand auf ihn zu. »Ich bin im Auftrag von Hamleigh-in-Harksdale hier.«

Damit habe ich seine Aufmerksamkeit. »Das ging schnell«, sagt er und grinst ein wenig, woraufhin ich richtig sauer werde.

»Ich habe eine sehr gute Fahrerin«, sage ich. »Können wir irgendwo ungestört reden?«

»Ich bin hier gerade sehr beschäftigt«, sagt Derek. »Muss ein Maifest organisieren und so. Ich bin mir sicher, Sie verstehen das.«

»Natürlich«, erkläre ich lächelnd. »Ich wollte Ihnen nur viel Glück wünschen.«

Er blinzelt. »Ach, Liebes«, sagt er mit einem immer breiteren Grinsen, »*Glück* brauchen wir nicht. Wir haben hier heute das beste Essen von ganz Yorkshire.«

»Oh, ich meine nicht für heute«, sage ich. »Ich meine mit den Bauanträgen.«

Derek erstarrt. »Wie bitte?«

»Firs Blandon hat in dem Bereich doch äußerst ambitionierte Pläne! Dieses Gemeindezentrum am Dorfrand, wissen Sie, das in Sichtweite mehrerer Häuser der Peewit Street in Hamleigh liegt? Das könnte sich ganz wundervoll ins Umland einfügen oder natürlich – je nachdem, wie man es betrachtet – ein Schandfleck sein und die einzigartige Landschaft der Dales verschandeln.«

Nun habe ich Dereks ganze Aufmerksamkeit.

»Oh, Penelope, Basil, Arnold!«, sage ich und winke sie zu uns. »Ich würde euch gern Derek vorstellen. Wir werden ihn bestimmt häufiger sehen, wo wir uns doch nun viel mehr für die Bauanträge aus Firs Blandon interessieren.« Ich lächele Derek breit an. »Basil, Penelope und Arnold haben allesamt sehr ausgeprägte Meinungen zu lokalen Themen, oder?«

»Das kann man laut sagen!«, sagt Basil und plustert sich auf.

»Ich setze mich sehr engagiert für Dorfangelegenheiten ein«, sagt Arnold.

»Ich will nur sagen«, erklärt Penelope und hat den Blick fest auf Derek gerichtet, »dass irgendetwas mit dem Namen Derek nicht stimmt. Ich habe noch nie einen Derek getroffen, den ich mochte. Noch nie.«

Ich grinse breit und nehme Derek das Megafon ab, der gar nicht dagegen protestiert.

»Packt alle zusammen!«, rufe ich ins Megafon. »Wir fahren zurück nach Hamleigh-in-Harksdale.«

Die Fressbuden fahren mit eingeklemmtem Schwanz zurück nach Hamleigh. Penelope braust mit der Sorglosigkeit eines siebzehnjährigen Jungen zurück, und wir schaffen es, irgendwie gleichzeitig mit den Essensständen anzukommen, obwohl wir noch einen Abstecher nach Knargill machen, um Nicola abzuholen. Als wir am Schild mit dem Hinweis auf den Maifeiertag in Firs Blandon vorbeikommen, bremst Penelope abrupt ab, ich kreische auf und klammere mich an den Türgriff, während sie das Werbeschild abreißt.

»Ups!«, ruft Penelope.

»Das da auch!«, sagt eine zu allem bereite Nicola und zeigt auf ein Schild weiter vorne.

Wir sind nun fast da, und ich habe gerade noch Zeit, nach den Dixie-Klos zu sehen, bevor das Abwasserunternehmen hier ist und sich um die Überflutung kümmert. Aber als wir an der Ecke des Feldes ankommen, wo die Essensbuden hinsollten, stehen dort schon etliche Leute, die uns die Sicht nehmen. Penelope und ich blicken uns stirnrunzelnd an; sie parkt etwas weiter hinten, und wir steigen aus. Ich will Nicola aus dem Wagen helfen, aber Basil ist schon da und bietet mit mittelalterlicher Ritterlichkeit seinen Arm an. Arnold tätschelt Agatha, als er hinausklettert – er und das Auto haben eine sehr enge Bindung, seitdem er es aus Grandmas Hecke gezogen hat.

»Was hat das hier alles zu bedeuten?«, fragt er mit einer Kopfbewegung auf das Chaos.

»Keine Ahnung.« Ich schaue auf mein Telefon, während wir

zu der Menge gehen. Ich habe eine Nachricht von Bee, die mein Herz höherschlagen lässt:

Leena, komm, wir machen es einfach. B&L Consulting. Ich habe alles mit deiner Grandma besprochen und bin AUFGEREGT. Wenn du mehr Zeit brauchst, sag mir einfach Bescheid, ich bin für dich da, aber ich wollte sagen: Wir sollten das durchziehen. Ich kann mich um alles kümmern, wenn du gerade keinen Kopf dafür hast. Aber lass uns die Idee nicht aus den Augen verlieren, meine Liebe! Wir werden Chefinnen sein! Xx

Und eine von Ethan, bei der mir das Herz schwer wird.

Sorry, Engel – hier ist alles völlig außer Kontrolle. Ich muss noch für ein paar Stunden an den Schreibtisch. Ich vermute, es gibt keine Möglichkeit für dich, hierher zu kommen? Xx

Ich schlucke und antworte ihm, während wir über die Wiese laufen.

Ethan, du weißt doch, dass ich nicht aus Hamleigh wegkann, heute ist doch das Maifest. Ich hoffe, du kommst mit allem gut durch. Lass uns wenigstens mal versuchen zu telefonieren, ja? X

»Kommt Ethan nicht?«, fragt Arnold leise.

Ich blicke ihn irritiert an.

»Du hast kein gutes Pokerface«, erklärt er.

Ich schiebe mein Telefon in die Tasche meines Kapuzenpullis. »Er kann nichts dafür. Es liegt an seiner Arbeit, weißt du?«

Arnold blickt mich lange und bedeutungsschwer an. »Leena«, sagt er. »Ich weiß, dass er wirklich lieb zu dir war, als du ihn gebraucht hast. Aber bleib nicht aus Dankbarkeit mit jemandem zusammen. Das ist nicht gut.«

»Ich bin nicht aus *Dankbarkeit* mit ihm zusammen!«, sage ich.

»Na gut.« Arnold drückt meine Schulter. »Ich glaube nur, dass du einen Mann brauchst, der dich gut behandelt, das ist alles.«

»Ich mochte dich lieber, als du noch ein Eremit warst«, zische ich.

Er grinst, dann lächelt er nicht mehr. Wir haben beide dasselbe gehört.

»Das darf doch nicht wahr sein!«

Es ist Cliff. Ich dränge mich durch die Menge aufs Feld, wo Betsy und Cliff sich wie zwei Cowboys gegenüberstehen, die darauf warten, eine Waffe zu ziehen. Eigentlich hat Betsy schon eine Waffe gezogen – sie hat aber keine Pistole, sondern eine Fernbedienung in der Hand.

»Ich bin es leid! Hörst du! Ich bin es so leid!« Sie umfasst die Fernbedienung mit beiden Händen, als wollte sie sie entzweibrechen, und Cliff brüllt vor Wut.

Cliff sieht ziemlich genauso aus, wie ich ihn mir vorgestellt habe. Rotgesichtig, stämmig mit Tennissocken und einem schmutzigen Pulli, der sich über seinem Bierbauch spannt, er ist der absolute Kontrast zu der adretten kleinen Betsy mit ihrem Halstuch und der pinkfarbenen Kurzjacke. Nur dass Betsy von den beiden gerade am durchsetzungsfähigsten aussieht.

»Cliff Harris«, sagt sie leise und giftig. »*Ich. Verdiene. Etwas. Besseres.*«

Und mit etwas, das ich auf die übermenschlichen Kräfte einer Frau zurückführe, die sich sehr lange sehr viel hat gefallen lassen, bricht sie die Fernbedienung entzwei.

Cliff kommt auf sie zu, aber Arnold und ich rennen los, sind schneller da als er und halten ihn an den Armen fest, bevor er Betsy erreicht.

»Ich will, dass du das Haus bis Ende der Woche verlassen hast, hast du das verstanden?«, ruft Betsy über das Feld.

Cliff schreit ihr Schimpfwörter hinterher, die so schlimm sind, dass mir der Mund offen stehen bleibt. Arnold zieht ihn zurück und bedeutet Basil, ihm zu helfen.

»Wir kümmern uns darum«, sagt Arnold zu mir. Ich nicke ihm zu. Ich werde anderswo gebraucht.

Als ich bei Betsy ankomme, bricht sie in meinen Armen zusammen. »Komm mit«, sage ich und führe sie weg. Ich blicke wütend in die Menge, und die Gaffer zerstreuen sich schuldbewusst und lassen uns durch. »Du warst brillant«, erkläre ich Betsy.

Sie versucht, sich umzudrehen. »Oh, ich … ich …«

Ich halte sie am Arm fest. »Nun müssen wir dir nur noch eine Bleibe suchen. Okay?« Ich kaue auf meiner Wange. Clearwater Cottage liegt zu sehr in der Nähe. Sie muss eine Woche lang weg, bis wir Cliff los sind.

Penelope und Nicola warten beim Auto. Sie reißen die Augen auf, während Betsy und ich Arm in Arm zu ihnen wackeln. Ich helfe Betsy auf den Beifahrersitz, und als sie angeschnallt ist, habe ich eine Idee.

»Nicola«, sage ich ruhig, nachdem ich die Autotür geschlossen habe. »Betsy hat ihrem Mann eine Woche Zeit gegeben, um sich eine neue Bleibe zu suchen.«

Nicolas Gesicht wird ganz sanft. Sie blickt Betsy an, die stumm auf dem Vordersitz hockt. Sie hat immer noch die zerbrochene Fernbedienung in der Hand und presst sie an sich.

»Na, das ist doch prima.«

»Glaubst du …«

»Sie kann so lange bei mir bleiben, wie sie will«, sagt Nicola.

»Bist du sicher? Ich weiß, dass das mehr als nur ein kleiner Gefallen ist.«

»Wenn eine Frau einen Unterschlupf braucht und ich ein freies Bett habe, dann ist das kein Problem.«

Nicola öffnet bereits die hintere Tür. Wie auf Autopilot gehe ich zu ihr, um ihr zu helfen. »Komm, Liebes, wir fahren zu mir nach Hause«, sagt sie zu Betsy, während sie sich setzt. »Ich mache uns etwas Heißes zu trinken und später Fisch-Pie zum Abendessen.«

Ich muss mich sehr anstrengen, um nicht zu weinen, als ich die Schlüssel von einer sehr besorgt aussehenden Penelope entgegennehme und mich auf den Fahrersitz setze. Diese Menschen. Sie sind so grimmig und doch so liebenswürdig. Als ich hier angekommen bin, habe ich sie für engstirnig und einfältig gehalten, aber das stimmt nicht. Ich kenne niemanden mit mehr Größe als sie.

28

Eileen

Im Gemeinschaftsbereich herrscht reges Treiben. Fitz weicht aus, als Martha Aurora einen Stapel Servietten zuwirft. Rupert fängt gerade noch rechtzeitig das Ende der Tischdecke auf, die Letitia ausbreitet, und legt sie auf den Tisch. Yaz hat Vanessa auf dem Arm und gibt dem Essenslieferanten mit der freien Hand ein Zeichen. Martha und Yaz sind zum ersten Mal wieder unter Leuten, nachdem sie einige Wochen allein als Familie verbracht haben, und ich muss sagen, sie sind sofort voll dabei. Nicht dass ich etwas anderes erwartet hätte.

Wir hatten gehofft, den Besuchern eine warme Mahlzeit servieren zu können, aber wegen Allergien und solcher Dinge war das kompliziert, sodass es fürs Erste nur ein Buffet mit Kleinigkeiten gibt. Zum Glück kam ich bei der Bestellung des Essens noch hinzu, ehe Fitz auf »Senden« klicken konnte, denn fast alles, was er bestellen wollte, wäre eine ziemliche Herausforderung für jeden mit Zahnlücken oder neuen Prothesen geworden. Jetzt gibt es wesentlich weniger Möhrensticks und Chips und deutlich mehr Blätterteigwürstchen und Quiche.

Ich angele mein Telefon heraus. Todd müsste jeden Moment mit dem Bus hier sein, um die Silver Shoreditcher abzuholen. Vermutlich ruft er an, wenn er draußen ist. Und Howard sagte, er würde ebenfalls pünktlich zu Beginn hier sein, er müsste also auch bald eintreffen. Nervös taste ich nach meinem Haar – Martha hat es mir hochgesteckt. Es sieht sehr elegant aus, aber ich mache mir Sorgen, dass es etwas übertrieben wirkt. Ich habe zwei Nachrichten. Die erste stammt von Bee:

Ich stecke hier mit einem Kunden fest und werde es nicht zur Eröffnung schaffen. Es tut mir SO leid. Ich fühle mich schrecklich deswegen.

Kommen Sie morgen vor Ihrer Abfahrt bei mir vorbei, wenn Sie können? Ich bin bei Selmount und habe keine Termine. Das Büro liegt doch auf dem Weg, wenn Sie nach King's Cross fahren, oder?

Ich tippe eine Antwort.

Hallo, Bee. Kein Problem. Wie wäre es morgen früh um neun? Vielleicht können wir uns auf einen letzten Kaffee und einen Muffin treffen, wenn Sie Zeit haben. Wenn nicht, ist das natürlich auch kein Problem. Alles Liebe, Eileen xx

Ihre Antwort kommt umgehend.

Perfekt. Es tut mir wirklich leid, Eileen xxx

Die andere Nachricht ist von Howard.

OldCountryBoy: Ich freue mich, dass Sie einverstanden sind, die Seite mit dreihundert Pfund an den Start zu bringen. Ich verspreche Ihnen, wir bekommen innerhalb einer Woche das Doppelte an Spenden rein! Xxx

EileenCotton79: Ich gebe Ihnen den Scheck, wenn Sie kommen. Ich kann es kaum erwarten, unsere Website bald zu sehen J

Die drei Punkte tauchen auf, er schreibt.

OldCountryBoy: Es tut mir ja so leid, Eileen, aber ich glaube nicht, dass ich es zur Eröffnungsfeier schaffe. Ich habe noch so viel mit der Website zu tun! Könnten Sie mir das Geld online überweisen?

Mir wird schwer ums Herz. Ich dachte … Ich würde … Nun ja. Egal. Bei diesem Ereignis ging es nicht um Howard, es ist nicht das Ende der Welt, wenn er nicht kommen kann.

EileenCotton79: Ich fürchte, mit Online-Banking kann ich nicht umgehen. Ich kann Ihnen den Scheck aber schicken. Geben Sie mir einfach Ihre Adresse. Alles Gute, Eileen xx

»Eileen?«, höre ich eine vertraute Stimme.

Ich sehe auf, und da steht Todd – der wunderbare, attraktive Todd. Und mir wird wieder leichter ums Herz. Vermutlich ist es deshalb ganz praktisch, mehrere Männer gleichzeitig zu haben.

»Du bist da!« Ich gehe auf die Zehenspitzen, um ihn auf die Wange zu küssen.

Mit seinen Chinos und dem Hemd mit offenem Kragen sieht er sehr schneidig aus. Er betrachtet das muntere Treiben und scheint ziemlich verwirrt zu sein.

»Das hast alles du gemacht?«, fragt er.

»Ja! Nun ja, wir alle«, sage ich strahlend.

»Oh, hallo, ist das Todd?«, fragt Fitz, der neben uns auftaucht.

Er streckt Todd die Hand hin. »Freut mich, Sie kennenzulernen. Wenn ich erwachsen bin, möchte ich werden wie Sie.«

»Schauspieler?«, fragt Todd.

»Ein erfahrener Liebhaber, auch wenn ich über siebzig bin«, stellt Fitz richtig. »Ach, nein, das ist keine Vase, das ist für die Gehstöcke!«

Das galt Letitia. Ich sehe Todd mit schuldbewusster Miene an, der zum Glück amüsiert wirkt.

»Bitte entschuldige das Chaos«, sage ich im selben Moment, in dem Todd sagt:

»Ich habe schlechte Nachrichten.«

»Was für schlechte Nachrichten?«

»Der Bus wird leider vom Theater gebraucht.«

Ich fasse mir an die Brust. »Was? Du hast ihn nicht mitgebracht? Wir haben kein Transportmittel?«

Todd sieht besorgt aus. »Ach, Liebes, war das sehr wichtig?«

»Natürlich war das wichtig! Wir haben versprochen, die Leute abzuholen!« Ich wedele mit meinem Handy vor seiner Nase.

»Können wir ihnen nicht einfach Taxis bestellen?«, fragt er verblüfft.

»Bislang haben die netten Leute aus diesem Haus diesen Club aus eigener Tasche finanziert«, zische ich mit schmalen Augen. »Sie können nicht noch zusätzlich für wer weiß wie viele Taxis bezahlen.«

»Oh, verstehe.« Einen Moment denke ich, Todd würde vielleicht anbieten, die Kosten zu übernehmen, doch das tut er nicht, woraufhin meine Augen noch schmaler werden.

»Entschuldige mich«, sage ich ziemlich eisig. »Ich sollte mich besser um eine Lösung kümmern.«

Männer lassen einen doch immer wieder im Stich, oder?

Mir ist klar, dass Sally nicht gerade begeistert von der Idee mit den Silver Shoreditchers ist, und ich wette, sie will sich den Nachmittag in ihrer Wohnung verschanzen. Aber wir können niemand anderen fragen. Ungeduldig warte ich vor ihrer Tür. Sie scheint ewig zu brauchen, bis sie öffnet, und ich weiß nicht, was wir machen, wenn sie nicht da ist.

Schließlich schließt Sally ihre drei Schlösser auf, wirft nur einen Blick auf mich und verschwindet sofort wieder in der Wohnung.

»Hallo?«, rufe ich fassungslos.

Sie steckt den Kopf wieder heraus, diesmal mit dem Autoschlüssel in der Hand. »Um was für einen Notfall handelt es sich diesmal?«, fragt sie und schließt bereits die Tür hinter sich.

Auf dem Weg durchs Haus grummelt und seufzt sie unablässig vor sich hin, aber davon lasse ich mich nicht täuschen. Ich glaube, Sally ist gern die Heldin.

Sobald sie und Fitz mit der Namens- und Adressliste aufgebrochen sind, verteile ich Domino- und Kartenspiele auf den Tischen und blicke unruhig zur Tür. Ich taste so oft nach meinem Haar, dass ich drohe meine hübsche neue Frisur zu zerstören. Irgendwie muss ich ständig etwas tun.

Als ich gerade keine Beschäftigung mehr habe, meldet mein Telefon den Eingang einer neuen Nachricht. Arnold.

Liebe Eileen,

ich dachte, du möchtest wissen, dass Betsy Cliff heute rausgeschmissen hat. Leena hat vorerst einen sicheren Platz für sie gefunden – bei Nicola in Knargill. Wir haben Cliff ein paar passende Worte gesagt, der versprochen hat, bis spätestens nächstes Wochenende zu seinem Bruder nach Sheffield zu ziehen. Dann kann Betsy ihr Haus endlich für sich haben.

Tut mir leid, wenn ich dich bei deiner großen Eröffnung störe, ich weiß, es ist ein wichtiger Tag. Aber ich dachte, du willst das wissen.

Arnold.

Ich presse das Telefon an meine Brust. Im ersten Moment will ich Betsy spontan anrufen, doch dann fällt mir ein, wie ich mich gefühlt habe, nachdem Wade gegangen war – die Demütigung, die Scham. Anfangs wollte ich mit niemandem sprechen.

Darum schicke ich ihr stattdessen eine Textnachricht.

Denke an dich, schreibe ich. Und dann aus einem Impuls heraus: *Du bist eine mutige und wunderbare Freundin. Alles, alles Liebe, Eileen xxx*

Ich öffne erneut Arnolds Nachricht, weiß aber nicht genau, wie ich ihm antworten soll. Es war so umsichtig von ihm, mir wegen Betsy zu schreiben. Auf eine seltsame Art ist mir Arnold mit seinen albernen Katzenvideos und den Nachrichten aus Hamleigh in den letzten Wochen ein Trost gewesen.

»Eileen?«, ruft Fitz. »Sie sind da!«

Ich wende mich zur Tür. Er hat recht: Die Silver Shore-ditchers kommen, einige mit Gehhilfen, andere mit forschem Schritt. Sally und Fitz helfen ihnen durch die Tür, und alle betrachten mit strahlenden Augen und neugierigen Blicken den neuen Gemeinschaftsbereich. Ich sehe ihn mit frischem Blick durch ihre Augen – die graugrünen Wände, die wunderschönen Dielen – und strahle vor Stolz.

»Willkommen!«, sage ich und breite die Arme aus. »Bitte, kommen Sie herein!«

Als ich Letitia kennenlernte, habe ich mich gefragt, wie viele faszinierende Menschen womöglich noch in London in ihren

Wohnungen versteckt sind und nie ein Wort mit jemandem sprechen.

Und nun ist hier ein ganzer Raum voller Letitias, alle so verschieden, alle unglaublich interessant. Da ist Nancy, die früher Flötistin bei den Londoner Symphonikern war. Clive, der sein ganzes Leben lang nachts Lkw gefahren ist und jetzt nur noch schlafen kann, wenn es hell ist. Ivy, die jeden im Scrabble schlägt, Würstchen im Blätterteig mit zwei Bissen verspeist und schuldbewusst zugibt, dass sie theoretisch ein Genie ist und wahrscheinlich gar nicht an Brettspielen teilnehmen dürfte.

Rupert gibt eine halbe Stunde lang ein bisschen Kunstunterricht – er war so weitsichtig, eine Plane auszulegen, was sehr weise war, denn es scheint mehr Farbe auf dem Boden als auf den Leinwänden zu landen. Und jetzt gibt es Musik – Fitz' Idee. Ivy und Nancy stehen sogar auf und beginnen zu tanzen. Es ist herrlich. Ich will nicht, dass es jemals endet.

»Was hast du da Wunderbares geschaffen, Eileen«, sagt Martha und küsst mich im Vorübergehen auf die Wange.

Ich mache eine Pause auf dem Sofa und beobachte, wie Nancy und Ivy um die Rommé-Tische herum Foxtrott tanzen. Todd setzt sich neben mich. Ich bin überrascht, ihn zu sehen. Er war den Großteil des Nachmittags oben in Leenas Wohnung und hat telefoniert. »Ich glaube, die passen nicht so zu ihm«, sagte Martha diplomatisch, als ich mich darüber beschwerte, dass er sich nicht zu uns gesellt. Es stimmt, dass er nicht hierher zu passen scheint. Nancy, Ivy und Clive sind einfache Menschen, so wie ich. Mir wird klar, dass ich mich in der ganzen Zeit, die ich mit Todd verbracht habe, in seiner Welt bewegt habe: seinem riesigen Haus, seinen Lieblingscafés. Es ist das erste Mal, dass er in meine Welt gekommen ist, und plötzlich wird ganz offensichtlich, dass er hier nicht sein möchte.

Doch dann nimmt Todd meine Hand und streicht mit dem Daumen über mein Handgelenk, wie er es bei unserer ersten Verabredung im Café getan hat, und einfach so macht mein Herz einen Sprung.

»Heute müssen wir uns verabschieden, nicht?«, fragt er. Seine Stimme ist tief und weich. Diese Stimme hat mir in den letzten beiden Monaten unzählige Male Schauer über den Körper getrieben.

»Ja«, sage ich. Wenn ich es bislang nicht wusste, weiß ich es jetzt.

Ich will nicht den Rest meines Lebens mit einem Mann wie Todd verbringen. Ich will ihn mit jemandem verbringen, der versteht, was mir wichtig ist, in dessen Leben es dunkle Flecken gibt wie in meinem. Ich kann mir nicht vorstellen, wie Todd mit mir im Garten arbeitet oder am Kamin in Clearwater Cottage liest oder mir bei den Aufgaben der Nachbarschaftswache hilft. Er ist Teil meines Londoner Abenteuers, und er gehört nach London.

»Ich muss zurück ins Theater«, sagt Todd so leise, dass ich ihn kaum verstehe. »Aber ich könnte heute Nacht zurückkommen. Eine letzte Nacht. Um der alten Zeiten willen.«

Das warme Gefühl der Schmetterlinge in meinem Bauch verstärkt sich, und das Streichen seines Daumens über meine Haut lenkt mich immer mehr ab.

Nun ja. Ist es überhaupt ein Abenteuer, wenn man nicht wenigstens *eine* ziemlich unvernünftige Entscheidung trifft?

29

Leena

Krisenmanagement ist schon irgendwie mein Ding, aber als ich von Nicola zurückkomme, bin ich ein wenig überrascht, wie wenig während meiner Abwesenheit erledigt wurde. Ich meine, das Fest ist nun offiziell eröffnet, und ich bin mir nicht sicher, ob sich jemand um die Toiletten gekümmert hat.

Aber als ich in die Peewit Street fahre, höre ich, dass die Wohltätigkeitsauktion in vollem Gange ist, ich rieche Schweinebraten und sehe, dass der Falkner sich mit seinen Vögeln bereit macht. Es sieht grandios aus. Jemand hat dafür gesorgt, dass während meiner Abwesenheit der Maibaum aufgestellt wurde – nicht einmal sonderlich schief. Wir haben sogar Glück mit dem Wetter, am Himmel steht diese zitronengelbe Sonne, die nur im Frühling scheint, und der leichte Wind trägt Geschnatter und Kinderlachen zu mir herüber.

Ich gehe gleich zu den Dixie-Klos und bin erfreut, dass sie tatsächlich da sind. Andernfalls hätte ich alle bitten müssen, ihre Türen für Besucher zu öffnen, die mal pinkeln müssen, und ich hatte den Eindruck, das wäre den Dorfbewohnern schwer zu verklickern gewesen.

»Oh, gut, dort gibt es Toiletten«, sagt meine Mutter hinter mir.

Überrascht drehe ich mich um. Sie sieht gut aus – sie trägt einen langen, weiten Rock und eine Bluse mit Glockenärmeln, und als sie mir einen Kuss gibt, fühle ich mich ein wenig seltsam. Ich brauche einen Augenblick, um es zu registrieren: Ich habe keine Gefühlswallung, keine darauf folgende Panik, bin nicht im Fight-or-Flight-Modus. Ich freue mich, sie zu sehen. Das ist alles.

Sie nimmt eine Liste aus ihrer Rocktasche – meine Liste. Ich greife mir in die eigene Tasche, als könnte ich sie dort finden, obwohl ich ja sehe, dass sie sie in der Hand hat.

»Basil hat sie nach dem Handgemenge mit Cliff aufgehoben«, sagt Mum. »Ich habe mich so gut ich konnte um alles gekümmert. Tut mir leid, dass der Maibaum nicht gerade steht, ich konnte Roland nicht klarmachen, dass er schief ist, und irgendwann hatte ich keine Lust mehr.«

»Du ... Oh, Mum, danke«, sage ich.

Sie lächelt mich an. Sie hat das Haar zu einem losen Knoten gebunden, und ihre Augen strahlen. Ich bin so dankbar, dass ich nicht wütend auf sie bin, so froh, dass ich sie anblicke und nichts als Liebe spüre, dass ich sie spontan umarme. Sie lacht.

»Oh, das ist schön«, sagt sie.

Ich küsse sie auf die Wange. Hinter uns klopft jemand von innen gegen die Tür des Dixie-Klos, und ich höre eine Stimme, von der ich recht sicher bin, dass es sich dabei um Basils handelt:

»Hallo? Ich komme nicht mehr raus!«

Ich blicke Mum an und verdrehe die Augen. »Na dann, mal wieder an die Arbeit«, erkläre ich. »Kommst du zur Parade?«

»Ich habe gehört, dass man immer noch keine Maikönigin aufgetrieben hat«, sagt sie und hebt eine Augenbraue.

»O Gott, dann muss ich das machen, oder?«, frage ich und blicke sie hoffnungsvoll an. »Es sei denn, du würdest es gern übernehmen?«

Mum schaut mich daraufhin sehr mütterlich an, der Blick sagt mir, *netter Versuch, Leena.* »Du hast heute früh das Fest gerettet, deswegen gehört die Krone der Maikönigin dir«, sagt sie. »Willst du Basil nun aus der Toilette befreien, oder soll ich das machen?«

Nun, wo ich als Maikönigin ausstaffiert bin, sieht das Outfit viel weniger nach Königin Guinevere, sondern eher … nach einer Braut aus.

Ich zupfe nervös das Mieder zurecht und verharre noch verschämt im Eingang von Clearwater Cottage. Das Kleid hat eine hohe Taille und fließt unter dem Dekolleté weit in weichem weißen Chiffon, und Penelope hat dabei geholfen, mir Blumen ins Haar zu stecken, um die Maikrone herum. Ich fühle mich ein wenig ätherisch. Das ist sehr neu für mich. Ich bin normalerweise nicht so der ätherische Typ.

Ich suche in meiner Tasche nach Grandmas Handy und schreibe Betsy kurz, um zu sagen, dass alles okay ist. Arnold hat Cliff fürs Erste nach Hause gebracht und ihm unmissverständlich klargemacht, dass er sich auf der Feier nicht mehr blicken lassen darf, deswegen habe ich gedacht, Betsy könnte zurückkommen. Aber als sie mich angerufen und mir gesagt hat, dass sie es sich gerade bei Nicola gemütlich gemacht hat, hörte sie sich so zittrig an, dass ich es doch nicht vorgeschlagen habe. Man kann leicht übersehen, dass Betsy nicht Grandma ist: Zum einen ist sie sechs Jahre älter, und obwohl sie eine eiserne Entschlossenheit ausstrahlt, verfügt sie nicht über Grandmas Energie.

Ich bin mir nicht sicher, dass irgendwer sonst diese Energie hat. Die letzten beiden Monate haben mir vor Augen geführt, wie bemerkenswert meine Grandma tatsächlich ist.

Mit feuchten Händen richte ich mein Kleid. Auf der Middling Lane erwartet mich die Prozession. Es gab kein Auswahlverfahren für die Teilnahme an der Maiprozession – es durfte so ziemlich jeder mitmachen, der gerade nicht mit etwas anderem beschäftigt war, und außerdem noch alle, die Betsy öffentlich bloßstellen würde, wenn sie herausfindet, dass sie nicht teilnehmen. Meine Mum ist dort und lacht über etwas, das Kathleen sagt, und ich sehe die Leute von der Nachbarschaftswache: den kahlen, gebeugten Kopf von Dr. Piotr, der mit Roland spricht, Penelope, die sich einen Blumenkranz um Arme und Hals gelegt hat wie eine Federboa.

Und dann sind da noch die Kinder. Alle achtunddreißig Kinder, die in die Grundschule von Hamleigh-in-Harksdale gehen, sind hier, sie haben sich in einem Kreis um Jackson versammelt und blicken zu ihm auf. Sie haben Beutel in der Hand, werden gleich Rosenblüten in die Menge schmeißen, und sie tragen Weiß, wie ich, obwohl ihre Kostüme zum Großteil aus Bettlaken bestehen.

Nur ein Kind trägt kein Bettlaken. Ein ganz besonderes kleines Mädchen ist als Satsuma verkleidet.

»Osterhasenfrau!«, ruft Samantha, löst sich aus dem Kinderkreis und rennt zu mir, um mich an den Beinen zu umarmen. Sie läuft ungebremst in mich hinein, und Jackson hält sie fest, bevor sie umkippt. Dann schaut er zu mir auf, und ich sehe, dass er mich in meinem weißen Kleid und mit den nackten Schultern mustert. Er öffnet ein wenig den Mund, und dann starrt er – ja, er starrt wirklich –, weil er einfach nicht anders kann. Ich beiße mir auf die Lippe und versuche, nicht zu lachen.

»Du siehst wie eine Königin aus!«, sagt Samantha.

»Oh, danke!«

»Oder wie ein Geist!«, fügt sie hinzu.

Hmm. Nicht so gut.

Jackson räuspert sich. »Bereit zum stilvollen Reisen, wie versprochen?«, fragt er und deutet hinter mich.

Ich drehe mich um. Vor Arnolds Haus steht Jacksons Pick-up, der über und über mit Schleifen und Blumen geschmückt ist, sodass man Arnold auf dem Fahrersitz kaum noch sieht. Er kurbelt das Fenster runter und köpft dabei eine Nelke.

»Eure Kutsche steht bereit!«, ruft er.

»Machst du etwa bei der Maiprozession mit?«, rufe ich zurück. »Aber Arnold, was ist denn mit deinem Ruf als mürrischer Dorfeinzelgänger?«

»Ab ins Auto, bevor ich mich umentscheide«, sagt Arnold.

Jackson gibt Samantha einen Kuss und schickt sie zu den anderen Kindern, bevor er mir in den Truck hilft. Wir stehen nebeneinander und schauen uns an, der Wind spielt mit unseren Haaren. Ich verspüre hauptsächlich Glück, Glück, hier zu sein, Glück, dass ich diese Entscheidung getroffen und für eine Weile das Leben meiner Großmutter übernommen habe, Glück, dass Jackson so breit lächelt, dass beide Grübchen zu sehen sind. Hinter uns ertönt aufgeregtes Geschnatter, während sich alle in Position bringen, dann klopft Jackson zweimal auf das Dach des Trucks, und es geht los, wir rollen langsam über den glitzernden Weg und führen eine bunt gemischte Maiprozession an.

Ich war schon seit … Ich kann mich nicht mehr daran erinnern, wann ich das letzte Mal betrunken war. Beim Abschied von Mateo, als er zu McKinsey gegangen ist? Und selbst da war ich zu müde, um mich tatsächlich richtig zu betrinken; ich habe mir nur zwei Long Island Ice Tea reingestellt und bin dann in der U-Bahn eingeschlafen, und nichts macht einen besser wieder nüchtern als ein langer und teurer Heimweg von High Barnet.

Aber ich bin gerade von Mango-Daiquiris betrunken, und mir ist ganz schwummrig vom sehr ungalanten Herumgetanze um den Maibaum, und ich bin *froh*. Froh, froh, froh. Wir haben heute über tausend Pfund für wohltätige Zwecke eingenommen, glaube ich, und dieses Geld wird Menschen wie Carla und ihren Familien und Pflegern helfen. Gerade fühlt es sich wie das Wunderbarste auf der Welt an.

Ich gehe zu dem großen Lagerfeuer auf dem Feld, wo ich Hank zum ersten Mal Gassi geführt habe. Die meisten Buden sind noch geöffnet, sie sind von Laternenlicht beschienen und dem flackernden Schein des großen Lagerfeuers; die Stände mit den tropischen Cocktails sind die beliebtesten – vor ihnen haben sich lange Schlangen gebildet. Die Berge der Dales wachen dunkel und schön hinter uns, und ich werde dieses Dorf vermissen, ich vermisse es jetzt schon. Ich will nicht, dass der heutige Abend jemals zu Ende geht.

»Da hat aber jemand gute Laune«, sagt Arnold und prostet mir auf meinem Weg zum Lagerfeuer zu.

Das Feuer prasselt und knackt hinter ihm; als ich hingehe, spüre ich plötzlich die Wärme, strecke die Hände in Richtung der Hitze. Jackson geht zu Arnold und gibt ihm eine Tasse mit einem undefinierbaren Getränk, in dem eine Scheibe Melone schwimmt. Sie stehen gemeinsam da, ganz entspannt, wie Vater und Sohn. Ich finde es schön, dass sie sich immer noch so nahestehen, auch nachdem Jacksons Mum Arnold verlassen hat. Familien können so kompliziert sein, aber wenn man Familie für sich selbst anders definiert, hat man letztendlich ebenfalls etwas ziemlich Perfektes.

Jackson blinzelt zum Himmel. »Morgen wird es regnen«, sagt er.

»Das ist mein Stiefsohn«, sagt Arnold, »redet beim Maifest über Regen. Die Lady hier war gerade noch gut drauf, Jackson! Verdirb ihr die gute Laune nicht.«

Jackson hustet. »Tut mir leid.« Er stellt die leere Tasse auf den Boden und taumelt beim Aufrichten ein wenig.

»Bist du betrunken?«, frage ich. »Oh, das ist witzig. Wie ist der betrunkene Jackson?«

»Um ehrlich zu sein«, sagt Jackson und zieht lose Blumen aus seinem Kranz, »plappert der betrunkene Jackson gern zu viel aus.«

Arnold entschuldigt sich und zeigt in Richtung der Bäume. Jackson und ich gehen zu einer provisorischen Bank, die am Lagerfeuer aufgestellt wurde. Es ist dunkel; sein Gesicht sieht im Feuerschein äußerst maskulin aus, unter seinen Augenbrauen und dem Kiefer liegen Schatten. Als mein Herz zu klopfen beginnt, weiß ich, dass ich mich nicht allein mit ihm hinsetzen sollte – ich denke zu viel und zu oft an diesen Mann.

»Samantha findet dich toll«, sagt er, zieht seinen Blumenkranz aus und legt ihn neben sich. »Aber sie denkt immer noch, du wärst der Osterhase. Sie hat mir erklärt, dass du nun bis nächstes Jahr freihast.«

Ich entspanne mich ein wenig – wenn wir über seine Tochter sprechen, fühlt sich das Ganze nicht so gefährlich an. »Dieses Kostüm. Sie ist so ein tolles Mädchen.«

Er blickt mich von der Seite an. »Weißt du, dass sie dir Zuckerguss ins Haar getropft hat, als du sie auf die Schultern genommen hast?«

Ich stöhne auf. »Gott, das ist so schwer wieder rauszukriegen«, sage ich und greife mir ins Haar. »Warum hat mir das niemand gesagt?«

»Ich glaube, alle sind zu beschwipst, um das zu bemerken. Außer mir.«

»Außer dir?« Ich runzele die Stirn. »Ich dachte, du wärst im betrunkenen Ausplappermodus.«

»Bin ich auch.« Er dreht sich zu mir, seine Augen funkeln und sehen im Lagerfeuerschein durchdringend aus. »Ich achte wohl einfach mehr auf dich als die anderen.«

Ich werde ganz steif. Ich spüre meinen Herzschlag nun in den Ohren, im Hals, überall.

»Leena …«

»Ich sollte wieder zurück zu …«

Auf dem Stück Bank zwischen uns legt er seine Hand auf meine. Heiße und kalte Wellen durchströmen mich bei seiner Berührung, wie in dem Augenblick, wenn einen jemand für einen innigen Kuss zu sich zieht, aber er hat nur seine Finger auf meine gelegt.

»Ich finde dich großartig, Leena Cotton. Du bist lieb und schön und absolut nicht zu bändigen und mein Gott, wenn du dir so mit der Hand durchs Haar fährst …« Er reibt sich mit der freien Hand über den Mund, sein Kiefer entspannt sich und spannt sich wieder an.

Ich lasse den Arm sinken – ich hatte nicht bemerkt, dass ich mein Haar überhaupt berührt hatte.

»Ich glaube, du solltest Folgendes wissen«, erklärt er. »Ich mag dich. Auf eine Weise, wie ich dich nicht mögen sollte. Diese Art von Mögen eben.«

Ich atme schnell und zittrig. Ich will ihn anfassen. Ich will meine Finger mit seinen verschränken, ihn an mich ziehen und ihn im Feuerschein fest auf den Mund küssen, und er ist so nah bei mir, viel näher, als er sein sollte, so nah, dass ich die blassen Sommersprossen unter seinen Augen sehen kann, die Stoppeln auf seinem Kiefer …

»Ich wusste nicht, was ich machen soll«, sagt er so leise, dass er fast flüstert. Seine Lippen sind nur Zentimeter von meinen entfernt. »Wochenlang habe ich darüber nachgedacht. Ich will mich nicht in eine Beziehung einmischen, das wäre falsch. Aber ich will auch nicht, dass du gehst, ohne dass du es weißt.«

Als er Ethan erwähnt, schaltet sich mein Gehirn wieder ein. Ich ziehe die Hand weg und richte mich auf, schlucke schwer. Mein Körper reagiert langsamer – mir ist heiß vor Verlangen.

»Ich sollte nicht … Es tut mir leid, Jackson, ich hätte dich nicht ausreden lassen sollen. Ich sehe die Sache mit uns anders. Ich habe einen Freund. Du weißt das.« Das hört sich weniger bestimmt an, als ich mir vorgenommen hatte; ich wollte fest und entschlossen klingen, aber die Cocktails haben mir das Hirn vernebelt, und mein Herz schlägt immer noch wie wild.

»Und macht er dich glücklich?«, fragt Jackson. Er zuckt ein wenig zusammen, als er es sagt. »Es tut mir leid. Ich frage es dich nur ein Mal.«

Ich atme tief ein. Wir reden hier über Ethan. Natürlich kenne ich die Antwort auf diese Frage.

»Ja, er macht mich glücklich.«

Jackson schaut zu Boden. »Nun, das freut mich. Ich bin froh, dass er dich glücklich macht.«

Er scheint es aufrichtig zu meinen, was mir im Herzen wehtut.

»Ich werde nächste Woche weg sein«, sage ich und schlucke. »Du … wirst mich vergessen. Das Leben wird weitergehen wie zuvor.«

Wir blicken beide aufs Feuer, die Flammen lodern im Wind.

»Ich sollte mich jetzt einfach verabschieden«, erklärt Jackson.

Ich habe morgen noch ein kurzes Treffen mit der Nachbarschaftswache im Gemeindehaus, vielleicht kommen auch Nicola und Betsy, wenn ihnen danach ist. Aber ich denke, Jackson wird sich nicht blicken lassen.

»Okay«, sage ich. »Natürlich. Ich sollte …« Ich stehe auf. Meine eine Körperhälfte ist vom Lagerfeuer gewärmt, die andere ist kalt vom Wind.

»Es tut mir leid«, sagt Jackson und steht ebenfalls auf. »Ich hätte … Ich verstehe jetzt, dass ich nichts hätte sagen sollen.«

»Nein«, entgegne ich, »es ist in Ordnung.«

Es ist besser, dass er es ausgesprochen hat. Nun ist klarer, wo wir beide stehen.

»Gut dann, auf Wiedersehen«, sagt er.

Ich zögere, und dann sage ich:

»Komm her«, ziehe ihn an mich und umarme ihn. Er verschränkt die Arme hinter meinem Rücken, meine Wange liegt auf seiner Brust, und seine ausgestreckte Hand ist fast so breit wie meine Taille. Er riecht nach Feuer und Wildblumen, der Duft der Blumenkette hängt immer noch in dem weichen Stoff seines Hemdes. Ich löse mich von ihm, als mein Herz wieder zu hämmern beginnt.

»Mach's gut, Leena Cotton«, sagt er, als wir uns voneinander lösen. »Und … pass gut auf, dass du ein Leben lebst, das zu dir passt.«

30

Eileen

Ich lasse Todd in dem zerwühlten Bett zurück, den Arm weit ausgestreckt, als wollte er noch einmal nach mir greifen. Mir gefällt die Vorstellung, dass dies meine letzte Erinnerung an ihn ist und seine letzte Erinnerung an mich so, wie ich letzte Nacht war: aufgedreht, ein bisschen albern und perfekt von Martha geschminkt. Meine Taschen sind gepackt und warten unten in Ruperts und Auroras Flur. Fitz hat sie für mich hinuntergetragen, ehe er zur Arbeit gegangen ist. Ich habe Aurora und Rupert zum Abschied einen Kaktus geschenkt. Aurora war begeistert. Diese Frau hält wirklich alles, was nur vage an einen Penis erinnert, für ein Kunstwerk.

Sie haben mir versprochen, den Silver Shoreditchers' Social Club weiterzuführen und mir von den monatlichen Treffen Fotos zu schicken. Am meisten freut sich darüber allerdings Fitz: Er hat schon große Pläne, den Club zu erweitern. Es war eine Freude zu sehen, wie er sich mit ganzem Herzen in das Unterfangen gestürzt hat – er erinnert mich ein bisschen an mich selbst in seinem Alter. Obwohl ich deutlich vernünftiger war. Der Mann scheint einfach nicht auf sich aufpassen zu wollen – alles, was mit Haushalt zu tun hat, geht zum einen Ohr rein und zum anderen wieder raus. Ich habe getan, was ich konnte, solange ich hier war, und er kommt zurecht. Neulich habe ich beobachtet, wie er nach der Wäsche paarweise Socken zusammengelegt hat.

Ich halte ein schwarzes Taxi an, das mich zum Büro von Selmount bringen soll, wo ich mit Bee einen Abschiedskaffee trinken will. Als wir durch die Straßen kriechen, denke ich daran zurück, wie einschüchternd diese Stadt sich bei meiner Ankunft angefühlt hat. Jetzt ist sie mein zweites Zuhause. Ich werde den Mann auf dem Markt vermissen, der mir Nachlass auf Crêpes gegeben hat, weil er ebenfalls aus Yorkshire stammt, und den Verkäufer der Straßenzeitung Big Issue mit dem Schäferhund, der eine rosa Fliege trägt.

Wir halten vor dem Selmount-Büro. Ich brauche eine Weile, um aus dem Auto auszusteigen, und habe gerade die Beine hinausgestellt, als ich aufsehe und erstarre.

»Geht es, Ma'am?«, fragt der Taxifahrer.

»Schh!«, sage ich mit starrem Blick. Ich drehe mich wieder um und ziehe die Beine zurück in den Wagen. »Schließen Sie die Tür! Folgen Sie diesem Wagen!«

»Wie bitte?«, fragt er perplex.

»Dem Taxi dort! Das zwei vor Ihnen mit dem Unterwäschemodel auf der Seite!«

»In das der Kerl mit der Blondine gestiegen ist …?«, fragt er skeptisch über den Rückspiegel.

»Das ist der Freund meiner Enkelin, und ich wette jedes Geld, dass das seine Affäre ist«, erkläre ich. »Die Beschreibung passt perfekt auf sie.«

Der Fahrer dreht den Schlüssel im Zündschloss. »Okay, Ma'am. Ich hänge mich an sie wie Klebstoff.« Er fädelt sich so elegant in den Verkehr ein, dass niemand hupt. »Ich habe was gegen Betrüger«, sagt er.

»Ich auch«, stimme ich ihm voller Leidenschaft zu, als wir

hinter ihnen einscheren. Etwas umständlich, weil ich das Taxi nicht aus den Augen lassen will, schicke ich Bee schnell eine Nachricht.

Bin hinter Ethan her. Tut mir so leid, dass ich Sie verpasse. Alles Liebe, Eileen xxx

Sie antwortet sofort.

ICH BIN SO NEUGIERIG!

Ich habe keine Zeit, Bee zu informieren. Sie wird warten müssen. Ethans Taxi hält. Mein Fahrer stoppt dahinter an einer Bushaltestelle und dreht sich nervös zu mir um.

»Ich springe raus«, sage ich, wobei es eher ein Klettern als ein Springen ist. »Sie waren großartig. Sobald ich weiß, wie das geht, gebe ich Ihnen fünf Sterne.«

Er wirkt verdutzt, hilft mir jedoch beim Aussteigen und winkt mir einigermaßen freundlich hinterher, als ich Ethan nachsetze, wobei ich meinen Koffer hinter mir herziehe.

Ich bin überzeugt, dass das Ceci ist. Sie hat glattes blondes Haar und lange Beine – zwei Dinge, die ich über diese Frau weiß –, und außerdem hat sie etwas an sich, das sagt: Womöglich werde ich Ihrer Enkelin den Freund ausspannen.

Doch als sie vor einem Bürogebäude stehen bleiben, werde ich kurz unsicher. Erst jetzt kommt mir der Gedanke, dass Ethan und Ceci einfach auf dem Weg zu einem Termin sein könnten. In diesem Fall hätte ich eine Menge Geld für ein Taxi verschwendet nach … wo bin ich hier eigentlich?

Dann streicht Ethans Hand über Cecis Arm, und ich weiß, dass mein Instinkt mich nicht getrogen hat. Er neigt den Kopf, um ihr etwas zu sagen. Dann küsst er sie blitzschnell, fast hätte ich es verpasst, auf die Lippen.

Einen Moment zögere ich. Irgendwie habe ich etwas Skrupel. Doch dann erinnere ich mich daran, was ich mir gesagt habe, als ich Ethan verdächtigte, Leena zu betrügen: Carla hätte niemals Skrupel gehabt, und ich sollte auch keine haben. Also schiebe ich meine Handtasche meinen Arm hinauf und setze mich mit meinem Koffer in Bewegung.

Ethan und Ceci sehen noch nicht einmal auf, als ich auf sie zugehe. Als ich Ethan auf die Schulter tippte, fährt er herum.

»Eileen! Hi!«, sagt er und weicht einen Schritt zurück. »Was machen Sie denn hier?«

»Ceci, nehme ich an?«, sage ich zu der Frau.

Sie hebt die Augenbrauen. »Bitte?«

»Machen Sie sich vom Acker, Mädchen.« Ich bedeute ihr, in das Gebäude zu gehen. »Mit Ihnen habe ich keinen Streit. Wobei Sie wissen sollten, dass es in der Hölle einen besonderen Ort für Frauen gibt, die es auf den Mann einer anderen abgesehen haben.«

»Also, Moment mal, Eileen«, sagt Ethan.

»Ich habe gesehen, wie du sie geküsst hast.«

»Was zum Teufel soll das …«, hebt Ceci an.

»Sind Sie etwa immer noch da?«, frage ich sie.

Ceci sieht mich herablassend an. »Ethan?«, sagt sie.

»Wir sehen uns im Meeting«, sagt er. »Halte Sie hin, ja?«

»Lass uns einfach gehen, Ethan. Wer ist diese Frau überhaupt?«

»Ich bin Leenas Großmutter«, entgegne ich.

Sie macht große Augen.

»Oh.«

»Ja. Oh.«

»Wir ... wir sehen uns dann drinnen«, sagt sie zu Ethan und tippelt auf ihren hohen Absätzen davon. Sie erinnert mich an eine Gottesanbeterin. Ich wende den Blick ab. Sie verdient es nicht, dass ich einen weiteren Gedanken an sie verschwende.

»Nun«, sage ich zu Ethan und warte.

Er reibt sich die Stirn. »Ich glaube, Sie haben da etwas missverstanden, Eileen.«

»Ich bin nicht dumm, Ethan. Behandele mich nicht so.«

»Hören Sie zu. Sie verstehen das nicht. Da ist gar nichts dabei, Eileen, moderne Beziehungen sind nicht wie ...«

»Nein. Komm mir nicht damit.«

Er streicht sich mit den Fingern durchs Haar. »Okay. Gut. Ich habe nicht ... Ich wollte nicht, dass das mit Ceci passiert. Das Letzte, was ich will, ist, Leena wehzutun. Aber sie ist in letzter Zeit so anders. Ich weiß nicht, was in sie gefahren ist. Ich habe gar nicht mehr das Gefühl, mit Leena zusammen zu sein, es ist, als wäre sie ein ganz anderer Mensch. Sie redet über die Verkehrsanbindung auf dem Land, kocht Eintopf und plant Dorffeste. Es ist ... Es ist einfach ...« Plötzlich greift er meinen Arm. »Bitte. Sagen Sie ihr nichts.«

»Ach was. Ich habe mir schon gedacht, dass das als Nächstes kommt.« Entschieden befreie ich meinen Arm aus seinem Griff.

»Bitte. Das macht alles kaputt. Ich mache Schluss mit Ceci, gleich nach der Besprechung.« Er wirkt ängstlich, sein Blick ist verzweifelt.

»Ich werde Leena nichts sagen.«

Erleichtert lässt er die Schultern sinken.

»Zwei Tage lang. So viel Zeit lasse ich dir. Gott weiß, dass du das nicht verdienst.«

Dann lasse ich ihn stehen, denn ich kann mich nicht länger

beherrschen. Ich ertrage seinen Anblick nicht – niederge-
schlagen und voller Selbstmitleid steht er da und schwitzt sein
teures Hemd durch. Verschiedene freundliche Fremde helfen
mir mit meinem Gepäck, bis ich in King's Cross im Zug sitze
und aus dem Bahnhof ins Freie fahre. Am weiten Himmel
schwenken die Baukräne vor und zurück und arbeiten daran,
London noch größer zu machen.

Die Stadt wird mir fehlen. Aber sie ist nicht mein Zuhause.
Als der Zug mit hoher Geschwindigkeit Richtung Norden
fährt, frage ich mich, ob sich so eine Brieftaube fühlt – als
würde einen jemand an Fäden an den Ort ziehen, an den man
gehört.

31

Leena

Ich wache am Morgen nach dem Maitag so auf wie immer (also mit einer Katze im Gesicht), aber ich springe nicht aus dem Bett, sondern lege mich noch einmal für mindestens drei Stunden hin. Als ich zum zweiten Mal aufwache, bemerke ich, dass Ant/Dec sich auf meinen unteren Rippen niedergelassen hat und so zufrieden schnurrt, dass ich ihn nicht vertreiben will. Außerdem ist mir sowieso nicht sonderlich nach Bewegung. Ich bin ganz schön durch. Und mehr als nur ein wenig verkatert.

Hat *Mum* mich gestern Abend nach Hause gebracht? Ich erinnere mich vage daran, dass ich sehr detailliert über meinen Businessplan mit Bee geschnattert und ihr dann erklärt habe, ich wolle Yorkshire nicht verlassen, woraufhin sie entgegnete: »Warum macht ihr die Sache denn nicht hier? Warum muss es unbedingt London sein? Was ist überhaupt so toll an London?« Und dann habe ich angefangen, über die Eisenbahn zu schimpfen und …

Mein Telefon klingelt. Ethan ist dran. Ich reibe mir die Augen und taste auf dem Nachttisch nach dem Handy.

»Hey.«

»Hey, Leena«, sagt er. Er hört sich angespannt an, besorgt. »Wie geht es dir?«

»Bisschen verkatert. Und du?«

»Hör zu, Engel, es tut mir wirklich leid, aber ich muss mit dir über etwas sprechen. Es ist vielleicht ein wenig unangenehm.«

Ich richte mich auf. »Okay …«

»Ich bin heute früh deiner Grandma über den Weg gelaufen. Währenddessen war ich mit Ceci aus der Arbeit zusammen – wir waren gerade auf dem Weg zu einem Kundentermin. Deine Grandma … Es tut mir leid, Leena. Sie ist verrückt geworden. Hat Ceci angebrüllt und mich auch, sie hat schreckliche Dinge gesagt – meinte, ich würde dich betrügen, es war verrückt, Leena. Ich weiß nicht, was in sie gefahren ist.«

»O mein Gott«, sage ich und kralle meine Finger in die Decke. »Was?«

»Glaubst du, mit ihr ist alles in Ordnung, Leena? Wirkte sie in letzter Zeit etwas … seltsam auf dich oder so? In ihrem Alter …«

»Denkst du etwa, sie wird verrückt?« Mir ist ganz kalt. Ich spüre meinen Herzschlag in den Ohren.

»Nein, nein«, sagt Ethan schnell, aber ich höre die Sorge in seiner Stimme. »Ich bin mir sicher, dass sie nur … einen schlechten Tag hatte oder so und es an mir ausgelassen hat.«

»Sie meinte, du würdest mich betrügen?«

»Ja.« Er lacht kehlig. »Leena, du weißt doch, dass ich niemals …«

»Natürlich nicht«, sage ich, bevor er den Satz zu Ende bringen kann, weil ich gar nicht will, dass er es ausspricht.

»Ich glaube … kannst du nach Hause kommen, Leena?« Er hört sich so müde an. »Heute, meine ich? Ich muss dich sehen. Das war heute … das war heute ein verrückter Morgen.«

»Heute? Ich wollte bis zum Mittagessen hierbleiben, damit ich mich mit Grandma unterhalten kann …«

»Ach so, natürlich.«

»Brauchst du mich in London?« Ich wische mir das Gesicht ab, ich habe ein wenig geweint. Das ist schrecklich. Warum würde – wie könnte … »Ich komme sofort zurück. Wenn du mich brauchst. Und ich werde Grandma anrufen und mit ihr reden.«

»Sei nicht böse mit ihr. Vielleicht hat es etwas mit deinem Großvater zu tun – ich meine, er hat sie doch für eine andere Frau verlassen, oder? Vielleicht ist sie einfach ein wenig durcheinander, und alles ist aus ihr herausgebrochen. Möglicherweise war diese Reise nach London ein wenig zu viel für sie. Sie braucht vielleicht nur ein wenig Ruhe.«

»Ich muss sie anrufen«, sage ich wieder. »Ich liebe dich, Ethan.«

»Ich liebe dich auch, Leena. Ruf mich zurück, in Ordnung?«

Ich fummele mit Grandmas blödem alten Telefon herum; ich brauche eine gefühlte Ewigkeit, um sie anzurufen.

»Hallo?«

»Grandma, alles in Ordnung mit dir?«

»Ja, alles okay, Liebes, ich bin gerade im Zug auf dem Weg zu dir.« Es herrscht eine Pause. »Geht es *dir* gut? Du hörst dich ein wenig …«

»Ethan hat mich gerade angerufen.«

»Ah. Leena, meine Liebe. Es tut mir so leid.«

»Was ist in dich gefahren? Ist alles in Ordnung mit dir? Es *ist* alles in Ordnung mit dir, oder?«

Ich höre den Zug im Hintergrund, das Klappern und Rasseln, während sie hierherfährt. Ich lehne mich nach vorne, ziehe die Knie an die Brust und starre auf das hellrosa Muster des Bettbezugs. Mein Herz schlägt zu schnell, ich spüre es an meinen Oberschenkeln, während ich mich zusammenrolle.

»Was meinst du, was soll in mich gefahren sein?«, fragt sie.

»Weil du Ethan angeschrien hast. Ihn dieser ... dieser Sache mit *Ceci* beschuldigt hast, Grandma, was hast du dir dabei gedacht?«

»Leena, ich glaube nicht, dass Ethan dir die ganze Wahrheit erzählt hat.«

»Nein, sag das nicht! Warum *sagst* du bloß solche Dinge, Grandma?« Ich reibe mir über die Wangen; nun weine ich richtig. »Ich weiß nicht, was ich denken soll, ich will nicht, dass du verrückt wirst, und gleichzeitig will ich auch nicht, dass du recht hast.«

»Ich werde nicht verrückt, Leena – gütiger Gott, hat dir dieser Mistkerl diesen Floh ins Ohr gesetzt?«

»Sprich nicht so über ihn.«

»Ich habe gesehen, wie er sie geküsst hat, Leena.«

Ich erstarre.

»Er meinte, es hätte sich einiges geändert, seitdem du weggegangen bist. Er meinte, du wärst ein anderer Mensch geworden und ...«

»Nein. Ich glaube dir nicht.«

»Es tut mir leid, Leena.«

»Ich *will* nicht, dass du sagst, es tue dir leid, *weil du es aus den falschen Gründen sagst.*«

»Leena! Bitte schrei mich nicht an. Lass uns wie zivilisierte Menschen bei einer Tasse Tee ...«

»Ich fahre jetzt zurück nach London. Ethan braucht mich.«

»Leena. Nein. Bleib in Hamleigh, dann können wir reden.«

»Ich muss zurück.« Ich drücke die Augen so fest zusammen, dass es mir wehtut. »Ich bin nicht ... Ich habe Ethan im Stich gelassen. Ich bin hier oben nicht seine Leena, hier in Hamleigh. Ich weiß nicht, *wer* ich bin. Ich muss wieder zu mir selbst finden. Zu meiner Arbeit, Ethan, meinem Leben in London. Ich sollte nicht länger hierbleiben.«

»Du bist gerade etwas kopflos, Liebes.«

»Nein«, sage ich und will schon auf den roten Knopf am Handy drücken. »Bin ich nicht. Dieser – dieser dämliche *Tausch* ...«, ich spucke das Wort aus, »... sollte helfen, doch nun hat er das einzige Gute zerstört und ...« Ich beginne zu schluchzen. »Ich bin durch mit der ganzen Sache, Grandma. Ich bin wirklich durch damit.«

32

Eileen

Endlich, nach einer gefühlten Ewigkeit, bin ich zu Hause. Es ist mir sogar zu viel, mir eine Tasse Tee zu machen. Ich hätte gestern Abend nicht so lange aufbleiben sollen, ich hätte es besser wissen müssen. Nach der langen Reise, dem schweren Abschied und diesem schrecklichen Telefonat mit Leena … Ich fühle mich schlapp und schwerfällig, als würde ich durch Sirup waten.

Zwischen Leena und mir herrscht eine neue Distanz. Hätten wir uns in den letzten beiden Monaten mehr über unsere Erfahrungen ausgetauscht, hätte sie mir vielleicht geglaubt. Ich dachte, wir würden uns näherkommen, indem wir unsere Leben tauschen, doch das Gegenteil ist der Fall. Im Haus mischt sich ihr Parfum mit dem Geruch von meinem Zuhause. Seltsam.

Es klingelt an der Tür. Mühsam stemme ich mich aus meinem Sessel hoch, frustriert über den heftigen Schmerz in meinem Rücken und das unbestimmte, leise Ziehen in meinen Gliedern.

Ich hoffe, es ist Marian, aber es ist Arnold. Er sieht anders aus, ohne dass ich sagen könnte, warum – eine neue Schiebermütze? Ein neues Hemd?

»Ist alles in Ordnung?«, fragt er mit der üblichen Schroffheit. »Ich habe dich draußen herumstolpern sehen und mich gefragt …«

»Mir geht es gut, danke«, sage ich gereizt.

Wir stehen uns gegenüber und gaffen einander wütend an, und schon ist es wie immer.

Dann sacken seine Schultern nach unten. »Du hast mir gefehlt«, sagt er.

»Wie bitte?«, frage ich, blinzele und suche Halt am Türrahmen.

Er stutzt. »Dir geht es nicht gut. Du musst dich setzen. Komm. Lass mich rein, ja? Dann mache ich dir einen Tee.«

»Also gut«, sage ich, noch immer etwas verwirrt über Arnolds Geständnis. »Du bist schließlich zur Haustür gekommen.«

Als wir langsamer, als mir lieb ist, zurück ins Wohnzimmer gehen, fasst er meinen Ellbogen. Es ist beruhigend, ihn zu sehen, oder zumindest war es das, bis er gesagt hat, dass ich ihm gefehlt habe. Das war irgendwie beunruhigend.

»Diese verdammte Katze«, sagt Arnold und scheucht Dec vom Sofa. »Hier, setz dich.«

Ich verkneife es mir gerade noch, ihn daran zu erinnern, dass dies mein Haus ist und ich ihn auffordern müsste, sich zu setzen. Er ist sehr hilfsbereit. Tatsächlich ist er …

»Ist die Mütze neu?«, frage ich unvermittelt.

»Was?« Verlegen fasst er danach. »Ach. Ja. Gefällt sie dir?«

»Ja.«

»Du musst nicht so überrascht tun. Ich habe dir doch gesagt, dass ich ein neues Leben anfangen will. Ich habe drei neue Mützen.« Er ist bereits auf dem Weg in die Küche. Ich höre, wie er Wasser laufen lässt und den Kessel füllt. »Milch, kein Zucker?«

»Ein Stück Zucker«, korrigiere ich.

»Das ist schlecht für die Zähne!«, ruft er zurück.

»Wie kandierte Äpfel?«

»Das ist doch Obst.«

Lachend schließe ich die Augen und lehne den Kopf gegen das Sofa. Es geht mir etwas besser, als würde das Leben in meine Glieder zurückkehren. Zehen und Finger kribbeln, als käme ich gerade aus der Kälte herein.

»Weißt du was, Eileen, deine Schränke sind in desolatem Zustand«, stellt Arnold fest, als er mit zwei großen Bechern voll dampfendem Tee zurückkommt. »Da steht eine Dose Saubohnen von 1994.«

»Gutes Jahr«, sage ich und nehme meinen Becher entgegen.

Arnold lächelt. »Und wie war's? In der großen Stadt?« Er sieht mich forschend an. »Hast du die große Liebe gefunden?«

»Ach, sei still.«

»Was? Dann bist du ohne Mann zurückgekommen?« Er sieht sich um, als würde er in den Ecken nach Romeos suchen.

»Das weißt du doch«, sage ich und boxe ihn gegen den Arm. »Ich hatte allerdings eine ziemlich heiße Affäre.«

Sein Blick springt zurück zu mir. »Heiß?«

»Nun ja. Ich glaube schon. Ich wusste eigentlich noch nie genau, was das bedeutet.« Ich zucke mit den Schultern. »Ein Schauspieler aus dem West End. Es hätte nie gehalten, aber es war amüsant.«

Plötzlich wirkt Arnold sehr ernst. Ich unterdrücke ein Grinsen. Es hat mir gefehlt, Arnold zu ärgern.

»Aber jetzt ist es vorbei?«, fragt er. »Und einen anderen gab es nicht?«

»Nun ja«, sage ich kokett. »Es gab noch einen anderen. Aber mit ihm habe ich nur gechattet.«

Arnold richtet sich etwas auf und lächelt. »Ach ja?«, fragt er.

»Er ist reizend. Ein sehr einfühlsamer Mann. Er hatte kein

leichtes Leben und hat so seine Probleme, aber er ist nett und umsichtig.«

»Einfühlsam, ja?«, fragt Arnold mit hochgezogenen Augenbrauen.

»Er hat Agatha Christie gelesen, weil er weiß, dass sie meine Lieblingsautorin ist.« Ich lächele und stelle mir vor, wie Howard in seiner Wohnung sitzt und das Ende von *Der Mord an Roger Ackroyd* liest.

»Ach, hat er das? Woher weißt du das? Hat ihn jemand verraten?«, fragt Arnold noch immer lächelnd.

Ich sehe ihn mit schief gelegtem Kopf an. »Er hat es mir selbst erzählt.«

Arnolds Lächeln verblasst. »Hä?«, macht er.

»Er erzählt mir, wenn er eins ausgelesen hat und an welchen Stellen er an mich gedacht hat und ...«

Arnold steht derart abrupt auf, dass der Tee auf sein Hemd schwappt. »Scheiße«, schimpft er und tupft es mit dem Ärmel ab.

»Nicht so, du machst es nur noch schlimmer!«, sage ich und mache Anstalten aufzustehen. »Ich hole dir ein ...«

»Spar dir die Mühe«, unterbricht er mich schroff. »Ich sollte besser gehen.« Er stellt den halb leeren Becher Tee ab und marschiert aus dem Wohnzimmer. Einen Augenblick später höre ich, wie die Haustür zugeschlagen wird.

Was um alles in der Welt ist denn nur in ihn gefahren?

Sobald ich die Energie dazu habe, stehe ich auf, ziehe meine Schuhe an und gehe deutlich langsamer als üblich zu Marian. Das ist das Schönste am Heimkommen, zu wissen, dass ich sie wiedersehe. Zumindest hoffe ich, dass es schön wird. Ein kleiner Teil von mir hat Angst, dass es ihr schlechter geht anstatt besser und dass ich feststelle, dass ich Hamleigh eigentlich nicht hätte verlassen dürfen.

Sie weiß, dass ich heute nach Hause komme, doch als ich bei ihr klopfe, öffnet niemand. Ich schlucke beunruhigt und rufe sie an, aber sie geht auch nicht ans Telefon. Wahrscheinlich ist sie nur kurz weg. Ich werde nachsehen, ob sie unten im Dorfladen ist.

Ich wende mich von Marians Haustür ab, dann halte ich inne und blicke auf das Handy in meiner Hand. Es ist nicht meins. Es ist Leenas. Wir wollten es bei meiner Rückkehr wieder tauschen, doch dann ist Leena nach London gefahren.

Natürlich haben wir allen, mit denen wir regelmäßig in Kontakt sind, gesagt, dass wir die Telefonnummern getauscht haben, aber ich weiß ganz genau, dass Leena Ceci nicht informiert hat.

Wenn Leena einen Beweis hätte, dass Ethan sie betrogen hat … dann würde sie mir natürlich glauben. Und den Beweis könnte ich bekommen. Ich müsste nur so tun, als wäre ich Leena. Nur eine kleine Nachricht lang. Was ich vorhabe, ist ganz sicher falsch. Ich mische mich vehement ein. Aber wenn ich in diesen letzten zwei Monaten etwas gelernt habe, dann, dass es manchmal für alle besser ist, den Mund aufzumachen und sich einzumischen.

Hallo, Ceci. Ethan hat mir alles erzählt. Wie konntest du nur?

33

Leena

Die Rückreise nach London fühlt sich wie durch Watte an, als wären meine Ohren verstopft, und alles wirkt ein wenig gedämpft. Wie ferngesteuert laufe ich zu meiner Wohnung. Erst als ich das Gebäude betrete, verstehe ich wirklich, wo ich bin. Alles sieht anders aus. Das ganze Erdgeschoss ist schön: freigelegte Dielen, ein Sitzbereich, ein Esstisch, der nach hinten ins Zimmer geschoben wurde. Dafür muss Grandma verantwortlich sein. An den Wänden hängen bunte, dilettantische Bilder, und auf einer Ecke des Esstischs steht ein Stapel mit Schüsseln; alles wirkt belebt und gut gehegt und gepflegt.

Als ich aber in die Wohnung gehe, vergesse ich das Erdgeschoss. Von dem Augenblick an, als ich die Tür öffne und mein Zuhause rieche, habe ich nur noch mein Leben mit Ethan vor Augen. Wir kochen in dieser Küche, wir rollen uns auf diesem Sofa zusammen, wir küssen uns in diesem Flur, immer wieder, am Anfang und Ende jedes Abends, den wir miteinander verbringen. Ich kann ihn hier fast sehen, wie die feinen Linien, die sich in einem Notizbuch auf die andere Seite durchdrücken.

Er würde mich nie verletzen. Das würde er einfach nicht tun. Das glaube ich nicht.

Fitz kommt eine halbe Stunde später nach Hause, als ich gerade schluchzend und mit dem Rücken am Sofa angelehnt auf dem Boden hocke. Er geht gleich zu mir, er zieht mich an sich, und ich weine in seinen Kaschmir-Pullover, und er ist noch nicht einmal böse, weil ich das edle Teil ganz nass mache.

»Alles ist so chaotisch«, sage ich zwischen meinen Schluchzern.

Fitz küsst mich auf den Kopf. »Was ist los?«

»Ethan … Grandma … Er … Sie …«

»Ich glaube, zwischen diesen Wörtern fehlen mir Informationen, Leena. Ich war immer schlecht bei Lückentexten.«

Ich schaffe es nicht, es ihm zu erzählen. Eine Sache, die Grandma gesagt hat, höre ich immer und immer wieder, sie legt sich in Endlosschleife über die Bahnansagen, den Saxofonisten in der King's Cross Station, das Geschnatter von Fußgängern, während ich hierher gelaufen bin. *Er meinte, du wärst ein anderer Mensch geworden.*

Ich glaube Grandma nicht. Ich vertraue Ethan. Ich liebe ihn so sehr, bei ihm fühle ich mich geborgen, wie unter einer Kuscheldecke, er würde mich nie auf diese Weise verletzen. Er ist mein Ethan.

Vielleicht ist es egal. Und wenn es wahr ist, kann ich ihm einfach vergeben, und wir können einfach so weitermachen wie zuvor. Ich habe mich ein wenig in Jackson verknallt, oder? Aber das hat nichts zu sagen. Es heißt nicht, dass ich nicht mehr Ethans Leena sein kann.

Aber schon, als ich es denke, weiß ich, dass ich falsch liege. Falls Ethan – falls er mit Ceci …

»Mein Gott, Leena, Liebes, hör auf, wenn du weiter so heulst, bist du bald ganz vertrocknet«, sagt Fitz und zieht mich enger an sich. »Sprich mit mir. Was ist passiert?«

»Ich kann nicht darüber reden«, bringe ich heraus. »Ich kann es einfach nicht. Bitte. Lenk mich ab.«

Fitz seufzt. »Nein, Leena, mach das nicht. Komm schon, sprich darüber. Hat Ethan etwas Schlimmes gemacht?«

»Ich kann es einfach nicht«, erkläre ich dieses Mal bestimmter und wende mich ab. Ich wische mir das Gesicht am Ärmel ab; ich ringe immer noch nach Luft, obwohl ich nicht mehr weine, und ich versuche, meinen Atem so gut es geht zu beruhigen. »Ist das mein Laptop?«, frage ich, als ich ihn auf dem Couchtisch unter einem Stapel alter Designzeitschriften von Martha erblicke.

»Genau«, erklärt Fitz in einem Ton, der sagt *Ich weiß, dass du gerne das Thema wechseln würdest, aber das lasse ich nicht zu.* »Wie fühlt es sich an, das Ding wiederzuhaben? Ich würde es nicht zwei Monate lang ohne meinen aushalten. *Oder* ohne ein Smartphone.«

Mist, mein Telefon. Ich habe es nicht mit Grandma zurückgetauscht. Ich schüttele den Kopf – ich habe gerade nicht genug Energie, um mir darüber Sorgen zu machen. Ich nehme den Laptop auf den Schoß, das gewohnte Gewicht beruhigt mich.

»Soll ich dir einen Smoothie machen?«, fragt Fitz und streicht mir übers Haar.

Ich schniefe und reibe mir die Wangen trocken. »Wird er braun sein?«

»Auf jeden Fall, ja. Ich habe das Problem in deiner Abwesenheit nicht lösen können. Sie werden immer noch braun. Auch wenn alles grün ist, was ich hineintue.«

Das ist irgendwie ziemlich beruhigend. Wenigstens etwas, das sich nicht geändert hat. »Dann danke, nein. Ein Tee würde reichen.«

Ich weiß, dass es keine gute Idee ist, aber ich muss mir Ethans Facebook-Seite anschauen. Er kommt erst in einer Stunde, und ich muss einfach sichergehen, dass er … keine

Ahnung, dass er immer noch mein Ethan ist. Und vielleicht auch, dass er keine Bilder von sich und Ceci reingestellt hat.

Ich öffne den Laptop. Die Chatseite von Grandmas Dating-Site erscheint.

OldCountryBoy: Hi, Eileen. Ich wollte nur fragen, ob du die Gelegenheit hattest, mir das Geld zu schicken? Dann würde ich mit der Website anfangen! Xxxxx

»Mist«, murmele ich. Ich wurde ausgeloggt, deswegen logge ich mich nach einigen falschen Versuchen wieder ein, probiere, mich an den Benutzernamen und das Passwort zu erinnern, das ich für Grandma eingerichtet hatte.

»Ist das nicht so etwas wie … Identitätsdiebstahl?«, fragt Fitz und stellt eine Tasse Tee neben mich.

»Ich bin Eileen Cotton, oder etwa nicht?«, frage ich ihn und überfliege ihre alten Nachrichten. *Mist.* Ich hätte Grandma über Catfishing informieren sollen. Ich hätte sie nicht einfach so auf dieser Website unterwegs sein lassen sollen – was habe ich mir bloß dabei *gedacht*?

Ich greife nach meinem Telefon; ich merke erst, dass es klingelt, als ich es berühre, weil es vibriert. Grandma ruft an.

»Grandma, hast du Geld an einen Mann überwiesen, den du aus dem Internet kennst?«, frage ich, als ich drangehe. Mein Herz rast.

»Was? Leena, Leena – du musst zurückkommen. Komm zurück nach Hamleigh.«

»Was ist los? Grandma, nun mal ganz langsam.« Ich rappele mich auf und stelle den Laptop auf den Boden. Ich habe diesen Ton in Grandmas Stimme nicht mehr gehört, seitdem Carla krank war, und mir wird direkt schlecht.

»Es geht um Marian. Sie ist weg.«

»Was?«

»Sie macht die Tür nicht auf, ist nirgendwo im Dorf, und niemand hat sie gesehen. Es ist genau wie beim letzten Mal, Leena, sie muss im Haus sein, lässt mich aber einfach nicht rein, und ich finde weder meinen Schlüssel noch den Ersatzschlüssel, um aufzuschließen und nach ihr zu sehen – was ist, wenn sie sich selbst verletzt hat und ganz allein dort drinnen liegt?«

Gut. Erster Schritt: Grandma beruhigen.

»Grandma, ganz ruhig. Mum wird sich nicht verletzen.«

Ich ziehe mir den Laptop wieder auf den Schoß.

Zweiter Schritt: Nach Zügen schauen. Weil mir gerade eingefallen ist, dass ich beide Schlüssel, also den richtigen und den Ersatzschlüssel für Mums Haus, im Portemonnaie habe.

»Gut, ich werde um sieben da sein, mit den Schlüsseln«, sage ich. »Bist du sicher, dass Mum nicht einfach nur in Daredale schwimmen ist oder so?«

»Ich habe da angerufen«, sagt Grandma. Sie klingt den Tränen nahe. »Sie meinten, sie sei seit letzter Woche nicht da gewesen.«

Dritter Schritt: Mich selbst beruhigen. Mum ging es wirklich, wirklich gut, als wir uns verabschiedet haben, ihre Antidepressiva haben ihr geholfen, wir haben so viel über Carla gesprochen, alles hat sich so viel gesünder angefühlt. Ich bin mir sicher, dass es für das Ganze eine vernünftige Erklärung gibt.

Aber nun bekomme ich doch Zweifel. Schließlich habe ich unterschätzt, wie schlecht es ihr beim letzten Mal ging, oder? Ich wusste nicht einmal von dieser depressiven Episode, bis Grandma mir davon erzählt hat.

Und was ist, wenn sie tatsächlich im Haus ist, ganz allein? Habe ich am Maifeiertag betrunken etwas Schlimmes gesagt, als sie mich nach Hause gebracht hat? Hätte ich in den vergangenen zwei Monaten mehr tun sollen, wie Grandma anfangs meinte? Ich wünschte mir, ich wäre noch da, ich wünschte mir, ich hätte zumindest *einen* verdammten Schlüssel hinterlegt, wenn sie sich tatsächlich mit einer Art Nervenzusammenbruch in dem Haus eingesperrt hat und ich nichts tun kann, ich nicht genug Zeit habe und …

Nein, jetzt reiß dich mal zusammen. Vierter Schritt: Werde dir darüber bewusst, wie viel Zeit du hast und wie viel du in dieser Zeit schaffen kannst. Ich erinnere mich an ein Change-Management-Seminar, bei dem der Referent uns erzählt hat, dass sich die Ärzte, die wirklich zeitkritische Notfälle behandeln, langsamer bewegen als Ärzte in sämtlichen anderen Abteilungen. Sie kennen den wahren Wert jeder Minute und wissen, wie viel man in eben diesen sechzig Sekunden schaffen kann, wenn man ruhig bleibt.

»Es ist alles okay, Grandma. Wir sprechen darüber, wenn ich da bin. Bleib einfach im Haus und klopfe weiter an der Tür, falls sie da ist. Und wenn du irgendwas hörst, was dich vermuten lässt, sie sei in Gefahr, dann geh und hol Dr. Piotr, okay?«

»Okay«, sagt Grandma mit wackliger Stimme.

Ich schlucke. »Okay, Grandma, hast du diesem Mann Geld überwiesen?«

»Ich habe ihm einen Scheck geschickt. Warum fragst du das alles, Leena? Hast du – warum spielt das eine Rolle, hast du nicht gehört, was ich gesagt habe? Marian geht es wieder schlecht, sie ist nicht da, oder sie versteckt sich, sie lässt mich nicht hinein, sie …«

»Ich weiß. Aber es gibt noch zwanzig Minuten, in denen ich nichts dagegen unternehmen kann. Und ich kann diese Zeit dazu verwenden, dich vor einem Betrüger zu beschützen. Du konzentrierst dich auf Mum, und ich bin so schnell da wie möglich.«

»Wieso *Betrüger*?«

»Das erkläre ich dir später«, sage ich kurz angebunden und lege auf. Die Nummer von Grandmas Bank erscheint auf dem Bildschirm meines Laptops.

»Hallo«, sage ich, als jemand ans Telefon geht. »Ich heiße Eileen Cotton, meine Kontonummer lautet 4599871. Ich würde gerne einen Scheck stornieren.«

»Sicher. Ich muss Ihnen nur einige Sicherheitsfragen stellen, bevor wir das veranlassen können. Wie lautet Ihr Geburtsdatum?«

»Achtzehnter Oktober 1939«, sage ich so selbstbewusst wie möglich.

»Also *das* ist ganz eindeutig Identitätsdiebstahl«, sagt Fitz.

★

Endlich fahre ich in Richtung Norden. Auf der anderen Seite des Gangs im Zug sitzt eine junge Familie und spielt Scrabble – ich verspüre kurz bittere Sehnsucht nach der Zeit, als meine Familie so aussah, glücklich in der Unwissenheit über alles Kommende.

Meine Beine zittern, ich will unbedingt laufen, aber ich bin hier in diesem Zug gefangen und hundert Mal langsamer auf dem Weg nach Yorkshire, als mir lieb ist.

Langsam einatmen. Langsam ausatmen. Okay. Ja, ich bin in diesem Zug gefangen, aber das bedeutet auch, dass ich zwei

Stunden Zeit habe, um mich mit den Tatsachen zu befassen. Ich möchte mich bis Grantham beruhigt haben. Mum geht es gut. Mum geht es gut. Mum geht es gut.

Eine neue E-Mail erscheint in meinem Postfach, mein Rechner steht aufgeklappt vor mir, mehr aus Gewohnheit, ich muss nicht unbedingt etwas damit machen. Rebecca will, dass ich am Freitag auf einen Kaffee vorbeikomme, damit wir über meinen Wiedereinstieg bei der Arbeit reden können. Ceci ist in der Mail in cc gesetzt, und ich zucke zusammen, als ich ihren Namen sehe, obwohl ich Grandma nicht glaube, natürlich tue ich das nicht.

Mist, Ethan! Ich habe ihm nicht gesagt, dass ich wieder aus London weggefahren bin.

Ich schicke ihm eine kurze Nachricht.

Ich bin weg – muss wieder nach Hamleigh – ich erkläre dir das alles später xx

Er antwortet direkt.

Leena? Was ist los mit dir? Hast du dein Telefon zurück?

Und dann, kurz danach:

Können wir reden?

Ich antworte direkt.

Ich kann jetzt nicht reden, ich bin im Zug, ich muss zurück nach Hamleigh, es tut mir leid. Ich kann das jetzt nicht weiter erklären – es geht um meine Mum. Xx

Er antwortet.

Warum hast du Ceci so eine Nachricht geschrieben? Du meintest doch, du würdest mir glauben.

Mir wird ganz kalt.

Ich habe keine ...

Ich lösche die Worte und halte inne. Es fühlt sich an, als würde mir das Herz ganz oben im Hals schlagen und keine Atemluft vorbeilassen; ich atme ganz flach.

Ich öffne meine Nachrichten von Grandma. Wir haben uns in den letzten paar Wochen wenig geschrieben. Mir war gar nicht klar, wie wenig.

Grandma, hast du Ceci von meinem Telefon aus geschrieben?

Ich warte. Der Zug fährt in Wakefield ein; die Familie neben mir steigt aus, auf ihren Platz setzt sich ein älteres Paar, das in einvernehmlicher Stille Zeitung liest. Alle bewegen sich ganz normal, drehen sich auf dem Gang zur Seite, um andere Menschen durchzulassen, heben die Arme in die Luft, um ihre Koffer von den Ablagen zu hieven, aber ich fühle mich wie an einem Filmset. Diese ganzen Menschen sind Statisten, und bald wird jemand *Schnitt* brüllen.

Grandma antwortet mir.

Es tut mir leid, Leena. Ich wollte, dass du es Schwarz auf Weiß sehen kannst. Ich weiß, es wird wehtun, aber es wird später noch mehr wehtun, wenn du es jetzt nicht herausfindest.

Ich schnappe japsend nach Luft, woraufhin mich jeder im Abteil anstarrt. Ich taumele hinter dem Tisch hervor in den Vorraum, dann blicke ich mit tränenverschleiertem Blick wieder auf mein Handy und tippe so gut ich kann:

Schick mir, was sie dir geantwortet hat – ich muss es sehen.

Die Antwort braucht eine gefühlte Ewigkeit. Ich sehe es vor mir, wie Grandma versucht, eine Nachricht auf mein Telefon weiterzuleiten. Noch einige Sekunden länger, und ich hätte ihr eine Anweisung dazu geschrieben, als sie mir schließlich Cecis Nachricht schickt.

Leena, es tut mir so leid. Ich wollte nicht, dass es passiert. Ich kann dir nur sagen, dass ich mich wie im Wahn fühle. Wenn es um Ethan geht, kann ich mich nicht beherrschen.

Und noch so ein wütendes Schnaufen. Ich brauche eine Weile, bis ich verstehe, dass es aus meinem Mund kommt.

Ich weiß, dass es dir bestimmt das Herz bricht. Nach dem ersten Mal habe ich ihm gesagt, dass es nicht mehr passieren würde, aber – nun, ich will mich nicht herausreden. Cx

Aber natürlich redet sie sich heraus. Würg, dieses *Cx* am Ende ihrer Nachricht, als würden wir uns fürs Wochenende verabreden – Gott, ich hasse sie, ich hasse, hasse, hasse sie. Ich schmecke den Hass in meinem Mund, ich fühle, wie er meinen Magen zusammendrückt. Plötzlich verstehe ich, warum Männer in Filmen vor lauter Wut gegen Wände schlagen. Mich halten nur Feigheit und die Angst vor Schmerzen davon ab. Stattdessen umklammere ich dieses alte Klotzhandy so fest mit der linken Hand, bis es wehtut – nicht so sehr wie ein aufgestoßener Fingerknöchel, aber doch weh genug. Langsam beruhigt sich mein Atem.

Als ich das Telefon wieder umdrehe, ist meine Handfläche fast lilafarben, und ich habe eine neue Nachricht von Ethan.

Leena? Melde dich.

Ich lasse mich auf den Boden gleiten, der Teppich kratzt mir an den Knöcheln. Ich warte darauf, dass mich wieder Gefühle überfluten, ich wieder überwältigt werde, aber das passiert nicht. Stattdessen empfinde ich eine seltsame Ruhe, eine Distanz, als würde ich dabei zusehen, wie eine andere Person dahintergekommen ist, dass der Mann, den sie liebte, sie aufs Niederträchtigste hintergangen hat.

Ich habe ihm so viel gegeben. Ich habe mich ihm von meiner verletzlichsten und schwächsten Seite gezeigt. Ich habe ihm so vertraut wie nie jemand anderem außerhalb der Familie.

Ich kann es einfach nicht glauben … Ich kann nicht glauben, dass Ethan … Ich japse nach Luft, meine Hände und Füße beginnen zu kribbeln. Ich war mir mit ihm so sicher. So sicher.

Ich hasse Ceci nicht – das war kein Hass. *Das* hier ist Hass.

34

Eileen

Ich sehe Leena sofort an, dass sie die Wahrheit über Ethan weiß. Sie sieht erschöpft aus, gebeugt.

Unwillkürlich denke ich an den Tag, an dem Wade mich verlassen hat. Er war ein Nichtsnutz und nahm nur unnötig Raum ein. Wenn ich bei Verstand gewesen wäre, hätte ich ihn schon vor Jahren hinausgeworfen, doch als er ging, war die Demütigung unglaublich schmerzhaft. Im ersten Moment habe ich Scham empfunden, keine Wut.

»Es tut mir ja so leid, Leena.«

Sie beugt sich vor, um mich auf die Wange zu küssen, doch ihr Blick ist auf Marians Haustür hinter mir gerichtet. In der Hand hält sie den Schlüssel. Einen kurzen Moment zögern wir, nur ein oder zwei Sekunden, und machen uns bereit. Schon den ganzen Nachmittag über rast mein Herz, und ich drücke unablässig die Hand auf meine Brust, als könnte ich es so beruhigen. Mir ist so übel, dass mir die Galle hochsteigt.

Leena schließt die Tür auf. Im Haus ist es dunkel und still, und ich weiß sofort, dass Marian nicht da ist.

Ich stehe da und verdaue diese Information, während Leena mit angespannter, ernster Miene durch die Zimmer läuft und überall Licht anmacht.

Marian ist nicht hier, denke ich irgendwie merkwürdig distanziert. Ich war mir so sicher, dass sie hier ist, dass ich gar nicht über Alternativen nachgedacht habe. Aber sie ist nicht da. Sie ist ...

»Sie ist nicht da.« Leena steht jetzt mitten im Flur. »Ist das gut oder schlecht? Beides, vielleicht? Wo ist sie?«

Ich lehne mich gegen die Wand und fahre zusammen, als sowohl Leenas als auch mein Telefon mehrfach hintereinander piept. Sie hat ihres schneller aus der Hosentasche gezogen.

Liebste Mum und Leena, mein Schatz,
es tut mir leid, dass ich eine Weile für diese Nachricht gebraucht habe. Ich bin am Flughafen Heathrow. Mir bleiben noch drei Stunden bis zu meinem Abflug und viel Zeit zum Nachdenken.

Etwas, das Leena gestern Abend gesagt hat, ging mir seit dem Aufwachen heute Morgen nicht mehr aus dem Kopf. Leena, du sagtest: »Ich habe erst zu mir gefunden, als ich jemand anders war.«

Diese letzten Wochen gehören zu den glücklichsten meiner jüngsten Vergangenheit. Ich kann gar nicht sagen, wie schön es war, dich wieder dazuhaben, Leena – es war herrlich, mich wieder um meine Tochter kümmern zu können. Und Mum, du hast mir gefehlt, aber ich glaube, vielleicht war es gut, dass du eine Weile weg warst. So konnte ich merken, dass ich allein stehen kann, ohne dass du mir die Hand hältst. In deiner Abwesenheit habe ich nur noch mehr gemerkt, was ich an dir habe. Ich bin so dankbar für alles, was du für mich getan hast.

Aber jetzt bin ich bereit für etwas Neues. Ich weiß nicht, wer ich bin, wenn ich nicht um Carla trauere. Ich kann nicht die Frau sein, die ich war, bevor meine Tochter gestorben ist. Die kann und will ich nicht mehr sein. Darum muss ich mein neues Ich finden.

Meine Yogamatte und ich reisen nach Bali. Ich sehne mich nach Ruhe und will den Sand zwischen meinen Zehen spüren. Ich will ein Abenteuer erleben wie ihr, aber eins, das meins ist.

Bitte passt aufeinander auf, solange ich weg bin, und denkt daran, dass ich euch beide sehr lieb habe.

Xxx

»Bali«, sage ich, nachdem ich eine ganze Weile fassungslos geschwiegen habe.

Stumm und mit leerem Blick betrachtet Leena das Bild an der Wand im Flur.

»Ich verstehe das nicht«, sage ich und scrolle gereizt wieder zum Anfang der Nachricht. »Sie ist doch viel zu labil, um allein in ein fremdes Land zu reisen und …«

»Das ist sie nicht, Grandma«, widerspricht Leena und dreht sich endlich zu mir um. Sie atmet langsam aus. »Ich hätte dich mehr auf dem Laufenden halten sollen, dann hättest du es bemerkt. Sie ist nicht labil. Den letzten Monat ging es ihr sehr gut.«

Das kann ich nicht ganz glauben, möchte es aber gern.

»Ehrlich, Grandma. Ich weiß, du denkst, ich hätte nicht gesehen, wie schlecht es Mum gegangen ist und …« Sie schluckt. »Du hast recht, eine ganze Weile habe ich das nicht gesehen, weil ich nicht hier war. Ich hätte auf dich hören sollen, als du gesagt hast, es geht ihr nicht gut, anstatt einfach – einfach zu denken, ich wüsste es besser. Aber solange ich hier war, hat sie große Fortschritte gemacht. Es ging ihr gut.«

»Ich … Aber … Bali?«, sage ich schwach. »Allein?«

Leena lächelt und deutet mit dem Kopf auf das Bild an der Wand. »Sie reist an einen Ort, der für sie Glück bedeutet«, sagt sie.

Ich schaue auf das Bild, ein Foto von einer Frau, die vor irgendeinem Tempel Yoga macht. Ich habe es nie richtig wahrgenommen, obwohl ich mich schwach erinnere, dass es schon in ihrem alten Haus in Leeds hing.

»Meinst du wirklich, dass es eine gute Idee ist, dass sie ganz allein wegfährt?«

»Ich glaube, das hätten wir ihr schon vor langer Zeit vorschlagen sollen.« Leena kommt zu mir und reibt mir die Arme. »Das ist gut, Grandma, genau wie deine Zeit in London und meine in Hamleigh. Sie braucht eine Veränderung.«

Noch einmal lese ich die Nachricht. »Ich habe erst zu mir gefunden, als ich jemand anders war.« Leena wirkt verlegen. »Ich kann mich nicht erinnern, das gesagt zu haben. Um ehrlich zu sein, war ich etwas betrunken.«

»Du hast allerdings so etwas Ähnliches gesagt, als du dachtest, ich hätte dich wegen Ethan belogen.« Ich hebe eine Hand, um ihren Protest abzuwehren. »Nein, schon gut, Schätzchen. Das war ein Schock – du brauchtest einfach Zeit. Aber du hast gesagt, du wärst gerade nicht *seine* Leena.«

»Habe ich das gesagt?« Sie betrachtet ihre Füße.

»Ich will, dass du *deine* Leena bist, Süße.« Ich fasse ihre Hände. »Du verdienst es, mit jemandem zusammen zu sein, bei dem du dich mehr wie du fühlst, nicht weniger.«

Da fängt sie an zu weinen, und mein Herz zieht sich zusammen. Ich wünschte, ich hätte sie davor schützen können. Dass es einen anderen Weg gegeben hätte.

»Ich dachte, Ethan wäre dieser Mensch«, sagt sie und lehnt die Stirn an meine Schulter. »Aber in den letzten beiden Monaten habe ich gespürt, dass alles anders ist.« Sie schluchzt, und ihre Schultern beben.

»Ich weiß, Süße.« Ich streiche ihr übers Haar. »Ich glaube, wir haben uns in diesem letzten Jahr ohne Carla alle etwas verloren. Und wir brauchten eine Veränderung, um das zu erkennen.«

Bali, denke ich noch immer aufgewühlt, während Leena in meinen Armen weint. Ich bin mir nicht ganz sicher, wo das genau liegt, aber ich weiß, dass es ziemlich weit weg ist. Marian ist nie weiter als bis nach Nordfrankreich gereist. Das ist so …

So mutig von ihr.

Es klopft an der Tür. Leena und ich halten inne. Wir sitzen in Marians Haus, alle Lichter brennen, wir schluchzen, und die Schminke läuft uns über das Gesicht. Gott weiß, was derjenige denken mag, wer immer da vor der Tür steht.

»Ich gehe«, sage ich und wische mir über die Wangen.

Es ist Betsy.

»Oh, Gott sei Dank«, sagt sie und fasst meine Hände. »Ich bin sofort gekommen, als ich gehört habe, dass Marian in Schwierigkeiten steckt.«

»Betsy?«, kommt Leenas Stimme von hinten. »Moment, woher … von wem hast du das gehört?«

Ich halte die Hände meiner liebsten Freundin in meinen. Sie sieht wundervoll aus. Sie hat auf das übliche Halstuch verzichtet und trägt eine legere, gepunktete Bluse, in der sie aussieht wie die Betsy Harris, die ich vor zwanzig Jahren gekannt habe. Es gibt so viel zu sagen, und einen Moment bin ich unsicher, bis sie meine Hände drückt und sagt: »Ach, ich habe dich vermisst, Eileen Cotton.«

So ist das mit alten Freunden. Man versteht sich, auch wenn einem die Worte für alles fehlen, das gesagt werden müsste.

»Es tut mir so leid, dass ich nicht da war, als du mich am meisten gebraucht hast.« Einen Moment lege ich ihr die Hände auf die Wangen. »Marian geht es gut, wie sich herausgestellt hast. Komm rein.«

»Nachbarschaftswache«, sagt eine Stimme hinter Betsy. Basil und Penelope erscheinen im Türrahmen und folgen Betsy ins Haus. Dann erscheint Dr. Piotr und tätschelt mir sanft den Arm, bevor er eintritt.

»Geht es dir gut?« Als Nächstes taucht Kathleen auf. Gott, sind etwa alle hier? O ja, Roland parkt gerade sein Elektromobil. »Ich bin sofort gekommen, als ich es gehört habe.«

»Woher habt ihr es gehört?«, fragt Leena erneut hinter mir und klingt vollkommen perplex.

Ich beobachte, wie alle hinter ihr vorbeimarschieren, und unterdrücke ein Lächeln. Das ist die Nachbarschaftswache. Die weiß, was sie zu tun hat.

»Darf ich, Eileen?«, höre ich eine vertraute Stimme. Ungewöhnlich unsicher steht Arnold auf der Türschwelle. Das letzte Mal, als wir gesprochen haben, ist er überstürzt verschwunden, aber ich merke, dass mir die Energie fehlt, ihm deshalb böse zu sein.

»Arnold! Komm rein«, sagt Leena.

Arnolds Blick springt zu mir und bittet stumm um Erlaubnis.

»Ja, natürlich, komm rein«, sage ich und trete zur Seite.

Überrascht beobachte ich, wie er Leena flüchtig auf die Wange küsst, dann geht er an ihr vorbei in die Küche. Er hat gesagt, sie hätten sich hin und wieder zum Kaffee getroffen, aber es ist trotzdem merkwürdig zu sehen, dass sie sich wie alte Freunde begrüßen.

»Wie sind die anderen überhaupt alle hergekommen?«, fragt Leena mich, als ich die Haustür schließe. »Betsy wohnt in Knargill!«

»Betsy traue ich zu, dass sie in einem echten Notfall auch trampt«, sage ich und schmunzele über Leenas Gesichtsausdruck. »Ist das in Ordnung, Süße? Dass alle hier sind?« Ich streiche ihr über den Arm. »Ich kann ihnen sagen, dass sie gehen sollen, wenn du ein bisschen Zeit mit mir allein haben willst.«

»Es ist okay. Glaube ich.« Sie holt tief Luft und erschaudert. »Aber was ist mit dir? Du hast ziemliche Angst um Mum gehabt und dann … hat sich dieser Howard auch noch als …«

Ich schüttele mich. Ich habe mich so sehr bemüht, nicht daran zu denken.

»Dann war es also nicht … echt?«, frage ich und senke die Stimme, damit die Nachbarschaftswache mich nicht hört. Sie sind in Marians Küche zugange, irgendjemand stellt den Wasserkocher an. Vermutlich haben sie schon herausgefunden, dass Marian doch keine Krise hat, aber sie machen keine Anstalten zu gehen. »Was er über seine Gefühle gesagt hat …«

»Das machen diese Betrüger ständig, Grandma«, sagt sie sanft. »Sie sind reizend und nett. Alles geht ziemlich schnell, und es sieht aus, als würden sie sich in dich verlieben … dann bitten sie um Geld. Dann fragen sie wieder. Darum haben wir echt Glück gehabt, dass wir es rechtzeitig beenden konnten.«

Wieder läuft mir ein Schauder über den Rücken, und Leena ergreift meine Hand.

»Zuerst kam es mir komisch vor, dass er so übertrieben nett war«, berichte ich ihr. »Doch dann habe ich mich daran gewöhnt, und es fühlte sich ziemlich … schön an.« Ich seufze. »Ich bin eine alte Närrin.«

»Nein! Mir tut es leid, Grandma, das ist meine Schuld. Ich hätte dich besser auf das Internet vorbereiten sollen. Aber auf Betrüger wie den fallen alle herein.«

»Ich mochte ihn«, flüstere ich. »War er überhaupt real? Heißt er Howard?«

»Ich weiß es nicht, Grandma. Es tut mir leid. Ich weiß, es ist schrecklich, so hereingelegt zu werden. Soll ich den anderen sagen, dass sie gehen sollen, damit wir richtig über alles reden können?«, fragt Leena, den Blick auf die Küche gerichtet.

Ich schüttele den Kopf. »Nein, sie sollen hier sein«, sage ich und straffe die Schultern. »Komm, nach dem Tag, den du hinter dir hast, sollte ich mich um dich kümmern. Ich mache heiße Schokolade, und du kannst dich an meiner Schulter ausweinen.«

»Du kannst auch an meiner weinen, wenn nötig, Grandma«, sagt sie. »Das habe ich in den letzten zwei Monaten gelernt.« Sie zieht mich in die Arme, dann sagt sie in mein Ohr: »Wenn man jemanden fest genug hält, kann man zugleich Schulter und Weinender sein. Siehst du?«

Ich höre das Lächeln in ihrer Stimme. Sie lacht über sich, aber sie sagt es trotzdem. Die Leena von vor zwei Monaten hätte nie etwas Derartiges gesagt.

»Gott, das kommt dabei raus, wenn ich zu viel Zeit mit meiner Mutter verbringe«, sagt Leena halb lachend, halb weinend. »Als Nächstes fange ich noch an, Kristalle zu sammeln.«

»Leena!«, schelte ich, ziehe sie jedoch noch fester an mich, und der merkwürdige Abstand, der durch die Trennung zwischen uns entstanden ist, löst sich auf, als sie ihre Wange an meine Schulter lehnt.

Wieder klopft es an der Tür.

»Ich gehe«, sagt Leena und räuspert sich. »Du machst die heiße Schokolade.«

Auf dem Weg in die Küche drehe ich mich noch mal um.

»Leena«, sagt eine tiefe, feste Stimme. »Alles okay?«

35

Leena

Es ist Jackson. Er bleibt auf der Türschwelle stehen; er hat seine Kappe ausgezogen und hält sie in den Händen. Ich schaue ihn an, sein breites, offenes Gesicht, diese freundlichen blauen Augen, dieses abgetragene T-Shirt, das ihm über den Schultern spannt. Ich will mich an ihn klammern und mich an seiner Brust ausheulen, aber ich denke, dass das keine sonderlich gute Idee wäre.

»Komm rein«, sage ich und mache einen Schritt zur Seite. »Das ganze Dorf ist hier.«

Ich führe ihn ins Wohnzimmer, wo die Mitglieder der Nachbarschaftswache versammelt sind und alle auf Sofas und Sesseln hocken.

Jackson bleibt einen Moment lang stehen und schaut sich im Zimmer um.

»Warum zeigen alle Stühle in diese Richtung?«, fragt er.

Ich folge seinem Blick zu der Stelle, wo Carlas Bett früher gestanden hat. Auch Grandma blickt dahin, und ich sehe, wie sie die Augen schließt, man sieht ihr die Gefühlswallung an. Dann schaue ich zum Mülleimer in einer Ecke des Zimmers und erblicke dort dieses schreckliche alte Foto von Carla. Ich hätte damals verstehen müssen, wie verzweifelt sich Mum nach einer Veränderung sehnte, wie sehr sie sie brauchte.

Mich überkommt der bekannte Drang, etwas zu tun, dieses Gefühl, das mich zu dem Tausch mit Grandma inspiriert hat.

Vielleicht nur etwas weniger drastisch. Aber ich will etwas für Mum tun.

»Lass uns umräumen«, sage ich etwas zu laut; ich räuspere mich. »Während Mum weg ist. Sie meinte vor einiger Zeit, sie wollte das Haus umgestalten. Wir könnten es für sie erledigen, alles neu machen – nicht die Erinnerungen an Carla aus dem Haus schaffen, aber … Raum für die neue Mum schaffen.«

Grandma lächelt mich an. »Das ist eine schöne Idee. Ich habe selbst auch einiges umgestaltet. Martha hat mir da Etliches beigebracht.«

»Was genau hast du dort angestellt, Eileen?«, fragt Penelope leise. »War das alles wirklich so aufregend?«

Grandma faltet die Hände im Schoß. »Nun«, sagt sie, »ich weiß gar nicht, wo ich anfangen soll …«

Ich bleibe noch eine Nacht in Hamleigh und plane die Umgestaltung von Mums Haus, unterhalte mich mit Grandma und helfe ihr beim Auspacken … alles nur, um nicht an Ethan denken zu müssen. Am nächsten Morgen stehe ich früh auf, um noch in den Hügeln um das Dorf joggen zu gehen – ich leihe mir ein altes Paar Sportschuhe von Kathleen. Es gibt nichts Schöneres, als hier laufen zu gehen. Es ist atemberaubend schön, und als ich auf meiner Lieblingsstrecke um die Kurve biege und sich Harksdale in seiner ganzen Pracht vor mir ausbreitet, wird mir das Herz schwer. Ein Gedanke kommt mir in den Kopf und macht mir ein wenig Angst, denn er lautet: *Dieser Ort hier fühlt sie nach Zuhause an.*

Aber es ist nicht mein Zuhause. Ich habe ein Leben in London, ganz unabhängig von Ethan – ich muss meine Karriere retten, habe eine Wohnung und Freunde.

Du hast hier auch Freunde, flüstert die Stimme. Dennoch

fahre ich wieder zum Bahnhof in Daredale, nehme den Zug zurück nach London und kehre in die Wohnung zurück, in der sich mein wahres Leben abspielt, denn das ist vernünftig.

Der Katzenjammer beginnt, als ich wieder daheim bin. Es ist schlimmer als beim ersten Mal, denn dieses Mal weiß ich es mit Sicherheit: Das Leben, das ich hier mit Ethan geführt habe, ist Geschichte. Dort liegt das Kissen, das ich eines Samstags mit ihm auf dem Camden Market gekauft habe, und dort ist sein Stammplatz am Frühstückstresen, und da vorne ist der Kratzer im Boden, wo wir albern und wie verrückt nach einem langen Arbeitstag zu Jazzmusik getanzt haben, und das alles bedeutet nun nichts mehr. Ich lasse mich mit dem Rücken an der Tür zu Boden gleiten und weine.

Ich sitze immer noch dort, als Bee kommt und nach mir schauen will.

»Oh!«, ruft sie durch die Tür. »Leena, lass mich rein!« Dann herrscht kurze Stille. »Ich weiß, dass du dort drin bist, ich höre dich weinen. Lass mich rein, okay?«

Sie hämmert an der Tür.

»Lass mich rein, Leena. Ich höre dich doch!«

Sie ist wie eine Londonversion von Arnold. Ich rutsche zur Seite und öffne die Tür, ohne aufzustehen. Sie geht hinein, blickt mich an und nimmt eine Weinflasche aus der Einkaufstüte in ihrer Hand.

»Komm schon, Liebes«, sagt sie und zieht mich am Arm hoch. »Wir müssen jetzt reden, und das heißt auch, wir müssen jetzt trinken.«

Es ist etwa ein Uhr nachts, als Bee und ich mit unserem Businessplan fertig sind. Diese lebensverändernde Unterhaltung hört sich in etwa so an:

»Es ist genau so, wie meine Mum sagt, London hier, London da, warum eigentlich? Mein Gott, ich mag diese dämliche Stadt nicht einmal, und du, Bee?«

»Hier gibt es keine Männer.« Bee hört sich ein wenig erstickt an, weil sie gerade mit dem Kopf nach unten vom Sofa hängt, die Füße hat sie auf die Rückenlehne gelegt, und ihr Haar breitet sich auf dem Boden aus. »Die ganzen guten Kerle sind in Leeds. Die ganzen guten Kerle ... O Gott, habe ich einen Babysitter?« Bee richtet sich abrupt auf und fasst sich an den Kopf.

»Jaime ist bei deiner Mutter«, erinnere ich sie zum fünften oder sechsten Mal, seitdem die zweite Flasche Wein geöffnet wurde.

Sie lässt sich wieder aufs Sofa sinken. »Ahso, gut.«

Ich nehme noch einen Schluck Wein. Ich liege auf dem Teppich, habe alle viere von mir gestreckt: Meine vom Alkohol benebelten Gedanken kreisen. »Sollen wir nicht einfach *abhauen*, Bee? Sollen wir einfach abhauen und uns trauen? Warum um alles in der Welt sind wir überhaupt *hier*?«

»Meinst du das ... phillisophisch?« Sie runzelt die Stirn und versucht es erneut. »Pholisophisch?« Und dann mit großer Entzückung: »Philiosophisch – ach scheiß drauf!«

»Ich meine, warum sind wir überhaupt in London? Wer sagt denn, dass wir unser Business von hier aus führen müssen?« Ich reibe mir übers Gesicht, weil ich nüchtern werden will. Ich habe die vage Vermutung, dass ich etwas Wichtiges sagen werde – vielleicht auch das Klügste, was jemals ausgesprochen wurde. »Wir werden sowieso viel unterwegs sein. Und es ist so viel in Leeds, Hull und Sheffield los ... Ich will in Yorkshire bei meiner Familie sein. Ich will bei Hank dem Hund und der ganzen Gang sein, und auch bei diesen wunderbaren *Bergen*.

Gott, dieser Anblick trifft mich immer direkt ins Herz, Bee. Wir könnten uns ein Büro in Daredale mieten, Bee, du wirst es lieben. Bee. Bee. Bee. Bee.«

Ich stoße sie an. Sie ist sehr ruhig geworden.

»O mein Gott«, sagt Bee plötzlich, nimmt die Beine vom Sofa und rollt sich zur Seite. »O mein Gott, das ist so eine gute Idee, ich muss kotzen.«

In den nächsten beiden Tagen arbeiten wir an den Details unseres Plans – es gibt einige Dinge, die wir besprechen müssen, nicht zuletzt die massive Veränderung für Jaime. Aber wir finden für alle Probleme eine Lösung, und als ich zum ersten Mal nach meiner schrecklichen Panikattacke wieder zu Selmount gehe, habe ich mein Kündigungsschreiben in der Hand.

Rebecca blickt mich an, als ich in ihr Büro gehe, und seufzt. »Fuck«, sagt sie. »Du kündigst, oder?«

»Es tut mir leid.«

»Es war riskant, dich zwei Monate lang wegzuschicken.« Sie blinzelt mich an. Rebecca braucht eine Brille, würde dieses Zeichen menschlicher Schwäche aber niemals zugeben – sie kneift lieber die Augen zusammen. »Obwohl du besser aussiehst. Das muss ich zugeben. Kann ich nichts tun, um dich umzustimmen?«

Ich lächele. »Leider nicht.«

»Wohin bist du zur Selbstfindung gereist? Nach Bali? Bali scheint beliebt für so etwas.«

Ich versuche, nicht zu lachen. »Eigentlich bin ich in die Yorkshire Dales gefahren. Wo meine Familie wohnt. Dorthin ziehe ich auch, wenn ich hier die Zelte abbreche – ich werde zu meiner Großmutter ziehen, also hoffe ich zumindest, und B...« Ich halte inne, bevor ich Bees Plan ausplappere, ein Haus in Daredale für sich und Jaime zu kaufen. Bee muss ihre Kündigung noch einreichen. Ich vermute, sie tigert gerade vor der Tür auf und ab und will direkt rein, sobald ich rauskomme.

»Hm.« Rebecca runzelt die Stirn. »Smart.«

Ich werde rot, und sie blickt mich wissend an.

»Danke«, sage ich. »Wirklich. Vielen Dank für alles.«

Sie winkt ab. »Gib in den nächsten beiden Monaten einfach alles, wenn du mir wirklich danken willst«, sagt sie. »Ach, und sage deinem komischen Exfreund, er möge hier nicht weiter herumschleichen, wenn er eigentlich bei einem Kunden sein sollte.«

»Ethan?«

»Er schlurft schon seit heute Morgen um sieben um deinen Schreibtisch.«

Ich zucke zusammen, und sie grinst.

»Ich habe ihm erzählt, dass du bei einem Projekt in Milton Keynes bist. Ich vermute mal, er versucht just in diesem Augenblick, die richtige Adresse herauszufinden, um dir eine Schachtel Pralinen zu schicken.«

»Danke«, sage ich ziemlich erschöpft. »Er versucht, es wiedergutzumachen, denke ich. Aber das, was er zerstört hat, lässt sich auch mit Schokolade nicht wieder kitten.«

Es klopft leise an der Tür, und Ceci streckt den Kopf durch den Spalt. Ich erstarre. Wir blicken uns an, und ich sehe, wie sie knallrot anläuft.

»Schön, dass du wieder da bist, Leena«, sagt sie nervös. »Es tut mir so leid, dass ich euch gestört habe. Ich … ich komme später wieder.«

Ich beobachte, wie sie abzieht. Mein Herz wummert, halb vor Abscheu und halb vor Adrenalin. Irgendwelche animalischen Instinkte in meinem tiefsten Inneren wollen, dass ich ihr das Gesicht zerkratze, aber nun, wo sie weg ist, bin ich froh, dass ich ihr nicht gezeigt habe, wie sehr ich sie verachte. Sie soll die nächsten beiden Monate mit ihren absurd langen Beinen vor mir davonhuschen. Jede Minute, in der ich mich mit ihr beschäftige, ist verschwendete Zeit.

»Ich weiß nicht, was du gemacht hast, damit *sie* Respekt vor dir hat, aber es hat ganz eindeutig funktioniert«, sagt Rebecca und blättert einen Papierstapel auf ihrem Schreibtisch durch.

»Ich glaube, sie hat meine Großmutter kennengelernt«, sage ich. »Daran liegt's wahrscheinlich.«

36

Eileen

Zum ersten Mal seit mehr als zehn Jahren gehe ich zu Betsy nach Hause.

Zunächst behandeln wir die Tatsache, dass Betsy Cliff verlassen hat, so, wie wir diese Dinge immer behandelt haben.

»Tee?«, fragt sie, dann sagt sie, sie habe Scones für uns gemacht, und wir reden darüber, wie es in Marians Haus vorangeht.

Doch dann denke ich daran, wie Martha auf dem Sofa geweint und mir erzählt hat, dass sie sich gänzlich unvorbereitet für das Muttersein fühlte. An Bee, die mir gestanden hat, wie schwer es für sie ist, einen Mann zu finden. Fitz, der sich von mir To-do-Listen schreiben und das Kochen beibringen ließ. Wie offen und ehrlich meine jungen Londoner Freunde waren.

»Wie geht es dir, Betsy?«, frage ich. »Nachdem Cliff jetzt weg ist? Ich kann mir gar nicht vorstellen, wie du dich fühlen musst.«

Sie wirkt etwas überrascht, sieht mich an und rührt Milch in den Tee. Dann sagt sie äußerst vorsichtig: »Ich … komme zurecht.«

Ich warte, nehme mir den Tee vom Tablett und gehe in ihr Wohnzimmer. Ich war nicht mehr hier seit, ach, den späten Neunzigern? Sie hat immer noch denselben gemusterten

Teppich, aber die zwei Sessel sind neu – blass rosafarben. Ich kann mir nicht vorstellen, dass sie Cliff sonderlich gefallen hätten.

»Das Schwerste sind die Schuldgefühle«, sagt sie schließlich und setzt sich in einen Sessel. »Ich werde das Gefühl nicht los, dass ich mich um ihn kümmern sollte.« Sie schenkt mir ein zartes Lächeln und nimmt sich Marmelade für ihren Scone. »Und ständig denke ich, wie schockiert meine Eltern wären, wenn sie gesehen hätten, wie ich meinen Mann vor aller Augen angeschrien habe.«

»Ich für meinen Teil wäre gern dabei gewesen. Ich hätte dich angefeuert«, sage ich voller Leidenschaft.

Sie lächelt. »Nun. Unsere Leena hat dich sehr gut vertreten.«

Wir essen unsere Scones und trinken unseren Tee.

»Wir hätten mehr tun müssen«, sage ich. »Füreinander, meine ich. Ich hätte dir viel mehr dabei helfen sollen, Cliff zu verlassen, und dass ich es nicht getan habe, tut mir sehr, sehr leid.«

Betsy blinzelt einen Moment, dann legt sie ihren Scone ab. »Ich hätte dir schon vor dreißig Jahren sagen sollen, dass du Wade in die Wüste schicken sollst.«

Ich denke darüber nach. Wahrscheinlich hätte es etwas geändert. Ich habe immer gedacht, Betsy würde sagen, ich müsse bei meinem Mann bleiben. Durch dick und dünn, so wie es sein sollte.

»Wir haben noch einige Jahre vor uns«, sagt Betsy nach einem Moment. »Versprechen wir uns, dass wir uns ab jetzt einmischen, wenn wir es für angebracht halten. Abgemacht, Liebes?«

»Ja«, sage ich, während sie wieder nach ihrem Scone greift. »Noch etwas Tee?«

In der folgenden Woche treffe ich Arnold, als ich vom Streichen in Marians Haus zurückkomme. Leena war übers Wochenende da, und wir haben fast alle unteren Zimmer gestrichen, sodass ich heute nur noch ein paar kleine Stellen fertig machen musste. Ich trage alte Malersachen, eine abgetragene Hose und ein T-Shirt, das mehr von meinen Oberarmen preisgibt, als mir lieb ist.

Arnold nickt mir steif zu. »Hallo«, sagt er. »Wie geht's, Eileen?«

»Ach, gut, danke«, antworte ich. Es ist anders zwischen uns, seit ich wieder zu Hause bin. Eigentlich habe ich Arnold, abgesehen von dem Tag, an dem Marian abgereist ist, kaum gesehen. Nachdem Arnold jahrelang vor meinem Küchenfenster aufgetaucht ist und über die Hecke nach mir gerufen hat, frage ich mich unwillkürlich, ob diese plötzliche Abwesenheit etwas zu bedeuten hat.

»Gut, gut. Also. Ich bin schon weg.«

»Arnold«, sage ich und halte ihn am Arm zurück. »Ich wollte mich bei dir bedanken. Leena hat erzählt, wie sehr du ihr geholfen hast, solange ich in London war.«

»Hat sie dir von dem Auto erzählt?«, fragt Arnold und mustert meine Hand auf seinem Arm. Er trägt ein kurzärmeliges Hemd, und seine Haut fühlt sich warm unter meiner Hand an.

»Dem Auto?«

»Oh.« Sein Blick zuckt zu der Lücke in der Hecke, über die ich mich schon seit Wochen gewundert habe. »Nichts. Es war kein Problem. Sie ist eine Gute, deine Leena.«

»Das ist sie«, sage ich lächelnd. »Trotzdem. Danke.«

Er geht zurück zu seinem Tor. »Wir sehen uns«, sagt er, und ich stutze, denn das scheint derzeit kaum vorzukommen.

»Willst du reinkommen?«, rufe ich ihm hinterher, als er weggeht. »Auf einen Tee?«

»Heute nicht.« Er dreht sich noch nicht einmal um. Bevor ich überhaupt begreife, dass er mich hat abblitzen lassen, ist er schon durchs Tor verschwunden.

Das ist verwirrend. So sehr Arnold und ich uns auch an die Gurgel gegangen sind, ich dachte immer ... Ich hatte immer den Eindruck ... Nun, ich will es so ausdrücken: Ich habe ihn nie zum Tee eingeladen, aber ich wusste, wenn ich es täte, würde er kommen.

Doch jetzt scheint sich etwas verändert zu haben.

Mit schmalen Augen blicke ich zu seinem Haus hinüber. Egal was los ist, Arnold wird so bald nicht mit mir darüber sprechen. So viel ist klar.

Bei sturen Menschen wie Arnold bleibt einem manchmal nichts anderes übrig, als drastische Maßnahmen zu ergreifen.

»Was hast du gemacht?«, brüllt Arnold durchs Küchenfenster.

Ich lege mein Buch weg und schiebe sorgfältig das Lesezeichen an die richtige Stelle.

»Eileen Cotton! Komm jetzt hier rein!«

»Wohin?«, frage ich unschuldig und trete in die Küche. »Damit du mich auffordern kannst, irgendwo reinzukommen, Arnold, musst du ebenfalls drin sein, und in meinen Augen stehst du draußen.«

Arnolds Wangen laufen vor Wut rot an. Seine Brille sitzt etwas schief. Ich habe das merkwürdige Verlangen, das Fenster zu öffnen und sie gerade zu rücken.

»Die Hecke. Ist weg.«

»Ach, die Hecke zwischen deinem und meinem Garten?«, sage ich leichthin, nehme den Lappen von der Spüle und wische über das Sideboard. »Ja. Ich habe Basils Neffen gebeten, sie abzusägen.«

»Wann?«, fragt Arnold. »Gestern war sie noch da!«

»Über Nacht«, sage ich. »Er sagt, im Schein der Taschenlampe kann er am besten arbeiten.«

»Das hat er nicht gesagt«, widerspricht Arnold, die Nase fast an die Scheibe gepresst. »Du hast ihn beauftragt, es nachts zu tun, damit ich es nicht merke! Was hast du dir dabei gedacht, Eileen? Da ist keine Grenze mehr! Jetzt ist es … *ein* großer Garten!«

»Ist das nicht schön?«, frage ich. Ich gebe mich äußerst locker und wische über alle Flächen, werfe dabei aber heimliche Blicke auf sein knallrotes Gesicht. »So viel heller.«

»Wozu um alles in der Welt hast du das gemacht?«, fragt Arnold außer sich. »Als ich sie durch einen Zaun ersetzen wollte, hast du dich mit aller Macht dagegen gewehrt.«

»Ja, nun, die Zeiten ändern sich«, sage ich, spüle den Lappen aus und lächele zu Arnold hinaus. »Da du dich so hartnäckig weigerst vorbeizukommen, dachte ich, ich mache es dir leichter.«

Wir stehen uns gegenüber, und Arnold starrt mich durch die Scheibe an. Ich kann sehen, wie groß die Pupillen in seinen haselnussbraunen Augen sind.

»Mein Gott«, sagt er und weicht zurück. »Mein Gott, du hast das nur getan, um mich zu ärgern, stimmt's?« Er fängt an zu lachen. »Weißt du was, Eileen Cotton, du bist kein Stück besser als ein verliebter Teenager. Was kommt als Nächstes? Ziehst du mich an den Haaren?«

Meine Nackenhaare richten sich auf. »Wie bitte?!« Und weil ich nicht widerstehen kann, füge ich hinzu: »Das ist mir zu riskant bei den wenigen Haaren, die da noch übrig sind.«

»Du bist albern!«

»Du bist albern. Kommst her, erzählst mir, ich hätte dir gefehlt, und dann verschwindest du und redest tagelang nicht mit mir? Was ist los mit dir?«

»Was mit mir los ist?« Sein Atem lässt die Scheibe beschlagen. »Ich bin hier nicht derjenige, der eine sehr nützliche Hecke mitten in der Nacht abgesägt hat!«

»Willst du wirklich wissen, warum ich das getan habe, Arnold?«

»Ja. Unbedingt.«

Ich werfe den nassen Lappen weg. »Ich dachte, es wäre lustig.«

Er kneift die Augen zusammen. »Lustig?«

»Ja. Du und ich, wir haben uns jahrzehntelang darüber gestritten, wem was gehört. Wessen Bäume wessen Blumenbeete überschatten. Wer dafür zuständig ist, welchen Busch zu beschneiden. Du bist immer griesgrämiger geworden und ich immer bissiger. Und weißt du, worum es eigentlich die ganze Zeit ging, Arnold? Um das, was passiert ist, als wir uns zum ersten Mal begegnet sind.«

Arnold öffnet den Mund und schließt ihn wieder.

»Erzähl mir nicht, du hättest es vergessen. Ich weiß, dass das nicht stimmt.«

Er presst die Lippen zu einer festen Linie zusammen. »Ich habe es nicht vergessen.«

Arnold war mit Regina verheiratet, Jacksons Mutter. Eine seltsame Frau. Es waren die Achtziger, sie war viel zu Hause, trug breite Schulterpolster, das Haar zu steifen Locken frisiert und hatte die Hände meist zu Fäusten geballt. Und ich war mit Wade verheiratet.

»Es ist nichts passiert«, erinnert mich Arnold.

Ich stütze mich mit den Händen auf der Arbeitsplatte rechts

und links vom Spülbecken ab. Arnold ist von der Fenster-scheibe umrahmt und an der Schulter angeschnitten wie ein Porträt.

»Nein«, sage ich. »Das habe ich mir auch immer gesagt. Kein Grund, darüber zu grübeln. Ganz sicher kein Grund, darüber zu reden. Es ist ja nichts passiert.«

»Ganz richtig«, sagt Arnold.

»Nur dass fast etwas passiert wäre, stimmt's, Arnold?« Mein Herz schlägt etwas zu schnell.

Arnold greift nach oben, um seine Mütze zurechtzurücken, seine Hände sind wettergegerbt und voller Schwielen, die Brille sitzt immer noch etwas schief. Sag was, denke ich. Sag es. Denn ich *bin* wie ein Teenager – ich bin jetzt schrecklich unsicher. Ich habe Angst, dass er sagt, ich hätte mir etwas eingebildet, was niemals da war.

»Fast«, sagt er schließlich.

Ich schließe die Augen und atme aus.

Wir standen in dieser Küche, nicht weit entfernt von dem Platz, an dem ich jetzt stehe. Er brachte mir einen Apfelkuchen vorbei, den Regina gebacken hatte, dazu ein kleines Kännchen mit Vanillesoße. Wir hatten uns so lange im Flur unterhalten, dass meine Arme anfingen vom Halten der Kuchenplatte zu schmerzen. Er war so charmant, ein äußerst umsichtiger, bezaubernder Mann.

Wade und ich hatten Clearwater Cottage gerade erst gekauft. Das Haus war kaum eingerichtet, fiel halb auseinander. Arnold und ich waren in die Küche gegangen – ich weiß noch, dass ich sehr gelacht habe und ganz ausgelassen war. Ich machte den neuen Kühlschrank auf, um die Vanillesoße hineinzustellen, und als ich ihn wieder schloss, stand er sehr nah bei mir. So verharrten wir. Auch damals raste mein

Herz. Ich war schon so lange nicht mehr so ausgelassen gewesen, dass ich dachte, dieses Gefühl wäre endgültig aus meinem Leben verschwunden – wie die Fähigkeit, meine Zehen zu berühren.

Nichts ist passiert.

Aber fast. Und das genügte, mich dazu zu bringen, Arnold so weit wie möglich von diesem Haus fernzuhalten. Denn ich hatte ein Gelübde abgelegt. Für Wade hatte es offenbar keine Bedeutung, für mich allerdings schon.

»Wir haben uns daran gewöhnt, nicht?«, sagt Arnold, als ich die Augen wieder öffne. Er lächelt schwach. »Wir waren so verdammt gut darin, uns gegenseitig zu hassen.«

Ich hole tief Luft. »Arnold«, sage ich, »willst du reinkommen?«

Am Ende ist es kein heimlicher Kuss zwischen neuen Nachbarn. Es ist ein langsamer, zögerlicher Kuss unter sehr alten Freunden, die zufällig gerade erst gemerkt haben, dass sie das eigentlich schon die ganze Zeit über gewesen sind.

Es ist ein unglaubliches Gefühl, meine Arme um Arnolds Schultern zu legen, meine Wange an die warme Haut an seinem Hals zu pressen. Den Geruch von geschnittenem Gras und Seife von seinem Haar und seinem Kragen einzuatmen. Es ist seltsam und wunderschön. Vertraut und neu.

Anschließend, meine Lippen kribbeln noch, sitzen wir nebeneinander auf dem Sofa und blicken hinaus auf die Hecke, oder auf das, was davon noch übrig ist. Arnold lächelt. Er scheint voller Energie zu sein, wieder zum Leben erwacht – er sitzt ganz aufrecht, und die Hand, die nicht in meiner liegt, zuckt in seinem Schoß.

»Verdammt«, sagt er, »stell dir nur vor, was Betsy und die

anderen sagen werden.« Er dreht sich zu mir um und zeigt ein freches, teuflisches Grinsen, das ihn wie einen kleinen Jungen aussehen lässt.

»Du wirst ihnen kein Wort sagen«, erkläre ich ernst und hebe warnend den Finger. »Kein Wort, Arnold.«

Er schnappt so schnell nach dem Finger, dass ich aufschreie.

»Dieser Ton zieht bei mir nicht mehr«, sagt er und führt meine Hand an seine Lippen, um sie zu küssen, was das Grinsen kurzzeitig vertreibt. »Jetzt weiß ich, was du eigentlich sagen willst, wenn du mich zurechtweist.«

»Nicht immer«, widerspreche ich. »Manchmal muss man dich zurechtweisen. Wie bei dem Hasen.«

»Zum letzten Mal!« Arnold lacht. »Ich habe deinen verdammten Hasen nicht vergiftet.«

»Wie ist er dann gestorben?«, frage ich perplex.

»Eileen, das ist sieben Jahre her. Ich glaube, es ist zu spät für eine Untersuchung.«

»Verdammt. Ich hasse ungelöste Rätsel.«

»Hast du wirklich gedacht, ich wäre das gewesen?«

»Ganz ehrlich, mir ist nicht in den Sinn gekommen, dass es anders gewesen sein könnte.«

Er macht ein finsteres Gesicht. »Eine so geringe Meinung hast du von mir?«

Ich streiche mit dem Daumen über seinen Handrücken und folge den Linien zwischen den Altersflecken.

»Vielleicht wollte ich es glauben«, sage ich. »Es war leichter, wenn du ein Monster warst.« Ich sehe hoch. »Und diese Rolle hast du einfach sehr gut gespielt.«

»Nun, du hast die alte Hyäne auch ziemlich brillant gegeben«, erwidert er.

Ich beuge mich vor und küsse ihn. Seine Lippen sind süß und warm und schmecken nach Tee ohne Zucker. Bis heute wusste ich gar nicht, dass er ihn so trinkt.

37

Leena

Bist du dir wirklich sicher?«, frage ich keuchend.

Bee und ich sitzen auf den Spinning-Rädern – im Lauf der letzten sechs Wochen ist mir klar geworden, dass ich den Stress bei Selmount am besten mit täglichem und hartem Training bekämpfe. Nach Läufen durch die Dales ist es nun ein wenig unbefriedigend, in einem klimatisierten Fitnessstudio zu strampeln – als würde man Vitamintabletten nehmen, anstatt – nun ja – zu essen. Aber fürs Erste ist es okay.

»Bitte hör auf zu fragen, ob ich mir sicher bin«, sagt Bee und wirft mir einen Seitenblick zu. »Ich war mir nie sicherer, meine Liebe.«

Ich grinse und werde langsamer, dann richte ich mich auf und wische mir das Gesicht mit dem T-Shirt ab. Wir wanken gemeinsam zu den Umkleiden und ringen nach Luft.

»Was sagt Jaime zum Umzug?«, frage ich auf dem Weg zu meinem Spind.

»Sie freut sich total. In Yorkshire gibt es anscheinend viele Fossilienfunde.« Bee verdreht die Augen, aber mir kann sie nichts vormachen.

»Hat sie Mike schon kennengelernt?«, frage ich.

»Nein, nein«, antwortet Bee und runzelt die Stirn. »Sie weiß gar nicht, dass es ihn gibt.«

»Sie kennt den Mann nicht, wegen dem du in den Norden ziehst?«

Sie schlägt mich mit ihrem Handtuch. Ich jaule auf.

»Ich bin zwar froh, dass du dich aus dem Ethan-Loch herausgearbeitet hast und wieder auf mir herumhacken kannst, ich würde dich aber dennoch bitten, es jetzt mal gut sein zu lassen. Ich ziehe nicht wegen Mike in den Norden. Um ehrlich zu sein, tue ich es für dich.«

Ich blicke demütig aus der Wäsche. »Stimmt. Tut mir leid.«

Wir gehen zu den Duschen.

»Es ist nur eine glückliche Fügung, dass Mike auch dort sein wird«, sage ich schnell und schließe mich in der Duschkabine ein.

»Du bist genauso schlimm wie deine Grandma!«, ruft Bee herüber.

»Danke!«, rufe ich zurück und grinse, während ich das Wasser auf mich prasseln lasse.

Als ich an jenem Abend in die Wohnung zurückkehre, ist alles voller Kisten, und die kahl werdende Katzenlady von nebenan hockt vor unserem Fernseher und schaut sich blutrünstige True-Crime-Serien auf Netflix an.

Ich bleibe im Flur stehen. Ich neige den Kopf. Ich drehe mich zu Fitz, der in der Küche steht und sich über einen Stapel Kisten lehnt, um an den Flaschenöffner zu kommen.

»Oh, Letitia?«, sagt er, als er meinen perplexen Gesichtsausdruck sieht. »Ja, wir sind inzwischen die besten Freunde.«

»Du …« Ich drehe mich wieder um und starre Letitia an. »Sorry, hi«, sage ich, weil mir einfällt, dass sich das so gehört.

Sie blickt vom Fernseher auf, lächelt mich höflich an und

widmet sich wieder einer zerstückelten jungen Frau. Ich schaue erneut zu Fitz.

»Wozu die Kisten?«, frage ich, als er nichts weiter dazu sagt. »Ich dachte, du hättest noch keine neue Wohnung gefunden?«

Das hat mich die letzten paar Wochen gestresst. Fitz hatte keinerlei Anstalten gemacht, neue Mitbewohner oder sich eine neue Wohnung zu suchen; Martha war schon weg, und ich würde bald in den Norden ziehen – er konnte sich die Miete unmöglich allein leisten.

»O ja, ich habe mit Eileen darüber gesprochen«, sagt Fitz und macht sich sein Bier auf.

»Mit meiner Großmutter Eileen?«

»Mit wem sonst?«, fragt Fitz, als wäre ich ziemlich hohl. »Klar, mit ihr. Sie hat vorgeschlagen, dass ich zu Letitia ziehe. Ihre Wohnung ist *großartig*, voller Antiquitäten und Vintage-Zeugs. Die ganzen Möbel des Silver Shoreditchers' Club sind von ihr.«

Ich habe vor einigen Wochen vom Silver Shoreditchers' Social Club erfahren. Ganz ehrlich, ich habe im Leben noch nie etwas Schöneres gesehen – und ich habe Samantha Greenwood im Satsuma-Kostüm gesehen. Die launische Künstlerin aus Wohnung Nummer 11 hat Malunterricht gegeben, die neurotische Frau aus Wohnung Nummer 6 hat einen Fahrdienst angeboten, und Fitz hat alles erstaunlich kompetent gemanagt. Mir war wirklich nicht klar gewesen, wie brillant er sein kann, wenn er mit etwas beschäftigt ist, das er wirklich wichtig findet. Letzte Woche hat er sich für einen Job als Eventmanager bei einer großen Wohltätigkeitsorganisation beworben. Als ich Grandma das erzählt habe, hat sie einen ganz ungroßmütterlichen Schrei ausgestoßen und zu tanzen angefangen.

»Du ziehst also nach … nebenan? Zu … Letitia?«, frage ich, als sich alles gesetzt hat.

»Für mich sind alte Ladys die besten Mitbewohnerinnen«, sagt Fitz. »Normalerweise können sie kochen, weil Frauen das in den Fünfzigern machen mussten und sie sich noch dran erinnern können. Sie sind immer geradeheraus und sagen mir, wenn ein Outfit nicht gut aussieht – zumindest waren diejenigen Damen so, die ich kennengelernt habe. Und sie sind den ganzen Tag über daheim, was perfekt ist, wenn man ein Paket bekommt!« Er hebt die Bierflasche in meine Richtung. »Danke, dass du mich zur Erleuchtung geführt hast, Ms. Cotton die Jüngere.«

»Gern geschehen«, sage ich und muss das Ganze immer noch sacken lassen.

»Was ziehst du heute Abend an?«, fragt Fitz.

Ich verziehe das Gesicht. »Normalerweise lasse ich mir von Martha etwas raussuchen, aber sie ist gerade sehr beschäftigt, wie du weißt.«

Heute findet die Verlobungsfeier von Martha und Yaz statt. Die Geburt von Vanessa scheint die freigeistige Yaz innerhalb weniger Wochen in eine vollzeitbeziehungsbereite Frau verwandelt zu haben. Yaz hat Martha mit Vanessa auf dem Schoß einen Antrag gemacht, und sie haben sich schon auf ein total niedliches Outfit für ihr kleines Blumenmädchen geeinigt.

»Du weißt schon, dass Ethan auch da sein wird, oder?«, fragt Fitz.

Mein Magen krampft sich zusammen. »Scheiße. Echt?«

Fitz reicht mir ein Beschwichtigungsbier. »Sorry. Typisch Yaz. Er stand auf ihrer Gästeliste, bevor ihr euch getrennt habt, und dann hat sie einfach auf ›Senden‹ gedrückt, und dieser Mann wird sich keine Gelegenheit entgehen lassen, dich zu treffen.«

Ich wische mir übers Gesicht. »Und wenn ich nicht hingehe?«

Fitz schnappt theatralisch nach Luft. »Zu Marthas und Yaz' Verlobungsfeier? Leena Cotton! Sogar deine Großmutter kommt! Nimmt den ganzen weiten Weg aus dem wilden Yorkshire auf sich!«

»Ich weiß, ich weiß …«, knurre ich. »Na gut, komm schon. Wir müssen ein absolut fantastisches Outfit für mich raussuchen. Tschüss, Letitia!«, sage ich, als wir an ihr vorbeigehen. »War schön, dass wir uns kurz gesehen haben!«

»*Pscht*«, macht sie und zeigt auf den Fernseher.

»Hab's dir doch gesagt«, sagt Fitz, als wir zu meinem Kleiderschrank gehen. »Geradeheraus.«

38

Eileen

Ich bin auf dem Weg zur Party. Aber erst mache ich noch einen kleinen Umweg, um jemanden abzuholen.

In den letzten zwei Monaten habe ich viele überraschende Dinge über Arnold gelernt. Er schläft in einem violetten Seidenpyjama, der aussieht, als gehörte er einem viktorianischen Grafen. Wenn er zu lange nichts gegessen hat, bekommt er schlechte Laune, und wenn ich ihn darauf aufmerksam mache, gibt er mir jedes Mal einen Kuss. Und er liest liebend gern Charles Dickens und Wilkie Collins, hatte aber noch nie etwas von Agatha Christie gelesen, bis er sich auf meiner Dating-Website durch die Liste meiner Lieblingsbücher gearbeitet hat. Als er mir das erzählt hat, war es so reizend, dass ich ihn sofort ins Bett gezogen habe.

Doch das Interessanteste an allem ist, dass Arnold Macintyre ein unerschöpflicher Quell an Klatsch jeglicher Art aus Hamleigh ist. Infolge einer besonders faszinierenden Information stehe ich jetzt in meinem Londoner Aufzug vor Jackson Greenwoods Tür: Lederstiefel, flaschengrüne Culotte und ein weicher cremefarbener Pullover, ein Abschiedsgeschenk von Todd.

»Hallo, Eileen«, sagt Jackson, als er die Tür öffnet. Er scheint nicht sonderlich überrascht, mich aufgetakelt vor seiner Tür stehen zu sehen, doch wenn ich so darüber nachdenke, bin ich mir nicht sicher, ob ich Jackson jemals überrascht gesehen habe.

»Darf ich reinkommen?«, frage ich. Das ist etwas direkt, aber ich habe nicht viel Zeit.

Er tritt zur Seite. »Natürlich. Möchtest du einen Tee?«

»Ja, bitte.« Ich gehe ins Wohnzimmer durch, das überraschend ordentlich und geschmackvoll aussieht. Der Couchtisch aus Holz ist neu, als ich das letzte Mal hier war, gab es ihn noch nicht. Dort liegt aufgeschlagen ein Buch mit dem Titel *Denken: langsam und schnell*. Hinter einem Treppengitter, im Wintergarten, wackelt Hank aufgeregt mit dem Schwanz. Ich kraule ihn hinter den Ohren und achte sorgsam darauf, dass er nicht in die Nähe meines hübschen, cremefarbenen Pullovers kommt.

»Milch, ein Stück Zucker«, sagt Jackson und stellt die Tasse auf einen Untersetzer, während ich auf dem Sofa Platz nehme. Ich muss sagen, ich hätte Jackson nie für einen Untersetzermann gehalten. Mit dem Finger streiche ich über das Holz des Tisches und denke darüber nach, wie wenig man doch über seine Nachbarn weiß, selbst wenn man überaus neugierig ist.

»Ethan ist Geschichte«, sage ich, kaum dass ich sitze.

Daraufhin hält Jackson auf dem Weg zum Sessel abrupt inne. Es ist nur ein kurzes Zögern, doch es genügt, um einen Tropfen Tee an seiner Tasse hinunter und auf den Teppich unter dem Couchtisch tropfen zu lassen.

Er setzt sich. »Was?«

»Er hatte eine Affäre mit der Assistentin von Leenas Chefin.«

Jackson ballt krampfartig die Hände. Dieses Mal schwappt etwas Tee auf seinen Schoß – leise fluchend steht er wieder auf, um ein Tuch aus der Küche zu holen. Ich warte und folge mit dem Blick erstaunt seinem Rücken.

»Hat Leena es herausgefunden?«, fragt er schließlich von der Küche aus, noch immer mit dem Rücken zu mir.

»Ich habe es herausgefunden und es ihr erzählt. Sie hat

sofort mit ihm Schluss gemacht.« Ich blicke in meinen Tee. »Fremdgehen ist etwas, das Leena nicht toleriert.«

Daraufhin sieht er mich mitfühlend an. Ich gehe nicht darauf ein. Schließlich bin ich nicht hier, um über Wade und mich zu reden.

»Ich fahre nach London zu einer Party, und sie wird auch dort sein. Ich dachte, du hättest vielleicht Lust mitzukommen.«

»Ich?«

»Ja.«

Jackson stößt einen Seufzer aus. »Arnold hat es dir erzählt«, sagt er.

»Ja. Wobei ich es ihm aus der Nase ziehen musste, also mach ihm keine Vorwürfe.«

»Schon okay. Es weiß sowieso der halbe Ort, was ich für sie empfinde. Aber … nach London fahren?«, fragt Jackson und rauft sich die Haare. »Ist das nicht ein bisschen viel?«

»Das kommt drauf an. Gibt es Dinge, die du ihr gern noch sagen würdest?«

»Eigentlich habe ich …« Er setzt sich wieder und umfasst mit seinen Riesenhänden die Tasse und blickt auf den aufsteigenden Dampf. »Ich habe ihr am Maifeiertag gesagt, was ich für sie empfinde.«

»Ach ja?« Das hat Arnold mir nicht erzählt. »Was hat sie gesagt?«

»Sie hat gesagt, so würde sie mich nicht sehen.«

Hmm. So hat sich das bei Betsy aber nicht angehört, und ich traue Betsy, wenn es um eine sich anbahnende Liebesgeschichte geht. Gerüchte, die von Betsy kommen, erweisen sich selten als falsch.

»Anschließend habe ich mich dafür geschämt«, sagt Jackson. »Sie hat – sie hatte schließlich einen Freund.«

»Nun ja«, sage ich schnell. »Darüber musst du dir keine Gedanken mehr machen, den sind wir schnell losgeworden.« Ich strecke die Hand aus und tätschele ihm den Arm. »Wenn sie dich nicht auf diese Weise sieht, dann musst du ihren Blick ändern. Komm mit nach London. Zieh dir was Schickes an. Weißt du, so wie im Film. Wenn das Mädchen sich für eine Party schick macht und langsam und ohne Brille, mit hochgestecktem Haar die Treppe herunterkommt, ein bisschen Bein zeigt, und der Mann mit offenem Mund unten steht, als könnte er nicht fassen, dass er sie vorher nie so gesehen hat?«

»Ja?«, sagt Jackson.

»Du musst dieses Mädchen sein. Komm. Hast du einen Anzug?«

»Einen Anzug? Ich … nur den, den ich zu Daveys Beerdigung getragen habe.«

»Hast du keinen ohne … Beerdigung?«

»Nein. Ich habe eine schicke Hose und ein Hemd?«

»Das geht. Und wasch dir die Haare, in denen hängt ein halber Baum.«

Er tastet vorsichtig nach seinem Kopf und zieht einen Zweig Immergrün heraus.

»Oh«, sagt er.

»Duschen, anziehen, dann müssen wir los. Kannst du uns mit deinem Truck zum Bahnhof nach Daredale fahren?«

»Ja, kann ich. Mach ich … aber …« Er schluckt. »Ist das eine gute Idee?«

»Das ist eine hervorragende Idee«, sage ich entschieden. »Jetzt komm. Hopphopp.«

Als ich eintreffe, küsst Fitz mich auf die Wange und macht große Augen, als er Jackson sieht.

»Ist das Arnold?«, fragt er und fasst sich an die Brust.

»Das ist Jackson«, antworte ich lachend. »Arnolds Stiefsohn. Der in Leena verliebt ist«, füge ich flüsternd hinzu, doch vielleicht nicht so leise, wie ich dachte. Hinter Fitz macht Martha »Uuuuh«, und schon hat sie Jackson am Arm gepackt und verwickelt ihn in ein, wie es aussieht, sehr intimes Gespräch.

Die Party besteht aus einer wogenden Menge. Gegen meinen Willen zucke ich zusammen, als mir wummernde Musik entgegendröhnt. Wir befinden uns in einer Bar unterhalb der Waterloo Station, und der Lärm hallt von der hohen, gewölbeartigen Decke wider, während hippe junge Leute mit Bierflaschen umherlaufen.

»O Gott«, murmelt Jackson neben mir, der Marthas wohlmeinenden Fängen entkommen ist. »Das ist …«

»Keine Sorge«, sage ich und tätschele ihm den Arm. »Wenn du dich hier fehl am Platze fühlst, stell dir einfach vor, wie es mir erst gehen muss.«

Er sieht zu mir herunter. »Irgendwie passt du eigentlich perfekt hierher.«

»Ich weiß«, sage ich fröhlich. »Ich wollte dich nur aufmuntern. Komm, suchen wir Leena.«

Wir sind ein ungewöhnliches Paar – eine alte Dame und ein riesengroßer junger Mann, die sich Arm in Arm durch die Menge drängen. Jackson hat sich gut zurechtgemacht, ich bin zufrieden. Sein Hemd steht am Kragen offen und umschmeichelt perfekt seine Schultern, und obwohl er ziemlich abgetragene braune Lederschuhe trägt, ist die allgemeine Wirkung beeindruckend. Zusammen mit dem sauberen Haar und der schicken Hose sollte ihm Leenas Aufmerksamkeit sicher sein.

»Eileen?«

Überrascht drehe ich mich um und sehe mich einem ziemlich gehetzt wirkenden Ethan Coleman gegenüber.

»Was zum Teufel machst du hier?«, zische ich ihn an.

Neben mir spüre ich, wie Jackson noch größer und noch breiter wird. Äußerst männlich. Schnell sehe ich mich um und hoffe, Leena in Sichtweite zu entdecken, aber leider Fehlanzeige.

»Ich bin wegen Leena hier«, sagt er. »Eileen, bitte, Sie müssen verstehen …«

»Ich muss gar nichts«, entgegne ich und ziehe Jackson am Arm. Es ist, als würde ich an Beton ziehen.

»Komm.«

»Du bist hinter Leena her, oder?«, fragt Ethan Jackson und zieht leicht die Lippe hoch. »Das habe ich mir schon gedacht, als ich dich das erste Mal getroffen habe. Aber sie ist nicht dein Typ, Alter. Oder vielmehr, du bist nicht ihrer.«

Jackson bleibt völlig unbewegt. Ich zerre an seinem Arm, aber wieder … nichts – er ist wie festgewachsen.

»Was soll das heißen?«, fragt Jackson Ethan.

»Ach, vergiss es«, sagt Ethan und will an uns vorbeigehen. »Bis später.«

In dem Moment schießt Jacksons Arm nach vorn, und Ethan rennt mit einem »Uff« dagegen.

»Wenn du etwas zu sagen hast, sag es«, fordert Jackson ihn auf. Er klingt ganz ruhig.

Also. Das ist alles ziemlich aufregend. Wo ist Leena, wenn man sie braucht?

»Ich habe dir nichts zu sagen«, erklärt Ethan verunsichert. »Geh mir aus dem Weg. Ich werde Leena suchen.«

»Was willst du von Leena?«

»Was meinst du wohl?«, gibt Ethan scharf zurück.

»Ich habe eine Vermutung«, sagt Jackson. »Du meinst immer noch, du hättest eine Chance bei ihr. Du meinst, Leena würde es sich überlegen und dir vergeben – schließlich hat sie eine Schwäche für dich, stimmt's? Du kannst dir so gut wie alles erlauben, und du verstehst nicht, warum das auf einmal anders sein sollte.«

»Du hast ja keine Ahnung.«

Jackson zuckt mit den Schultern. »Vielleicht hast du recht. Viel Glück, Alter, aber ich hoffe, dass sie dir einen kräftigen Tritt in den Arsch verpasst.« Er wendet sich an mich. »Eileen, wollen wir?«

»Ja«, sage ich, und wir schieben uns weiter durch die Menge und lassen Ethan stehen.

»Nun«, sagt Jackson, »was meinst du, wer Leena zuerst findet?«

Ich schnaube. »Ich bin Eileen Cotton, und sie ist Eileen Cotton. Ich habe ihr Leben geführt und sie meins.« Ich tippe mir an den Kopf. »Das ist ein sechster Sinn, Jackson. Das verstehst du nicht.«

»Nein?«

»Nein. Das ist eine komplexe Bindung wie zwischen einem …«

»Wir scheinen uns in Richtung Gin-Bar zu bewegen«, bemerkt Jackson.

»Wo wärst du, wenn du gerade erfahren hättest, dass dein Ex auf der Verlobungsparty deiner Freundin aufgetaucht ist? Entweder da oder vor dem Spiegel auf der Toilette, um dein Haar zu richten – ooh, sieht sie nicht wunderschön aus?!«, entfährt es mir, als ich Leena an der Bar entdecke.

Sie trägt ein langes, ärmelloses schwarzes Kleid und einen auffälligen silbernen Armreif am Handgelenk – mehr Schmuck braucht sie nicht. Ihr Haar sieht umwerfend aus, sie trägt es, wie es sein sollte – offen und lebendig.

Ich sehe zu Jackson, der Leena anstarrt. Ich beobachte, wie sein Adamsapfel hüpft. Nur ein Narr wüsste nicht, was dieser Mann denkt.

»Leena«, ruft Ethan links von uns und drängt sich durch die Menge.

Ich fluche leise: »Dieser kleine Betrüger!«, zische ich und versuche, Jackson vorwärtszuschieben. »Schnell, ehe er …«

Jackson rührt sich nicht von der Stelle und schüttelt den Kopf. »Nicht so«, erklärt er.

Ich schnaufe, bleibe aber, wo ich bin. An der Bar erteilt Leena Ethan eine Abfuhr. Ihre Wangen sind gerötet. Jetzt steht sie auf und will gehen – und zwar in unsere Richtung …

»Hör zu, Ethan«, sagt sie und dreht sich ganz in unserer Nähe auf dem Absatz um. »Ich habe dir blind vertraut. Mir war das gar nicht bewusst, aber dir offenbar. Ich hatte mich für dich entschieden, und damit war für mich alles klar. Nun, es hat sich herausgestellt, dass du dieses Vertrauen missbraucht hast. Es gibt eine verdammte Grenze, und die hast du übertreten.«

»Leena, hör mir zu …«

»Ich weiß nicht, was schlimmer war! Dass du mit meiner verdammten Erzfeindin geschlafen hast oder dass du mir erzählt hast, meine Großmutter würde den Verstand verlieren! Weißt du eigentlich, wie beschissen das war?«

»Ich hatte Angst«, verteidigt sich Ethan. »Ich wollte nicht …«

»Weißt du was? Weißt du was? Ich bin fast froh, dass du mit Ceci geschlafen hast. Jetzt ist es raus. Ja, ich bin froh, dass du mich betrogen hast, denn so bin ich Gott sei Dank zur Vernunft gekommen und habe gemerkt, dass du sowieso nicht der

Richtige für mich bist. Nicht mehr, so, wie ich jetzt bin. Wir sind fertig.«

Und damit dreht sie sich um, stürmt davon und rennt direkt in Jackson.

Als sie zurücktaumelt, hält er sie am Arm. Ihre Blicke treffen sich. Ihre Wangen sind gerötet, seine Lippen geöffnet. Um uns herum bewegt sich die Menge, verdeckt Ethan und bildet hier eine kleine ruhige Insel. Es gibt nur die zwei.

Ach, na ja, und mich.

»Jackson?«, sagt Leena verblüfft. Sie sieht an ihm auf und ab. »Oh, wow, du siehst …«

Ich atme ein und fasse mir ans Herz. Jetzt kommt es.

»Komisch aus«, endet Leena.

»Komisch?«, platze ich heraus. »Himmel, Mädchen!«

Da drehen sich beide zu mir um.

»Grandma?« Leena sieht von mir zu Jackson und dreht sich dann um, als wäre ihr gerade Ethan wieder eingefallen. Sie bekommt schmale Augen. »Was ist hier los?«

»Nichts«, sage ich schnell. »Jackson hatte nur Lust auf einen Ausflug nach London, und da dachte ich: Ach, da ist doch heute Abend diese Party und …«

Ihre Augen sind nur noch schmale Schlitze.

»Ach, sieh nur«, sage ich strahlend, als ein Angestellter aus dem Abstellraum neben der Bar tritt. »Kommt doch mal kurz mit.« Ich fasse Leena und Jackson an der Hand und ziehe sie mit mir. Zum Glück folgen sie mir. Ich führe sie in den Abstellraum.

»Wa… Grandma, wo sind wir …«

Ich schlüpfe hinaus und schließe die Tür hinter ihnen.

»So«, sage ich und wische mir die Hände an meiner Culotte ab. »Nicht viele Neunundsiebzigjährige sind so flink, wenn ich das mal so sagen darf.« Ich tippe einem neben mir stehenden Herrn auf die Schulter. »Entschuldigen Sie«, sage ich, »würde es Ihnen etwas ausmachen, sich gegen diese Tür zu lehnen?«

»Grandma?«, ruft Leena durch die Tür. »Grandma, was machst du?«

»Mich einmischen!«, rufe ich fröhlich. »Das ist jetzt mein ›Ding‹!«

39

Leena

Das Kabuff ist extrem klein. Im Inneren befinden sich Regalbretter, deswegen kann man sich nirgendwo anlehnen; Jackson und ich stehen sehr nah beieinander, berühren uns aber nicht, als wären wir in der U-Bahn.

Was führt Grandma im Schilde? Ich blicke auf meine Füße, versuche, nach hinten zu rücken, und streife mit dem Haar Jacksons Hemd. Er atmet hörbar ein, hebt eine Hand an den Kopf und rammt mir den Ellbogen in die Schulter.

»Sorry«, sagen wir beide.

Ich lache, es hört sich eher wie ein Quietschen an.

»Mein Fehler«, sagt Jackson schließlich. Ich blicke ihn an, wir sind so nah beieinander, dass ich den Kopf in den Nacken legen muss, um sein Gesicht zu sehen. »Ich hätte mich von ihr nicht zu diesem Trip überreden lassen sollen.«

»Bist du … hierhergekommen, um mich zu sehen?«

Er blickt zu mir herunter. Wir sind so nah beieinander, dass sich unsere Nasen fast berühren. Ich weiß nicht, ob ich jemals jemanden derart bewusst wahrgenommen habe, körperlich, meine ich – ich höre jedes Rascheln, wenn er sich bewegt, spüre die Wärme seines Körpers, der nur wenige Zentimeter von meinem entfernt ist.

»Natürlich bin ich das«, sagt er, und prompt schießt mein Puls wieder in die Höhe.

Jackson hat einfach dieses gewisse Etwas. Obwohl sein Haar zerzaust ist und getrockneter Rasierschaum hinter seinen Ohren klebt, ist er so *sexy*.

Sein authentisches Selbstvertrauen macht ihn so anziehend, als wäre er voll und ganz er selbst und könnte auch gar niemand anderes sein, selbst wenn er wollte.

»Obwohl«, spricht er weiter, »ich mir unser Wiedersehen anders vorgestellt hätte. Es war wohl eine Planänderung in letzter Minute. Ich wurde von Wirbelwind Eileen mitgerissen.«

Seine Hand streift meine. Ich atme geräuschvoll ein, und er betrachtet mich, aber ich will nicht gegen seine Berührung protestieren, mein Atem ist nur eine Reaktion auf die Hitzewallung, die mich durchströmt, wenn seine Haut meine berührt. Ich verschränke meine Finger mit seinen und fühle mich dabei wie ein Schulmädchen, das beim Flaschendrehen mit dem Jungen Händchen halten muss, in den es schon das ganze Schuljahr verliebt ist.

»Was hattest du denn geplant? Also vorher?«, frage ich. Meine andere Hand verschränkt sich mit seiner.

»Ich wusste ja nicht, wie lange du brauchst, um deinen komischen Ex zu entsorgen. Aber ich dachte, du würdest irgendwann zur Vernunft kommen, und als das dann passiert ist, wollte ich eine Weile abwarten …«

Seine Lippen berühren meine sehr sanft, es ist noch kein richtiger Kuss. Mein gesamter Körper reagiert darauf; ich spüre, wie mir die Armhaare zu Berge stehen.

»Sechs Wochen lang?«, frage ich.

»Ich dachte eher an sechs Monate. Aber ich habe gemerkt, dass ich ungeduldig bin«, flüstert Jackson.

»Du hättest also sechs Monate lang gewartet und dann …«

Unsere Lippen berühren sich wieder, wieder küssen wir uns fast, nun ein wenig inniger, aber seine Lippen sind schon wieder verschwunden, bevor ich ihn zurückküssen kann. Ich schiebe meine Finger zwischen seine, ziehe ihn enger an mich und spüre die raue Haut auf seinen Handflächen.

»Ich hätte schamlos einfach alles eingesetzt, was ich habe«, erklärt er mit rauer Stimme. »Hätte meine Schulkinder für dich ›Thinking Out Loud‹, diesen Song von Ed Sheeran, singen lassen, Hank mit einem Blumenstrauß im Mund zu dir geschickt und dir herzförmige Brownies gebacken. Und verbrannt, falls du sie so machst, weil sie dir so am besten schmecken.«

Ich lache. Dann küsst er mich, es ist nun ein echter Kuss, mit geöffneten Lippen, seine Zunge schmeckt meine. Ich schmiege mich an ihn, unsere Hände sind immer noch neben uns verschränkt, und ich stelle mich auf die Zehenspitzen, um ihn besser küssen zu können, und dann, als ich mich nicht mehr zurückhalten kann, lasse ich seine Hände los, um die Arme um seine breiten Schultern zu legen und meinen Körper gegen seinen zu drücken.

Jackson atmet aus. »Du weißt gar nicht, wie häufig ich mir vorgestellt habe, wie es sich anfühlen würde, dich so im Arm zu halten«, sagt er und drückt seine Lippen an meinen Nacken.

Ich seufze, als er die empfindliche Haut hinter meinem Ohr küsst. »Vielleicht habe ich da auch schon drüber nachgedacht«, gebe ich zu.

»Echt?« Ich spüre, dass er lächelt. »Du fandst mich also *schon* gut. Du hättest mir zumindest einen kleinen Hinweis geben können. Ich hatte den ganzen Abend lang furchtbare Angst.«

Ich lache. »Du verdrehst mir schon seit Monaten den Kopf. Es wundert mich, dass du es nicht bemerkt hast.«

»Ach, wolltest du mir das mitteilen, indem du meinen Hund verloren und den Schulbus eingedellt hast?«

Ich drücke ihm einen Kuss auf den Kiefer und spüre die Stoppeln unter meinen Lippen. »Nein«, sage ich. »*Das* habe ich gemacht, weil ich von der Rolle war.«

Er löst sich ein wenig von mir und legt seine Stirn auf meine. »Du warst nicht von der Rolle, Leena Cotton. Ich habe noch nie einen Menschen erlebt, der weniger von der Rolle ist als du.«

Ich mache einen kleinen Schritt zurück, damit ich ihn vernünftig anschauen kann.

»Was glaubst du, tun Menschen, wenn sie jemanden verlieren? Sie ... ackern einfach weiter?« Er streicht mir das Haar aus dem Gesicht. »Du warst dabei, Carlas Tod zu verarbeiten. Und das tust du noch immer. Und das wirst du vielleicht auch immer tun. Und das ist in Ordnung. Das ist ein Teil von dir.«

Ich lege das Gesicht auf seine Brust. Er küsst mich auf den Kopf.

»Hey«, sagt er. »Sag das mit dem Kopfverdrehen noch mal.«

Ich lächele. Ich weiß nicht, wie ich erklären soll, welche Gefühle Jackson in mir auslöst, wie befreiend es ist, mit jemandem zusammen zu sein, der dermaßen in sich ruht, so vollkommen ohne jede Falschheit ist.

»Wenn du da bist, bin ich ganz bei mir«, sage ich und blicke zu ihm hinauf. »Was toll ist, weil ich die meiste Zeit über mit den Gedanken ganz woanders bin. Ich blicke zurück oder nach vorn, mache mir Sorgen oder plane etwas oder ...«

Er küsst mich auf die Lippen, bis mein ganzer Körper summt. Ich will ihm dieses Hemd ausziehen, die Haare auf seiner Brust und die großen, festen Muskeln seiner Schultern spüren und die blassen Sommersprossen auf seinen Armen zählen. Stattdessen küsse ich ihn erneut, hungrig und atemlos, und er führt mich einen halben Schritt zurück, sodass mein Rücken gegen die Tür gedrückt wird, sein Körper presst sich an meinen. Wir küssen uns wie Teenager, seine Hand spielt mit meinem Haar, ich umklammere den Stoff an seinem Rücken.

Dann – *paff* – öffnet sich die Tür, und wir kippen nach hinten. Jacksons Arm klammert sich blitzschnell an den Türrahmen und verhindert, dass wir fallen – ich klammere mich an ihn, habe meine Haare im Gesicht, während die Partymusik um uns herum wummert. Ich höre Gelächter und »Ups«-Rufe, und auch als ich wieder festen Boden unter den Füßen habe, vergrabe ich das Gesicht noch an Jacksons Hals.

»Leena Cotton!«, höre ich Fitz rufen. »Du bist genauso ein kleines Luder wie deine Großmutter!«

Ich lache, löse mich ein wenig von Jackson und betrachte die Leute um uns herum. Ich sehe das Gesicht meiner Großmutter – sie strahlt mich an und hält einen großen Gin Tonic in der Hand.

»Willst du mit mir schimpfen, weil ich etwas nachgeholfen habe?«, ruft sie.

Ich lehne mich an Jackson, habe ihm die Hände um die Taille gelegt. »Weißt du was? Dagegen kann ich nichts sagen, Grandma. An deiner Stelle hätte ich genau dasselbe getan.«

Epilog

Eileen

Es ist jetzt bald sechs Monate her, dass Leena nach Hamleigh gezogen ist. Acht Monate, seit Marian weggefahren ist. Und auf den Tag genau zwei Jahre, dass Carla gestorben ist.

Wir sind am Flughafen in Leeds und warten, dass der letzte Partygast eintrifft. Leena hat alles organisiert: Der Gemeindesaal ist mit Margeriten und Lilien geschmückt, Carlas Lieblingsblumen. Es gibt Shepherd's Pie und zum Nachtisch Brownies. Wir haben sogar Wade eingeladen, doch zum Glück hat er die Einladung so verstanden, wie sie gemeint war – als Geste –, und abgesagt.

Hier am Flughafen von Leeds kommt Samantha um die Ecke geprescht und lässt den Blick über die Schar Wartender um uns herum gleiten. Sie entdeckt Jackson und fliegt auf ihn zu. Mit wehender blonder Mähne saust sie durch die Menge und wirft sich in seine wartenden Arme.

»Daddy! Daddy!«, ruft Samantha.

Deutlich langsamer folgt Marigold ihrer Tochter. Zu ihrer Verteidigung muss man sagen, dass auf diesen albernen Absätzen niemand schnell gehen könnte.

»Hallo, Leena«, sagt sie und küsst meine Enkelin auf die Wange. Marigold wirkt entspannt und das Lächeln, das sie Leena schenkt, aufrichtig.

Das ist alles Leenas Verdienst. Samantha wird die nächsten

vier Wochen hier sein, nach Weihnachten fliegt sie dann mit Marigold zurück nach Amerika. Leena hat Marigold wochenlang bearbeitet: Ganz vorsichtig und ruhig hat sie sie von der Idee überzeugt und ein Hindernis nach dem anderen aus dem Weg geräumt. Ich war dabei, als sie Jackson vor einem Monat gesagt hat, dass Marigold einverstanden sei, über Weihnachten länger zu Besuch zu kommen. Wenn es möglich ist, dass ein Mann zugleich gebrochen und geheilt aussieht, dann sah Jackson so aus. Er umarmte Leena derart fest, dass ich dachte, er würde sie ersticken, doch stattdessen strahlte sie und hielt ihm mit roten Wangen das Gesicht zu einem Kuss hin. Nie bin ich stolzer gewesen.

Im Konvoi fahren wir zurück nach Hamleigh-in-Harksdale, Jackson mit seinem Truck vorweg und ich in Agatha hinterher, dem Ford Ka, der – dank Arnold – jetzt eine funktionierende Klimaanlage hat. Die Bergspitzen und die alten Steinmauern, die kreuz und quer auf den Feldern stehen, sind von einer feinen Schneeschicht bedeckt. Ich empfinde tiefe Liebe zu diesem Ort, der immer mein Zuhause gewesen ist, und beobachte, wie Leena lächelnd die Dales betrachtet, als wir an dem Schild *Willkommen in Hamleigh-in-Harksdale* vorbeifahren. Es ist jetzt auch ihr Zuhause.

Als wir eintreffen, macht die Nachbarschaftswache gerade den Gemeindesaal fertig. Sie begrüßen Marigold und Samantha wie heimkehrende Kriegshelden, was beweist, dass Abwesenheit tatsächlich die Zuneigung verstärkt. Früher, bevor Marigold nach Amerika gegangen ist, haben Basil und Betsy ständig über sie geredet, als wäre sie Maria Magdalena.

»Das habt ihr toll gemacht«, sagt Leena und hüpft auf der Stelle auf und ab.

Betsy, Nicola, Penelope, Roland, Dr. Piotr, Basil und Kathleen strahlen sie an, und hinter ihnen tun Martha, Yaz, Bee, die kleine Jaime, Mike und Fitz dasselbe. Alle sind da – Betsys Tochter, Dr. Piotrs Exfrau, sogar Mr. Rogers, der Vater des Pfarrers. Hinter uns kommt Arnold herein, die Arme voll Servietten, die auf dem langen Tisch in der Mitte des Gemeindesaals verteilt werden sollen. »Mustern wir etwa Mr. Rogers?«, fragt er und folgt meinem Blick. »Wahrscheinlich ist der ziemlich langweilig im Bett, vergiss das nicht.«

Ich boxe ihn gegen den Arm. »Hältst du wohl den Mund? Ich kann nicht glauben, dass ich mich habe überreden lassen, dir diese Listen zu zeigen!«

Arnold kichert und wendet sich wieder seinen Servietten zu. Lächelnd beobachte ich ihn. Hasst mich fast so sehr wie ich ihn, hatte ich auf Arnolds Liste geschrieben. Nun ja. Am Ende hat es gestimmt.

»Grandma? Wolltest du nicht vor dem Essen ein paar Worte sagen?«, fragt Leena, als sich alle auf ihre Plätze setzen.

Ich sehe zur Tür. Als ich mich wieder umdrehe, haben Leena und ich wohl den gleichen Gesichtsausdruck – wir haben so sehr gehofft. Aber wir können nicht länger warten, wir müssen mit dem Essen beginnen.

Ich räuspere mich und gehe zur Stirnseite des Tisches. Leena und ich sitzen in der Mitte, zwischen uns ein leerer Stuhl.

»Ich danke euch allen, dass ihr heute gekommen seid, um unsere Carla zu feiern.« Wieder räuspere ich mich. Das könnte schwieriger werden, als ich gedacht habe. Jetzt, wo ich hier stehe und über Carla rede, wird mir klar, was es für eine Herausforderung sein wird, nicht zu weinen. »Nicht alle von euch haben sie gekannt«, sage ich. »Aber jene, die sie gekannt haben, erinnern sich, was für eine kluge, feurige Persönlichkeit sie war, wie sie es liebte, überrascht zu werden, und wie gern sie uns überrascht hat. Ich glaube, sie wäre überrascht, uns alle jetzt hier zu sehen. Und das gefällt mir.«

Ich schniefe und blinzele rasch.

»Carla hat ein … Ich weiß nicht, wie man beschreiben soll, was für eine Lücke sie in unser aller Leben hinterlassen hat. Eine Wunde, einen Krater, ich weiß es nicht. Es schien – es schien uns vollkommen unmöglich, ohne sie weiterzuleben.« Jetzt weine ich, und Arnold reicht mir eine Serviette. Ich lasse mir einen Moment Zeit, um mich zu sammeln. »Viele von euch wissen, dass Leena und ich in diesem Jahr eine kleine Auszeit von unserem Leben genommen haben und eine Weile die Plätze getauscht haben. Diese Zeit hat Leena und mir gezeigt, dass wir beide einen Teil in uns vermisst haben. Vielleicht ist dieser Teil von uns mit Carla gegangen, vielleicht auch schon lange davor, da bin ich mir nicht sicher. Aber wir mussten wieder zusammenkommen – nicht nur zueinander, sondern auch zu uns.«

Vom Eingang her ertönt ein Geräusch. Ich atme ein. Die Köpfe wenden sich in die Richtung. Ich kann nicht hinsehen. Ich hoffe so sehr, dass es schmerzt, doch dann höre ich Leena ausatmen, es ist mehr ein Keuchen, fast ein Lachen, und es sagt alles.

Marian sieht so anders aus. Ihr Haar ist kurz geschnitten und weißblond gefärbt, was im Kontrast zu ihrer Bräune steht. Sie trägt eine gemusterte, an den Knöcheln zusammengebundene Hose, und obwohl ihre Augen voll Tränen sind, lächelt sie. Ich habe dieses Lächeln – dieses Lächeln, das echte – so lange nicht mehr gesehen, dass ich einen Moment das Gefühl habe, einen Geist zu sehen. Sie steht in der Tür, eine Hand auf den Rahmen gelegt, und wartet.

»Komm rein, Mum«, sagt Leena. »Wir haben einen Platz für dich frei gehalten.«

Als meine Tochter sich auf den leeren Platz neben mir setzt, greife ich blind nach Arnolds Hand, die Tränen kommen mit aller Macht und laufen mir über die Wangen. Ich hatte ein bisschen Angst, dass sie nie wieder nach Hause zurückkommen würde, aber da ist sie, und sie lächelt.

Ich hole tief Luft, schüttele mich und fahre fort: »Wenn Menschen über Verlust sprechen, sagen sie immer, dass man hinterher nicht mehr derselbe sei. Dass der Verlust einen verändere, eine Lücke im Leben hinterlasse.« Jetzt ist meine Stimme tränenerstickt. »Und das stimmt zweifellos. Aber wenn man jemanden verliert, den man liebt, verliert man nicht alles, was derjenige einem gegeben hat. Etwas lässt er bei einem zurück.

Ich stelle mir gern vor, dass Carla, als sie gestorben ist, jedem Familienmitglied etwas von ihrem Feuer gegeben hat, von ihrem Mut. Wie hätten wir sonst tun können, was wir dieses Jahr getan haben?« Ich sehe zu Leena und Marian und schlucke heftig gegen die Tränen an. »Während wir uns durchgewurschtelt und versucht haben, ohne sie zu leben, habe ich Carla hier gespürt.« Ich tippe auf mein Herz. »Sie hat mir einen Stups gegeben, als ich fast die Nerven verloren habe. Sie hat mir gesagt, dass ich es schaffen kann. Sie hat mich wieder zu mir geführt. Ich kann jetzt mit Sicherheit sagen, dass ich die beste Eileen Cotton bin, die ich jemals war. Und ich hoffe … ich hoffe …«

Als ich mich gegen den Tisch lehne und mir die Tränen über die Wangen laufen, steht Leena auf. Sie hebt ihr Glas.

»Darauf, die tollste Frau zu sein, die man sein kann«, sagt sie. »Und auf Carla. Immer auf Carla.«

Um uns herum rufen alle im Chor ihren Namen. Mit zitternden Beinen setze ich mich und wende mich Marian und

Leena zu. Diese großen, dunklen Cotton-Augen sehen mich an, und in ihnen sehe ich mein winziges Spiegelbild, als Marian die Hände ausstreckt und uns alle drei wieder miteinander verbindet.

Dank

Es ist an der Zeit, Danke zu sagen, und ich finde das aufregend, weil es bedeutet, dass ich tatsächlich ein zweites Buch geschrieben habe! Woha! Mein englischer Verlag Quercus muss es nicht unbedingt erfahren, aber ich war nicht völlig überzeugt davon, dass ich es schaffen könnte.

Zunächst einmal hätte ich *Time to Love* nicht ohne die Unterstützung meiner Agentin Tanera Simons schreiben können, die das unheimliche Talent hat, mit einem Anruf alles besser zu machen. Ich hätte es außerdem nicht ohne Emily Yao, Christine Kopprasch, Cassie Browne und Emma Capron schreiben können, die alle während des Schreibprozesses meinen Text lektoriert haben und die das Buch auf unzählige Arten besser gemacht haben. Besonderer Dank an Cassie, die sich dieses Buches angenommen hat, als es noch ein unförmiges Gedankenwirrwarr war und dann von ganzem Herzen verliebt in das Buch war – deinetwegen bin ich am Ball geblieben, Cassie.

Um ein Buch zu veröffentlichen, braucht man ein ganzes Dorf, und Quercus ist ein ebenso liebenswertes Dorf wie Hamleigh-in-Harksdale. Die Leute bei Quercus verblüffen mich immer wieder mit ihrer Leidenschaft und ihrer Kreativität. Besonderen Dank möchte ich Hannah Robinson aussprechen, weil sie immer offen mit mir gesprochen und mich unterstützt hat, außerdem möchte ich mich bei Bethan Ferguson bedanken, weil sie dermaßen große Pläne mit meinen Büchern hat. Und auch bei der brillanten Hannah Winter und bei Ella Patel ... Ich kann es nicht anders sagen. Ohne euch wäre ich verloren. Wahrscheinlich im wahrsten Sinne des Wortes. Ihr seid meine Sterne.

An die Taverners: Vielen Dank, dass ihr mich in die Familie aufgenommen habt, mich zu einer besseren Schriftstellerin gemacht habt und mich so sehr unterstützt. Peter, danke, dass du meine zahllosen Arbeitsfragen derart geduldig beantwortet hast, danke an Amanda den Drachen und all die anderen als Berater tätigen Freunde. Es tut mir leid, dass ich mir einzelne Aspekte eures Berufslebens herauspicke und sie dann sachlich falsch einbaue, weil es besser in die Erzählung passt. Das sind die Gefahren der Freundschaft mit einer Autorin ...

An die Freiwilligen und Gäste des Well-Being-Lunch-Club: Es ist eine große Freude für mich, euch jeden Montag zu treffen. Ihr habt mich inspiriert, zum einen zu diesem Buch, aber auch mein Leben im Allgemeinen – ich freue mich, euch alle kennengelernt zu haben.

Ein Dank geht an meine Großmütter Helena und Jeannine, weil sie mir gezeigt haben, dass Frauen unglaublich mutig und stark sein können – ganz unabhängig von ihrem Alter. Und danke auch an Pat Hodgson, dafür, dass du Zeit vom Gärtnern abgezwackt hast, um den Ausdruck eines frühen Entwurfes voller Druckfehler durchzulesen – und auch für deine Begeisterung über eine Figur »deines Jahrgangs«, wie du so schön gesagt hast. Du bist eine Inspiration für mich.

Mum und Dad, danke, dass ihr mich immer wieder daran erinnert habt, an mich selbst zu glauben. Und Sam, danke, dass du mir immer wieder ein Lächeln aufs Gesicht zauberst. Ich bin die glücklichste Frau der Welt, weil ich einen Mann heirate, der über eine witzige Szene lachen kann, obwohl er sie schon fünf Mal gelesen hat ... *und* der mir sogar noch bei den medizinischen Fragen helfen kann.

Ich möchte mich auch bei allen Bloggerinnen und Bloggern, Rezensentinnen und Rezensenten sowie Buchhändlerinnen und Buchhändlern bedanken, die ihre Lieblingsbücher unablässig weiterempfehlen. Wir Autorinnen und Autoren wären ohne euch verloren, und ich bin sehr dankbar für die Unterstützung.

Und schließlich auch an euch vielen Dank, liebe Leserinnen und Leser, dass ihr diesem Buch eine Chance gegeben habt. Ich hoffe, die Eileens haben euch voll und ganz um den Finger gewickelt ...

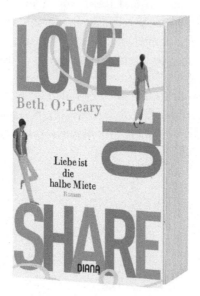